VLADIMIR NABOKOV

NABOKOV'S CONGERIES

ナボコフの塊《かたまり》

エッセイ集 1921-1975

ウラジーミル・ナボコフ

秋草俊一郎

編訳

作品社

ナボコフの塊——エッセイ集 1921-1975

凡例

一、ロシア語の人名・地名をふくむ表記は、慣例を大きく逸脱することがないようこころがけた。そのため、一部で不統一が出ていることをお断りしておく（「ヴラジーミル」でなく、「ウラジーミル」、「イヴァン・ブーニン」、「フセヴォロド・イワーノフ」とするなど）。

二、ナボコフが英語エッセイのなかで用いているキリル文字の翻字法は一定していないが、基本的に統一せず、そのまま用いた。ただし「ロシア語学習について」など一部のエッセイでは、内容を鑑みて元のキリル文字に戻した。

三、注は訳注（＊）と原注（※）を区別した。

四、訳文中に引用されている作品については、原則としてこちらで翻訳をつけたが、既訳が存在する場合、読者の便を考え、できるかぎり訳注に情報を記した。既成の訳文を引用した場合、そのように記した。

五、エッセイは可能なかぎり初出を参照した。のちに作品集などに再録された文章は、照合し、参考にした。『強硬な意見』（一九七三年）に収録された文章で、ナボコフが補足、注を付けている場合、それも訳出した。

ナボコフの塊——エッセイ集1921－1975

I

錫でできた星——ロシアへの郷愁

ロシアの川

みな、いずこかのロシアの川を記憶にとどめているのだが、それについて語ろうにも、ためらいがちに口ごもってしまうのが常だ。人は人の言葉しかもたないのだ。

川といっても――人の心のように――それぞれ違うのだ……傍らの人間に告げようにも、人魚《ルサルカ》の真珠色の饒舌、水の精の翡翠色の呂律を知らなくてはならない……。

だが、それぞれの心――いまや流謫の身になった鋼の憂愁が宝を封じた場所だ――にいまも響くのは、かつてふるさとの川が歌った心である。

気のおけないさすらいびとを慰めるため、眠れぬ夜の静寂《しじま》に、私がこの心の吐息で揺らしたのは、単調な音節のブランコだ……どこにいこうが、厳冬にあっても猛暑にあっても、常に見《まみ》えるさだめなのは、奇跡のような、あるいは情熱の枷のような、故郷を運んでくるあのさすらいびとなのだ……。

家をなくした私自身、ある夜、靄がかかった巨大な街で、橋の上にたたずみ、てかてかと油びかりする闇を見つめていた。傍らには、たまたま居合わせた恋人の影がすらりと、黒い炎のように伸びていたが、その目は絶望的なまでによそよそしいのだった……。

私が黙りこんでしまったので、彼女は自分の国の言葉でたずねた――「私のことをもう忘れてしまったの？」――私があちら側――藻と泥でぬかるむ川が流れる彼方にいるのだと、彼女に説明する術はなかった。あの耳に快い名前の、葦草の生い茂る静謐があることで知られる川に……それはあたかも、泥濘の窪みから弾丸のように飛びだした青黒いショウドウツバメが、痛切な、驚嘆の叫びをあげながら宙を駆けていくかのようだ――ヴィー、ヴィーと……。

かつて楽園があった……。
かつてロシアがあった。

平舟は穏やかに流れる私の青春をすすんでいった。ニシコウライウグイスの群れが、陽が、キノコの湿気が棲む森をぬけ――針葉を生い茂らせるキハダの白の並びから、シラカバの幹がわずかに透けて見える森をぬけ――赤土の切りたった岸辺や、錦の小島をぬけて――マツムシソウやキンポウゲが生える、川面に顔をだした湿地をぬけて……。

ガツ！――きついオール受けが、がちがちと音をたてる――ガツ！――ひきあげられたオールは、緑の影に炎の涙をこぼしている……おーい！――川岸に広がる森のどこかで、かすかな声があがる……水面は花を咲かせたまま、まどろんでいる――蹄鉄のような形の浮葉、水中花の陶製のキューポラも……私の記憶のなかで、川はこれほどまでに彩り豊かで幅のせまいものだったのだ！　もう黄昏時だ……（「もう黄昏時《ヴェチェレエート》だ」、というロシア語の意味を、どう説明すればいいのだろう？）

蜻蛉《とんぼ》――土耳古石《トルコ》の糸についた二枚の雲母の翅――が、水浴び場の手摺にとまった……エゾノウワズミザクラのなかで陽が輝く……遠い鐘の音……茜色の、亜麻色の雨雲……餌箱から出した幼虫の触角を伸ばして、針にかける。待つ。かかる。
釣り糸が甘美に震える――青いコイか、頭でっかちのハゼか、身の強《こわ》いカワヒメマスが輝いたかと思うと、濡れた板場をぴしゃっとうつ。

魚釣りにも飽きると――木の庇の上にやっとのことでよじのぼり《ウズベルーシ》（……ルーシ！……）、鏡写しになった日没に音もなく飛びこんで潜っていく……目が眩み、当てずっぽうに泳いでは、腕を振りまわし、あおむけに横たわる――いまはどこにいるのだろう――空中だろうか、水中だろうか？体の上では蚋《アブ》が、降りたり昇ったり、降りたり昇ったり、いつまでもつきまとってきりがない……。
夜が終わってしまう。べとつく草の葉を顔からはがしてやる……くるぶしを稚魚がついばんでくる――魚の盲目の口づけは私には甘い。藤色のさざ波に浮かぶのは、炎の細流同士が作る結び目だ。私は泳ぎ、燃え、夕焼けを呑みほす。

今こうして、よるべなき異国で、ザックをずっと背負ったまま、私が揺れながら捕まえ、揺れながら捕まえるのは、ロシアの小川を謳った――水面に映った陽のように――とりとめのない詩行……。
川といっても――人の心のように――それぞれ違うのだ……。傍らの人間に告げようにも、人魚《ルサルカ》の真珠色の饒舌、水の精の翡翠色の呂律を知らなくてはならない……。

だが、それぞれの心——いまや流謫の身になった鋼の憂愁が宝を封じた場所だ——にいまも響くのは、かつてふるさとの川が歌った心である。

ケンブリッジ

すてきなことわざがある――「異郷にあっては星すら錫でできている」。まったく、よく言ったものだ。異国の自然がすばらしくとも、畢竟われわれのものではない以上、生命が欠けた、人工的なものに映る。それを味わい愛するには、根気よく眺めるほかはない。ところがそもそも、異国の樹木から漂ってくるのはどこか温室のような香りであり、小鳥はばねじかけのようであり、夕日は干からびた水彩絵の具のほうがましな程度ときているのだ。こんな気持ちをかかえて、私は英国の田舎町に越してきた――そこには、小さいなりにやんごとなき精神が宿されたかのように、堂々たる姿で古い大学が命脈を保っている。「カレッジ」と呼ばれる無数の建築物はゴシック的な美しさを湛え、上方に向かって整然と伸びている。あちこちの尖塔では、真紅の文字盤が燃えている。紋章のレリーフで飾られた古びた門の奥には、長方形の芝生が何面も、陽をうけて緑にきらめいている。門の反対側では、当世風の商店が並べた品物が彩りを添えている――この光景は、あたかも霊験あらたかな書物の余白に、色鉛筆で落書きしたご面相のように冒瀆的ですらある。

泥まみれの自転車がベルをちりちり鳴らしあいながら小路をいききし、自動二輪がけたたましい音をたてる。そして、ケンブリッジの街の皇帝たち――学生たち――がうようよしているのを目にしない場所はない。遮断機を思わせる縞模様のネクタイと、尋常ではないほど皺のよった、てかてかするズボンがそこかしこに見える――このズボンの色は、雲のような白っぽい色から、群青か暗灰色までありとあらゆる色調の灰色が揃っているが、周囲の壁の色と見事にあっている。

朝になると、制服のコートとノートを両手でかかえた若者たちは講義に駆けつけ、教壇から賢げなミイラがなにかもぐもぐ言うのに夢み心地のまま耳を傾ける。そして、学術用語の澱みのなかで、しゃれの魚がぴしゃりと跳ねあがった瞬間をとらえては、はっと目を覚まし、変幻自在な足踏みで賛辞を送る。朝食がすむと、紫や緑、青のジャケットにむりやり体を押しこんだ着飾った馬子たちは、暗くなるまでボールの音が響くビロードのような芝地や、鉄格子と灰色や褐色の壁のわきをヴェネツィアの憂愁を湛えて流れる川へと飛んでいってしまう――こうして、ケンブリッジはしばらくのあいだ空っぽになる。恰幅のいい巡査が街灯にもたれてあくびをし、素っ頓狂な黒い帽子をかぶった老婦人同士が辻で鉢あわせしては、なにごとかわめきたてあい、毛深い犬が菱形に落ちた陽だまりの中でまどろんでいる。五時がくると一度息を吹き返し、みな大挙して菓子店におしよせるのだが、そこではテーブルのそれぞれにベニテングダケの山のように毒々しくもけばけばしい色のケーキが積まれている。

私はいつものように隅に腰かけると、周囲の人々ののっぺりした顔を眺める。たしかにすこぶる感じがよいのだが、いつもなんとなく思い出してしまうのがひげそり用石鹸の広告で、一度こう感じてしまうとひどく退屈になり、うんざりしては、わーっと叫びだして窓をたたき割ってやりたくなる。

ガラスの壁のようなものが、彼らとわれわれ――ロシア人――のあいだにはある。彼らには、丸くて堅い、入念に着色した地球儀にも似た自分の世界がある。その心には、うずまく霊感、鼓動、光輝、踊りだしたくなるような血の高ぶり、何処《いずこ》にあるとも知らぬ深淵と天地の狭間にわれらをつれていくあの悪意だとかいたわりだとかはない。雲が肩にのり、海が膝に達する瞬間がわれわれにはおとずれるものだ――心よ、よく遊べ！　英国人にとって、こうしたことは理解の埒外にあり、新奇でもあり、そしておそらく魅力的に映る。英国人がへべれけになるまで酔っぱらって暴れるようなことがあったとしても、その乱暴狼藉は陳腐かつ隠然としたもので、法の番人の目にとまったところで、想定の範囲を踏みこえるものではないと知るがゆえ、ただ笑みをうかべるだけだろう。だが他方で、最高純度のアルコールさえ英国人の琴線に触れることもなければ、胸をはだけさせ、帽子で地面を叩かせることもない……。こちらが胸襟を開いたところで、相手を引かせてしまうのが落ちだ。いつものように仲間たちと、なにかあれこれ、ストだかスリだかについておしゃべりしている最中に、素朴にも口をすべらせて、ペテルブルグの下に広がる沼地をもう一目見るためなら、血を全部捧げてもいいとのたまってしまう――だが、そんな考えを口にするのはみっともないことだ。教会のなかで口笛でも吹いたかのように、睨《ね》めつけられてしまう。

わかったのは、ケンブリッジには、伝統的に学生がしてはならぬ、ごくありふれた事項が一セットあることだ。たとえば、川で手漕ぎボートを漕いではならず、筏か丸木舟を借りなくてはならない。外で帽子をかぶるきまりはない。われわれの街では、この点を気まり悪く思わなくていいそうだ。挨拶の際に握手をしてはいけないことになっている――教授であってもおじぎするなんてもってのほかだ。ほうけたような笑みをうかべ、ぶつぶつなにか言っては口ごもる。このようなルールが少なからずあり、新参者は窮地に立たされることがままある。無鉄砲な外人が万事自己流にふるまえば、頭から驚かれてしまう――とんでもない変人、無学者があらわれた！　そして避けられ、外で会っても知らん顔されてしまう。たしかに、外国産の獣に関心おありのお人好しがあらわれることもある——だが、びくびくあたりを見まわしながら、人目のない場所で近づいてくるだけで、自分の好奇心を満たしてしまったあとは、永遠にどこかに消えてしまう。そんなわけで、ここでは真の友人を見つけることはかなわないと感じて、ふさぎの虫で心が腫れあがることもある。こうなると、万事退屈に感じられる——家主の目敏い老婆の眼鏡も、薄汚れた赤い長椅子や陰気くさい暖炉を備えつけたその部屋自体も、悪趣味な棚に置かれた悪趣味な花瓶も、外から飛びこんでくる騒音も——新聞売りの少年の叫び声だ——新聞《パイパ》、新聞《パイパ》！

だが、万事に慣れていき、周囲に合わせて、異郷で美しいものに気づく術を学ぶ。

靄がかかった春の晩、喧騒がやんだ街をさまよいながら、われらの人生の浮沈と虚しさのほかに感じるのは、ケンブリッジ自体がもうひとつの生、人の心を虜にするような古きよき時代の生を保っていることだ。むっつりと、どこか醒めた眼つきで、新しい世代の才気のほとばしりを眺めるその巨大な灰色の瞳は、百年前にも同じように、びっこをひいたなよなよした学生バイロンとそのペットの熊を見ていたのだ——熊のほうでは、故郷の松林と、今は昔のモスコーヴィヤ*1で自分を売り渡した小ずるい男を永久に記憶に刻みつけていたのだけれども。

八百年が駆け足で過ぎ去った。イナゴのように襲来したタタール人。豪放磊落に笑うイヴァン。*2不吉な夢のように、ルーシに動乱《スムータ》*3が吹き荒れる。それを克服するため、黄金の靄のように、新たな皇帝《ツァーリ》たちが立ちあがる。努力の人ピョートルは歯に衣着せぬ言動で、薄暗い森からこの白昼の世界へと抜けだしてくる。他方、ここではこの壁が、この塔がすでに変わりなく建っていて、来る年も来る年も、鐘が鳴りあう時間になると、スマートな若者たちがまったく同じように食堂に集まってきて、そこでは現在のように高窓の絵つきガラスからさしこんだ光が、コンロにアメジストの蒼白な飛沫を浴びせていた――彼ら、この若者たちはあいもかわらず冗談を言いあっていた――ただし、おそらく、口調はもっと活気に満ちて、ビールの度数も強く……。

こんなことを考えながら、靄のかかった晩に、静まりかえった街をさまよい歩く。川に出る。小橋の、灰白色のアーチのうえにしばしたたずむ。少し離れたところに、魅惑的な自分の姿をくっきりと映して、橋は真円を描いている。しだれ柳、楡の古木、盛大に葉を茂らせたマロニエの樹が、あちこちに盛りあがっている――あたかも色あせた柔らかい空のキャンバスに緑の絹糸で縫いつけたかのように。ライラックと藻に覆われた水面がぼんやりと香る……。そして、まさにいま街中が時を刻みだす……。丸みを帯びた銀の音色が、遠いものも、近いものも、上空でぶつかりあいながら通りすぎていく。そして、ほんのわずかのあいだ、黒く浮かびあがった塔たちの上に、魔法の網となって広がったあとで、靄のかかった横町に、美しい夜空に、私の心に、近いものも、遠いものも、ゆっくりと溶けていく……。静かな水面を見て――まるで陶器に描いたように――繊細な反射があふれている――私はさらに深く己の思念に沈みこんでいく――雑事、数奇な運命、わが故郷、日々すばらしき回想が古びていってしまうこと……だが、目下のところそれに代わるものはなにもない……。

＊1　主に西洋諸国で、かつてのロシアを指した呼び名。
＊2　イヴァン雷帝を指す。

＊3　十七世紀初頭に起こったロシア史上の混乱時代。

笑いと夢

芸術とは永久不変の驚異である。つまりは一種の魔術師であって、二と二を合わせて五を作りだすどころか、二と二から百万を、あるいは、あの景気のよい巨大な数字——一目見れば、数学的悪夢に身悶えする譫妄状態の精神にとりつき、目を眩ませるあの——を作りだす秘術をもっているのである。芸術は世界からごくささやかなものをとりあげると、素敵な輪郭をひねりだし、めくるめく色どりでひたし染めにするのだ——その結果、フィレンツェの花売り娘からマドンナが作りだされ、鳥のさえずりや小川のせせらぎのかすかな音から壮大な交響曲が生みだされることになる。ありふれた言葉、われらのささいな夢と胸騒ぎは、気まぐれな魔術師である芸術が、人生の唇にルージュをさしてくれるとき、舞台上で魔法と化す。ゆえに、どんなに味気なく、滑稽で、醜く見えようとも、見方によっては美に高まりうるということを芸術はよく知っているのだ。そしてロシアの芸術ほど、このことを証しだててきたものはない。

こう発言するとき、私が言いたいのは、うらぶれた町の泥だまりや、地方の下級官吏特有の傲慢さに高尚な喜劇の秘訣を見いだしたグロテスクの天才ゴーゴリのような作家のことではない。私が考えているのは、歪められた狂気の領域を彷徨うドストエフスキイの闇のことでもない。私が話したいのは、こうした表舞台のある種の裏側である。

ロシアの魂は、外国に由来するさまざまな芸術に自分の命を吹きこむ力をさずかっている。まさに、フランスの「キャバレー」（詩人、俳優、芸術家の会合場所《ランデブー》）が、その軽さと輝きを失うことなく、ロシアで遠い異国の味わいをえたように。民間伝承や歌謡、おもちゃは、魔法のように新たな命を呼びさまされると、そのニスでしあげた曲線や惜しげなく色を重ねた模様は、早春のロシアの青き日々を私の心に呼びおこすのだ。

そう、私はあの日々を覚えている――「聖枝祭の市《ヴェルバ》」の華やかな出し物――まさに、大地の震える悦びが命を帯びたものと呼ぶにふさわしい。田舎から切りだしてきた、ネコヤナギの、ふわふわした真珠色の花穂を湿り気を帯びたまま束ねたものは、街に運ばれて目抜き通りで売りにだされるのだが、そこにはこのお祭りのために組みたてられた木製の屋台が二列になって軒を連ねている。屋台と屋台の間を、買い手のたえることのない人波がぐるぐると流れてまわり、その足元ではつやのある紫の泥が、まき散らされた紙ふぶきで鮮やかなまだら模様になっている。前かけをした行商人が売り物を大声で喧伝している。綿製の小型の悪魔が段ボールの盾に鋲でとめられている。縦長にふくらまされた赤風船が、風に吹かれてあのギシギシと軋むような音をたてている。着色されたアルコールを詰めたガラス管の、ゴム底をぐっと押さえつけると、なかの暗緑色の小鬼が踊りだす。そして、三月の陽光にさらされて茶色に輝く、白樺からポタポタしたたる雨だれを受ける屋台には、ほかにも商品が並べられている――クリームウェハース、東洋菓子《イースタン・デライト》、金魚にカナリア、人工菊、リスのぬいぐるみ、安っぽい刺繍いりのシャツ、飾り帯、スカーフ、ハーモニカ、バラライカ、そしておもちゃ、おもちゃ、おもちゃ。なかでも私のお気に入りは、丸っこい農民女《バーバ》が十以上もセットになったもので、それぞれの人形は大きさを少しずつ変えて作られていて、中は空洞になっているので、全部がひとつの人形の中にすっぽり収まってしまうのだ。

ほかに同じくらい気に入っているのが、一組の木彫りの人形でできたおもちゃだ。この二体が、まんなかに置かれた木の鉄床を交互に叩くのだ。妙に明るい色を塗ったおなかの丸い人形には鉛が詰められているので、力をいれずとも片側にそっと倒せるが、振り子の動きでさっと元の垂直体勢にもどってしまう。そして、上空ではまばゆい青空がぐるぐるまわり、濡れ屋根は鏡のようにきらめき、教会の鐘が奏でる黄金の音色は出し物の甲高い呼び声と溶けあう……。

おもちゃ、色彩、笑いの世界――いや、こうした言葉の濃縮された印象と言ったほうがいいか――は、このロシアの「キャバレー」の舞台で魔法のようによみがえる。私が「聖枝祭の市《ヴェルバ》」について話したのは、滑らかな手触りをした愉快な木のおもちゃに秘められた、ロシアの民間伝承の想像力《ロマンス》をお見せしたかっただけのことだ。こういったおもちゃの数々は、舞台上で命を宿して踊りだすよう作られている。芸術があかすのは、そのまばゆいまでの色彩の精髄なのである。だが、それだけではない。さらなる深遠なる美、さらなる魅力がロシアの最奥にはある。そして、この「キャバレー」の本質とは、笑いと夢、日光と夕闇のような異質な雰囲気をもつ美のとりあわせにある――ちなみに、その後者のほうの美も、やはり芸術が表現するところである。ロシア風の帽子やキューポラがはっとするほど明るい色だとしても、レヴィタン[*1]の絵画や、プーシキン（およびほかの詩人）の詩が描きだすのは、ロシアの魂のもうひとつの側面である。それこそまさに、ある英国詩人が言ったような「この世でもっともやさしいもの」――ロシアの愛唱歌の、霧につつまれたような、哀愁を誘う調べである。孤独な道沿いで、夕暮れの大河の岸辺で、歌は響きわたる。北方の夢の街を幻のように滑りぬけていく、青白い夜がもつ不思議な魅力もそこに加わる。おそらく、その強い情熱が、なによりも神秘的な深みをもっているのが、ジプシーが奏でる愛のメロディだ。

それゆえ亡霊は、笑いになったり、夢になったりを繰りかえす。木製の兵士たち、赤ら顔の人形たち、髭を生やしたサモワールのような農民たちが踊りながら目前を通りぬけていく。つづいて、眠れぬ夜と遥かな土地を歌いながら蒼白な想像力《ロマンス》がさあっとぬけていく。

それでは、生そのものとはなんなのか？――もうひとつの「キャバレー」が涙でなく、笑顔が一枚の色鮮やかな薄織物に織りこまれていないとすれば？

＊1　イサーク・レヴィタン（一八六〇―一九〇〇）。ロシアの風景画家。

II

森羅万象は戯れている——遊ぶナボコフ

塗られた木

日本の蝶——その見事な尾翼をそなえた生き物は、繊細な翅脈がはりめぐらされた翅に鮮やかな色の飛沫と波紋をにじませている——を見ると、日本の扇や屏風から舞いだしてきたようにいつも思うが、それはかの国の鳩色の火山が、鉛筆書きされることを大いに意識していたように見えるのとまったく同じである。当地にある、よく肥えたブロンズ製の像や、その全体に丸みを帯びた様子や、東方独特のふくふくしさにあるなにか——このせいで、きらきら光るふくよかな魚を見ると、虹色の靄のなか、南国の海のまばゆいまぼろしを見ていると思いたくなるのである。つまり、芸術と自然はひとつに溶けあっている——この両者がひとつになる方法はじつにあざやかなもので、一例をあげるなら、日没がクロード・ロランをつくったのか、クロード・ロランが日没をつくったのか、どちらか決めかねるような具合なのだ。私の心をうつのは、ロシアの木製玩具と北方の森の果てしない闇のなかに実る豊かなきのこや漿果とのあいだの結びつきである。思うに、ロシアの農夫は知らず知らずのうちにその紫や青や紅の色彩を吸いこみ、こどものために玩具を彫って着色する段になって記憶から呼びもどしているのではないかということだ。

どこかで読んだことがあるのだが、数世紀前までは、雉の美しい亜種がロシアの森に棲んでいたらしい。この鳥は「火の鳥」としてロシアに伝わるおとぎ話に名をとどめ、農家の精妙な屋根飾りにその輝きのいくばくかを貸し与えることになった。この奇跡の鳥は人々の想像力にはたらきかけて、その翼の黄金のはばたきこそが、ロシアの芸術の魂だという印象を生みだした。神秘主義は熾天使《セラフィム》を長い尾の、ルビーの目をした鳥に変え、黄金の爪と筆舌に尽くしがたい翼をさずけた。地球上のどこにも、孔雀の羽と風見鶏をかくも愛好する国はほかにない。

クランベリー、赤いきのこ、絶滅種の雉はひとつになって、ひときわ陽気な芸術を生みだした。生まれたそもそものはじまりには、そこに才気の残滓があったのかもしれない——南仏で発見された洞窟の壁に残された、先史時代の芸術家の手になる動物画の傑作に、才気がうかがえるように。黄土色、黒色、朱色の色素で描かれた、躍動する牡鹿と赤毛の野牛を、近年の画集にある陳腐な動物とくらべよ！　ホモ・サピエンスの亜種は自分の家族をよろこばせる術を知っていたのだ。

同じことがロシアの伝統的な芸術にも言える。長年にわたり、そして何代にもわたり、農民《ムージク》は人形、箱、コップなど、百種類にものぼる品々を彫り、着色してきたが、とうとう、原初のイメージは脳内で笑い声をあげたり、火花をはなったりすることをやめ、遠くかすかなものになってしまった。先代の作品をただ模倣すればいいのであって、霊感をきらめかせる必要はないからだ。こうしてこの技術から生命はてていき、明るい色で塗られた木片の角と丸みだけがあとに残された。家屋を伝統的な様式で飾りたてることは、どこか「悪趣味」になり、雄鶏様式と呼ばれてばかにされるようになった。刺繍入りスカーフ、飾り帯、高いブーツ、ビーズのネックレスなどの、伝統的なロシアの装いはただ笑われるだけだ。ロシアのこどもたちはたわいもない木のおもちゃよりも、テディベアやコリヴィグ人形、ぜんまいじかけの列車に目がない。ラッカーを塗った小箱（トロイカ馬車の絵がついている）に、イギリス人は数ポンドを惜しまないだろうが、ロシア人は自分の紙巻きや刺繍をしまっておこうなどという考えは夢にももたない。そう、これは奇妙なことだ。

それから、突如として嘘みたいに、爽やかないい風が吹いたかと思うと、陽光がきらめき、枯葉が舞いあがって、羽の色も鮮やかな小鳥のように見える。木製玩具とロシアの歌謡に唄われている死した英雄たちが目を覚まし、伸びをする――ほら、よみがえった――つやつや真新しい姿で、笑顔で踊っている。いかめしい灰色の街をいく男が、突然でくわすその新しい家の名前は――「ロシア・シアター・キャバレー」。一歩足を踏みいれれば、異国の美が目まぐるしくかけめぐる驚異に、開いた口が塞がらないだろう。この驚異は、彼にとってのものであって、われわれにとってのものではない。私たちは自分たちのおもちゃに少々飽きてしまっている。というのも、そういったものは、私たちが抱く「本当のロシア」の観念を具現化したものではないからだ。外国人が愉快な嘘にひきこまれているあいだ、私たちはカーテン裏でウィンクをかわしあう。美には少々の嘘が含まれるものであって、ロシアの美はことさらにそうなのだ。

あらゆることを考慮に入れれば、他国の人々がステージ上で息を吹きかえす私たちの木製人形に惹きつけられるのも、ことさらに不思議なことではない。パリの「キャバレー」が生んだのは、ネコやオウム、常夏の島についての美しい詩を朗唱する、ビロード地の上着に身を包んだ長髪の詩人である。イタリアに与えられたのは、もっとセレナーデやコンチェッティのような類である。ドイツにはつっけんどんな、単純なユーモアの爆発がある。だが、ロシアの「キャバレー」だけが授かったのが、このきわめて熱狂的な夢を現実にする力であり、踊るグロテスクな人形たちで埋めつくされたこの奇観を衆目にさらす力である。

ブライテンシュトレーターvs.パオリーノ

森羅万象は戯れている――血液は恋人たちの血管で、陽光は水中で、音楽家はバイオリンで。人生において善きもの――恋愛、自然、芸術、家のなかでしかつうじない冗談――は、みな遊びである。私たちが実際に遊ぶとき（えんどう豆でブリキの兵団を倒したり、テニスのネットごしにひっぱりっこをしたり）、筋肉が感じとるもののなかに遊びの本質があるのであり、それは片手からもう片方の手へときらめく放物線――宇宙の惑星――を、切れ目なくあげつづける驚異の曲芸師《ジャグラー》を虜にする、あの遊びなのである。

生あるかぎり、人は遊びつづける。人間性の骨休みにあたる時代、人々はとりわけ遊びに惹きつけられた。かつてのギリシア、かつてのローマ、そしてわれわれが暮らす現代のヨーロッパである。

こどもはよく知っている――心ゆくまで遊ぶためには、だれかと遊ぶ必要があるということを。少なくとも、想像上のだれかに、自分が分身する必要がある。言いかえれば、競争なき遊びはないのである。というのも、ある遊び――たとえば運動大会で、五十人もの男性や女性がいっしょになって同一の動きで同じ図形を広場に描くなどというものは、どうも味気ないのであって、それは遊びに、あの心を動かし、感情を昂ぶらせる、いわく言い難い魅力をさずける大事なものが欠けているからである。これぞ、共産主義体制がかくもこっけいな理由である――体制内では全員が同じ退屈な体操をやることを義務づけられ、隣人よりうまくやることは許されないのだ。

トラファルガーの会戦はイートン校のフットボール場とテニス場で勝ちとられたものだと、ネルソンが言うのも無理なからぬことだ。ドイツ人も最近になってやっとわかったのは、グーステップで突き進んでいくにも限界があり、ボクシング、フットボール、ホッケーが、戦争やほかすべての運動よりも重要だということだ。特に重要なのはボクシングだ——ボクシングマッチほど健康的で爽快な見世物はめったにない。格式ばった御仁にあられては、毎朝の水浴など好まず、何千人もの群衆（ついでながら、これはいわゆる下民のたぐいとはまったく異なり、国民的英雄を出迎える群衆などよりも、はるかに高潔かつ真摯、真心からの熱狂によるものだ）を相手にするボクサーよりも、二人半の通人を相手にする詩人のほうがもらいが少ないことを知ると驚きをおぼえるむきもあるだろうが、当の格式ばった御仁が、まさに不快感をおぼえ、顔をそむけているのがこの拳闘というものなのだ。これはおそらく、ローマ帝国の時分とまったく同じようなもので、当時の人々が顔をしかめていたのも、二人の壮健な剣闘士が、剣術の技量を競いあっては、市民に親指を下《ポリケ・ヴェルソ》に指されることがないよう、互いの息の根を止めるべく、鋼鉄の殴打を繰りだしあうさまだった。

もちろん、ヘビー級ボクサーが二、三ラウンドもたつといささか血まみれになってしまったり、レフェリーの白チョッキが万年筆から赤インクが漏れたようになるということはまったくない。重要なのは、第一にボクシング技術そのものの美しさなのであり、ひいては打撃精度が完璧であること、サイドステップ、ダッキング、多彩なパンチ——フック、ストレート、アッパーカット——などなのであり、第二に、この芸術が喚起する雄々しくも心地よい心の高まりなのだ。ボクサーの美とロマンは多くの作家が描くところでもある。バーナード・ショーはプロボクサーについて丸々一冊長編を書いた。[*1]ジャック・ロンドン、コナン・ドイル、クプリーン[*2]も同じように書いている。全欧州の寵児（口やかましい英国人をのぞいて）バイロンはボクサーたちと熱心に交友を結び、試合を見るのを好んだが、プーシキンやレールモントフも英国に住んでいれば、まったく同じようにボクシングを愛好しただろう。十八世紀や十九世紀のプロボクサーの肖像画が残っている。グローブなしの闘いに挑んだ著名な拳闘士たち――フィグ[*3]、コルベット[*4]、クリブ[*5]は、堂々と、技巧を駆使して、タフに（ノックアウトの前に疲労困憊してしまうことが多かった）闘いぬいた。

前世紀中頃にあらわれたボクシンググローブは、人道的な理由からもうけられた了解事項というわけではまったくなく、それなしには二時間にわたる立ち回りで簡単に砕けてしまう拳を保護したいという理由からきたものだ。栄えある拳の達人たちはみな、少なからぬ英貨ポンドを支持者に稼いできたあと、はるか昔にリングを降りてしまった。そして馬齢を重ねては、夜ごと酒場で、ジョッキ一杯のビールを片手に、かつての栄光を自慢げに語るようになったのである。そのあとに現在のボクサーの教師となった人々があらわれた――小山のようなサリヴァン[*6]、ロンドンの伊達男のような外見《なり》をしたバーンズ[*7]、鍛冶屋の息子ジェフリーズ[*8]……彼は「白い希望」と呼ばれていたが、これは当時すでに黒人ボクサーたちが圧倒的だったことを示しているだろう。

ジェフリーズに巨漢の黒人の打倒を託した連中は、金をすってしまった。二人種がこの試合を見物した。しかし、黒白両陣営が燃やした激しい敵意にもかかわらず（この試合は二五年か、もっと前にアメリカでおこなわれた）、ボクシングマッチの唯一の掟は破られなかった。しかも、ジェフリーズは一撃ごとにこうのたまっていたのだ――「この黄色い犬め、この黄色い犬め」。長きにおよぶ激闘のあとで、巨漢の黒人は強烈に相手を打ちすえたので、ジェフリーズはひっくりかえってリングロープから飛びだしてしまい、その様子は「眠りに落ちた」と言われたものだ。

あわれなジョンソン[*9]！　このボクサーは昔日の栄光の上にあぐらをかき、肥え、白人の美人妻をもらい、ミュージックホールのステージ上で生きた広告塔のようになってしまった。それからどうやら牢屋につかまったらしく、その黒い顔と白い笑顔がイラスト雑誌に輝いていたのはほんのつかの間のことだった。

幸運にも、私は、スミス[*10]やボンバルディア・ウェルズ[*11]、ゴダード[*12]、ワイルド[*13]、ベケット[*14]、そしてベケットを負かした奇跡のカルパンティエ[*15]といったボクサーを見ることができた。前者に五千、後者に三千ポンド支払われたその闘いは、きっかり五十六秒間つづき、二十ポンド払って席を買ったある人物は、たった一本たばこを喫ったあとにリングに目をやると、ベケットが眠りこけた幼児のような、なんともいじらしい体勢でマットですでに寝ていたのだ。

急いでつけ加えておかねばならないが、一瞬で失神させるようなパンチは、まったく恐ろしいものではないということだ。むしろ、その逆だ。私自身が経験したことなので請けおうことができるが、眠りに落ちるようなもので、むしろ心地よいのだ。顎の先端には、肘と同じように（肘の場合、英語では愉快な骨《ファニー・ボーン》、ドイツ語では音楽の骨《ムジククノヒエン》と呼ばれる）小さな骨があるのだ。よく知られているように、肘のかどを強く打たれると、じーんという音がして、即座に腕の筋肉がしびれてしまう。顎の先端を強く打たれても同じことがおこる。

痛みはない。じーんとして、一瞬で心地よい眠りに落ちる（ノックアウトと呼ばれる）。これは、十秒から半時ほどつづく。みぞおちへの一撃はあまり心地よいものではないが、よいボクサーは腹に力をいれて固めるのがうまく、下腹部を馬に蹴られようとも動じない。

今週火曜日の夜に、カルパンティエを見た。カルパンティエはヘビー級のパオリーノ[16]のトレーナーとして来ていた。観客はこの地味な金髪の若者が、つい最近まで世界チャンピオンだったということが、すぐにはわからなかった。いまや、カルパンティエの栄光は色あせてしまったのだ。デンプシー[17]とのすさまじい一戦のあとで、噂ではカルパンティエは女のように泣きだしてしまったという。

　パオリーノが先にリングに立ち、いつもどおりコーナーに置かれた椅子にすわった。山のような巨体に、褐色の角ばった頭をした、華美なガウンを足先まで着こんでいるこのバスク人は、東洋の偶像に似ていた。照らされているのはリングのみであり、上方から落ちてくる光の白い円錐のなかで、マットは銀のようだった。その銀に色づいた立方体は、巨大な暗い楕円のただなかにあり[18]、そこには列になって無数の人間の頭がびっしり並んでいて、その様子はさながら黒地にまき散らした食べごろのトウモロコシの粒々のようだった――その立方体を銀色に照らしているのは、電気ではなく、闇から注がれた凝視が結集した力であるかのようだった。バスク人の相手、ドイツチャンピオンの金髪のブライテンシュトレーター[19]が、鼠色のガウンを着て（なぜか灰色のズボンを穿いていたが、すぐに脱いだ）、リングにはいってくると、巨大な闇が歓喜の呻りに震えた。呻りはリングの端から突きだしたカメラが、その「サルのケース」（そう、隣のドイツ人が呼んでいた）を闘士や、ジャッジ、セコンドに向けるときまで、両チャンピオンが「拳闘用のグローブをはめる」（「若き親衛兵と勇敢たる商人」を思い出した）ときまで鳴りやまなかった。そして、両選手が鍛えぬかれた肩からガウン（「ビロードの外套」ではなく）を投げすて[20]、白く輝くリング上で互いに突進すると、暗黒の深淵を、トウモロコシの粒が並んだ列を、靄がかかった上階を、かすかな呻りがとおり抜けた――自分たちの贔屓のボクサーよりも、このバスク人がどれほど頑健で強靭なのか、みなが見極めようとしたのだ。

　ブライテンシュトレーターが飛びかかると、呻りは歓喜の轟きに変わった。だが、パオリーノは両肩のあいだに頭をひっこめて、ショートフックを下に上にとお返しし、ほとんど最初の瞬間からドイツ人の顔は血で輝きはじめた。

　ブライテンシュトレーターがパンチを食らうごとに、私の隣人は口笛とともに息を吸いこみ、まるで自分がパンチを食らったかのようにしたが、それだけでなく、すべての闇、すべての階が、人知を超えた巨大な喉かなにかを、そのたびごとにごくりと鳴らしていたのだ。三ラウンドまでに早くもはっきりしてきたのは、ドイツ人は弱り、パンチを繰りだしても、オレンジの山が背を曲げて迫ってくるのを押しとどめられないということだった。だが、ブライテンシュトレーターは並外れた勇敢さで闘いつづけ、十五ポンドの体重差をスピードで埋めあわせようとした。

　まばゆい立方体の上では、二人の闘士と、そのあいだを逃げまわるレフェリーが飛び跳ねていたが、周囲の暗闇は凍りついていた――その静寂のなかで、汗でつやつやしたグローブが剝きだしの腹に打ちつけられては湿った音をたてていた。七ラウンドのはじめに、ブライテンシュトレーターはダウンしたが、五、六カウントで起きあがると、薄氷の上をゆく馬のように飛びだしてきた。こうした状況では、迅速かつ決然と行動しなくてはならないことを知っているバスク人も同時に飛びかかり、ありったけの力をパンチにこめたが、よくあるように、熱いだけで、固まっていなかった拳は、弱った相手を打ちすえるかわりに、むし息をふきかえさせ、目覚めさせてしまった。ドイツ人は身をかわすと、バスク人にしがみついてなんとかラウンドの終わりまで時間をかせごうとした。ふたたび倒れたまさにそのとき、ゴングがブライテンシュトレーターを救った。八カウントで渾身の力で立ちあがると、椅子までたどりついた。なにか奇跡のようなものがおこってブライテンシュトレーターは八ラウンドを耐えぬき、拍手の轟音が一層大きくなった。だが、九ラウンド開始早々、パオリーノはあごの下に狙いすました一撃を見舞った。ブライテンシュトレーターはどさっと倒れた。闇は理性も均整もうしなって吠えだした。ブライテンシュトレーターは丸くなって寝てしまった。レフェリーは運命の十秒を数えあげた。彼は寝たままだった。

こうして、試合は幕をおろした。雪が降りしきる厳寒の青闇のなか、われわれは街に雪崩れこんだ。私が確信していたのは、二人のすぐれたボクサーを引き合わせるに値するもののおかげで、覇気のない一家の主や、引っこみ思案な若者、さらにはこの人波ひとりひとりの――明日早朝にはオフィスや商店、工場へと散り散りになってしまう――精神と筋肉に、同じひとつの心地よい感覚が宿ったということであり、その感覚とは、ボクシングというゲームが秘めた、火花を散らす力の説得力、勇気、雄々しさといったものなのだ。この遊びの感情は、おそらく多くの「高尚な愉しみ」と呼ばれているものよりも重要で、高潔なものだろう。

＊1 『キャシェル・バイロンの職業』（一八八二）をさす。
＊2 アレクサンドル・クプリーン（一八七〇―一九三八）。ロシアの作家。
＊3 ジェイムズ・フィグ（一六八四―一七三四）。英国の初代ベアナックル・ボクシング王者。ボクシングの父と呼ばれた。
＊4 ジェイムズ・コルベット（一八六六―一九三三）。アイルランド系アメリカ人の世界チャンピオン。

＊5　トム・クリブ（一七八一―一八四八）。英国のベアナックル・ボクシングのチャンピオン。
＊6　ジョン・L・サリヴァン（一八五八―一九一八）。グローブ方式のクインズベリー・ルールでの最初の認定チャンピオン。「ボストン・ストロング・ボーイ」と呼ばれた。
＊7　トミー・バーンズ（一八八一―一九五五）。カナダ出身のプロボクサー。世界チャンピオンを十一度防衛した。
＊8　ジェームス・J・ジェフリーズ（一八七五―一九五三）。アメリカのボクシング世界ヘビー級チャンピオン。
＊9　ジャック・ジョンソン（一八七八―一九四六）。「ガルベストンの巨人」のニックネームで知られたアメリカのプロボクサー。黒人としてははじめての世界ヘビー級王者になった。引退後、マン法によって起訴され、一年間服役した。
＊10　ディック・スミス（一八八六―一九五〇）。英国のライトヘビー級ボクサー。
＊11　ボンバルディア・ビリー・ウェルズ（一八八九―一九六七）。英国のヘビー級ボクサー。
＊12　ジョー・ゴダード（一八五七―一九〇三）。オーストラリアのヘビー級ボクサー。
＊13　ジミー・ワイルド（一八九二―一九六九）。ウェールズ出身の初代フライ級世界チャンピオン。「マイティ・アトム」、「ハンマーを持った幽霊」と呼ばれた。
＊14　ジョー・ベケット（一八九二―一九六五）。一九一〇年代から二〇年代にかけて活躍した英国のボクサー。
＊15　ジョルジュ・カルパンティエ（一八九四―一九七五）。「蘭の男」と呼ばれたフランスのボクサー。世界ライトヘビー級王者。
＊16　パオリーノ・ウスクドン（一八九九―一九八五）。「バスクのきこり」と呼ばれたヨーロッパチャンピオン。
＊17　ジャック・デンプシー（一八九五―一九八三）。ヘビー級世界王者を七年間防衛したアメリカのプロボクサー。「マナッサの撲殺者」「拳の英雄」と呼ばれた。
＊18　この試合は一九二五年十二月一日にベルリン・スポーツ宮殿でおこなわれた。
＊19　ハンス・ブライテンシュトレーター（一八九七―一九七二）。通称「金髪のハンス」と呼ばれたドイツチャンピオン（一九二〇、一九二三、一九二五）。
＊20　ミハイル・レールモントフによる詩「皇帝イヴァン・ヴァシリエヴィチと若き親衛兵と勇敢たる商人カラシニコフの歌」（一八三七）への言及。

E・A・ズノスコ＝ボロフスキイ『カパブランカとアリョーヒン』、パリ

この小ぶりな本は、チェス芸術の愛好家にはこのうえない小説《ロマーン》にうつるだろう。むしろ、長編小説の第一巻と言ったほうが正確だ——というのも、主役たちの本格的な戦いは今まさにはじまったばかりであり、まだ少なからぬ素晴らしい戦いが将来にひかえていることがわかっているからだ。自身才能ある指し手であるズノスコ＝ボロフスキイは[*1]、チェスを見事に描いている。本は、昔年の(アンデルセンやピルズベリー[*2]、その他大勢による[*3]) コンビネーション・プレイがいかにきらびやかで、魅力的なものだったかについてのエピソードにはじまり、シュタイニッツ[*4]、シュレヒター[*5]、ルービンシュタイン[*6]、ラスカー[*7]といった冷徹なマスターたちの影響のもと、ポジショナル・プレイに話を移すのだが、彼らはチェスにおける一分の無駄も許さない厳密さの崇拝者とでも言うべき面々なのだ。

著者はこう書いている——「カパブランカは[*8]、不毛な科学から活気と悦びに満ちた芸術の世界へと帰ってきた」。さらにその驚異的なキャリアを、ラスカーに対する勝利、大勝利、大勝利、予期せぬ停滞、そしてさらなる大勝利という具合に描いていく。「空間の中でのプレイ」の特徴とは、ポジションごとの堅さやまとまりへの気配りにある。それに対して「時間の中でのプレイ」とは、手の動き、展開の中でのプレイである。つまり、カパブランカはダイナミックなプレイヤー、「う

つろいやすい時間の騎士」なのである。ズノスコ＝ボロフスキーは、アリョーヒン[*9]のプレイについても同じくらい詳細に描いている。作者によれば、両者を比べると、カパブランカは古典的かつ技巧派であり、アリョーヒンはロマン主義者で戦略家だという。カパブランカは穏やかで、そのパレットには天才のみが見いだすある種の調和がある。アリョーヒンは情熱的で、そのイマジネーションには垣根というものがなく、そのコンビネーションはおとぎ話の産物である――「その指し手は扇のように広げられ、最後の一撃の瞬間になってはじめて折りたたまれるのだ」。

本文中に添えられた何点かの図面は、読者の便益にかなうものである。巻末に収録された厳選したカパブランカ―アリョーヒンの一四局の棋譜には、簡潔だが、すぐれた解説もついている。

作者の記述はところどころ非凡な冴えを見せており、描写の端々まで快活で力強いリズムが満ちている。チェスを書くズノスコ＝ボロフスキーの筆には一種の妙味があり、大家が自分の芸術作品について本来こう書くべきであるような、鮮やかさ、心地よさがある。下記に署名した、カイサ[*10]の（控えめだが）熱狂的信者は、この読むものに興奮を呼びさまさずにはいられない書物の登場を歓迎する次第である。

＊1　エヴゲーニイ・アレクサンドロヴィチ・ズノスコ＝ボロフスキイ（一八八四―一九五四）。批評家、劇作家、チェスプレイヤー。チェス理論についての一連の著作がある。のちにナボコフのチェス・プロブレムを発表するために手を貸した。

＊2　アドルフ・アンデルセン（一八一八―一八七九）。ドイツのチェスプレイヤー。一時非公式ながら世界チャンピオンだったとされる。

＊3　ハリー・ネルソン・ピルズベリー（一八七二―一九〇六）。アメリカのチェスプレイヤー。目隠しチェスを得意とした。

＊4　ヴィルヘルム・シュタイニッツ（一八三六―一九〇〇）。オーストリア出身のチェスプレイヤー。公式の初代世界チャンピオンで、ラスカーに敗れて王座を失った。
＊5　カール・シュレヒター（一八七四―一九一八）。オーストリアのチェスプレイヤー。
＊6　アキーバ・ルービンシュタイン（一八八二―一九六一）。ポーランドのチェスプレイヤー。
＊7　エマーヌエール・ラスカー（一八六八―一九四一）。ユダヤ系ドイツ人のチェスプレイヤー。カパブランカに敗れて世界王座を失った。
＊8　ホセ・ラウル・カパブランカ（一八八八―一九四二）。キューバの外交官、チェスプレイヤー。世界チャンピオン。
＊9　アレクサンドル・アリョーヒン（一八九二―一九四六）。ロシア出身のチェスプレイヤー。のちにフランスに帰化した。一九二七年にカパブランカを破って世界チャンピオンになった。
＊10　チェスの守護女神。東洋語学者ウィリアム・ジョーズ卿（一七四六―一七九四）の詩にちなむ。

オペラについて

オペラが自然な芸術かどうか解明してみるのは、なかなか興味深い作業にちがいない。「自然な芸術」という用語で念頭においているのは、ドーリア式の円柱やベートーヴェンのソナタのように、自然と類似しているか、相関関係にあるもののことである。あるいは、絵画や演劇のように、自然や人間の生活を直接に模倣しているもののことである。もちろん、オペラの自然さについての疑問は、オペラがいくつかの芸術の混交であるせいでより込みいったものになる。それゆえ、ここで明らかにする必要があるのは、この混交が自然なものなのか、より正確には、その結合が自然であるためにはいかな条件が必要なのかということである。一から考えてみよう。

ここでは、オペラが実際にどう発生したのかについては問題にはしていない。そうではなく、それがいかに発生できたかということを問題にしている。オペラは生そのものから発生できるのだろうか。つまり、生を模倣しようという願望から発生できるのか――命あるものを写しとった像のように、生を精神的な正確さで描きたいという願望から発生できるのか。別の言葉で言えば、舞台の外で、自然そのもの、生そのもののなかでオペラは存在できるのか。私はできると思う。働きながら、歌っている人間を想像してみよう。ここで重要なのは次のようなことだ。歌がまさにどこから発生したのかといえば、歌いたいという欲求からだ。思うに、精神状態と外的状況、外的自然とのあいだの関係が完璧に保たれているときに、人の歌への傾倒がこれ以上ないほど高まるのではないか。労働者が働きながら歌うのは、プリマドンナが音楽に合わせて歌うのとまさに同じだ。夜に家に帰ってきた農民が、澄みきった夜の静寂《しじま》に歌う――晩鐘、牛たちが柔らかく地面を踏みしめる跫《あしおと》と鳴き声のなかで歌う。ズボンのポケットに手をつっこんだ街の悪ガキが、歩きながら口笛を吹けば（口笛とは、喉や胸からでるものとはちがって唇の歌だ）、町の騒音と口笛とが調和し、完全な心の平衡状態を見いだす――この調和のおかげで、その口笛――その歌が発生した。こういったさまざまな状況のなかに、オペラの存在がすでにして見つかるのである。そのような農民や口笛吹きを舞台にうつせ、知らず知らずのうちに歌を歌わせるような自然や環境を音楽にとりかえよ――さすればオペラができあがる。だがその場合、念頭に置かねばならないのは、人が自分の感情を歌で表現するとき――その歌であらわされた感情自体が――制限されているということだ。それで、なにが起こるのか？　靴屋が仕事の最中に――もっと正確に言えば、仕事に合わせて――歌うとき、そこでは労働が音楽と同等であることはなんら驚くべきことではない。だが、肥った中年のテノールが、自分の愛情を会話でなく、音楽にのった叫びであらわせば不自然に感じる。私が思うに、これはオペラの罪ではなく、古来より人々を支配下におく秘められた魂のせいである。秘められた魂のせいでなければ、私見では、まさに偶然によるものなのだ。まったくの偶然から、われわれはその平素の考えを歌ではなく、言葉であらわしている。幾何学は音楽にうちかつ。話の意味内容が、言葉でなく、記号でなく、あれこれの声の高低によってあらわされるとしたら、われわれは小鳥のように、歌を道具にして会話するだろう。もちろん歌うことを学ぶには、あるいは話すことを忘れるにはもう手遅れだが、ここで繰り返しておきたいのは、人が発話の道をとったのは完全なる偶然の産物だということだ。奔放な想像力は、こんな類のイメージで満足できるものだろうか――店にあるあらゆる本が音符で書かれていて、売り子が客のアリアにアリアで答えるような国があるというような。私にはこう思えるのだ。その萌芽においてまったく自然なものだったオペラは（われわれは毎日、街や畑や、酒場で小さなオペラを見る）、今後の発展でも、常に――仕事場や風呂場だけでなく――楽しく歌い、感情を表現するようなイメージを与えるかぎり、自然でありつづけるだろう。そして、調和――舞台装置と歌のハーモニー――がつねに日常生活の中で保たれているなら、そのハーモニーもオペラに存在しなければならない。そのようなハーモニーが保たれているときのみ、オペラはすばらしいのだ。その意味で、『ペリアスとメリザンド』[*1]、『ボリス・ゴドゥノフ』[*2]、そして『カルメン』のある部分はすばらしい。

＊1　ドビュッシー作曲の、モーリス・メーテルリンクによる戯曲をもとにしたもの。
＊2　史実をもとにしたプーシキンの組曲をムソルグスキイがオペラ化したもの。

Ⅲ

流謫の奇跡と帰還の奇跡を信じて——亡命ロシア文壇の寵児、V・シーリン

一般化について

きわめて誘惑的にしてきわめて有害な悪魔がいる——一般化の悪魔である。この悪魔につかまれば、あらゆる事象にレッテルを貼ったうえで、同じように厳重に梱包して番号づけした現象のとなりにきっちり並べるようになってしまう。この作業のはてに、歴史のような、人間の知識のかくも不安定な領域は、こざっぱりした事務所にさまがわりし、事務所のファイルには、しかじかの戦争としかじかの革命が眠るようになる——そして、われわれは懐かしさで胸をいっぱいにして過ぎ去った世紀を眺めまわしているというわけだ。この悪魔は、「理念」「潮流」「影響」「時節」「時代」といった言葉が大好物なのだ。歴史家の書斎で、この悪魔は過去の現象、影響、潮流を後からひとまとめにする。悪魔がもたらすのは、極度の沈鬱であるが、その中身といえば（とはいえ、まったくの誤謬なのだが）、人類がいかに遊び、いかに闘おうとも、結局は列に粛々と並んでいるにすぎないという意識なのだ。この悪魔を恐れねばならない。彼は詐欺師である。彼は歴史の価格表を売りつけてくる永遠のセールスマンである。おそらく、なかでも恐ろしいのは、この快適きわまりない一般化の魅惑が、消費されつくされた過去ではなく、われわれが生きているこの時代を観察するうえで、こちらに憑りついてくる場合だ。たとえ、考えるため便宜上、一般性の魂が、罪なき歳月の長い列に「中世」というあだ名をつけたとしても、これはまだ許容範囲であり、おそらく現代の高校生を悲惨な事態から救ってくれるものでもある。たとえ、今から五百年（二十世紀プラス数世紀分）が、まわりくどいレッテル（たとえば「第二の中世」[*1]とかいうような）を貼ったファイルに順番におさまってしまうとしてもだ。五百年後の歴史学者の想像力が復元するこの二十世紀が、未来の教科書をかいま見ればこみあげてくる哄笑が、いかに興味深くとも知ったことではない。だが、疑問もわく――本当に、今世紀を名づける必要があるのか？　その試みが何巻にも及ぶ分厚い書物に記された未来の賢人たちの夢想を灰燼に帰すのだとしたら、結局自分にいやがらせをすることになるのではないか？

こうした賢人のひとりである慧眼の歴史家が、あるとき、古代の戦争について骨をおりながら著作を執筆していた。すると、とつぜん街の喧騒が耳にとどいた。群衆が真っ二つにわかれて互いに喧嘩をはじめたのだ。喧嘩自体の様子や、けんかっぱやい人々の描写、群衆の分析などでは、なにが実際におこったのか好奇心旺盛な歴史家に正確なイメージを伝えられない。自分が証人のはずである、たまたまおこった街の喧嘩を分析することができずに苦悩した歴史家が、苦労してこしらえた古代の戦争についての記述を読みかえしてみると、自分の深謀遠慮も根拠がなく、ただの偶然にすぎないと悟るにいたった。[*2]精密科学のように、（「一般民衆」のため便宜的に）歴史はこういうものですよ、と己に言いきることは、博物館の守衛が、罪人ひとりの頭蓋骨ふたつを指さして、「こちらが青年時代のもので、こちらが老人時代のものです」と言うようなものだ。人類の日々すべてが偶然のくりかえしであり、そのなかにこそ神聖性と力があるとするなら、ましてや人間の歴史など偶然の出来事にすぎない。この偶然の出来事をたばね、時代と理念の正確なブーケをこしらえることができるかもしれない――だが、そこから過去の香りは抜けおちてしまう――私たちは「そうだったもの」ではなく、「見たいもの」をそこに見るのだ。たまたま司令官がひどい胃もたれだったせいで、長きにわたってつづいた王朝が、ナンバー・ツーによる王朝にとってかわられる。たまたま落ち着きのない変人が泳いで大洋をわたりたくなったせいで、交易がはじまり、沿岸国が富むようになる。なんだってわれわれはこの熱狂の逆説的な敵になぞらえられねばならないのか？　こいつらときたら、モンテカルロで緑色のテーブルについて何年も何年も、ルーレットが何回赤で止まり、何回黒で止まったかを数えては確実なシステムを発見しようとしている奴らなのだ。システムは存在しない。歴史のルーレットは法則知らずだ。われわれが紋切り型を駆使して、影響、理念、潮流、時代、時節についてときに大胆に、ときに気ままに、ときに小賢しく語り、法則を導いては未来を予測するのを、歴史の詩神《クリオ》は嘲笑っているのだ。

かくのごとく歴史をあつかおうではないか。だが、くりかえしておきたいのは、百倍も恐ろしいのは、一般化の悪魔が同時代についてのこちらの判断に侵入してくるときだ。それで「同時代」とはなんなのか？　何年何月に始まったのか？　「ヨーロッパ」という言葉を使うとき、どこの国を念頭に置いているのか——ただ「中心」の国だけなのか、あるいはポルトガル、スイス、アイスランドも中心なのか？　新聞が手垢にまみれたメタファーへのもちまえの愛情を発揮して、記事に「ロカルノ」[*3]という見出しをつけたところで、浮かんでくるのは山々であり、水面に落ちた陽の輝きであり、プラタナスの並木道である。そんなメタファーとともに一般化されたイントネーションで「ヨーロッパ」という言葉が発音されたところで、スイス、ルーマニア、スペインの風景と歴史を即座に思い描くことはできないがゆえ、まったくなにも浮かんでこないのである。架空のヨーロッパを前提にして、ある時代について語られても、いつその時代がはじまったのか、どうしてそれが私に、イワーノフに、ミスター・ブラウンに、ムッシュー・デュポンにひとしくかかわりがあるのか把握するのに気をとられて、推論の最中に迷子になってしまうのだ。わけがわからないとはこのことだ。こう結論せねばならない――隣人がここ数年の話をしているとする――話は彼が住んでいる街、そう、ベルリンで起こった事件におよぶ――その事件とはクアフュルステンダム通りのダンスキャバレーでおこった暴力沙汰である。それを理解したとたん、すべてがシンプルになる。すなわち、話は共通の、曖昧かつ集合的ななにかについてではないのだ。話は今世紀二四、二五、二六年の、ベルリンという街のダンスキャバレーについてなのだ。宇宙からのひとそよぎの風ではなく、そのつどそのつどのたんなる流行なのだ。そして、この流行は過ぎ去ってしまう――かつて一度ならず過ぎ去ったように。興味深いのは、黒人の真似をして踊るダンス[4]がフランス革命期の総裁政府時代にも流行っていたということだ……。いまや、当時もそうだったのだが、そこにかつてのワルツがもっていたほどのエロチシズムすらない。興味深いのは、風変わりな羽がご婦人方の帽子を飾っていた時代には、黒人の奇抜ないでたちにモラルある人々は目をとがらせていたということだ。そういったわけなので、流行について語ろうとするなら、会話はおそらく刺激的かつ、教訓的なものになるだろう。話はおそらく、流行の偶然性について、流行が生活のほかの現象とはなんのかかわりもないことについて、たとえばゼヴィニェ夫人[5]が手紙を書いていた時代に、いわゆる「短く刈りこんだ髪型《ブーベンコップ》[6]」を皆がしていたことについてになるだろう。ドンナ・アンナも偶然なら、「石の客」のなかでの話も偶然だ。[7]流行は偶発的で移り気だ。ベルリンの流行はパリの流行とは似ても似つかない。英国人はベルリンの住人がだぼだぼのズボンでばかさわぎしているのを見て、不審に思う。本当に全ベルリンがひがな一日ゴルフにうつつをぬかしているのか？　さらにスポーツについての話になれば、どの国か、どの民族か、どの年を正確に念頭に置いているのか、はっきりさせなくてはならない。そしてスポーツの歴史をよく知っている某氏に発言をまかせなくてはならない。その説明によれば、いまドイツでスポーツは生まれたばかりで熱をもっているせいもあり、人目をひくということらしい。フットボールはグーステップの代わりだし、ローンテニスは戦争ごっこの代わりだ。他国のスポーツに目を向けてみれば、英国ではフットボールはすでに五百年のあいだ大衆を熱狂させつづけてきたし、フランスでは十四世紀にテニスが生まれた巨大なホールがいまだに残っている。ギリシア人はホッケーにいそしみ、パンチングボールを叩いてきた。狩り、騎士の馬上試合《トーナメント》、闘鶏、ロシアの古きよきラプタ[*8]のように、スポーツはつねに人間性を惹きつけ、朗らかにしてきた。そこに野蛮の印を探しだそうとすることは、真の野蛮人がつねに愚劣なスポーツマンであるという理由でハナから無意味なのだ。

われらの時代に唾を吐くべきではない。それは至極ロマンチックであるばかりか、精神性の高みにあり、物質的にも豊かである。この前の戦争は、ほかのあらゆる戦争と同様、あまりに多くのものを損なってしまった。だが、戦禍が過ぎさり、傷口が癒えれば、なにか特別不快な後遺症は看取されまい――おそらく、戦後の若者たち《ジュース・ジャン・ダプレ・ゲール》を描いた読むにたえないフランス小説にはご退場願うことになるだろう。[*9] すなわち革命精神などというものは、たまたまあらわれ、たまたまおこったものにすぎない――人類の歴史上、過去千度もおこってきたように。ロシアでは、[*10]愚鈍な共産主義はもっとましなものにとってかわられる――百年後、退屈きわまりないウリヤーノフ氏を知るのはただ歴史家のみになるだろう。

さしあたって異教徒的に、まっとうに、われらの時代を楽しもうではないか。その魅惑的な機器類を。巨大ホテルを（その廃墟を未来は愛でるであろう——われわれがパルテノン神殿を愛でるように）。ご先祖さまも知らない座りごこち満点の革のひじかけ椅子を。その精密きわまりない科学研究を。そのしなやかな速度と目に見えないユーモアを。とりわけ、そこにある永遠の趣きを——いつの時代もあったし、これからもあるものを。

＊1　やはり亡命者であったニコライ・ベルジャーエフ（一八七四—一九四八）が、第一次大戦後の状況を指して使った「新しい中世」というタームを意識している。同名の論文は数か国語に訳され、広く読まれていた。

＊2　ナボコフが念頭に置いているのはウォルター・ローリー（一五五二頃—一六一八）のエピソードだという。ロンドン塔に幽閉されて『世界史』を執筆していたある日、塔の下で喧嘩がおこった。喧嘩の様子を見ていたローリーだったが、喧嘩の目撃者のあいだで意見がことごとく喰いちがったことに絶望し、著作の完成を断念したという。

＊3　スイスのロカルノで一九二五年に締結されたロカルノ条約により、国境の相互不可侵などが確認された。

＊4　黒人ダンサー、ジョセフィン・ベイカーが当時ベルリンで流行させていたジャズダンスを指している。

＊5　セヴィニェ夫人（一六二六—一六九六）。フランスの作家。誕生したばかりのサロンを中心とする書簡体文学の代表者。

＊6　いわゆる「おかっぱ」が当時流行し、その後アメリカ出身の女優ルイーズ・ブルックスによってその流行は決定的なものになった。

＊7　プーシキンによる「ドン・ファン」ものである戯曲「石の客」とそのヒロインへの言及。

＊8　ラプタはロシアでおこなわれていたクリケットのようなスポーツ。

＊9　一九二〇年代にフランスで流行した若者を語り手にした告白小説を念頭に置いている。

＊10　ウリヤーノフはレーニンの本名。

ソヴィエト作家たちの貧困について少々、およびその原因を特定する試み

レールモントフにこのような書きだしの瞠目すべき詩がある――「年が近づく、ロシアの黒い年が」。つづいてこの年、ロシアの黒い年が描かれる。「皇帝の王冠が落ち」[*1]、恐ろしい災厄が国を襲うのだ。この詩では、われわれはあとから予言を聞いていることになるのだが、もちろん詩人が予言にあるような脅威にとらわれていたということはありそうもないことであって、霊感がもたらしたむら気のもと、この気味の悪いヴィジョンにでくわしたとするほうが妥当だろう。そして、予言はこれっぽっちも実現しなかった。詩人がまちがえたのは色である。ロシアに訪れたのは黒ではなく灰色の年だ――それは石や灰の灰色ではなく、フランス人が「夜、猫はみんな灰色だ」と口にするとき、思い浮かべる灰色なのだ。[*2]この灰色の年月、このロシアの灰色の夜（これから見るように、ロシア文学をことのついでに脱色してしまった）が、倦怠を強く感じるであろうのは、ギムナジウムとプロギムナジウムの中級クラス用教科書の五、六頁に生徒が（こんな風に！）歯をたてなくてはならないときだ――その五、六頁こそロシアの灰色の年に割かれているのである。ロシアの現在を、ロシア史の大きな流れからなんとか外して考えようとする人はまちがっている。同じ灰色を――もっと短い期間ではあったが――ロシア文学はすでに知っている。前世紀の終わりに――象徴主義《シンボリズム》が最盛期をむかえる前、分厚い文芸誌が、陳腐な芸術的悪趣味にもとづく灰色の、有徳の

苦悶でとめどなく溢れかえったときのことだ。だが、どうやらこの灰色の有−徳の苦しみが、かくもおびただしく堂々と溢れだしたことは、ロシアの地の同時代作家の頁がはじめてのようだ。
こういった文学の分析に踏みこむ前に、あらかじめ聴衆諸氏の注意を喚起しておきたいのは、第一に分析は網羅的なものではまったくなく（同時にこのような分析が完全に網羅的な必要はないと証明するにつとめるにしても）、第二にこの講演は才気煥発な創造力の成果ではなく、重苦しく沈鬱な倦怠の結果だということだ——今から話す何人かの作家を読んでいるあいだ、この倦怠がこぶのように私にのしかかっていた。すみやかに（私とあなたの）趣味にあわせるため、すみやかにしかるべきトーンを話に与えるため、ロシアの同時代文学の道を苦労しいしい通りぬける途上で、私がいかな傑作を見いだしたのか、すみやかにごらんにいれるため、いわゆる亡命者のあいだではあまり知られていないが、すでに論説がひとつならず書かれ、ロシアではその威光が鳴り響いている作家を検討することを提案したい。作家の名はグラトコフ[*3]、代表作のタイトルは『セメント』である。内容はこうである——赤軍兵のグレーブ何某が、前線から南方の某県にある以前勤務していた工場に帰ってくると、万事台無しになってしまっていることが判明する。工場は稼働しておらず、労働者たちは山羊をつれまわし、すっかり荒廃しきっていた。グレーブはかつての同志（サウチュークとロシャーク）にであい、こう話しかける（工場労働者のトーンに、特に注目することをお許し願いたい）——

「よう、諸君！〔……〕工場をここまで汚くしちまうとはな、友よ！ 銃殺もんだぜ、親愛なる同志たち……」

サウチュークは答える。

「グレーブだ！……同志だ！　おいロシャーク、せむしの仲間、本当にわからんのか？……グレーブ・チューマロフ、俺たちのグレーブだ！　殺されたのに生きている男……よく見ろ、ロシャーク！……」

ロシャークは黒い像のように座り、白目をむいてグレーブを見つめた（「……」）。

ちなみに、グラトコフの小説で中心人物がくりだすもろもろの身体的奇行のなかでも目をひくのが、目で見ずに、白目で見るということだ。一度など、このような白目になんとか座ってしまうほどだ――「ロシャークは石像のように、白目の上にじっと腰をおろしたままだった」。グレーブは善玉ヒーローのように工場にあらわれ、労働者たちはいろいろとかまびすしい調子で話しあったあとで（親愛なる同志、このせむし野郎、おい兄弟などなど）、工場生産を向上させる必要があることに同意する。一言で言えば、善の化身グレーブが（あとで見ていくように）、あらゆる悪しき力を屈服させるのである。サウチュークやロシャークと会話したあと、グレーブは妻のもとにむかい、そこでドラマが幕を開ける。妻ダーシャは、グレーブが不在にしているあいだに少しばかり変わってしまっていた。会話は不快なものになる。ダーシャはグレーブの非難にこうこたえる。

「グレーブ、あんたは窓に花を飾ったり、ベッドを綿毛入りのクッションでふくらましたりしたいんだろ？　だめよ、グレーブ。あたし、冬は火の気のない部屋に住むの（知ってのとおり燃料不足でしょ）。それから、昼は公衆食堂で食べるの。わかる？　あたし、自由なソヴィエト市民なの」

グレーブはたずねる――「で、ニュールカは？　どうせ、うっちゃってしまったんだろ？　結構なお話なこって……」（ふたたびトーンに注意してもらいたい。このオデッサ訛りに由来する「結構なお話なこって《ハローシェエ・ジェーラ》」はとりわけ結構だ）。いいえ、ダーシャは答える。娘は孤児院よ。グレーブはそこから連れだしてこいと脅す。

「いいわ、グレーブ。反対する気はないわ〔……〕あたしは暇がないんだから、あんたがお守をしたり、食べさせたりするんだよ」

〔……〕〔ダーシャの〕微笑は消えなかった。微笑は壁に反射してふたたびその顔にあらわれた。その顔は、落ちくぼんだ目のなかの黒い斑のあいだに陰気な炎を燃やした。〔……〕彼は体勢を立てなおすと、心臓を抑えつけた。自嘲し、唾をのんだ。〔……〕だが、心臓から痙攣がのぼってきて、筋肉を激しく震わせた。〔……〕しずまりかえると、脳に刺さった刺《とげ》のせいで歯ぎしりをした。〔……〕骨張り、凜々しいグレーブは、頬が深く落ちこむほどしっかりと歯を食いしばっていた。

こういった注目すべき経験をその身で味わったあと、グレーブは出ていって労働者たちに善意の説得をつづける。サウチュークが妻のモーチャと喧嘩している現場に、グレーブはでくわす——「グレーブは入っていって、お仲間に笑いかけた」。お仲間に笑いかけたあと、グレーブは言う。

「サウチューク、古なじみの友人よ！〔……〕とんだ狂犬に咬みつかれたもんだよな、親愛なる同志?……」

ここで妻モーチャがわってはいる——「麦粉の小袋を手に入れるために、あたしは巣のなかのものをあさりつくしたり、淫乱女みたいに丸裸になっているんじゃないか」（これはもはやメイン・リード*4ですらなく、旧約聖書だ）。サウチュークは言う。

「工場……昔はどうで、いまはどうだ、友人グレーブくん？〔……〕春の日にノコが娘っ子みてえに歌っていたのを思いだしてみろよ……ああ、親愛なる同志！……おれはここで卵からかえったんだ……この地獄以外、よその生活はなにひとつ知らねえんだ」

〔……〕彼は拳に血をぐっとめぐらせ、歯をぎりぎり鳴らしはじめた。

遠出をつづけるグレーブは、党下部組織に入りこむ。すでに物語は第四章であり、タイトルはこうだ——「同志ジューク、罵る男」。廊下にはいりこんだグレーブは、さらに二名の同志とであう——「二人の平らな横顔は、曇った四角いガラス板のうえにはっきりと浮かびあがっていた」。（われわれ凡人は、賭けトランプにはまったり（резаться в железку）、試験に落第することはある

(резаться плоскими профилями)——これはわれわれにはできない芸当だ。この部位に、なにかほかの可能性が彼らにはあるのだ(резаться на экзаменах)。平らな横顔で浮かびあがる(резаться плоскими профилями)——これはわれわれにはできない芸当だ。この部位に、なにかほかの可能性が彼らにはあるのだ)。グレーブは旧友のジュークに出会い、いつもどおり馬鹿に気どったトーンで挨拶する。

「やあ、友よ。叫んでいるのかい? 暴きたてているのかい?……いつになったら暴きたてるのをやめるんだい? 命令は必要だのに〔……〕、しかしおまえは歯をむき出すばかりじゃないか、団子鼻くん……」

ジュークは仰天して目をむき〔……〕、その顔は〔……〕頭のてっぺんからまっぷたつになってしまった。

結局、さらにひとりの人物とグレーブは面会する——技師クライストである。この出会いはまさに映画である。たとえば、こんな風に想像してほしい——金持ちの銀行家が、娘の貧乏な求婚者を中傷する——結果、求婚者は刑務所行きになる。だがある日——まさかまさか——求婚者が(無精ひげを生やしてなどなど……)男性版某復讐の女神《ネメシス》のように舞いもどり、金持ちの銀行家は一巻の終わりになる。グラトコフもその線ですすむ。技師クライストはかつて罪を犯して、グレーブを前線に追いやったのだ。つまりコサックが工場を襲い、共産主義者をとらえようとしたとき、クライストはグレーブを売ったのだ。逃亡したグレーブは赤軍前線にいき、クライストへの復讐を歯をぎしぎしと一本一本順番に軋ませて決意したのだ。まさにいま、グレーブはクライストにまみえるのだ。ブルジョワ然とした技師はひとりで家に閉じこもっている(目だたないよう腐心している——

抜け目ない労働者コミュニストに周囲をかこまれており、向こうもまた技師が当時白軍の手助けをしたことを知っている)。すなわち、抜け目なく技師は忠実な下男ヤーコブといっしょに住んでいる。この牧歌的生活は、グレーブによって終止符が打たれる。不意にグレーブが書斎にはいっていくと、賢い技師はたずねる。

「なぜ、〔下僕の〕ヤーコブに案内させなかったんだ？」

劣らず賢いグレーブは、あたかもマルゴの文法さながらに答える。[*5]

「きみのヤーコブは桶工場に木を挽きにやらせたよ」——そして、こう付け加えた——「下僕なんてのはおれたちの生活にはないんだ。俺をおぼえているはずだぜ、同志技師……」

クライストは答える。

「うん、おぼえているよ……だとしたら、どうなるんだ？」

顎をぎしぎし鳴らしたグレーブは、技師に夜の面会を指定する。グレーブが赴くと、技師は恐怖にうち震えた——「クライスト技師は、背中を手摺にもたせたまま、麻痺したように立っていた——その頭は、帽子を稀なる力で突きあげ、ぐらぐらと揺らしつづけていた」。この驚異の奇術がグレーブに効いたのか、あるいは作者が示唆しているように、技師は工場の役に立つので、個人的なことは一切水に流すべきとグレーブが考えたのか、どちらかはわからないが、いずれにせよグレーブは技師クライストに協力を依頼する。次いで、グレーブは工場の生産向上を権力から勝ちとり、働き、白軍を撃退し、時間が空くと妻のまわりをうろうろしては、妻の様子がおかしいと目をみはる。

グレーブは瞳をうるませてほほえんだ〔……〕。そして、グレーブはこの短い彼女の沈黙から、二つの力がダーシャの魂のなかで激しく争っているのを感じた。〔……〕瞳は硬く面取りされたかのように色を変えながら輝いていた。

聴衆のみなさん、これ以上分析をつづける必要はないでしょう。作者が示しているのは、グレーブがよみがえらせたのは、私生活ではなく、工場だということである。そして、物語はグレーブの話とひるがえる赤旗で締めくくられる。共産主義の美徳が勝利をおさめた——善玉グレーブが述べるように、これ以上、長々くっちゃべる必要はない。だが重要なのは、このようなタイプの文学こそ、本分野における全ロシアの調音叉であるということだ。

作家セイフーリナ[*6]に目を転じれば、中編「ヴィリネーヤ」には、同じく生気のないダーシャの偽物がでてくるが、執筆手法、農民的会話の引き写し方には、同種のがまんならない自己満足と凡庸さがある。ナグロドスカヤ[*7]やチャールスカヤ[*8]と同種のご婦人向け、ブルジョワ的文学だとしても、セイフーリナはさらにひどい。三文小説からいくつかのフレーズを例として抜きだしてみよう。

若い将校は瀟洒な調度がそろえられた客間に弾むような足どりではいってきた。公爵夫人ジージはむっとするほどふしだらな目線を男にむけ、そしてどうやら――彼女のすべて――いたずらっぽい口元から、神経質にかつかつ鳴らす踵まで――が、今しがたはいってきた男にぞっこんになっていた。

以下のようなフレーズをセイフーリナから引用してみよう。

鉄道工事の爆破ではじめて平穏を破られた丘のひとかかえには、いまだ道路の通らぬ力強くも肥沃な草原があった。春ごとの受胎を待ちこがれた大地が、強い疲労の色を満面に広げて息づいていた。〔……〕売春婦から道を建設する男たちへと、恥ずかしい病気がめだって広まり、〔……〕戦争に男手をとられて〔……〕農婦たちはへとへとになった。

さらにこの手の愚の骨頂――。

今、秘められた甘い時間がおとずれ、愛しあう二人組は、闇に静かに隠れていた。大地のうえ、農場のうえで気を張って抑えこまれた、双子のように似た、容易に過ぎ去ってはいかない日々のなかの、二人だけの甘い時間をたのしんでいた。

セイフーリナ氏の作品にあふれかえっているこの手の間違いだらけの仰々しい凡庸さは、『フィフィ家の公女たち』とかの飾りたてた文体よりもひどく、大抵の場合、読むのに大層骨が折れる。この手の目をひくもの、新しいタイプの小説を、私は「農村風三文小説」と呼んでみたい。この農村風三文小説に、すでに言及したグラトコフの小説も属している。主人公ヴィリネーヤ—ダーシャが波乱万丈の体験（事件が起こっているのはボリシェビズムの最初期である）をしたあとでであう兵士パーヴェルは、兵士グレーブとあまり変わりばえしない人物だ。農村風三文小説にあっては技師諸氏が、ただの三文小説で銀行家や劇場支配人がする汚れ役をひきうける。セイフーリナの作品には、老いた技師たちが、工事場に居合わせたヴィリネーヤを料理女の職で誘惑しようとするような、私の好みからはコミカルすぎる頁もある。小説の内容をお話しする必要はないが、引用した例をご覧になれば不要なのももっともだと納得いただけるだろう。ちょっと待ってください——こう、声をあげる方もいるだろう——だけど、セイフーリナの作品には農民の生活が本当にないのでしょうか、その生活は彼女の作品に本当に染みついていないのでしょうか、その生活に光をあてていないのでしょうか、ときに新しい農民の精神の多様な面を、われわれ亡命者が知らず、知ることもかなわない現在の農民生活を、セイフーリナは本当に見せてくれないのでしょうか？　もちろん、答えは否である。どこかのくだらない作家が、私が知らないニャムニャム種族について本を書いたとする。私がニャムニャム種族についてまったく知らなくとも、本が事実凡庸であれば、全部嘘っぱちであり、至極退屈なひとりよがりの理論と感情を想像のもとに描いたとしか結論できない。同じように、私はピエール・ロティ[*9]の極東行脚や、シャトーブリアンのアメリカ行脚なんて読む気がおきないし、パリの目抜き通りのせいでロティはだめになったし、とめどないロマンチシズムのせいでシャトーブリアンはだめになった。かわりに、私はインドに一度もいったことがないが、ブーニンやコンラッドが語ってくれる深遠なる芸術上の真実はすぐさま思い浮かべることができる。民俗学的観察を小説として書いたとしても、三流作家は三流民俗学者どまりである。セイフーリナのフォークロアをまじまじと見たならば、クロード・アネ[*10]やほかのエキゾチシズムの愛好家も真っ青な、このような「ドストエフスキイ風スラヴ魂《アーム・スラーヴ・ア・ラ・ドストイエフスキ》」が鼻についてしかたがなくなる。

　しかし、ソヴィエト文学における度し難い「スラヴ魂《アーム・スラーヴ》」をめぐるテーマにこれ以上首をつっこむまえに、セイフーリナに寄り道しながら、ある疑問について触れ、私なりにより広範に探究してみたい。その疑問とは、とりもなおさず、人間関係の一番普遍的な心理分析に手を出すとき、ロシアの同時代作家がまったくもって耐え難いものになるということについてだ。やはりセイフーリナの手になる深淵なる短編「平日」を読んでいる最中、爆笑のあまり息が苦しくなり、すっかり参ってしまった。この短編では、ほぼすべての現代作家に見つけることのできるモチーフをより濃くしたものになっている。ずるがしこい男が党の仕事に精神の平穏を見いだす。ヒステリックな嫉妬、実直な同僚コミュニスト、そして主人公——だが、その滑稽きわまる醜態に判断をくだすには短編全体を読みとおさねばならないだろう。これは、批評家にとってちょっとした楽園だ。だが本は手元にないので、抜き書きにとどめておこう。すなわち——女は去っていき、男は党の仕事に没頭する。短編はこう締めくくられる。

「くそくらえだ——〔男は言った〕——われわれにはさらなる経済的可能性がある」

沈鬱な沈滞が目からこぼれ出た〔……〕。目には生気が宿っていた。

だが、「スラヴ魂」に話を戻そう。そのため、作家ゾーシチェンコ[11]に目をむけよう。これは、毒にも薬にもならない、感傷的で陳腐な作家で、ののしるときでさえ甘ったるいのだ——つまり、いがぐり頭のように刈りこまれた文学とでも言おうか。この文学は、ペテルブルグについて語らないが（それでも白軍の匂いがする）、レニングラードについて語るわけでもない（それでもどことなく居心地が悪い）。かわりに書けるものと言えばピーチェル[12]だ——左がかった学生が——メイドも同様に——語るのをこよなく愛したピーチェルだ。ゾーシチェンコの短編「愛」を読んでみよう。ばかばかしいペテンだ。労働者グリーシュカ某が他人の妻を好きになる。この愛は共産主義の隠し味ぬきでは成立しない——そればかりか、いまいましい「愛する、いとおしい」ぬきでも成立しない。つまり、ロシアの平民は「愛してる」《リュブリュー》のかわりに「いとおしい」《ジャレーユ・イヨ》と言うのだ。グリーシャは、政治について侮蔑的な反応をしたという理由で、水兵ズボンをはいた男の「鼻づら」《ズィンズィロ》（つまりは顔）を打つ。グリーシュカは熱心に「いいひと」《ヤーセチカ》（つまりは恋人）の長靴のうえの汚い雪に口づけし、劣らず熱心に暴力もふるうのだ。ああ、このロシア人ども、女性にひざまづいたかと思えば、乱暴をふるい、挙句には殺してしまう！　これにはおったまげてしまう。加えて、セイフーリナの「堆肥」では、農民は地主をぶっ殺し、迷子の山羊をいとおしむ[13]。なんてあきれた！　たまげた人民だ！　つまり、グリーシャもそうなのだ。卑俗なドストエフスキイ、「なんて」《アシュ》とか「おお」《ヨン》とかが始終あいだにはさまっている甘ったるい文体かと思えば、突如、馴れ馴れしい、古臭い、インテリぶった文章になるのだ——「彼女は考えぶかげに座っていた。夕暮れどきには、つねに胸を刺すような哀しみがあった」。ゾーシチェンコの短編をもうひとつとりあげてみよう。「リャーリャ・

ピャチジシャート」だ。マクシムは娼婦のリャーリャにもっていく金を商人を殺してせしめる。しかし、リャーリカのところにむかう途中、自分が盗みにあう。男はリャーリャに手ぶらで近づく――女は男を追いかえす。どうやら、読者がマクシムに同情すべきと作家は思っているようだ。だが、短編に生きた言葉がないのに、どうして憐れみがありえようか。「きみには心があるの？――マクシムは訊ねた〔……〕――〔……〕小鳥を憐れまないの？　オウムを憐れまないの？」一言で言えば、「スラヴ魂」が花盛りだ。ゾーシチェンコの別の短編についてもう少しだけ話してみたい――「最後の旦那」である。そこでは己のふるまいひとつで、どうも、千もの革命に口実を与える非凡な地主がでてくる。この地主に、下男がプーシキンを読んでやるのだが、それも隣の部屋からなのだ（地主が農奴を見なくてすむように）。話は主に下男の語りである。「山羊」とか「アポロンとタマーラ」といった短編について話せば、みなさんをうんざりさせるのではないかと心配になる。これらすべてがまったく幼稚な三文小説だ。作者はばかのふりをしている。なぜかはわからない。このような作品の芸術的価値について真剣に語るにはおよばない。奇妙なのは、これらからはロシアの匂いがせず、西スラヴ的な、セルビアかブルガリアのフォークロアの匂いがする……話が逸れた……。

　パンテレイモン・ロマーノフ[*14]もゾーシチェンコに似たりよったりで、その短編を『舵《ルーリ》』はさかんに掲載している。残念ながら、読書中メモをとっていなかったので、記憶に頼るしかないが、今ぞっとしながら思うのは、読んでいるあいだぞっとするほど退屈だったことをのぞいてなにも話すことがないということだ。作家は小粒で（これも記憶に留めたことだ）、たったひとつのことしか書けない。つまり二、三の会話に耳を傾け、それで短編ができあがるというわけだ。告白なら、結末までずっと告白なのだ。数日前、私はレオーノフの『穴熊』[15]を読んで、やはりメモをとらずに本は返してしまったのだが、ふたたび認めざるをえないのは、すべてが見事なほど頭のなかでごっちゃになってしまったということだ。だがレオーノフは、それにフェージン[16]も、芸術的悦びを感じることはないものの、グラトコフ、セイフーリナ、ビィストロフ、プザノフなどなどに覚える嫌悪を感じずに読むことができる、現行のロシアでは数少ない作家だろう。[17]ともかく、『穴熊』は「ヴィリネーヤ」によく似たところがある。つまり、そこでも善玉の強靭な人物が、即座になすべきこと、力をかすべきものを悟るのだ。押し寄せるがらくたの波に啞然としてしまって、もっとましなものを探そうという力が残っていなかったのかもしれない。気落ちせざるをえないのは、たとえばピリニャーク[18]のような、なにかよいところを見つけたくなるような作家（少なくとも、そうしたところがある程度はあるがゆえ）ですら、たとえば「母なる湿潤な大地」のような、さえない嘘でかためた無益かつ大仰な短編を書いてしまうからだ。紋切り型の抒情的逸脱のていでピリニャークは書いているのだが、「森と農民たちをめぐる」この短編の主人公は、「（森番のアントン・イヴァーノヴィチ・ネクリエフをのぞいて、製革工のアリーナ＝イリーナ[19]・セルゲイヴナ・アルセーニエヴナをのぞいて、夏、窪地、口笛、指笛をのぞいて）〔……〕子狼だ」。しかし、イリーナに買われたこの子狼はまったく主役扱いされるどころではなく、うんざりする脱線部分でちらちら出てくるだけであり、どうやら子狼でさえなく、子狐のようだ。どうしてこういったものが必要なのか、てんでわからない。だが、短編はこうなっているのだ。ピリニャークが描くこのヴォルガ川流域の一帯では、農民たちが無慈悲にも木を切ってしまう。森番の横死のあと、かわりとしてネクリエフがやってくる。ピリニャークの散文の密林をぬけて、私は彼に会いにいってみた――するとなんたることか！

――あの古なじみ、グラトコフのグレーブ、セイフーリナのパーヴェルがそこにいたのである。同じように実直で、同じように顎をぎしぎし軋ませ、同じように融通がきかず、同じように共産主義に忠誠を誓う人物だったのである。この古なじみは木を切る農民たちとたたかいをはじめる。彼は農民に幾度か殺されかかるのだが、結局すべては丸く収まる。そうこうしているうちにネクリエフはまさにその製革工のイリーナ・セルゲイヴナと近づきになる。これがその記述である。

ネクリエフ〔つまり、忠実な共産主義者〕のような人間にとって、恋に落ちるのは恥ずべきことだった――どこにいっても二人は純潔で誠実だった。ときおり政治のため、生活のため、二人は嘘をついた――いや、それは嘘でも偽善でもなく、朗らかな狡猾さとでも呼ぶべきものだった。二人はけがれなく、真っ正直で、厳格だった。〔ある〕日、〔……〕太陽が事務所にさしこんできて、ひときわ陽気だった。それから数日のうち、月齢がさほど変わらぬうちに、月明かりと靄のなかで、ネクリエフは、すべての太陽、すべてのすばらしい人間に「愛しているよ、愛しているよ」と告げた――この愛のなかには陽と人しかいなかった。菩提樹が酒気のような香りを放ち、月は美しく〔……〕、ただ月明かりだけ、ただ母なる湿潤な大地だけになり、そして彼女は彼に身をまかせたのだった。娘――三十歳の女は、春が三十回繰り返されるあいだに、集めたものをすべて彼にさしだしたのだ。

この大仰な駄弁は、文学では断じてない。ともかく、ネクリエフ別名グレーブ別名パーヴェルは革の匂いをかいで製革工のイリーナがいるとさっするのだが、そこで、折よく白軍が襲ってくるのだ。グレーブ―ネクリエフはこう告げる――「同志、私はここをでて、赤軍にいく。やるべきことをやりなさい。もしそうしたければ、私のあとについてくるがいい」。彼はイリーナにはメモを残していく――「アリーナ、許してくれ。僕は――きみにも自分にも正直だ。さらば、永遠に。きみはぼくが革命家だと教えてくれた」。コサックがアリーナを襲撃し、強姦し、串刺しにする。

　ここでは次のことに注意を喚起しておきたい。ソヴィエト作家たちがつねにケダモノのような白軍を描いているわけではない。ここにあるのは、巧妙な策略だ。もちろんおしなべて、つねに反革命分子への敵意があると思っていい。だが、小説の一場面にかぎれば、ときに巧妙な策略があるのだ。コサックが人間の情を示す場面が巧妙なのは、それさえあれば読者は「これぞ公平な描写だ」と判断するからだ。どこに共産主義的傾向がある？　見よ、作者でさえ反革命分子によきものを見いだしている。グラトコフの『セメント』には、こんなよいコサックがいる。コサックはダーシャを解放してやり、かわりに、まさに彼女を強姦しようとしていた三人の士官が行為におよぶのをやめさせる。同じ手法は他方で、クラスノフの悪名高い長編にもでてくる。[*20] なんということか――頑迷なる反動分子出身の読者が声をあげる――クラスノフのようなユダヤ人ぎらいの作品ですら、白軍将校の命を救うユダヤ人がでてくるじゃないか！　だがこの手法、この計略で目敏い批評家をあざむくことはできない。

　実直なコミュニストの類型（グレーブ、パーヴェル、ネクリエフ）に話をもどして、言っておきたいのは、この類型の出現は、次のような線の延長線上にあるということだ。古い戯曲にでてくる理屈屋、つづいてチェーホフのリヴォーフ、[*21] そして最後に実直なコミュニスト。直線的かつ自然な発展だ。おそらく、同じ直線が、バザーロフ[*22]やサーニン[*23]の名もかすめている。それゆえ、ロシア革命が文学の新しい主人公像を生んだと考えるのは間違いなのだ。「大衆の問題」――すなわち凡庸さは、なにものも創りだすことができず、かわりにロシア文学における最悪に凡庸な類型にしがみついて、ごく自然な姿で発達させた――くりかえすと、古臭い理屈屋に源を発し、戯曲「イワーノフ」のリヴォーフを通って、われらが友人グレーブ―パーヴェル―ネクリエフにいたる直線を。

　これらの作家の驚くべき一本調子についてはさらに話すつもりであるが、いま主題の同一の加工について触れることをお許しいただきたい（グラトコフのグレーブとピリニャークのネクリエフについてはすでに一度対比した）。こちらで労働者が、鋼鉄を売り払おうとすると、工場の生産のためにグレーブはそれを阻止する。あちらで農民が樹を伐採していると、ネクリエフくんはそれを森のために阻止する。

　まだある。これらの作家のだれひとりとして女性をひとりにしておかないのだ。ダーシャ、ヴィリネーヤ、アリーナ――みな最初の都合のよい機会にレイプされるのだ。フセヴォロド・イワーノフ[*24]（彼には古きよき『カフカス紀行』[*25]、作家チャールスカヤの『公爵令嬢ジャヴァハ』[*26]ともつかぬ作品もあるが）の短編には、ほとんど全員がひとりの女性を狙っており、彼女は助かるばかりか、中でも執拗な好色漢三人を殺すというものがある。この短編の「トゥーブの荒野」というタイトルがすでにしてある程度、エキゾチックな俗悪さへの導入になっている。短編の舞台設定はカザフスタンだが、徹頭徹尾滑稽で、徹頭徹尾拙劣だ。書きだしはこうだ――「ハイドゥークの草はなんともはや！……[*27]」。つづけるにはあたわない。

　だが女性は南方の草原で追いかけられるばかりか、極地の雪原でさえも平穏無事ではいられない。話をピリニャークの「ザヴォロチエ」[*28]に移そう。エピグラフとして使われているのは、科学論文とダーリの辞書[*29]の一節である——「あぶないぞ《バルーンドラ》！　は、海で用いられる『気をつけろ《ベレギーシ》』である」。ダーリのエピグラフが、ピリニャークの短編一編一編の前に添えられていても差しつかえない。同短編で、ピリニャークは極地探検を描いている。彼は読者に恐怖を与える。あたかも氷塊に氷塊を積みかさねるように、恐怖はうず高くなっていく——これは、どことなくレオニード・アンドレーエフ[*30]を思いださせる。しかし一部の描写は疑いようもなく冴えているのだが、それにひきかえ心理となるとからきしだめなのだ。あらゆる危険にもかかわらず、子猫の面倒にかかりきりになっている学者がいる。このあいだの子狼を思いだして、憂鬱になってくる。探検隊には、女性がひとりまじっている。最初の一行目から、なにが極地の雪原で彼女を待っているのか、百パーセント正確にわかってしまう。スピッツベルゲン島になげだされた人々のなかに、うちかちがたい極度の空腹がめざめる。女性は隊員のあいだに不和を持ちこむことになる。隊長（こちらもまた、実直なコミュニストにどことなく似ている）は、探検隊救出の名目で——つまりは多数のために、女性を——つまりは個人を殺害する。このような「極地のドラマ」が短編を絶望的に損なってしまっていることを理解できないほど、本当にピリニャークは芸術的勘が乏しいのだろうか？　もちろん、このようなものがあってもおかしくはない。しかし、勘は作家にささやいたはずなのだ——こんなことを書けば、おおむねまっとうに仕上がっている短編にひどいインチキをもちこむことになると。この意味で、ピリニャークは英国人に教えを乞うたようだ。

　ここで、極地と英国人については言及したので、ロシアの風景のぬかるみから、フォークロアの領分、つまりは農村風三文小説風つくりごと、ソ連内政から講演がはなれるころあいである。つまり、少しだけ（もう一度、全体を振りかえらなくてはならないが）、講演を別の領域——同種のロシア作家たちによる、よその土地の再現描写について触れるころあいだ。そのいわゆる『英国短編集』（一九二四年刊）で、ピリニャークがきどって「バス《アフトーブス》」を「ベースス бэсс」（сが二個も！）と呼び（英国風の呼び名を書くのだとしても、сはひとつの「バス бус」であるはずだろう）、「自動車《アフトモビーリ》」をひとつで十分なрを重ねて「カール карр」と呼んでいるのは別にしても、[31]ピリニャークの短編がナイーヴな地域色に最悪のかたちで染められてしまっていることは一目瞭然である。いまいましいボリシェビズムにもかかわらず、世界でもっとも文化的な国がロシアだという意見を、私は全面的に支持するものである。だが、まったくもって我慢ならないのは、ロシア人（くわえて作家も）が、よその国にくると、軽蔑的なまなざしであちこちを見まわして、種々の民族の偽善や愚鈍さを論証しだし、通俗的地域理解にもとづいた、もったいぶった排外主義を表明しだすのが常なのだが、これはたんに人間の愚かさに似たものでしかない。なにかと嘲笑、失笑しながら英国を移動するピリニャークは、なにかをほめるときさえ軽蔑の色を浮かべているのだ。いちいち例をあげるつもりはない。本を全部読みとおす必要があるからだ。長編『都市と歳月』における、ニュルンベルクのような小都市の、ドイツの描写で、同じ地域色の過ちをフェージンも犯している。その観察は、紋切り型の思考による先入観に立脚している。翻訳家のグレーゲル[32]の話によれば、フェージンを読んだドイツ人が異議を唱えるのももっともだという。フェージンなんたらの空想がわれわれになんのかかわりがあるのか。ドイツ人をソーセージと実直な市民の姿で思い描くのは、芸術家にとって侮辱なのである。ところが、フェージン（あるいはその主人公アンドレイ）が、悪夢寸前のイメージ——ドイツには公開処刑がしばしばあって、ある有名な強盗犯の首が博物館の陳列ケースにおさまっており、市場ではまさにその首の複製めがけて市民がボールを投げている——にかくも震えあがっていると、こちらはフェージンの故郷では公開処刑なんてものはないのか、読者をばかにしているだけなのか解釈しなくてはならなくなる。この恐怖以外にも、ピリニャークの英国とちょうど同じように、フェージンがわれわれに描きだしてみせるのは、どうしようもなくまぬけな下士官と酔っぱらいの学生であり、ほめるのでもなければ、けなすのでもなく、すなわちはっはと軽く笑って、概してとぼけているのだ。このせいで、長編はうまくいっていないし、ドイツの部分とロシアの対比は滑稽きわまる印象を生んでしまっている。だが、認めざるをえないのは、フェージンはまともな、（おそらくはもっと）才能ある作家でさえあるということだ。ほかのイメージがもたらしてくれる驚きは、ここちよいものだ。だが、長編の筋はといえば、ありえない偶然がつづいたかと思えば、グレーブ・パーヴロヴィチ・ネクリエフになろうとしてなりきれない曖昧な主人公、挙句にヒロインの令嬢《フロイライン》マリが不意にペテルブルグに転がりこんでくるというメロドラマ的結末がつくとあっては、この大仰な、絡みあった薄っぺらい筋が、フェージンの長編からいかなる意義も奪ってしまっている。長編のそもそものはじまりで気がついて、書きぬいておいた箇所がある。ペテルブルグの教授が夜間徴発労働から帰宅する途中、「類なき歌」であるマルセイエーズを歌い、それからこう叫ぶのだ。

　もう一度生まれたい、もう一度、なんとしても！　百年後に。人びとがこの数年の歳月を思いだしただけで泣くのを、この目で見るために、ぼろぼろの旗のちぎれのまえに頭を垂れ、労農赤軍本部の作戦総合報告を読むために！「手にもった新聞を指ししめして」[*33]……だが百年後には、この紙きれの一部を、人々は、聖骸として、貴重なものとしてとっておくだろう！

思うに、教授はひどい誤りを犯している。この考えは私を、この講演の最初に提示したテーゼに立ちかえらせる。それは、われわれの年は――このロシアの灰色の年は――われわれの子孫が、とくに中高生が、当然至極のあくびとともに思いかえすことになるだろう、というものだ。ほんとうにいまのフランスで『メルキュール・ド・フランス』一七八九年の号を聖骸のように保管している人物が誰かいるのだろうか。本当にわれらが子孫は『イズヴェスチヤ』や『プラヴダ』[*34]（どちらも俗物的コミュニストの機関紙だ）を慈しむのだろうか。重要なのは、私がこの講演のなかであげたいくつかの名前のうちのどれひとつとして、その遥かな未来までたどりつけそうもないということだ。革命が世界をひっくり返すなにか黙示録的な事件であって、世界大戦がなにかの道、なにかの価値を変えてしまったという視点から、これらの作家たちはみな出発している。このような視点は作家を堕落させる。そしてそのなかにこそ、私はロシア文学の非芸術性の第一の原因を見いだす。芸術家は恒久的な偉大さに拠る人間である。さらに、これらの作家たちは人間の感情を失い、階級の感情をそれに替えてしまった。別の言い方をすれば、人間を動かすのが、人間的な、日常的な感情や、日常性のなかで生じる異常な感情ではなく、外づけのよそよそしい階級的―大衆的感覚であって、それこそが創作を骨抜きにしてしまっているのだ。ここにこそ、私は彼らの魂の貧困の第二の原因を見る。

さらに……。観察の幅が極端に狭いのだ。古い喜劇にいつも同じ人物（後見人、はすっぱな小間使い、ヒロインの崇拝者、その使用人）がでてくるように、ソヴィエトの小説の狭い視野ではいつも同じ登場人物たちが動きまわっている。共産主義に傾倒する農民、ただのコミュニスト、実直なコミュニスト、赤軍兵士、共産主義に傾倒する農婦、ただのコミュニストの女性などなど、さらにあちら側の世界の出身者たち――技師、士官、教授などなど。こうしたかぎられた素材を組み合わせても、やはりかぎられたものしかできないのだ。これにより、やりきれないほど単調な状況、関係、結末が生まれる。ここに第三の原因を見る次第である。

そのつぎに、作家の無知蒙昧、無学無教養がある。断言できるのは、その九九パーセントがバルザックもフローベールも読んだことがないということだ。さらに断言しておくと、その大多数が、チェーホフ、シチェドリン、[*35]レスコフ、[*36]ブーニンも読んだことがない。ここにこそ、その文体の異常なナイーヴさ、言葉の波の異常な単調さが由来するのである。ただ文学の教養が欠如しているのみならず、教養全般がないのである――つまりは、たとえば世界史の領域についての知識がないだけでなく、「教養」と言うときの、えもいわれぬあのニュアンス、教育に乏しいものでさえ、すぐにそれを教養と呼べるようなものの存在がないのだ。なんと、たんなる教育もあまりない。ヴォルガ県では **вылазина** が蛇の脱ぎ捨てた皮を指すということもほとんど知らない。そしてこの欠点、あるいは全教養の単純な欠如こそ、ソヴィエト文学の貧困の第四の原因である。

最後、さらに五番目の――いわゆる外側の――理由がある。それは空気に溶けている、重苦しい、秘密の検閲であって、言ってしまえばこれこそが、ソヴィエト権力による、驚くべき、おそらく唯一卓抜な達成なのだ。しかし、つけ加えなくてはならないのは、グラトコフ氏、ビィストロフ氏などなど、そしてセイフーリナ嬢、フォールシ嬢[*37]などなどは、もし検閲が消えたとしても、よりよく書けるとか、またはまさか「より白く」書けるようなことはあるまいということだ。

ところで思うに、この五つ（歴史的大変異への信仰、階級史観、視野狭窄、教養の欠如、検閲）

こそ、ロシア文学の当座の凋落の疑いようもない重大な原因である。思うに、これは決して否定的でない現象である。これは一種の休息である。人には——大勢の人々にさえ——少年時代と青年時代の境目のこんな時間があって、周囲には迷惑をかけるのだ——やたら荒れるようになり、服はだぶだぶになり、吹き出物もできる。思うに、まさにこうした時間をロシア文学はむかえているのであり、自分にすばらしい保母がいたことを、自分の少年時代が魔法のようなものだったことを忘れてしまっているのだ——そこでは彼女はあまりに素敵で、あまりに繊細で、あまりに朗らかで、こまごましたことにいちいち気をきかせてくれていた。だが、それはもうない。青年時代はまだ先だ——このような少年時代を送った文学は、輝かしくも屈辱的な青年時代を送ることができない。おそらく、わからないが、グラトコフやセイフーリナが出てきているこの環境とはまったく別の環境から、ロシアの詩神《ミューズ》の最初の仕事を継ぐ人々はでてくるのだろう。私がときどき思うのは、こうした未来の作家たちは、流謫の奇跡と帰還の奇跡から生まれるのではないかということだ。ここで、私は自分の講演を終えようと思う。くりかえすが、これはまったく網羅的なものではない。たとえば、目を通したにもかかわらず、リージン[*38]やヤーコヴレフ[*39]については触れさえしていない。だがいかな非難が投げつけられようとも、いかな新しい名前が分析へ供されようとも、はっきり通告しておかなくてはならないのは、当分は——たぶん丸一年は——ソヴィエト文学に触れるつもりはないということで、それは次から次へとソヴィエト文学を読んでいたここしばらくのあいだ味わっていたあの倦怠を、あらためて味わいなおす気になれないからだ。

＊1　レールモントフの詩「予言」からの引用。

＊2　フランス語で「暗いところでは違いが判別不可能である」ということを指すことわざ。

＊3　フョードル・グラトコフ（一八八三―一九五八）。ロシア、ソ連の作家。長編『セメント』（一九二五）は、ソヴィエト・リアリズムの典型的な作品とされ、世界中で読まれた。同作品には少なくとも四種類の邦訳があり、小林多喜二の『蟹工船』にも影響を与えたという。

＊4　トーマス・メイン・リード（一八一八―一八八三）。アイルランド出身のイギリス作家。冒険小説を数多く発表し、ロシア語に翻訳されて広く読まれていた。

＊5　ダヴィッド・マルゴ（一八二三―一八七八）による広く普及した教科書『フランス語初級中級コース』を念頭に置いている。

＊6　リジヤ・セイフーリナ（一八八九―一九五四）。ロシア、ソ連の女性作家。図書館員、教師、女優、出版業などを転々としながら、作家活動をはじめ、二〇年代にはソ連を代表する新進の女性作家として注目される。短編「堆肥」（一九二二）などには邦訳（抄訳）もある（富士辰馬訳『新興文学全集　二十三巻』所有）。代表作の中編「ヴィリネーヤ」（一九二四）は、ロシア革命期の民衆の生活をリアルに描いたとして評価される。同作は戯曲化、映画化もされた。湯浅芳子による翻訳が『婦人之友』に連載された（一九三三年一月号―八月号）。雑誌掲載のための省略もあるようだが、単行本化がのぞまれる。

＊7　エヴドキヤ・ナグロツカヤ（一八六六―一九三〇）。二十世紀の初頭に活躍した女性作家。『ディオニュソスの怒り』（一九一〇）は、女性に絶大な人気を誇った。

＊8　リジヤ・チャールスカヤ（一八七五―一九三七）。帝政末期の少女小説家。当時、大変な人気を博した。

＊9　ピエール・ロティ（一八五〇―一九二三）。フランスの作家、軍人。アジアやアフリカを旅し、紀行文を発表。日本を題材にした「お菊さん」（一八八八）はよく知られている。

＊10　クロード・アネ（一八六八―一九三一）。フランスの作家。ロシアに滞在した経験をもち、報告書『一九一七年三月から一九一八年六月のロシア革命』（一九一九）、小説『ロシアの娘アリヤーヌ』（一九二〇）などを発表した。プロのテニスプレイヤーでもあった。

＊11　ミハイル・ゾーシチェンコ（一八九五―一九五八）。ロシア、ソ連の作家。一九二一年、新人作家たちと「セラピオン兄弟」グループを結成。数百にもおよぶユーモア風刺短編でソ連生活を活写し、人気作家になる。しかし、第二次大戦後はいきすぎた風刺を批判され、ソ連作家同盟を除名された。スターリンの死後、名誉回復。

＊12　ペテルブルグを親しみをこめて呼ぶときの愛称。

＊13　セイフーリナの短編「堆肥」で、主人公ソフロンは村の医者を殺す。また、子羊をいとおしむ場面がある。

＊14　パンテレイモン・ロマーノフ（一八八四―一九三八）。ロシア、ソ連の作家。ソ連の生活の現実を描き、二〇年代には高く評価された。

＊15　レオニード・レオーノフ（一八九九―一九九四）。ロシア、ソ連の作家。『穴熊』（一九二四）は作家の第一長編で、新潮社の『世界文学全集』にも中村白葉訳で収録された（一九三二）。第二の長編『泥棒』（一九二七）は、多言語に翻訳されて広く読まれた。

＊16　コンスタンチン・フェージン（一八九二―一九七七）。ロシア、ソ連の作家。長編『都市と歳月』（一九二四）は、第一次世界大戦後のドイツからロシアに帰国した知識人をとおして、革命の動乱を描写した代表作である。次々と作品を発表して地歩を固め、一九五九年にソ連作家同盟第一書記に、一九七一年には同議長に就任した。

＊17　研究者アレクサンドル・ドリーニンによれば、ナボコフはソヴィエトの文芸誌『赤い処女地《クラスナヤ・ノーフィ》』一九二五年八号を念頭に置いており、同号にはマイナーな農民派の作家ヴィストロフ、プザノフが名を連ねているという。

＊18　ボリス・ピリニャーク（一八九四―一九三八）はロシア、ソ連の作家。ロシア・アヴァンギャルド最大の実験的小説家として知られる。日本を公式に訪問した最初期のロシア作家として知られ、記録も残している。一九三七年に日本のスパイの嫌疑をかけられ逮捕、銃殺された。代表作『機械と狼』（一九二五）、『消されない月の話』（一九二六）などが邦訳されている。

＊19　ロシアで名前「アリーナ」は「イリーナ」の口語形。

＊20　白軍将軍ピョートル・クラスノフ（一八六九―一九四七）による小説を念頭に置いていると思われる。

＊21　チェーホフの戯曲「イワーノフ」に登場する若い医師。偏狭な正義感をふりかざす人物。

＊22　ツルゲーネフの『父と子』の登場人物。既存の権威に屈しない合理主義者として造形され、「ニヒリスト」「ニヒリズム」の語を流行させた。

＊23　ミハイル・アルツィバーシェフ（一八七八―一九二七）による同名の長編小説（一九〇七）の主人公。自分の欲望を満たすため、既存の道徳や規範を無視して行動する中二病的人物。同作は昇曙夢によって翻訳され、日本でも若者のあいだに「サーニズム」を流行させた。

＊24　フセヴォロド・イワーノフ（一八九五―一九六三）。ロシア、ソ連の作家、劇作家。革命後、「セラピオン兄弟」派の一員として活躍。内戦末期のゲリラ戦を描く『パルチザン』（一九二一）や『装甲列車　14-69』（一九二二）が代表作とされる。

＊25　アレクサンドル・ベストゥージェフ＝マルリンスキイ（一七九七―一八三七）による『カフカス紀行』（一八三四―一八三六）のこと。ベストゥージェフはロシアの作家、社会運動家で、エキゾチックな小説を数々発表してロシア最初の流行作家になったことで知られる。

＊26　公爵令嬢ジャヴァハを主人公にした中編（一九〇三）。シリーズ化され、当時女性を中心に広く読まれた。

＊27　フセヴォロド・イワーノフの短編「トゥーブーコヤの荒野」（一九二四）より。

＊28　邦題「北極の記録」として米川正夫による邦訳がある（一九三二）。

＊29　ロシアの民俗学者・言語学者ウラジーミル・ダーリ（一八〇一―一八七二）による『現用大ロシア語詳解辞典』（全四巻、一八六三―一八六六）は、ナボコフ愛用の辞書でもあった。

＊30　レオニード・アンドレーエフ（一八七一―一九一九）。ロシアの作家。性や死、狂気などセンセーショナルなテーマの小説を数多く発表した。日本でも明治期より翻訳されて広く読まれた。

＊31　『英国短編集』に収録された短編「古いチーズ」には、「道路はタクシーやベースス、カールルで溢れかえっていた」「霧のせいで、ベーススもタクシーも路面電車もカールルも止まらざるをえなかった」という記述がある。「古いチーズ」は米川正夫訳で『世界文学全集　三十六巻』に収録された（一九二九）。

＊32　ヴォルフガング・グレーゲル（一八八二―一九五〇）。ドイツのロシア文学翻訳家。アレクサンドル・ブロークの詩「十二」の翻訳で知られる。

＊33　フェージンの原文では、ナボコフの引用の最後の部分は「だが百年後には、この紙きれの一部を、人々は、聖骸として、貴重なものとして、聖餐布にぬいつけるだろう！」となっている。以下の訳書から、一部文脈にそう形にして引用。コンスタンチン・フェージン「都市と歳月」工藤精一郎訳『世界文学全集　20世紀の文学　第29巻』集英社、一九六七年、二三頁。

＊34　ともにソヴィエト共産党の機関紙。

＊35　ミハイル・シチェドリン（一八二六―一八八九）。ロシアの作家。風刺的、陰惨な作風で、代表作に『ゴロブリョフ家の人々』（一八七六）などがある。

＊36　ニコライ・レスコフ（一八三一―一八九五）。ロシアの作家。リアリズム的手法で知られ、代表作に『魅せられた旅人』（一八七三）などがある。

＊37　オリガ・フォールシ（一八七三―一九六一）。ロシア、ソ連の作家。ナボコフが念頭に置いているのは短編集『農民たち』（一九二四）のようだ。

＊38　ウラジーミル・リージン（一八九四―一九七九）。ロシア、ソ連の小説家。モスクワ大学在学中の一九一五年から作品を発表し、知識人の生活を描いた。長編『無名戦士の墓』（一九三二）などで知られる。

＊39　アレクサンドル・ヤーコヴレフ（一八八六―一九五三）。ロシア、ソ連の作家。装飾的な文体で知られ、雑誌『十月』などに作品を発表した。

美徳の栄え

ごく皮相にとらえれば、この論文の著者は、どのソ連の批評家（文学における階級間の内情を肌身で感じ、ブルジョワとプロレタリアートの文学とのあいだにはっきりとした線引きをする）よりも有利な立場にいるはずである。私が彼らよりも有利な点をまとめると、以下のようになるかもしれない――私はまったく意識が低い分子であって、自分よりもよい暮らしをしている人々（たとえば、朝からシャンパンをがぶ飲みする金歯をはめた仲買人、共産党団体に加入している肉づきのよい門番――といってもベルリンの門番もみなそうだが）への階級的憎悪をいだかない。それゆえ、政治、哲学、文学に対して、ブルジョワ的、ほかの予断ぬきにアプローチすることができるのだ。

しかし、炯眼にして実直なソ連の批評家はこう答える――対象への人間的、非階級的アプローチはばかげている。より正確に言えば、最大限公正な評価などというものは、すでにしてブルジョワ主義の隠れた形であると。この主張はきわめて重要なものだ。なんとなれば、ここから導かれるのは、堅忍不抜のコミュニスト、先祖代々のプロレタリアート、自制心のない地主、先祖代々の貴族は、世界一単純な類の物事の受けとめ方でさえ、十人十色ということになるからだ――たとえば、暑い日に冷たい水を飲み干すときの充足感、頭をがつんと殴られたときの痛み、靴が合わないときの不快感、あらゆる人間に特有のもろもろの感覚にいたるまで。責任感ある労働者は、責任感のないブルジョワジーと同じようにくしゃみをし、あくびをするのだと主張してみたところでむなしいばかりだ。正しいのは私ではなく、ソ連の批評家だ。実際、階級的思考とは、どこか現実感を欠いた贅沢さ、なにか高度に精神的かつ観念的なもの、プロレタリアートの人間を至極もっともな絶望から救済しうる唯一のものといった具合なのだ。ここでの人間とは、ブルジョワ的範例のもとで解剖学的に組み立てられた人物であって、ブルジョワ的青空のもとで生活し、ブルジョワ的五本指のついた手で労働するのみならず、ブルジョワ学者がブルジョワ語で「ガイコツ」と呼ぶ、あのあばら骨の浮いた人物の扮装を最期まで身にまとっている死すべき運命の人物なのだ。

ここで興味深いのは、以下のことである。マルクス学者自身による月並みなブルジョワ的分析と引き比べてみると、突然マルクス学は超常的な霊性を帯びてくるが、それはソ連文学と、高邁な理想主義、深遠なヒューマニズム、確固としたモラルによって貫かれた世界文学を比べた場合とまったく同じだということである。ほかに、こうとも言える。善と知、謙譲の美徳と信仰心を称賛することもなければ、道徳のために戦うことも決してない文学などどこの国にもなかったように、ソ連文学もそもそもの始まりからそうなのだ、と。ごく遠い類型を無理に見つけだそうとすれば、ヨーロッパ文学の無垢なる幼年期に――はるか遠い時代（無邪気な宗教秘儀と粗野な神話が猛威をふるっていた時代）に目をむけなくてはならなくなる。角を生やした悪魔、袋を持ったけちん坊、がみがみ屋のおかみさん、太った製粉業者、書記の古狸――こうした文学的類型はみな、これ以上ないほど単純化され、戯画化されている。スープ用スプーンで喰わされて、モラルで腹いっぱいだ。かまびすしい獣たち――家畜や、森の生き物――は、それぞれ人間の特徴に擬され、その欠陥や美徳を象徴していた。だが、なんということか、文学はその高い教訓的水準を維持できず、最初の愛の唄が歌われたときに堕落がはじまった。

確たる根拠なしに思うのだが、幸いにしてソ連文学はじきに正道を踏みはずすだろう。首尾よく、美徳が勝ちほこっているのだ。目下持てはやされている善と、裁きをうけている悪が、階級的善悪にすぎないことなど、まったく問題にならない。この小さな階級世界における善の力とその闘争方法は、もっと大きな世界――人間の世界のものと同じである。極端かつ単純なかたちで、人間（あるいは社会）にひそむ善きもの、あるいは悪しきものをあらわすお決まりの文学的類型、高潔な人士、決して暗くならない明るい人物、無明の中で命運尽き果てた暗い人物――こうした古なじみたちに加えて、理屈屋、悪人、敬虔な乱暴者、狡猾なごますり屋といった連中が、ソ連の本のページのなかでふたたびおしあいへしあいしているのだ。ここにあるものは、『アンクル・トムの小屋』の残響と、『ニーヴァ』の昔の付録にあったなにかしらのテーマを自己流に反復したものであり（若い公爵が父親の秘書、ナロードニキ運動に傾倒している実直な雑階級人に惹かれる）、政治的無知からボリシェビズムの啓示につづく踏みならされた道で刺のないバラを探すこと、知恵のたいまつ、騎士の冒険物語（敵の大軍を撃ちやぶる赤軍騎兵隊）といったものなのだ。大衆文学の分野で、なにはともあれ今日にいたるまで、意識の高いご婦人と若者向けの作家の作品のなかで命脈をたもっているものは、おそらくソ連文学のなかで、世界の終わりまで生きつづけ、なにか新しいものとして、自信たっぷりに、熱狂的に、嬉々として繰り返されつづけるだろう。われわれは文学のまさに源、いまだ霊感によって聖別されざる空間、パトスを失う前の説話にかえっていくのだ。ソ連文学が思いおこさせるのは、囚人の啓蒙や順化のため、刑務所や矯正施設に備えつけられた、甘ったるい本の選り抜きのコレクションだ。

名前は記憶に残らないか、そもそも存在しない。二流作家が描写する水夫と、三流作家が描写する水夫を区別することは不可能だ――道義心ゆえに頭に血がのぼったプロレタリアートの批評家だけが、あちこちで異端的言説を認めて削りとることができる。この二級品の文学でもましな場合（二級品の文学は市場にでまわっていない）、水夫の類型は、いわば古きよきお人好しの類型として描かれている。ソ連の作家たちのお気に入りであるこの手の水夫は、「参った参った」などと口にして、善良そうに悪態をつきあい、「さまざまな本」を読んでいる。彼はすべての善良な、健康な若者がそうであるように愛妻家だが、時々それゆえにブルジョワジーやパルチザンの魔女の陥穽に落ちてしまい、階級的善の路線から道をあやまることもある。だが、この路線に水夫が戻ってくることは最初から決まっている。水夫は鈍いところもあるけれど、高潔な人間である。水夫は、いくぶん「兵士」の類型にも似ている――これぞ、ソ連文学のもうひとりの寵児である。兵士も汁気たっぷりの村の娘っ子を押し倒したり、白い歯をきらめかせた笑顔で村のこどもたちの目をくらませたりするのが大好きときている。水夫と同じく、兵士もしばしば農婦のせいで窮地に陥る。こいつときたらいつも楽天的で、政治のいろはに通じており、「やあ、みんな！」のような威勢のよい掛け声を惜しまない。百姓たちは彼を議長に選出する。おまけに、顎ひげを生やした老農夫が相も変わらずといった様子でにやりと笑って、見守るような口調で言う――「たいそう大口をきく若者だな」（つまり、老農夫はすべてお見とおしというわけだ）。しかし、水夫と兵士の人気など、党の人気の前にはなにものでもない。党員は不愛想で、あまり寝ず、始終煙草を喫っていて、ある時期まで女のことを同志としか見ず至極そっけなく接する。その結果、党員の温和さ、陰気さ、実務能力のおかげで、みな心が晴れやかになる。しかし、この党員の陰気さときたら、こどもの笑顔で突然破られてしまう。あるいは精神的につらい状況でだれかと握手すると、この戦友の目にはすぐさま涙が浮かぶのだ。党員が見目麗しいなどということはまずないが、かわりにその顔はまさに石で打ちだしたようになっている。この類型よりもさらに人格的に高潔なものは、まったく見つからない。「ああ、兄弟」——こいつときたら、こう言ってすぐに腹をわって話しかけてくる。読者には、困苦、偉業、苦難に満ちた人生を見つめる小さな目がひとつ与えられる。モンテクリスト伯や赤色人種の首領と、この党員との文学的関係は一目瞭然だ。

　こういった責任感のある労働者ときたら、まったく体も洗わないときている。責任感のある女労働者に話をすすめると、顔に水をぱしゃりとやって身づくろい終了といった有様なのだ。非党員は冷たい水で体を拭く。ブルジョワ出の専門職は、チチコフ氏の日曜日の贅沢を地でいき、水ではなくオーデコロンで体を拭くのだ。[*1] ソ連作家によって描かれたどの類型にも、風呂を使っているあとはない。この禁欲主義は、羞恥心の美徳が太古から石鹸に対して抱いてきた、名高い嫌悪感とかかわりがある。

　文学的イメージのギャラリーを散歩すると、年かさの労働者（ときに官吏のこともある）の類型に出会う。この人間は話し方に癖があり、茶目っ気がある。作家はこの人物を非党員にしてしまうが、それというのもほかの輩——詐欺師かごろつき——の上っ面だけの偽の愛党心をすっぱぬくためだけなのだ。奴は言う——「俺が党にいるのは、ボリシェビキだからだ。大事なのは形式じゃない。信心だ」。非党員のもうひとつの類型は（これが冷たい水で体を拭く人間だが）、かつての知識人階級出の懐疑主義者の類型だが、その白い骨[*2]はまさに腐りきっているのだ。指弾され、つまみだされるか、ひとりの女性（気高いコミュニスト）のおかげで、己の貧しさをふと悟る。自分の出自が悪党だと明かすのだ。つまり、たとえば、富農《クラーク》だ（なぜか製粉業者のことが多い）。腹は出ていて、ずる賢くてしみったれ、はじめのうちは貧乏人を搾取し、それから神の雷のように革命がふりかかると、立憲君主党《カデット》に加わり、まったく怖いものしらずに――罪深い盲目のうちに――自分の小麦粉と製粉機を徴発しにやってきたボリシェビキを面罵し、しかるべくその出っ腹に銃剣を一刺しされて、屠られる運命にある。小鳥は肥える――専門家やトラストの会長は、女中をどなりつける妻君、台所で唄を歌うカナリアとともに上流階級向けの住居に暮らしている。もっと下の方に降りてくると、古風な伯爵夫人がいる。古風な伯爵夫人は「メルシ」と言って、きどったお辞儀をし、小指をたててお茶を飲む。白衛軍の熱血漢、将軍、司祭などなどが顔を出すことはまれである。インテリゲンチィアの類型（大学教授や音楽家）にも、注意を払わなくてはならない。この類型はいささか倦怠をかこっているだけでなく、種々の病気に悩まされており、意思薄弱で、共産党の政治集会に出入りしている自分のこどもに羨望の視線を送っている。政治的には最悪の場合でも、メンシェビキだ。

女性の類型は、さらにパターンが限られる。ソ連作家には真正の女性崇拝が広まっている。女性には大きく分けてふたつの変種がある。ふかふかの家具と香水、懐疑主義者の専門家を好む女ブルジョワと、女コミュニスト（責任感ある労働者か、熱烈な新転向者）である。大多数のソ連文学が、後者の描写に没頭している。この人気者の女性は、はりのいいバストをもち、若く、活力にあふれ、行列に並び、労働力は驚くほどだ。この女は――革命分子、看護婦、田舎貴族の令嬢のごたまぜである。だが、なによりけがれない存在なのだ。そのひとときの恋愛へののぼせあがりと失恋は勘定にいれない。女にはただひとりの婚約者、階級的婚約者がいるのみだ――レーニンである。

想像に難くないのは、このような類型の存在ありきで、小説の筋が構成されるということだ。形而上学的ソヴィエト的言語で言えば、小説の狙いを性にさだめれば、ヒロインと水夫、兵士、貧農、富農《クラーク》、懐疑主義者の専門家、さらに香水をむんむんさせたライバル（専門家の妻）との関係が描かれる。純朴だが、それでもやはりけがれなき水夫がときおり意に反して、ブルジョワ女性に（健康的な男性ならではだとしても）うかつにもいれあげてしまい、階級意識に背くのと同様、けがれなきヒロインも（カーチャかナターリヤという名前）、ときおり悪魔的迷妄に陥ってしまい、なにかと尽くしてきた対象が異端者だと判明する。だが、水夫のように、悪魔の姦計を見破り、階級の懐に帰る力を自らの中に認める。党員はよからぬ愛人を射殺し、別の角でコムソモルカは言いよってくるよからぬ男を射殺する。もうひとつの小説の類型として、暴露文学がある。使いこみをした官吏に厳罰がくだる。あるいは、非党員の心惑わす言行にひそんだ異端を、陰気だが責任感のある労働者が暴く。さらに若者たちもいる――若者がどうあるべきか、あるいはどうあるべきでないか。さもなくば、村の教師が真理を熱烈に探し求めた挙句、それをコミュニズムに見いだす。作家たちがさらにまだ好きなのは、よろこびに満ちあふれた深紅のソ連生活を背景にした、不信心な知識人のテーマである。

美徳の栄えはいたるところにあふれている――ふたたびしかるべき言葉で言いあらわすなら、全前線にと言うべきか。異端的言説を見つけようとしようものなら、この高度な話題に通暁しているプロレタリアートの批評家たる必要がある。それは俗人にとってはごく些末なものがゆえ、悪魔の秘めた刻印を見つけださねばならないからだ。この美徳への奉仕がよいのか悪いのかといった問題について、ここではわざと触れない。私が気になるのは次の問題だ――何百年にわたって人間が本を書く術を深め、洗練させてきたことに、いったいどんな意味があったのだろうか（ロシア作家たちもそのために少なからぬ寄与をしてきた）。平民たちにあくびをもよおさせるのとひきかえに、美徳を讃美し、不品行を謗るしかるべき効き目をもった神秘劇や寓話のような、長らく忘れられてきた手本に戻ることが、こんなにも簡単だとしたら、それにいったいどんな意味があるのだろうか。そしてあったのだろうか。みなさん、われわれの罪深いブルジョワ的書物をぱたんと閉じようではありませんか。つましい僧房から敬虔なソ連の検閲官をひっぱりだしましょう。彼にとって、階級的小世界は狭すぎるのです。もっと広々とした空間こそふさわしい……。彼をひっぱりだしましょう。彼に全世界の全権をあたえましょう。彼をして映画監督の毅然さでもって、われわれに善の道をさししめさせ、悪を容赦なく罰させ、賄賂を、偽善を、人間的傲慢さをあばかせ、朝焼けを背景に、平民の娘と敬虔な若者のくちびるをキスでむすばせるのです。そしてあなた、才能ある罪人は、黙りなさい！

＊1　チチコフはゴーゴリの小説『死せる魂』の主人公。ナボコフの評論『ニコライ・ゴーゴリ』（一九四四）に「ちょうど日曜の朝毎、彼がその半人間的で猥褻な体、木の幹にもぐりこむ何かの太った幼虫にも似て白くむくむくした体に擦りこむオーデコロン」という一節がある（青山太郎訳、平凡社、一九九六年、一三八頁）。

＊2　「白い骨」は高貴な出自をあらわすロシア語の言いまわし。

万人が知るべきものとは？

みなさまがた、われわれの時代は、大いなる動揺、不安、探究の時代です。われわれは変化をはらんだ来たるべき未来の前に立っているだけでなく、オルフェウスのように過去というアウゲイアス王の厩を清掃しなくてはなりません。[*1] 戦争までは、人々にはモラルが、古きよきモラルがありました。しかし、いまや人々は自らのモラルを殺し、埋め、傍らの石にこう書いたのです――「人々にモラルが、古きよきモラルがあった。だが、人々はそれを殺し、埋め、傍らの石にこう書いたのだ――『人々にモラルが、古きよきモラルがあった。だが、人々はそれを殺し、埋め、傍らの石になにも書かなかった』」。かわってあらわれたのは、なんだか見慣れないもの――精神分析という救いの女神であって、勝手な理屈をつけて（耄碌したモラリストは震えあがったものですが）、われわれの苦痛、よろこび、苦悩の内幕を説明しました。ひとたびカミソリ用に石鹸「バルハーチン」をためしたものは、別のものを使うことは金輪際ありません。一度でも「万人に効くフロイト主義」のプリズムをとおして世界を見るものは、そのことを口惜しく思うことはございません。

みなさま、つまらないアネクドートにときに深遠な真実が含まれていることがございます。それは、次のようなものです――息子「パパ、ぼくおばあちゃんと結婚したい……」父「バカを言うな」息子「なんでパパはぼくのお母さんと結婚できるのに、ぼくはパパのお母さんとできないの？」まったく、ばかばかしいとはこのことです。しかしここに、このくだらぬ話に、コンプレックスについての教えの本質がそろっているのです！　このこども、汚れを知らぬまじめな若人にたいして、どんくさいことなかれ主義者の父親は、ごく自然な欲求を充足させることを禁じます――欲求を秘めたまま、不幸せなまま生涯を終えるのか（タンタロス・コンプレックス）、父を殺害するか（懲役コンプレックス）、しまいにはなんであれ自分の欲求をとにかく満たしてしまうか（幸福な結婚コンプレックス）。別の例をとってみましょう。たとえば森で虎とでくわして、不可解な恐怖がこみあげてきたとします。どうやってこの恐怖を説明しましょうか？　みなさま、シンプルかつエレガントな回答は、精神分析によって与えられるのです。この人物が幼児期に絵か、ママのピアノの下に敷かれていた虎の毛皮に怯えていたことはまちがいありません。この恐怖（虎恐怖症《ホロル・ティグリス》）は心のなかで生きていて、のちに成年になって現実の虎と遭遇したさいに、外部に噴出したかのようになるのです。森に物分かりのよい医者が居合わせたなら、なにか運命的な思い出を型抜きの型のようにして患者から抜きだしてやり、他方、虎についてはたんに言葉の上で触れるにとどめるでしょう――患者同様、虎の側でも、一度人間の肉を味わったことがあるがゆえに人肉食になったのです。対話の結果は明らかです。

　みなさん、精神分析でご自分の夢を分析してみてください。斎《ものいみ》明けに腹いっぱい食べたあと「悪夢にうなされて大声をだ」さずにはいられないものがありましょうか？　あるいはルツェルン湖に遠出したあとでルツェルン湖を夢にみずにいられるものがありましょうか？　ですが、なぜそんなことが始終おこるのでしょうか？　それはこうしたわけなのです。復活祭《パスハ》のコテージ菓子を四分の三も食べてしまい、夜にサチュロスとマストドンのあいのことの戦いをおっぱじめてしまう人間は、自身の（エロチックな）欲求が満たされないことへの怒りの影響下にあります。湖もすなわち同様なのです。

こうしたわけで、気ままに暮らせば暮らすほど、自分のちょっとした欲求に素直であればあるほど、欲求に対して陽気に、徹底的に寛容的にふるまえばふるまうほど、馬鹿げた夢を見るのが少なければ少ないほど、心は健康というわけなのです。実際、古代ローマの皇帝の何人か（たとえばデカメロン帝）は、夢をまったくみなかったと、科学的に証明されています。

みなさま、あることを身につけなければ、人生という彩りあざやかな織物について、なにも吟味できないも同然なのです——つまり、性が生を統べるのです。愛人や借主に手紙をしたためるとき、ペンは男性の象徴ですが、手紙を投函する郵便ポストは女性の象徴です。このように、しかるべく日常生活について思いをめぐらせていきます。たとえば、こどもの遊びはみなエロチシズムに立脚しています（このことは、とくにしっかり記憶に留める必要があります）。激昂して自分のコマに鞭うつこどもは、無意識のサディストです。ボール（主に大きなサイズの）をこどもは好みますが、これも女性の胸を思わせるからです。かくれんぼ遊びは、母の胎内に帰りたいという（秘めた、深い）エミラチーチェスキイ的傾向をあらわしています。エディプス・コンプレックスも同じく、われわれ平民の用いる罵詈雑言に反映されております。

どこにいっても——あまねくところに性の象徴があります。周知の職業に目をむけてみましょう——まさに好例ぞろいなのです。建築家が家を建てる（つまり、おったてる）。映画技師がフィルムを回す（つまり、輪姦《まわ》す）。女医は患者の世話をする（患者はよくなって、今度は女医の下の世話をする）。文献学者が確認したところによれば、「気圧が下がる」、「落ち葉」、「倒れた馬」といった表現は、みな「堕落した女」を（無意識的に）暗示しているのです。[*2] 居酒屋のウェイター《トラクチールヌイ・パラヴォイ》、あるいは床ぞうきん《パラヴァヤ・トリャープカ》を性問題《パラヴォイ・ヴァプロス》と比較してごらんなさい。[*3] 以下のような言葉もあてはまります——半年《パルゴーダ》、半《パル》サージェン、陸軍大佐《パルコーヴニク》などなどです。エロチシズムが浸透した名前は少なくありません。シューラ、ムーラ、リューバ（「愛《リュボーフィ》」から）、ジェーニャ（「妻《ジナー》」から）、スペインにも「ジュアン」（ドン・ジュアンから）のような名前もあります。

どうつきつめてみたところで、どう思いをめぐらせてみたところで、おぼえておいていただきたいのは、あらゆる行為と行動は思考と思念は、上記に記したような方法で完全に説明できるということです。われらが特許取得済みの手法、「万人のためのフロイト主義」を利用せよ、さすれば満たされん。作家や芸術家のみなさまから感謝の声がたくさん届いております。低級技術者、教職者、産科医などほか多くのみなさまからもいただいております。効果は即効性、快適至極。モードな人間はすべからくこれを備えるべし。じつに興味深い！　驚くほど安い！

＊1　ギリシア神話で、ヘラクレスが荒れ放題だったアウゲイアス王の厩を掃除したことより。
＊2　「落ちる падать《パーダチ》」という動詞を用いたさまざまな表現による言葉遊び。
＊3　「性的な половой《パラヴォイ》」という語の同音異義語である「床の」、「ウェイター」という語を使った言葉遊び。

Ⅳ

ロシア文学のヨーロッパ時代の終わり——亡命文学の送り人

Ju・I・アイヘンヴァリド[*1]を追悼して

だれかを知るとは、だれかを創ることである。その人物の面影や特徴が胸のうちに積もっていく――イメージは育ち、伸び、色づいていき、会うたびごとに心は豊かになる――そして、創造が真実味を帯び、辻褄のあったものになればなるほど、その人のことが好きになるのだ。そしていつしか（やはり気づかぬうちに）距離が縮まり、すっかりなじんでしまうと、そのイメージがもはや心のなかで命を宿したようになり、ヴァイブレーションをもち、光を放つようになる――こうなると、まるで一仕事終わり、その人物をすっかり創りだしてしまったかのように感じる――さらに月日がたてば、その人物はもう心の一部になってしまう。その人物が、イメージをじっくりと心に焼きつけてきたまさにその人物が、突然死んでしまうことがある……そのとき……そのときはいったい？当惑、不可解、強い動揺をともなった、内心の不一致の感情がひきおこされる――なぜなら、地道な労力を惜しまずそそいで創った、私たちが愛した人のイメージは、無論生きつづけているからであり、そしてその名は、昨日までのように命を宿し、だれかの唇がそれを発音するようなことがあれば、生きているかのようだからだ――そして、あらゆる人間的、日常的、習慣的なものを損なってしまう追悼記事のタイトルに、嘘がかいま見える気がする。

ユーリイ・イサエヴィチ・アイヘンヴァリドは死んだ。その存在の滑走は、突然遮断されてしまったが、私たちのなかには形をもった生命がいまだ走りつづけている——その減速、停止は至極ゆっくりとしたものになるだろう。私にとっては、彼をよく知っていた多数にとっては、彼はあの土曜日——不幸の半刻前、玄関のドアを閉めようとして、遠ざかっていく猫背の背中をガラス過ごしに眺めたあの日——と、まったくおなじように今日も生きている。その声が耳に残っている——控えめだがしっかりした抑揚のつけかた——とりわけ、なにかを「すばらしい」と呼び、べつのなにかを「すばらしくない」と呼ぶときの「ない《ニェ》」という助詞にとくにアクセントがおかれるあの声音が。目に浮かぶのは、人でごったがえす部屋を抜けていくときの彼の様子で、そそくさと、近視特有の動きで、首を軽くすくめ両肘をわきにぎゅっとつけたまま探していた人に近寄っていき、とつぜん細い腕をのばして、一瞬だけ、そっと袖口に触れるしぐさだ。

ああ、そうだ、この世にも不死の可能性がある。死者は、その人物を知るすべての人の心のなかに、それぞれのかたちで、ありありと生きつづけている。その人物をよく知る人もいれば、二三度の出会いからえた外的な印象で満足しなくてはならない人もいるし、ただ一度会っただけという人もいる。それぞれが自分なりにその人物を感受していれば、故人は互いにうまく補完しあう無数の像となって地上に残る。だが個人個人は、その人物が死んだことを知っている。生の延長線上にあるこの最初のステージが終わると、ただ伝聞や記録をつうじて知られるだけになってしまい、イメージは長らえるが、痩せた、冷たいものになってしまう。私たちが痛切に予感しているのは、来たるべきこの冷たさだ——ただ名のみが生きつづけているその未来だ。言うなれば……。どんなに哲学ぶろうが、どんなに自分の五感の鋭さで己をなぐさめようが、結局はあの元の人物、唯一のオリジナルはもういないのだ。ユーリイ・イサエヴィチは深夜自宅に帰ろうとして、考えごとで頭がいっぱいになったまま歩いていったのだが、その道筋と内実については、だれも、だれにもうかがい知ることはできない。猫背の男が無邪気にもレールの上に足を踏み入れるのを、路面電車の乗降口から、偶然居合わせたドイツ人学生と運転手だけが見ていた。そして、彼があまりに気の毒になり、この心やさしき人物があまりに気の毒で、いまこうして書いている文章はとつぜん靄のなかに消えてしまうかのようだ。

＊1 ユーリイ・アイヘンヴァリド（一八七二―一九二八）。ロシアの批評家。『ロシア作家のシルエット』（一九〇六―一九一〇）など、多数の著書、訳書をものし、文名を確立した。一九二二年に亡命した。

A・O・フォンダミンスキイ夫人を追悼して

一九三二年十月、私はパリに一か月滞在した。イリヤ・イシドロヴィチ[*1]と知り合いになってからはや数年たっていたが、アマリヤ・オシポヴナ[*2]と会ったのはそのときが初めてだった。自分のための場所がずっと前から用意されていたかのように、常にやすやすと気ままに、微笑をうかべて、こちらの人生に入ってくる人々がまれにいる——昨日は知りあいではなかったとはもう思えなくなってしまうのだ。あたかも、出会った時点のレベルまで、過去の時間がすべてさっと水位をあげてきたかと思うと、ふたたび引いていくときに、こちらの生きたイメージの影を持ちさって、実際の過去の人生の影と混ぜあわせてしまうようなもので、最初の出会いでこちらが感じるごく自然な近しさ、変わらぬやさしさ、身に覚えがある温もりを、さかのぼって説明してくれる偽りの時間が、その一個人（その存在自体が、アプリオリに近しいのだ）のために、生じたようになるのだ。これが、私とアマリヤ・オシポヴナが知己になった雰囲気である。覚えているかぎりでは、シェルノヴィッツ通りをはじめておとずれたのは前日だったが、アマリヤ・オシポヴナは不在で、イ〔リヤ〕・イ〔シドロヴィチ〕と歓談しながら、ペットのシャムネコのオスに見とれていた。全体に暗いベージュ色で、関節のところは青白い色調を帯び、手足としっぽ（どちらかと言えば短く、太いもので、ラシャのような毛なみと相まって、カンガルーのような腰つきになっていた）はチョコレート色だった。いずこを見ているともつかぬ透明な瞳には、サファイア色の液体がなみなみと満たされていた――その世にも不思議な紺青色に、沈黙と、秘密めいた動作の用意周到さもあって、雄猫は文字どおり聖なる神獣のようだった。おそらく、真っ先に猫についてアマリヤ・オシポヴナと言葉を交わしたのだろう。面だちからは人好きのよさがにじみでていて、知的な微笑が唇にときおり浮かび、思慮深い瞳は若やいでいて、つやのある声はなめらかで穏やかだった。落ち着いた色合いの服装のなかのなにか、その小柄な体軀のなかのなにか、その軽やかな歩調のなにかが、こちらの琴線にじかに触れてくるのだった。見知らぬ街にやって来たものの常として、私は貪欲に他人の電話を借りた――電話する許しをこうたあと、ふたたびテーブルに戻ったとき、アマリヤ・オシポヴナは茶目っ気がないでもないような様子で、黙ったままこちらに手紙を差しだしたが、それは彼女の手元にあると夢にも思わなかったものだった――以前『ペレスレーギン』[*3]の英訳を見てくれないかと頼んできたステプーンへの、自分の返事だったのだ。その翻訳は私には不正確に見え、なにか見落としがあるのではないかという、細部への不安から難癖をつけたのだった――訳者二人のうちのひとりがアマリヤ・オシポヴナだったので、フョードル・アヴグストヴィチは私の不躾な返信を手渡して、どうやらだれが翻訳したのかわかっていないらしいと、彼女に告げたのだった。この件で会話のムードは一変し、すぐに愉快で打ち解けた、風通しのいいものになっていった――この件はアマリヤ・オシポヴナが、失言を芸術と呼ぶこともできる、慧眼の目利きだったことを示している。彼女と談義したのは、私がこのロシアのパリで（知らず知らずのうちに、生活感覚なしで）すでに成し遂げていたこと――ただ単に、健康に暮らすということだった。そうこうするうちにミルクを注いだ満月のような小皿が猫の前に置かれ、猫はそれを強弱弱格韻《ダクチリ》を守ってぴちゃぴちゃぴちゃと飲みだした。猫も、アパートの家具すべて——アマリヤ・オシポヴナの筆記用具から、その裏にロシア生まれのパリっ子が愚直にも鍵を隠すドア下の大きなマットまで、あらゆる物体——も、みな善意と精神性のとらえがたいが明白なしるしをたずさえており、それは自身光を放ちながらその光を鷹揚にふりまく人々の持ち物の特徴だった。底まで見とおせる、限りなく透明度の高い、心からの善意、「むら気なあだ名」（こうバラトゥインスキイは表現した）[*4]への愛は、アマリヤ・オシポヴナにおいて世界に対するやさしさと表裏一体のものだった——特別な、自分だけのかたちで世界のすべてを名づけなおしたいというその嗜好は、よりよい名前をつけることで、名前の持ち主もよりよくなるのだとアマリヤ・オシポヴナは（おそらく、無駄というわけではなかったろうが）信じていたようだった。

私はフォンダミンスキイ邸にほとんど毎日のようにお邪魔するようになり、パリでの滞在が終わるころには引っ越したも同然になっていた。アマリヤ・オシポヴナが感動的な——だが有無を言わさない——心配りで決定したのは、私は「へとへとに疲れてい」て、朗読会の前に「休まな」くてはならないということだった。朗読会が開催されるとき、彼女とその友人たちは私に手伝いをさせなかった。覚えているのは、魅力的な本棚で囲まれた静かな部屋と、細かいところまで考えぬかれた小物たち——ミネラルウォーターのビン、髪のローション、よい香りのタルクまで——のことだ。ひどい暑さの中で、アマリヤ・オシポヴナはチケットを売ってくれた——その様子は記憶のなかで一枚の絵として鮮明に残されている。静かで暖かい客間で、アマリヤ・オシポヴナは『絶望』から数ページ、タイプライターで書き写してくれ、猫は暖炉で温まっていた。恥ずかしさなのか、悔いなのか、言葉では定義できない強い感情がこみあげてきて、今でも思い出すのは、私が室内で煙草を何本も吸ったせいでたちこめた煙が、アマリヤ・オシポヴナの体を蝕んでいたのに気づけずにいたことだ——もちろん、アマリヤ・オシポヴナはなにも言わなかった。さらに怖いのは、私が厄介な間借り人だったことだが、アマリヤ・オシポヴナはすべてを優美なるおおらかさで大目に見てくれた。たとえば、すでに寝しずまってしまったあと、ひどく遅く帰ってきた私が、玄関の電気を消そうとしたことがあった。だが、いくつかあるスイッチのどれだかわからないので、ひとつ、もうひとつと試してみた。すると、まわりの部屋のランプが次々に灯ったので、このままでは家じゅうの電気をつけてしまうのではないかと怖くなった。それで、玄関の灯りはつけたまま寝室にいった。だが、あとになって良心がとがめ、起きあがって玄関に戻って用心深くスイッチを試そうとした。そのとき怪訝に思ったのは、ひとつのスイッチがなんのはっきりした働きもしないことだった。あとになってわかったのは、最初に私がスイッチをいれたのは（首尾よく消すことができたのだが）、アマリヤ・オシポヴナの寝室の灯りであり、玄関に戻ってきて、彼女の寝室の灯りをまたつけて、そのままにしてしまったということだった——この悪夢のようなイルミネーションに、一部の隙もないユーモアで対処することにしたアマリヤ・オシポヴナは、しばらく眠ったあとで自分で消したのだった。

ほどなく、パリを去ることになった。最後の思い出は、プラットフォームに立つアマリヤ・オシポヴナの黒い小さな人影だ——私を見送りに来てくれたのだった。それ以来、彼女に会っていない。いま望むのは、か細い人間の手で、もうしばらくのあいだだけ、こうしたありとあらゆることを摑まえていることだ——この奇跡を、今にも倒れそうなものたちを、暗く柔らかい忘却の壕へと音もなく崩れ落ちてしまいそうなすべてのものたちを（だが、大切ななにかは永久に心に残る——いかな人生もその痕跡を消すことはできず、かくも記憶に刻まれた細部が今なお輝いていることが、疑いようもないように[*5]）。

＊1　イリヤ・イシドロヴィチ・フォンダミンスキイ（一八八〇—一九四二）。政治活動家、出版者。ナボコフの作品を数多く出版する。占領下のパリで捕らわれ、アウシュビッツで死亡した。ユダヤ系であったが、死の直前に正教に改宗。二〇〇四年に列聖された。
＊2　アマリヤ・オシポヴナ・フォンダミンスカヤ（?—一九三五）。フォンダミンスキイ夫人。
＊3　フョードル・アヴグストヴィチ・ステプーン（一八八四—一九六五）による書簡体の哲学的小説『ニコライ・ペレスレーギン』（一九二三—一九二五、一九二七）のこと。ステプーンは作家、歴史家、思想家、社会学者。一九二二年にドイツに亡命。第二次世界大戦後もミュンヘン大学で教鞭をとった。
＊4　エヴゲーニイ・バラトゥインスキイ（一八〇〇—一八四四）の詩の一節より。
＊5　コロンビア大学のバフメチェフ・アーカイヴに所蔵されているタイプ原稿には、以下のような文章が結末のあとに記載されていた。シンポジウム版、ガリーナ・グルシャーノクの注による。
「なぐさめの言葉がないなんて嘘だ！　事実、それはあるのだ！　その言葉を、われわれのはかない言いまわしであらわすのすら、筆舌に尽くしがたいほど困難がともなうのだ——だが、みなぼんやりとはその言葉を知っていて、みな——いかな宗教に帰依しようとも——その言葉がこんな風に終わらないことを察知する。最期の言葉が、死の沈黙なんてありえない。自分自身によって魔法にかけられた理性にとってさえ、永遠が実現するもっとも自然な可能性が、永遠の別れでしかないと考えることは、耐え難いナンセンスだ。いいや。この世の生によってはじめられ、約束され、考えられることは、あまりに多すぎるのだ。高揚と光明がおとずれる意義深い瞬間のせいで、生はあまりに豊かなのだ。いまだかつてない、名状しがたい、だが本質的には自然な自己解決策への、ひどい憂愁のようなもので生はあまりに溢れているのだ……。

　この心やさしき魂が、尊き魂が、この世にもういないとは信じがたい。私は彼女と知りあって日が浅いが、その短い時間は、友愛の長い時間が凝縮されたようだった。」

ホダセーヴィチについて[*1]

われらが時代最大のロシア詩人であるこの詩人は、チュッチェフ[*2]が継いだプーシキンの文学的直系にあたり、彼についての最後の記憶が生きているかぎり、ロシア詩の誇りでありつづけるだろう。その才能をとりわけ瞠目すべきものにしているのは、われらが文学の蒙昧の年にそれが熟したことである――すなわち、ボリシェビキの時代が詩人たちを、定住する楽観主義者と降格された悲観主義者に、風土病的元気者と憂鬱病的亡命者にきれいに分けた時代に。そのうえ、教訓的な逆説がここにはある。ロシアの内側では外側からの命令が作用し、ロシアの外側では内側からの命令が作用している。パラシュート、農業用トラクター、赤軍兵士、極地探検隊の隊員（すなわち、世界の外側にあるもの）に傾注するよう作家に言外の要求を突きつける政府は当然ながら、内面世界に向きあうべしというこちら側の指令よりはるかに強力であり、後者の戒めは弱者にかろうじて嗅ぎとられ、強者には鼻であしらわれるようなものにすぎず、一九二〇年代には、サンクトペテルブルグのロストラの灯台柱を懐古する脚韻を生み、現在、一九三〇年代には、常に深みはないが常に真摯な、宗教的煩悶に至った。芸術、真の芸術とは、その目的地を水源のとなりに持つものだ（すなわち、高邁な、人気のない場所であり、心情を吐露する人口が過剰な浮世では決してない）――しかし残念なことに、われわれのもとで、芸術は癒しを求める感傷に堕してしまった。いくら個人的な絶望を軽減すべく共通の経路を探さざるをえないとしても、詩はそんな事情とはまったく関係ないものなのだ。修道院の奥やセーヌ川の底の誘惑はさらに強力だ。共通の経路は、それがどのようなものであろうとも、芸術的に見れば、それが共通であるというまさにその理由で、常に劣ったものにならざるをえない。しかし、ロシアの境界の内側で、軛に屈せず（たとえば、カフカスの三文詩人を翻訳することを拒否するような）、自身より高いところに自由な詩神《ミューズ》をおくほど無謀にふるまう詩人を想像しがたいなら、ロシアの境界の外側にこそ、詩的関心の共通性のようなもの――魂の共産主義の一種だ――を忌避する命知らずを見つけるほうがたやすいだろう。

　ロシアでは才能は身を助けない。流謫の身では才能のみが救いになる。ホダセーヴィチの晩年がいかにつらいものでも、陳腐な亡命の運命がいかに憂きものであっても、彼の人間的衰亡に古き良き無関心から他の人間が指一本動かさなくとも、ホダセーヴィチは時を超えてロシアに安置されている――実際、彼自身はいつ認めたってよかったのだ――癇癪と唇から洩れてくる皮肉をとおして、ブロークが予言したこの「寒く暗い」[※1]日々をとおして――自分が特別の位置を占めていることを。余人には決して到達できない、至福なる孤独の高みにいることを。

　ここで私は、香炉をふりまわして傍観者を殴りつけるつもりはない。[※2]亡命世代の二、三名の詩人はまだ発展途上だし、わからないが、芸術の頂点を極めるかもしれない――自分でこしらえた、二級品のパリで人生を棒に振らなければの話だが（ちょっと傾けただけで、飲み屋の鏡の中を泳いでいってしまうこのパリは、不動かつ不透過の町、フランスのパリとは決して交わらないのだ）。ホダセーヴィチはまさに己の指先で、流謫の身で作った詩の影響が枝を伸ばし、繁茂していくのを感じていたし、それゆえその運命にある種の責任を感じてもいた――悲しいというよりは、苛だたしい運命に。そういった詩の安っぽい哀愁は、詩集『ヨーロッパの夜』の木霊というよりはパロディのように聞こえた――『ヨーロッパの夜』では苦々しさ、怒り、天使、近接母音の深淵――手短に言えば全部が――本物であり、唯一無二のものであり、多かれ少なかれ彼の弟子である人々の詩をほとんど曇らせてしまった現在の風潮とはまったく無関係なのだ。

ホダセーヴィチの妙技《マステルステエヴォ》、至芸《マイスターシャフト》、名人芸、すなわち「技術」について語ることは、無意味なだけでなく、冒瀆的でもある――これは、ごく普通の詩にたいしてもそうだし、ホダセーヴィチの詩の場合は（言葉のもっとも鋭い意味で）とりわけそうなのだ。なんとなれば、自分自身を括弧でくくりだしてしまう「名人芸」という概念は、自立した価値をもたない付属品、あるいは影になって、見かけ上は正の数となるような補償を要請する理屈だからだ。このせいで詩との特殊な心の交流にわれわれはたやすく招き入れられてしまい、芸術がすりつぶされた結果残るのは、涙で濡れた跡だけということになりかねないのだ。これが咎められるべきなのは、真心からの涕泣すら、作詩法、言語、言葉のつりあいの完璧な知識を必要とするせいではなく、これが馬鹿げているのは、三文詩人が適当な詩で、人間の苦しみの前では芸術なんてとるにたらんものだという風情で、もったいぶった欺瞞にはげんでいるせいでもない（いわば、葬儀屋が地上の生の儚さにめそめそ泣き言をいうのにも似ている）。否。物と、パッケージとのあいだの齟齬を意識することが、なぜ咎められるべきで、馬鹿げているのか――それが、あらゆる秘教的な必要条件から切り離せないもの（「芸術」とか「詩」とか「美」とか、なんと呼んでもいいが）、その核心を損なってしまうからだ。言いかえれば、完璧な詩（少なくとも三百編の例がロシア文学にある）とは、読者がそのアイデアだけ、その感傷だけ、その画だけ、その音だけ（「同音反復」から「描出法」まで、この手のものが数多く考案されてきた）思い描こうとして、くるくる回してみても平気なものなのだが、結局、全体から任意に選びだした一カットは、詩がこの眩い自律性を備えていなければ、どれをとってもわれわれの注意に値するようなものでは実はなく（もちろん、いかなるスリルも生みだされない——ただし、婉曲的なものはのぞく——すなわち、なにか別の「全体」を思い起こさせる、誰かの声、部屋、夜以外は）、この点において、「名人芸」という用語は、「勝ち誇った真摯さ」のような反意語がそうであるように、侮辱的に響くのである。

　ここで私が言っているのは、新しいことではまったくないが、ホダセーヴィチについて語るときには、繰り返さずにはいられないことなのだ。同様の詩のなかには（この手の詩の輪郭がぼやけていることは、近視がいじらしいように、それ自体訴えかけるものがある）、精密に言葉を吟味するという同じ手法で接近しようと努力した結果（より美しい状況なら「名人芸」として通っていただろう）、類似性に至ったものもある。こういった人工的な曖昧さを備えた詩と比べて、ホダセーヴィチのポエジアは、読者諸賢にあっては、鍛錬の度が過ぎると映るだろう——私はこの食欲をそそらない言葉をわざと使っているのだが。しかし、要点をまとめれば、ホダセーヴィチの詩は——実際、あらゆる本物の詩は——「形式」の点でいかなる定義も必要としないということだ。

　自分でも不思議なのは、この記事で、この、ホダセーヴィチの死に駆りたてられた思索を走り書きしたもので、私が、ホダセーヴィチの天才が認知されていないと漠然とほのめかし、ホダセーヴィチの詩の魅力と意義に疑問をなげかける亡霊と、漠然とした論争をしているかのように見えることだ。名声、承認——この手のことはおしなべて、死だけが適切な見通しを与えることのできる、形の定まらない現象だ。ホダセーヴィチが『ルネサンス《ヴァズラジジェーニエ》』*3に毎週よせていた批評を、楽しみに読みながら、批評家が詩人であることをまったく知らなかったという読者も、すでに少なくないだろう（その機知と魅力すべてをもってしても、ホダセーヴィチの批評は、詩のレベルに達していないと認めざるをえない――あの脈動と魔法がなぜか欠けているのだ）。ホダセーヴィチの死後の名声を、一見して理解不能だとする人がそこらにいたとしても、驚きはしない。さらに、ここ数年、ホダセーヴィチは、一編の詩も発表していない。そして、読者というものは忘れっぽいものであり、われらが時代の文芸批評家連中は、一過性の時事的なトピックにすぐにあてられ夢中になってしまうので、重要な問題を大衆に喚起する時間も、機会もないのだ。とにかく、今やすべては潰えてしまった。遺された黄金が、棚の上で――未来からよく見える場所で輝き、すでに鉱夫はかの地に向かった――そこからは、おそらく、かそけきなにかが大詩人の耳には届くのだろう――そのとき、彼岸の冷気がわれわれを貫き、欠くことのできないしるしとなる秘蹟を芸術は授かるのだ。

それでも、一個の人生はすでにして少々所を変え、一個の習慣――（他人の）存在についての（自分の）習慣――はすでにして損なわれてしまった。慰めはない――喪失感を埋め合わせるべく、儚く脆い人間像を私的に思い返してみても、窓敷居に落ちた雹のように溶けさってしまうだろう。それでは詩に戻ろう。

（この記事は、「V・シーリン」という、私が一九二〇年代、三〇年代にベルリンとパリで使っていたペンネームの署名のもと、亡命者むけ文芸誌『現代雑記《サヴレメンヌイエ・ザピースキ》』[*4]〔五十九号、パリ、一九三九年〕に掲載された。曲折的なロシア語テクストを、現行の英訳に移すことに固執した。）

※1　われらが時代の前日に、ブロークによって書かれた詩にある。「ああ、きみが知ったとしたら、おお、子供らよ、／来るべき日々の寒さ、暗さを！」

※2　この隠喩は、バラトゥインスキイ（一八〇〇―一八四四）の詩より借用した。その詩で、バラトゥインスキイは、生きている詩人たちをおとしめるという目的のためだけに、その死をとらえて、レールモントフをほめそやす批評家を非難している。ちなみに、パヴレンコフの百科事典（サンクトペテルブルグ、一九一三年）では、そっけない小項目がバラトゥインスキイに割かれているのだが、素敵な誤植で締めくくられている――「全集、一九八四年」

＊1　この追憶文をナボコフは後年自ら英訳した。原注と末尾の文章はそのときに加えられたものである。

＊2　フョードル・チュッチェフ（一八〇三―一八七三）。ロシアの詩人。哲学的抒情詩で名高い。後年ナボコフはその詩を英訳した。

＊3　第二次世界大戦前にパリで発行されていた亡命者むけ日刊紙。

＊4　ナボコフは「五十九号」としているが、これはまちがいで、実際は六十九号。

定義

一

パリで過ぎた冬について。あたかも魔法にかけられた人間がみた夢のようだった——不幸が迫っていることも、目覚めが避けられないこともわかっているのだが、夢から逃れられないのだ。記念碑の足元が機械的に砂嚢で固められてしまい、街灯の光が夜間灯火の青に機械的に置きかえられてしまい、辻公園では労働者が機械的に壕を掘っていた——ここはかつては機械のように物言わぬ傷痍軍人がひとり、こどもらが通り道に穴を掘らないよう見守っていたところだったのだが。他方、ロシア人たちは九か月のあいだ、自分たちに関連する法令文にある「prestataire」[*1]という言葉がなにを指すのか首をひねっていた。

二

明朗かつ賢明な、果てしなく魅惑的な国——そこでは路傍に転がる石ころひとつひとつさえも優美さや優雅さを湛え、マロニエがこんもりと葉を茂らせた上を流れる雲のひとつひとつが美術品なのだ――こう、亡命者たちはフランスに思いをはせるのが常だったし、いかな時事的な難局もこの印象を変えることはできはしない。その致命的な脆弱さの責任がだれにあろうとも、大国の脆さは常に悪徳というわけではない――その力が常に美徳ではないのと同じことだ。そのうえ、どこよりも、ロシアについてじっくりと思いをめぐらすことができる国なのだ。パリはロシア人の回想の戯れにとってふさわしい額縁の役目をはたしてきた。私が知っている人々は、角のコーヒー店で、空になったグラスの向こう側に夜通し陣どっていたが、その安価な居場所をいかな異国の奇跡とかえようともしなかった。

三

噂話、ニュースへの渇きについて。新聞をあまり読まず、政治にも無関心、挙国一致の機運が苦手な自由人にとって、肉太の字体にたよらなくてはならず、意志に反して共同不安の均等な深淵へとはまりこんでいくのは耐え難い屈辱である。近代戦の世界でごく一般的に見うけられるのは、規律の徹底という意味で、全体主義体制の猿まねになってしまうことだ。すなわち、「民主主義的」な国家にとって戦争の悲劇とは、価値あるオリジナルを模倣したつもりが上っ面だけのものになってしまう点にある。あらゆる協定よりも強くロシアとドイツを結びつけ、俗悪さや肉欲同様強力であり、だが独裁政権についてまわる重大なものとは（経済体制の違いに反して、元来のモチベーションー―祖国への情熱だか、人類への情熱だか――がなんであれ）、リズムである――行軍する群衆のリズムだ。

三つの民族が世界に最上の音楽をもたらしたことに思い至ると、笑みがこぼれる。

四

方法とは理念の寄生虫であり、ふくれあがってその身をのっとってしまうものだ。精神と目標は方法のなかに溶けてしまう――方法は己が築いた不穏な優位を、完全な飽和状態に達するまでじょじょに固めていく――つまり、戦時下の国民が、国を牛耳る暴君の理論的こじつけにもはや格別の関心を払わなくなるまで。いま、私たちが立ちあっているのは、ナチズム、共産主義、民主主義といったできあいの言葉の意味が、言葉が生まれた古代の理念ではなく、どの政府がどれくらい住人を紅顔の奴隷に変えられるか力の差で、定義されるところである。

五

議論の余地のないことについて。いつか、われわれの子孫が『偉人伝』シリーズにヒトラーの伝記を見つける日がくるだろう。しかし、「人間の偉大さ」という評価基準は画定されはしないだろう。その概念は、過去の偉人たちがなんの職業についていたかだけでなく、無比なる精神性の高みに人格がどれだけ近づけたのかも示す何段階もの階級づけを言外に指している。国家の指導者、司令官、歴史的人気者は、通例、偉人たちのなかでも最下等の部類に属する。レオナルド・ダ・ヴィンチから自由を、イタリアを、視力をとりあげてみよ――それでも、偉人のままだろう。ヒトラーから大砲をとりあげてみよ――凶悪なパンフレットの著者としてのみ知られるようになる（すなわち、小物として）。戦争の天才には形而上学的未来はない。ナポレオンの亡霊はエリュシオンの野[*2]に、ただセント・ヘレナのつづきが広がるのを見て退屈するだろう。シェイクスピア、パスカル、マルコ・ポーロの霊魂にとって（最初の好奇心を満たしたあとは）ユリウス・カエサルのお仲間が格別魅力的にうつるとは思えない。

六

文学について。「亡命作家」という用語は、ややトートロジーの気味がある。真の作家はみな、自分の芸術の中に亡命し、そこに留まる。ほんとうには故国への愛を捨てていないときでさえ、作家の祖国へのロシア的愛はつねにノスタルジックなものだ。キシニョフやカフカスのみならず、ネフスキイ通りさえも遥かなる流刑地になる。この二十年のあいだに、公明正大な欧州の空の下、国外で育ったわれらが文学は、大道を行き、文学を印刷する権利と霊感を奪われ、ロシア本国において模倣されながらも、魂の裏庭でひまわりを育てていた。「亡命」本の「ソ連」との関係は、首都と地方のそれに似ている。溺れた犬は打たぬもの、それゆえ文学を批判するのは恥ずべきことだ――その背景では、やたらに色を塗りたくった絵、恥ずかしげもなく歴史を描いた三文小説《ルボーク》が傑作と見なされている。まったく別の理由で、私はわれらが首都の文学についてくどくど話すことへの居心地の悪さがある。だが、こうは言える。一流の才能の持ち主がごくかぎられているにもかかわらず（しかし、その数が多かった時代などあったのだろうか？）、企ての純粋さ、己に対する要求の高さ、禁欲的かつ強健な力によって、それは自らの過去に見合うだけの価値がある。日常生活における困窮、作品刊行の困難、読者からの反応のなさ、亡命中の群衆のひどい無知さ――こうしたものはすべて、国家にしろ社会にしろ検閲がまったくないという、いまだかつてロシアが経験したことのない、途方もない可能性で埋めあわされてきた。過去時制を使っているのは、われわれの人生を二度までも破壊したできごとのせいで、ロシア文学の二十年におよぶヨーロッパ時代が幕を下ろしてしまったからだ。

＊1　「賦役をおこなう者」の意。当時のフランス首相エドゥアール・ダラディエが、一九四〇年一月に公布した法令の文言による。

＊2　ギリシア神話の楽園。神々に祝福された人間が死後の生をおくる場所とされる。

I・V・ゲッセンを追悼して

記憶のなかの過去のヨシフ・ゲッセン*1は、過去の亡き父と結ばれて、現在の私と生き生きとした二重結びにされている。私がヨシフ・ゲッセンをいくつかの次元で同時に見ていた――党の会議がおこなわれていた遥か伝説の彼方で、歴史の遠近法のなかで（その一番手前では私の幼少期が、逆遠近法で描かれた線の束のように収束している）、現実味のある人間において（ビスコッティが添えられたティー・カップの向こう、触れることのできる世界の温もり）。つまり、その友愛の恩恵をうけるレベルまで私が育ったことは、一種魔法のような時代錯誤だった。それが、私の誇りである。いわば、友愛にあずかったという現実を直角三角形の短辺とすれば、それが心の奥底まで達していて、長い斜辺は（一時、右も左もわからない作家としての出発点を取りまいていた）『権利《プラーヴォ》』*2と『言葉《レーチ》』*3の勇ましくも純粋な世界で、ひそかに私に連結していた。ロシア人のベルリンの二〇年代は、粗野で、悪臭ぷんぷんたるドイツ人（この欠陥民族の汗臭さは忘れることができない）に借りた、備えつけの家具があるだけの部屋だった。だが、その部屋にヨシフ・ゲッセンはいて、われわれは原住民を横目に、家具や照明をあれこれ組みあわせることで、自分だけの魅力をひきだしたのだった。私の青春はヨシフ・ゲッセンの第二の青春に間にあい、われわれは歩調をあわせて愉快に歩んでいった。

ヨシフ・ゲッセンは私の最初の読者だった。彼の出版社が私の本をだすずっと前から、ゲッセンは未熟な詩を『舵《ルーリ》』に載せてくれていた。日の落ちたベルリンの青、街角のマロニエの天蓋、眩暈、困窮、恋愛、明るいうちに灯ってしまった電飾看板のオレンジ色、まだ生々しいロシアに感じていた一種動物的な憂愁——こうしたすべてが、弱強格でのろのろと、編集長室を歩いていた——そこではヨシフ・ゲッセンが、書かれたものをあたかも裾の方から摑むようにして、紙を顔の近くまでもってきて、下から上へと、目を放物線を描くように動かし、それがすむとからかいまじりの上機嫌でこちらを見ると、軽く紙をふりながら、ただ「どうかな」と言うだけで、あわてずに原稿を編集素材に加えるのだった。

読者の反応におよそ無関心だった私が、尊重していた例外とは、ヨシフ・ゲッセンの意見を常に容れるということだった。彼の判断には衒いはまったくなく、それはときに作家の自尊心を四つざきにするほど恐ろしいものであったが、ほんのわずかな賛辞にさえ格別の意味をあたえるものでもあった。本の死体の上に宣告する、よくとおるドラ声がいつも聞こえてくる——「どうやってこんなものを書くことができたのか——とんとわからない!」「できた」と「わからない」にひどく強い語気がこめられた。ただプーシキンひとりが彼にとって——私にとっても——人間の批評家を超越していた。大多数の人間が、日めくりカレンダーか、四本のオペラを通してしかプーシキンの作品を知らないにもかかわらず、ヨシフ・ゲッセンはその悲劇的な、けだるい、秘密めいた詩を知っていた。

ヨシフ・ゲッセンは常に、人間の本質に根を下ろした冒険と変身に惹かれていた。話は文学作品の主人公から、ボリシェビキにとび、共通の知人へととんだ。ヨシフ・ゲッセンはマッチョな独裁者との政治的かけひきと、ハムレットは仮病使いかどうかという疑問に同時にとりくむことができた。彼のような人間こそ、本当の人間とは、他人の関心を含めた、あらゆる事柄に関心がある人だということを示す生きた証拠だった。彼と話すことは、並ならぬ快楽だった。というのも、会話への関心、辛辣すぎる知性、稀有な食欲でこちらのみずみずしい果実にくらいついては、叙事詩の表現に好ましい小物を見つけるからだった。彼の好奇心は、ほとんど子供のように純粋だった。他人の性格や天気の変化は、その辛辣な意見をまぬがれる数少ないものだった。「こんな春は記憶にないよ」――こう、驚いた様子で両手を広げながら口にするのだった。

私が魅惑されたのは、ヨシフ・ゲッセンのなかの調和――ロシア的ヨーロッパと、もっとも霊感に満ちた世代への帰属意識が、見事に混ぜあわされてできたその調和だった。私はその肉体的、精神的勇気に心底敬意をはらっていた。今までの人生で、彼の衷心からの無骨な善意に触れたことは百度にも及ぶ。その弱視と難聴は、才気煥発なそそっかしさと相まって、ユーモアの仕入先になっていた。一度えらく放心した表情で語ってくれたことがあった――訪ねてきた女優ポレヴィツカ[*4]を喜ばせようとして、「見てください――あなたの肖像写真を部屋にかけているんですよ」と言いながら、歌手プレヴィツカ[*5]の写真を丁重に外して、渡してしまったというのだ。感じるのは、私自身も、ヨシフ・ゲッセンの話をしながら、他人の肖像をすすめてしまったかもしれない――好きだった人が死んだあとで、奇妙な近視が心をとらえて、その本当の姿の代わりに、つまらん戯言をいっぱい摑まされてしまった。

かつてヨシフ・ゲッセンが告白したところによれば、若いころふしだらなヘーゲルの三段論法に魅惑されたとのことだ。私は弁証法的運命に思いをめぐらせる。一九四〇年の春、こちらに来る前に、私はパリの煤けた横丁で、ヨシフ・ゲッセンに別れを告げた。すでに高齢なので、アメリカに発つのは無理だろうという陰鬱な考えがよぎるのをふりはらおうとした――つまり、もう会えないということだ。ここボストンで、彼が奇跡的にニューヨークに到着したという報せをうけとった――どんな生き物よりも生き生きと（こう私にはいつも思われたのだが）、自他それぞれのニュースで沸きたつ、待望の活動――私は自分の予感が過ちだったことを証だてるのを急いだ。環境の変化のせいで、面会を四月までのばさざるをえなかった。そのあいだに、その到着の奇跡はただのアンチテーゼだと判明し、いま演繹法は成就したのだ。

＊1　ヨシフ・ゲッセン（一八六五―一九四三）。法律家、社会活動家、出版者。ベルリンでスローヴァ社を創立し、ナボコフの初期の長編小説を出版した。
＊2　ゲッセンが創刊した週刊誌。
＊3　ゲッセンが編集、刊行した立憲民主党の機関紙。ナボコフの父も寄稿した。
＊4　エレーナ・ポレヴィツカ（一八八一―一九七三）。ロシア、ソ連の女優。
＊5　ナジェジダ・プレヴィツカ（一八八四―一九四〇）。ロシアの国民的歌手。白系ロシア人に絶大な人気を誇ったが、ソ連のスパイとして亡命者の誘拐に関与していた。ナボコフによる短編「アシスタント・プロデューサー」（一九四三）は、彼女が関与した誘拐事件をモデルにしている。

『向こう岸』へのまえがき

読者に差し出されたこの自伝はおよそ四〇年——今世紀最初の年から、作者がヨーロッパを出てアメリカに移り住んだ一九四〇年の五月まで——の期間を含んでいる。この自伝の目的は過去をぎりぎりの精度で記述し、そこに完全な輪郭を探すこと——すなわち、自白のもとにさらされた運命のなかに秘められたテーマの発展と反復を探すことである。私はムネモシュネーに意志だけでなく規律までもを与えようと試みた。

この本の基本的な、部分的な原本はアメリカ版の『決定的証拠』である。幼年より英語とフランス語を完全に習得した私が、あたかも創作活動の必要のためにロシア語から外国語に苦もなく乗りかえたと、いわば、まるで英語で書きはじめるまでは母国（ポーランド）文学になんの痕跡も残さず、選びとった言語（英語）で、できあいの言いまわしをたくみに利用したジョゼフ・コンラッドのように私は思われているのかもしれない。一九四〇年に英語に乗りかえると決めたとき、私の不幸は、その前の一五余年の間にロシア語で書き、その歳月に自分の痕跡を自分の道具、仲介人に刻んできたことにあった。そのようなわけで、ほかの言語に移るにあたって、私が関係を絶ったのは、アヴァクム[*1]やプーシキン、トルストイの言語ではなく、イワーノフ、乳母、ロシアの社会評論家たちの言語でもない——要するに共通の言語ではなく、個人的な血の通った言葉だった。自己流に表現を用いる長年の習慣は、新たに選んだ言語において紋切り型で満足することを私に許さなかった――差し迫った変身の怪物じみた困難さ、わが手で作りあげた生きた存在と惜別することの恐怖が、私を当初どんな状態に追いやったかについては、長々と話す必要はないだろう。言えるのはただ、一定の水準に達した、すぐれた作家では誰ひとり、私以前にはこのような目にあった者はいないということだけだ。

耐えがたい欠点が自分の英語作品に見える。たとえば、『セバスチャン・ナイトの真実の生涯』のような作品だ。私を満足させたところもある『ベンドシニスター』や『ニューヨーカー』に時折発表された独立した短編のような作品もある。『決定的証拠』は長い時間（一九四六―一九五〇）をかけひどく骨折って書かれた。なぜなら記憶はひとつの調和――音楽的で、言葉の及ばない領域の、ロシア語の――を構成していたのに、それを別の調和、英語のしっかりした調和にむりに押しつけたからだ。こうして得られた本は、メカニズムの幾分細かい部分の強度が怪しいが、全体としては十分に上手く機能しているように一度は思われたのだ。『決定的証拠』を、もともとの私の言葉に翻訳するというばかげた仕事にとりかかるまでは。浮かびあがってきた欠点は、あるフレーズがぎょろりとあまりに悪目だちしすぎていたり、欠落や余分な説明が多すぎたりというものだったので、ロシア語に正確な翻訳をしたならムネモシュネーのカリカチュアになってしまっただろう。大まかな模様はたもちつつ、多くの部分を変更し、補った。このロシア語の本と英語のテクストとの関係は、大文字とイタリックの、あるいは面と向かってじっくり見つめた誰かの顔と様式化されたその横顔との関係のようなものだ。「自己紹介をさせてください」――私の道づれはにこりともせずに言った――「私の名字はNです[*2]」私たちは話しはじめた。いつの間にか旅の夜はふけていた。「そういうわけなんです」――彼はため息をつくと話をやめた。列車の窓の向こうには、すでに靄がかかって天気の悪い様子、ちらちらとあらわれては消えるうらぶれた林、どこかの郊外で白む空、遠い家々のそこかしこでいまだ輝く、あるいはすでに燃えたっている窓たち……。

ほら、私たちを導く音色のベルだ。

＊1　アヴァクム（一六二〇―一六八二）。ロシアの司祭、著述家。教会改革に反対して焚刑に処されたが、その自伝は中世ロシア文学の傑作として広く読まれた。

＊2　ロシア語ではローマ字のNを「某～、X」の意味で使う。

V

ロシア語の母音はオレンジ、英語の母音はレモン

——駆け出し教師時代

ロシア語学習について

語学学習――この場合ロシア語だが――には、ふたつの主だった方法がある。ひろいあげ《ピック・アップ》とほりおこし《ディック・アップ》である。前者に必要なのは、よい耳とロシア語環境である。これがあれば、一、二年後には、ロシア語を錯覚とはいえ文句なしになめらかに話すことができるようになるだろう（この錯覚はクリーシェと文法違反を絶妙な配合で混ぜあわせたものだ）。しかし、読んだり書いたりできるようにはならない。第二の方法は、第一の方法よりもあざやかでも放埒でもないが、くらべものにならないほど安全だ。言語のしくみ、すなわち文法をまじめに勉強すれば、ロシア語はじょじょにからだに浸透していく――きみのからだが耐えうればの話だが（まあ普通、そうせねばならないのだが）。私の持論によれば、実際英語話者は生来の言語学者だが、不幸にしてほとんどがもって生まれた才能を使うことがない。他方でロシア人は本当の意味では語学学習の適性がないが、ほかの外国語はみなロシア語よりは簡単だというまちがった思いこみもあって、あつかましくも語学に手をだすのだ。

　生まれついての言語学者が、複雑怪奇なロシア語文法をつまずきながらなんとか抜けていくのを手助けするよりも先に、なにが一番厄介なのかを指摘してやることにしている。ロシア語母音の発音は、英語母音の発音とはまったくちがう。だが、フランス語母音とは似ていなくもない（ここで、学生のなかにフランス語を知っているものがいないか探してみたが、学校で習うフランス語発音は英語風にあわせて都合よく変えられてしまっていてだめだった)。ロシア語の母音はオレンジで、英語の母音はレモンだ。ロシア語を話すとき、口角を真横に広いて、頬と頬を結んだ水平線によって母音は発せられるが、英語の母音はむしろ顎と鼻を結ぶ垂直線で発せられる。ロシア語は永久不滅のにこにこ顔で話せるし、話すべきなのだ。この点、口を縦方向に広げ楕円形をつくってO(オー)と発声する英語とは、天と地ほどもちがうのだ。その両端を押し縮めてやり、端を広げてやってやっとロシア語と同じものができる。授業でこの説明をするさい、これっぽっちもふざけた調子にならないよう留意しつつ、二言語間の解剖学的差異を強調しているだけのつもりが、なぜかざわざわとした笑い声をひきおこしてしまうことになる。私の狙いは、チェシャ猫のにやにや笑いだけだというのに。

ほかに急いで強調しておきたいのは、ロシア語は屈折語で、人称や、数、時制、格によって単語の語尾が文法的に変化するということだ。たとえば、Африка(ロシア語のアフリカ)は、前置格では **в Африке** になる。**я живу в Африке** は「私はアフリカに住んでいます」だ。こうした変化(言うなれば、鉄道の最終車両の客車が食堂車や車掌車になったり、すっぱり切り離されてしまったり、別の車両がくっついたり、ずばり言うと、暗いトンネルのなかのどこかで車両のほとんどをなくしてきてしまったりするような事態だ)は、それ自体はかんたんだが、数が多く、文章にえんえんつきまとう事故を避けるために細心の注意を払って学ばねばならない。ロシア語初級コースとは、この語尾変化と接頭辞(交換可能な機関車)の勉強にほかならない。ロシア語文法の予測不能な性質がいかにいらだたしくとも、最後までやりとおさねばならない。私見では、ロシア語の場合ベルリッツの魔法の呪文を早口で唱えても、いい導入にならないと思う。そして認めざるをえないのは、概して、いかな画一化にも極端な単純化にも、私は心底うんざりしてしまっているということだ。脳はせっせと働かせるもので、さもないとその職務も品位も失ってしまう。知識の塊とはうまく切りわけることができないものだ。えられるものといえば、せいぜいが石だらけの畑で、気持ちのいい朝にでていって鍬ですいてやらねばならなくなる。話は変わるが、この時代におけるもっともいやしむべき発明品は、全体主義をべつにすればベーシックイングリッシュにほかならない。

文法現象の検討は、「私のおばさんは帽子を持っています my aunt has a hat」型の英文をロシア語にしようとするそもそもの最初からついてまわる。この手の文章を想像するとかったるくなるが、律儀にも提起してくる文法事項を思えば耐えるしかない。学生が便利な語彙リストを暗記するための時間は、少ししかとらない方法を私は好むが、それも繰り返し練習しているうちに覚えると見こんでいるからだ。分析は方法論に先んじなければならない。単語のふるまいを観察するほうが、ロシア語で「さよなら」とか「おはよう」はなんと言うのかを知ることよりも大切だ。学生には、私のロシア語ウナギがぐにゃぐにゃにょろにょろするのを楽しんでもらいたい――ゲームの雰囲気に慣れ、好事家の収集欲というよりは、本物の自然科学者のように客観的に、単語がたわむれるさまを観察してほしいのだ。

ロシア語文法の最難関は、接頭辞のせいで意味が変わる動詞に、学生が慣れたあたりでやってくる。その上、動詞のほとんどは相互形、再帰形をしめす語尾 **ся** をとり、この **ся** がつくことで、すでに接頭辞で変化していた動詞の意味にまた新たなひねりが加わる。たとえば、「話す」の意の **говорить** は、**поговорить** になるとちょっとしゃべるという意味になる。**договорить** は言わなくてはならないことを全部言ってしまう。уговорить は説得する。подговорить は唆す。приговорить は宣告する。переговорить は話しあう。разговорить は思いとどまらせる。сговорить は結婚をまとめる。возговорить は演説をまくしたてる。だが、ほかの接頭辞では、動詞は少なくとも二つ以上の意味を持つようになる。выговорить は発音するだけでなく、条件をつけるという意味もあるし、проговорить はしゃべるか、まとまった時間しゃべり通す。заговорить は話しはじめるか、話し相手を言い負かす。наговорить は（困った、嫌な）意見をさんざん言うか、録音する。оговорить は非難するか、なにかをまとめるために保留する。そして最後に、отговорить は思いとどまらせるか、ペラペラしゃべる。こうした говорить の十五の接頭辞がついた形（見てきたように、二十一の意味をつくる）は、さらに十の相互形あるいは再帰形をもち、同じ接頭辞によって作られた意味から思わぬ逸脱をするだけでなく、ひとつ以上の意味を持つ。たとえば相互形の договориться は合意に達する。уговориться はある方針で動くことを決める。сговориться はたんに合意する。разговориться は話に夢中になる、наговориться は思う存分しゃべる。заговориться は話しすぎる（ここにあげた場合、動作は他人と共有されているため、「相互形」になる）。他方で、再帰形（「自分一人で」という意味、残りの形もぜんぶ）договориться はある、ときにばかげた点まで話すという意味。заговориться は自分の話の迷路で迷子になる。подговориться は懇願する、とりいる。разговориться は饒舌とまでいかなくとも、口数が多くなる。проговориться はしゃべるつもりのないことを口走る。отговориться は言い逃れする。оговориться はとりきめ、言葉の上だけで保留するか、言いまちがえをする。最後に、возговориться はなにも意味しない。

　くりかえすが、動詞がくり広げる変化の万華鏡は、ロシア語文法のもっともやっかいな面だ。これをわずらわしいと思わなくなったときはじめて、そのときのみ学生は救われる。機械的な記憶術を好む向きには難儀なのはあきらかだが、よき学生はきわめてうっとうしいロシア語単語にすら共感をもって接するだろうし、悪のりしたあげく単語がねじれにねじれてしまっても、ひとりでにほどけるのを手つだってやるだろう。

ロシア語初級コースは、おじさんの家から動詞のサーカスに連れだしてくれる。文法の練習と並行して、直前に習った文法事項に関連し、例示するように特別にしつらえられた消化にやさしいものをたくさん読む。私が見つけたのは、ロシア語を学習する学生むけにエリザヴェータ・フェーンが書いたもので、その英国人カップル、ピーターとメアリーの話は、まさにうってつけと言うべきものだ。中級コースでは、つっかえつっかえで恥じらいながらなのはやむをえないとしても、ごく一般的なロシア語会話がレッスンの一部にじょじょに加えられるべきだし、一方でプーシキンとチェーホフ（戯曲・短編）がフェーン嬢にとってかわるだろう。

カリキュラムにおけるロシア学の位置づけ

カリキュラムにおけるロシア語教育の位置づけについてたずねられるたびに、いつも思いだすのは、少年のころ、第一次世界大戦前に家族と訪れたヨーロッパのリゾート地で、三名の至極立派なアメリカ老婦人に会ったときのことだ。三人は世界中を旅してまわっていて、各地の風変わりな原住民の風習に通じていた。西ヨーロッパの国々、熱帯の居住地域ならどこでもなじむことができたが、大旅行の旅程からロシアの全地域――ヨーロッパ・ロシアもアジア・ロシアも――を注意深く省いていた。母が次はサンクトペテルブルグに行かれたらどうですか、と軽い調子で言うと、心底ぞっとするといった表情を浮かべ、一人はついにこうのたまったのだ――どんなことがあっても、突然シベリア送りになるような場所に参ろうとは思いません、と。今、まさにこの恐怖が、ロシアの現政権下で現実になっているにしろいないにしろ、一九一七年以前にはまったく馬鹿げていたことはたしかだ。そのご婦人はロシア語なんてものが存在するのかすら、さだかではない様子だった。老婦人たちはロシアで話されているのは、フランス語で、アジアなまりでもあるんだろうと、なんとなく思っていたようだ。

近年、事情は一変した。重要かつよろこばしい変化だ。これは、ロシア語、ロシア文学、ロシア思想を学ぶアメリカの学生にとって、重要かつよろこばしい変化だ。なぜなら、今日では世界中の国々が隣人になり、お互いをフェンス越しに睨《ね》めつけあっているだけではなく（残照を浴びてナショナリズムのかぼちゃが熟れている）、さらに大きな理由として、ロシア語とロシア文学の学習がまたとないほど豊かな経験であり、思慮深い学生に尽きることのない愉しみを供し、同時にかつてないほど素晴らしい方法で精神と知性の地平を拓くからである。

外国語を勉強するための、主な理由はふたつある。なにか実用的な目的——仕事、旅行、政治——のために話したいか、名高い傑作に原文で挑みたいからであり、後者の場合の手助けをもとめるさい、辞書の信任を勝ちとれるようにである。ロシア語を学びたいというアメリカ人の精神状態を慮ろうとするに、このふたつの動機がシーソーのような具合になっていると察する。片方を選べば、もう片方が下がってしまうことはたしかだ。言葉を変えれば、それは二者の有益な乗り合わせと言うよりは、実用と純粋のあいだの択一なのだ。

私の主張をよりはっきりさせるには、現在のロシアものへの関心は、『死せる魂』や『アンナ・カレーニナ』の精妙な美を探りたいという直接的な欲求からはかなり隔たったものだと言えばいいだろうか。私たちがロシア人を理解したいのは、仲良くしたいからか、恐れているからか、どちらだろうか。トルストイが戦争をどう考えているかより、スターリンが戦争をどう考えているかのほうが、強い興味をそそられるだろう。私たちは、言語的冒険の精神によってではなく、「国家間のさらなる相互理解」という感動的ヴィジョンによって、ロシア語の文法書を買うように仕向けられる。今日のロシア学の流行に乗じて、ただロシア語を楽しむためだけにロシア語を学ぼうとする、折り目正しい学者はほとんどいない。

この状況を批判しているわけではない。学習の実用面が先に来るのはごく普通の現象かもしれない。私はただ触れてみただけである――それは事実であり、そこからある種の結論をほどなく引きだそうとしているのだから。そしてまた、私が「実用的」と口にするとき、皮肉ぬきで言っているのだ――言語学習が、自由を愛する善意の人々と、三十年ものあいだ全体主義政権が支配している国を結ぶ手助けになるという意見が、ときに疑わしいとしても。

しかし、友人をつくることを望もうが、背中ごしの囁きや、脅し、あざけり、秘密のメッセージをよく理解するために言語を知りたかろうが、どうでもいいことだ――なんにせよ、言語を学ぶことの困難は残っている。いま、ウェルズリーにはロシア語コースが二つある。それぞれ週に三時間ずつだ。学生はロシア語を専攻はできない。これでは、言語学習に費やす時間としてはまったく不十分だ――だが、ロシア文学を翻訳で読む通年のコースがあり、他の二コースをとった学生のほとんどが選択する。六十余名のほかの学生も出席するが、ほとんどがロシア語をまったくとってこなかった三年生、四年生である。もちろんこれは妥協だ。というのは、論理的には、二年間のロシア語集中コースの後に、二年のロシア文学コースがなくてはならないからだ。

すでに述べたように、二コースはそれぞれ週三回しかない。私の経験にてらしてみて――そして、私は例外的に運がよいほうだと思うのだが――ゼロから始めて、そんなぬるい訓練のあとで、話し、会話を聞きとれるようになる言語的才能と忍耐力を持ちあわせている学生は、せいぜい十人にひとりだ。平均的学生が難解な新言語を習得するのに週三時間では足りないから、この割合は期待よりも実は大きい。コースが開講すると、学生がぶつかる困難は決まっている。馴染みのないアルファベット。十個の母音――そのうち九つは幾分厄介で、ひとつは正確に発音するのがきわめて難しい。アクセントがある音節が予測不能。複雑怪奇な文法。共通の語根を探そうにも目印のない語彙。現行の週三時間では、同量の時間の反復練習によって補わなければ不十分だ。文法と翻訳の各レッスンのあと、すぐに一時間のロシア語会話をおこなうべきだ。これは、ロシア語を話すための実践的な知識をえたいという向きと、ロシア語でロシア文学を学びたいという向き双方にとって等しくためになるだろう。ロシア学のプログラムが拡張されれば、次年度の私の後任は、一層満足のいく成果をえられると確信している。

一八二〇年から一九二〇年のあいだに、ロシアは、人類史上稀にみる偉大な文学を生みだした。その秘宝のうち、満足に訳されているのはごく一部だ――いろいろと理由はあるが、一番は才能ある翻訳者が不足しているせいだろう。しかし、個性的文体と、やはり個性が色濃くでた内容の組み合わせにかくもまかせきりな傑作群は、ロシア語以外のほかのどんな言語にもほぼ存在しないということも申しあげさせていただきたい。このこともあって、教育あるアメリカ人にとって、その富を略取し、自分の精神的財産とすることは私には重要に思える（すなわち、国家全体を精神的に豊かにすることに貢献できる）。他方で、ゲルマン・ロマンス諸語にはない特色が豊かなロシア語は、まさにその習得過程において、発見に富むさらなる領域をひらくのだ――そこで学生は（時に気づかないこともあるが）思考する上での近道や、想像力に新しい眺望をえることができるのだ。もう一度言おう。ロシア文学にはある種のユニークな特性がある――それは擦りこまれたわけではない真実の特性であり、厳然たる真実にうらうちされた想像力の特性であって、かつては世界文学にまばゆい影響力をほこったものだ。だが、それを十分に理解し、鑑賞するためには、ロシア人の創造的知性のしくみの知識を要し（あるいは、ロシア語における創造的知性のしくみと言うほうが私の好みなのだが）、そのためにもまた言語についての十分な知識が必要なのだ。

Ⅵ

張りつめているように見えて、だるだるに弛みきっている——口うるさい書評家

イヴァン・ブーニン『選詩集』現代雑記社、パリ

ブーニンの詩は、ここ数十年のうちにロシアの詩神《ミューズ》が創りだした最良のものである。かつての大ペテルブルグ時代には、流行の竪琴の煌びやかな響きが、それをかき消してしまっていた。だが、「冒瀆的な創造主のことば[*1]」の名声が地に堕ちるか、単に忘れられたかして、詩的騒擾が跡形もなく過ぎ去ってしまうと、ブリューソフ[*2]式詩行の死の氷塊はこちらを冷えきらせるばかりだし、かといってどことなく調子はずれのバリモント[*3]式詩行には、歌い方の斬新さでごまかされるばかりだ。唯一、この竪琴の律動――不滅の詩に特有のあの律動――だけは、かつてと同じようにかき鳴らされているばかりか、むしろかつてより一層力強くかき鳴らされている。いまにして不思議に思われるのは、ペテルブルグ時代には、このチュッチェフ以来、並ぶもののない詩人の声が、知れわたっていたわけでもなければ、大勢の心を揺さぶったわけでもなかったということである。しかしながら考えるに、現今のいわゆる「読書大衆」のなかでも――とりわけ、無学文盲のソ連詩人のもぐもぐとした呟きに、新たなる文学的達成を見ようとする程度の連中には――ブーニンの詩は敬意を集めておらず、少しましな場合でも、死ぬまで散文を書くようさだめられた人間の、合法的気ばらし程度のものと見なされている。このような見解にわざわざ反論してやる必要はない。

このブーニンの『選詩集』のなかの詩で、読みかえしたくなるものはけして多くない。詩はこれ

まで短編と合わせて刊行されてきたものである。散文の影に隠れ、ブーニンの詩は古雑誌のなかや、『ニーヴァ』[*4]の付録のなか、『ニーヴァ』と同じくらいみすぼらしく、ぞんざいな造りの単行本のなかに収められてきた。こうした詩が、すべてまとめられればどんなにいいか——ブーニンの詩は、どれも保存する価値があるからだ。だが、この選集（ちなみに、装丁も至極エレガントだ）、この二百編のブーニンの詩に感謝したい。

　詩作をこきおろすのはたやすい——音節の滑稽なミス、聞くにたえないアクセント、愚にもつかない押韻を指摘してやるのはたやすい。だが、どこをとっても見事な、どこをとっても均整な、大詩人の作品についてなにを言えばいい？　いかにその詩の魅力と深み、そのイメージの新しさと力強さを伝えればいい？　引用の背後に、詩全体が紙の全面に伸び広がっているのに、いかに引用を抜きだせばいい？　ここには、さらなる難題がある。ブーニンの詩のなかで音楽と思想は渾然一体となっているので、主題と韻律について別々に論じることはできないのだ。詩で心地よく酔っているときに、虚しく感嘆の声をあげて、法悦をやぶるほど無粋なことはない。

　いまこの詩集を通読し、傍らにおいてみて、胸に残された至福のこだまが震えるのに耳を傾けてみる。次第にブーニン特有のライトモチーフがはっきりしてくる——それは、この上なく単純な表現——あるひとつの言葉のくりかえし、それも憂鬱なくりかえしなのだ。「……歌え、歌え、コオロギよ、わが夜の同胞《はらから》よ……」[*5]、「幸福と憂鬱の緩慢なメロディのなかを、ホールは漂う、漂う……」[*6]、「宙返りバトがくーくー鳴きながら、歩きまわる、歩きまわる……」[*7]、「鈴の音が〔……〕流れる、流れる……」[*8]。韻律の鍵を見いだし、音色をとらえてなお、詩が遥かに伸びていくのを感じる——動作や物の名称の音楽的なくりかえし、ほとんど呪術師のような詠嘆、同じように書きだされるふたつの行――「ただおまえの朝の鐘の音だけ、ソフィアよ、／ただその音のみがキエフの声なのだ……」[*9]。

こういったごく基本的な韻律と密接な関係にあるブーニン詩の基本的雰囲気とは、詩的創作意欲の精髄とでも言うべき、もっとも純粋かつ、神々しい感情であり、おそらくは、描きだされた世界を凝視し、その音色に耳を傾け、その香りを吸いこみ、その炎熱、湿気、厳寒を芯から味わったときに抱きうるものだ。それは、広義の美の概念に含まれる、「神秘」や「調和」、「筆舌に尽くしがたいもの」を言葉で表現したいという、胸かきむしられるほどに鋭敏な、気を失うまでに物憂い願望なのだ。「苦しみのなかの苦しみよ」――詩人自身が語るところによれば――「私に、それ（「瑠璃色で清潔な虚無のなかの」裸のカエデ）に、ツルシギに、葉に、なにが必要だというのだ？　なぜ、この苦しみの悦びを――この蒼穹、この鐘の音、それを満たしている物憂さすらも――和音のなかにおさめなければならないのか、ほんとうにわかる日がくるのだろうか？」[*10]。詩人としてのブーニンの偉大な達成とは、この音を発見したことだ。その詩は、この特有の詩的渇望（あらゆるものを手に入れたい、あらゆるものを表現したい、あらゆるものを心に刻んでおきたい）で息をしているだけではなく、その渇きを癒すものでもある。「美」の概念に話を戻すなら、気づかされるのは、ブーニンにとって「美」とは「はかないもの」だということだが、ブーニンが感じているのは「はかないもの」とは「永久にくりかえされるもの」であるということだ。ブーニンの世界には、その詩の韻律のように、甘やかな反復がある。その世界は、未だかつてないほど広大だ。「犬」という詩（「夢想しろ、夢想しろ……」という出だしが印象的だ）で、詩人自身が語っているのは、彼は「神のように、あらゆる国々、あらゆる時代の憂愁を知るさだめにある」ということである。

ロシアの庭園、ロシアのおとぎ話のような集落——「キエフ公たち、熊たち、ヘラジカたち、オーロクスたちのルーシ」[11]。ヨルダンの谷間と「ナザレにつづく埃っぽい道」[12]。イタリアに咲く藤の花、廃墟と「カタニアの灯火と唄……」[13]。エーゲ海に浮かぶ島々に残された「アポロン神の忘れられた柱廊」[14]。ナイル川と、分厚いが、繊細な埃の層のうえに残され、五千年かけて生命とこの詩を育んできた「生きているかのような、はっきりした足跡」[15]。冷たい水と蜜、バニラの香りが混じったボスポラス海峡の煙。「揺れる帆を巨大な杖にして、星づたいにふらふらとわたっていく」[16]インド洋。「地の果て」[17]のセイロン。みなブーニンが感じたことであり、みなブーニンが描いたものである。「大地よ、大地よ！　数えきれぬ痕跡を私はきみのうえに残してきた。〔……〕いや違う、私が癒やしたのは永遠につづく苦しみではない——きみへの愛なのだ！」[18]。ブーニンの異国についての詩は、たんなる「見聞録詩」でも、二流詩人がさりげなくひけらかすような「東洋の旋律」でもない。そこに「エクゾチシズム」はまったくない。異国の民族の思想、異国の伝説、観光客が気にとめないような風景の細部を、故郷の屋敷の「朽ちはてた床板が軋む音」[19]、刹那、夜の稲妻が照らしだした濡れた庭、素朴だが奥深いロシアのおとぎ話（余人にできなくとも、ブーニンは創作の息吹で命を宿すことができる）とまったく同じように、ブーニンはいきいきと、鋭敏に感じているのだ。こういった豊かさは、韻律の豊かさと結びついている。ブーニンはあらゆる詩脚、あらゆる韻律を驚異的なまでに支配している。そのソネットは、輝きと韻律の自然さにおいて、軽さとさりげなさにおいて（こういったものによって、彼の思想はかくも複雑玄妙なハーモニーとしてたちあらわれるのだが）、ロシアの詩のなかでも突出している。その尋常ならざる視力は、月あかりに照らしだされた街におちた黒い影の輪郭線や、葉ごしに感じとれる空の青のあの密度や、馬の背の上をレースのように滑っていく陽光のまだら模様をとらえることができる——自然光のハーモニーをつかまえると、詩人は元の秩序を乱さずに、元の順序を壊さずに、音響のハーモニーに転換してしまうのだ。「薄汚れたトルコ帽をかぶった黒人の少年が、手桶をさげて、船首甲板をペンキで塗っている——生乾きの赤い塗料に、海面から鏡のようなアラベスクがのぼってくる……」[20]。

ブーニンにとって美とは、「はかないもの」であるとすでに述べた（それゆえ、その詩には少なからぬ光をあびた霊廟、廃墟、荒野がでてくる……）。「幸福の瞬間！」と感嘆しておきながら、ブーニンはこうつけ加える——「欺瞞の瞬間！」[21]と。教会の十字架にとまった「船のように漂い、流れ、疾走する」雄鶏は（ブーニン流動詞の驚異的なくりかえし！）、「すべてはまやかしであり、ただ瞬間、運命が、故郷の家、やさしき友、子供の輪、孫の輪をあたえてくれるだけだ……」[22]。ラケル[23]の霊廟には、「名も、銘も、記《しるし》もなにもない……」[24]。

どうやら、このような底知れぬはかなさの感覚は、計り知れぬかなしみの感覚を生まざるをえないようだ。だが、大詩人の憂愁は、幸福な憂愁だ。幸福の風が、ブーニンの詩からは吹いている——憂鬱な、不気味な、不吉なことばが、そこに少なからずあるとしても。そう、すべてははかない——いや。「大地よ、大地よ！　春の甘い呼び声、ほんとうに、喪失のなかでさえ幸福なのか？」[25]、そして、キリストはマリアにこう呼びかける（——一輪の花が霜で死に、残りは大鎌で刈られてしまった）。「母よ！　太陽はない——夜の闇は地表を覆うだけだ。死は種を滅ぼさない——ただ、地上に落ちた種から花のみを切りとる。そして地に落ちた種はなくなることはない。死が刈りとろうとも、愛はふたたび種を植えるだろう。なんとよろこばしいことか、愛しい人よ！　もう永久に嘆かずともよいのだ！」[26]。万物は流転する——神羅万象は反復であり、変化であり、詩人はそれによって「不変の慰めをえる」。その至福の震えこそが、その反復する韻律こそが、おそらくはブーニンの詩の格別な魅力だろう。そう——森羅万象は見せかけであり、すでにして失われているものだ——かつて寺院が聳えていた場所も、現在は石からケシの花にいたるまで、あらゆる生命がかき消え、あらゆるものが納骨堂の礎石につもったサテンのような手触りの塵に帰っていく——だが、この世のはかなきものが不滅だとするならば、喪失そのものもまたうわべのものではないだろうか？——それゆえに、詩は幸福なのだ。

＊1　象徴派詩人アレクサンドル・ブローク（一八八〇―一九二一）の詩「棺のかげに」（一九〇八）の一節。
＊2　ヴァレリイ・ブリューソフ（一八七三―一九二四）。ロシア象徴主義の代表的詩人、作家。『炎の天使』はプロコフィエフのオペラの原作になった。
＊3　コンスタンチン・バリモント（一八六七―一九四二）。ロシア象徴主義の詩人、翻訳家。
＊4　一九世紀後半から革命前まで刊行されたロシアの週刊誌。豊富なイラストと文芸作品などの付録が特徴で、読者大衆の増加にともなって最盛期には二〇万部以上の発行部数を誇った。
＊5　詩「マストの灯」の一節。
＊6　詩「ワルツ」の一節。
＊7　詩「ディーヤ」の一節。
＊8　詩「キャラバン」の一節。
＊9　詩「フセスラフ公」の一節。
＊10　詩「（ツルシギ、その鳴き声はガラスのように生気がない……）」の一節。
＊11　詩「（歴史なき僻地よ……見わたすかぎり森また森、沼……）」の一節。
＊12　詩「ヘルモン山」の一節。
＊13　詩「メッシーナ地震のあとで」の一節。

イヴァン・ブーニン『選詩集』現代雑記社、パリ

＊14　詩「群島にて」の一節。
＊15　詩「崖の墓」の一節。
＊16　詩「インド洋」の一節。
＊17　詩「セイロン」の一節。
＊18　詩「(潟は砂で海から隔てられ……)」の一節。
＊19　詩「(窓の色つきガラスが好きだ……)」の一節。
＊20　詩「(巨大な、赤い、古い蒸気船が……)」の一節。
＊21　詩「蒼穹はひらいた」の一節。
＊22　詩「教会の十字架にとまった雄鶏」の一節。
＊23　旧約聖書中の人物。ヤコブの妻。難産で死に、ベツレヘムへの道エフラタに埋葬された。
＊24　詩「ラケルの霊廟」の一節。
＊25　詩「墓地の草よ、伸びよ、伸びよ」の一節。
＊26　詩「聖ヨハネ祭の前日」の一節。

『現代雑記』[*1] 三十七号、一九二九年

……「バルコニーに出るたびごとに、くりかえしくりかえし感じたのは、信じがたいほどの、一種胸苦しくなるほどの、夜の美しさだった。これはいったいなんなのだろう、そしてこんなときどうすればいいのだろう！　今ですらこんな夜には同じような気もちを味わう。すべてが真新しく感じられ、露に濡れた牛蒡の香りと湿った草の匂いを嗅ぎわけられるようなときには、いったいどうすればいいのだろう……」。

美しいものへの身を焦がすような思い、ブーニン的胸さわぎに貫徹された、この澄んだ音色の、香《かぐわ》しい言葉たちを抜き書きしていると――可能ならば、心震わすまでに美しいこの『アルセーニエフの生涯』[*2]の全ページを、一文また一文と書き写していただろうとの思いを強くする――いかな賛辞も添える必要はない――なぜなら、その散文の質が、その高い完成度が呼びおこす感情こそ、非の打ちどころない月夜を目にして、若きアルセーニエフがいだく感情にも似たものだからだ――「えもいわれぬ」、という。死について、小夜鳴鳥《ナイチンゲール》について、「ビロードばりの藤色の箱」（そのなかに「おとなしく交差させられたまま石のように硬直してしまった両手を、フロックの黒い袖口から突きだしているなにか」が横たわっている）について、「家中いたるところに吹きこんでくる春めいた新鮮な風」について、ブーニンは等しく、見事な文章をつむいでいる。それが、ぞっとするよ

うな絢爛さ、憂鬱になるまでの絢爛さだとしても、ブーニンの世界はつねに絢爛たる輝きで満たされている――ブーニンを読むということは、その言葉――ブーニン特有の至福、ブーニン特有の清冽さ――をほとんど肌身に感じながら、「露をふくんで、虹色に光る草のうえを」歩むことである。

次に収められているのは、ザイツェフ[*3]による中編「アンナ」だ。作者の文体は平板で精彩に欠け、その持って生まれた格調の高さにも魅力というものがない。主要人物たちは――ラトヴィア人マトヴェイ・マルトゥヌィチ、大地主アルカージイ・イヴァーヌィチ、腎炎で死にかけている女医マリヤ・ミハイロヴナ、そしてアンナ自身さえ――活力というものがまるでなく、作者が彼らを創造するさいに、なにかに気がねして息の吹きこみが不足したかのようなのだ。この中編に、すぐれたページがあるとするなら（一例をあげれば、豚を屠殺して焼く場面の描写――「白茶けた強《こわ》い体毛の奥に、ピンク色の皮が光っていた」――のような）、それはすなわち紋切り型、ある種の文学的な伝統が感じとれるところなのだ。「アンナは黙りこんでしまったが、突如口を開いた――『愛とは恐ろしいものよ』」――続けてこんな文章がくる――「(愛は) すべてを喰らいつくしてしまうわ。このマッチ棒のように――燻ったかと思うと、金色の熾火になるわ」。マッチ棒と人生を比べるのはよく耳にするが、比較に際してマッチの火それ自体をこんな風に（「燻ったかと思うと、金色の熾火になるわ」）文学的に描写するのは耳慣れない。この手のちぐはぐさが、あちこちでザイツェフの中編の心地よさを損なってしまっている。

その次は、「モスクワの愛すべき伝説」である。（ニコライと彼がおこした奇跡についての）この伝説は、レーミゾフ[*4]信者を歓喜雀躍させるだろう――一般読者を退屈させるだろうが。この奇跡について、決して大手をふって書くことはまかりならぬ――奇跡が雲散霧消してしまうからだ。まさに難破という瞬間になって（ちなみに、レーミゾフの新刊『三つの鎌』〔タイル社、パリ〕では、ほとんど毎ページごとに船は沈没してしまいそうになる）、奇跡者ニコライが機械的に出現するので、読者も奇跡者も退屈してしまう。退屈してしまうのはほかでもないレーミゾフ自身もそうである。この手の伝説はばかばかしいまでにわざとらしく、読者をいらだたせるので、ほかの部分の繊細な言葉づかいも台無しになってしまい、作品全体のごたごたした意匠のなかに溶けてしまう。まったく容認不可能なものはまだある――そのアナクロニズムである。古代の偽文書に見つかるようなアナクロニズムが魅力的にうつるのは、畢竟それが天真爛漫であるからだ。つまり、そこでは屈託のない想像力が、未知なるものを勝手知ったるイメージへと曲解するので、椰子が白樺に変わってしまうようなことがおこる。レーミゾフが古代の文化風俗を背景にしてくりだすアナクロニズムは意識的なもので、その描写のためには古代についての深い知識が求められている――技巧化された古代とでも言おうか。まさにその確固たる知識が、アナクロニズムを不快なものにしている。加えて、作品に感じとれるのは、ロシアのパリと言うよりは、むしろモスクワの文化風俗だ（タイトルから判断して、間違いないようだ）。

ツヴェターエワの「テーセウス」を素通りするが、これはただ当惑とひどい頭痛しかひきおこさない代物で、才能豊かな女流詩人が、いかがわしい三文詩づくりにうつつを抜かしているのには業腹になるほどだ。エヴァングーロフ[*5]の中編「四日間」（パリのロシア人亡命者の飢えの苦しみについて）とテミリャーゼフ[*6]の短編「ロジャストヴェンスカヤ通り五番の小さな家」（革命の日々のこの小さな家の住人の運命について）には、少なからぬ美点を認める。エヴァングーロフの中編はごく素朴なもので、一切の術策を廃し、簡潔な文体で書かれている。飢え、吐き気、めまいなどの衰弱、飢えに苦しむ人々の顔に照り返す、ブローニュの森の緑の葉といったものが、よく描かれている。おそらく作家にとって難しかったのは、いかにこの中編を締めくくるかで、というのも飢え死にする主人公を書くことはできないからだ（この作品は一人称で書かれている）。最終行は、いかに彼が救われたのかを説明するものになっている――「二組の力強い腕が、私の肩と足をつかむとどこかに運んでいった」。うまくいっているかどうか。

テミリャーゼフの短編小説は明晰で歯切れがいいが、作者にはある種の手法を捨てるように助言したい。その手法の例はこれだ。『おちつけ、おちつけ、おちつけ』――ペトーシコフ（落ちぶれたプチブルで、通行人に帽子に吸殻を捨てられた）は、何度もつぶやいた。立ちつくし、帽子をもつ腕がときおりびくっとすることがあれば、それは冷えか、筋肉の過度の緊張がひきおこした例外的なことだった」。この「例外的」という言葉は、いかにもわざとらしい。エレンブルグの作品なんかではしょっちゅうお目にかかるうさんくさい手法だ。どうして、「その男は侮辱されたので、腹をたてた」と、たんに書かない（示さない）のか？

文学のセクションの締めくくりは、ホダセーヴィチ、オツープ[*7]、アダモーヴィチ[*8]、レーベジェフ[*9]の詩である。ホダセーヴィチの詩三編のうち、最初のものは、簡単に全文引用できる――「額《ロープ》は／チョーク《メール》。／白い《ベール》のは／棺《グローブ》。／／歌った《スペール》よ／司祭《ポープ》は。／束《スノープ》になった／矢《ストレール》／／――この日《ジェーニ》は／神聖なるかな《スヴャート》！／墓室《スクレープ》には／窓もない《スレープ》。／／影《テェーニ》は――／地獄へ《ヴ・アート》！」[*10]。詩情とは無縁だが、至芸をきわめた名人の口にする冗談のように愉快だ。残り二編の詩は、精密さ、ヴァイブレーションの点ですばらしい仕上がりになっている。驚嘆すべき詩人だ。

オツープの詩三編はどれも無味無臭だ。その二番目の詩で、オツープはホダセーヴィチをまねようとしているが（そこには「すでに一度ならず、きみは夜のせいで押し黙ることがあった——氷のような薄暮に向かうなかで」）、成功しているとは言いがたい。アダモーヴィチによる詩二編については沈黙したほうがいいだろう。感性の鋭い、才気をほとばしらせることもある文芸評論家が、箸にも棒にもかからぬ詩を書いている。批評家として、以下のような詩行を評さなければならないとしたら、作者がなんと言うか聞いてみたいものだ。「この女はなんだ？　なぜ黙っているのか？　なぜいま私の隣に寝ているのか？」最後になったが、レーベジェフの詩「翼について」は、巧みに書かれているが、記憶にはまったく残らない。

＊1　パリで刊行されていた亡命ロシア人のための文芸誌。一九二〇年から四〇年まで、七十号にわたって刊行された。ナボコフの初期の長編のいくつかは本誌に連載された。

＊2　『アルセーニエフの青春』の題で邦訳がある（高山旭訳、河出書房新社、一九七五年）。

＊3　ボリス・ザイツェフ（一八八一―一九七二）。ソ連・ロシアの小説家。一九二一年に全ロシア作家同盟議長となるが、亡命し、パリに定住する。代表作に『遠い国』、『静かな曙』など。

＊4　アレクセイ・レーミゾフ（一八七七―一九五七）。ロシアの作家。独自の装飾的散文で知られ、代表作に『十字架の姉妹』、『燃えるロシア』など。一九二一年ドイツに去り、以降パリに住んだ。

＊5　ゲオルギイ・エヴァングーロフ（一九六七）。作家、詩人。

＊6　ボリス・テミリャーゼフは、ユーリイ・アンネンコフ（一八八九―一九七四）の筆名。「芸術世界」派の画家としてもっとも著名で、肖像画、挿絵のジャンルで活躍したが、回想録もある。

＊7　ニコライ・オツープ（一八九四―一九五八）。詩人、翻訳家。亡命先で雑誌『数』を創刊するなどして、亡命文化の興隆に貢献した。詩は「予感」。

＊8　ゲオルギイ・アダモーヴィチ（一八九二―一九七二）。批評家、詩人。ナボコフの不倶戴天の敵だった。

＊9　ヴャチェスラフ・レーベジェフ（一九〇〇―一九六九）。詩人、作家、翻訳家。プラハに居住して活動をおこなった。

『現代雑記』三十七号、一九二九年

＊10　ホダセーヴィチの詩「葬儀」。この詩はソネットながら、一行一音節で書かれた非常に技巧的なもの。

ディアギレフと弟子

セルジュ・リファール著『セルゲイ・ディアギレフ――詳細なる伝記』ニューヨーク、パットナム、四一三頁、五ドル

ロシア・ルネサンスは肩ごしにふりかえると、うす気味悪い不毛の気すらある比類なき芸術の魔法に、迫りくる破滅のペーソスが入り混じって、妙に愛着がわくものだ。さかのぼること五十年前、ロシアの「ヴィクトリア」朝時代に反抗してはじまり、二十五年ののちに終わりをむかえた。一八六〇年代、七〇年代の実利的、教訓的雰囲気が波が引くように退潮したのも束の間（そのあとの濡れた砂地には、鮮やかに色づいた小石がところどころきらめいていた）、力をはるかに増して戻ってきている。

ロシア・ルネサンスにまつわる人名は多かれど、ディアギレフの名は特筆に値する。狭義の意味では創造的な天才とは呼べないものの、人間的魅力にくわえて、至高の美のプロモートに注ぎこむ火のようなエネルギーを兼ねそなえた、非の打ち所のない審美眼は、ロシア文化史において右にでるものがない。それゆえ、リファール氏[*1]の本は一読に値する。

本書は二部構成になっている。第一部はディアギレフの伝記的事実そのものをあつかっている

──ロシア・バレエを修めようとする学生にとってさえ、本書の前半二四六ページ（創意工夫よりも事実の寄せあつめの部分が勝っている）をくまなく読めば十分すぎるほどである。なるほど、よいものがあまりにありすぎるので、伝記の主人公の幼年期をめぐる些末な細部までを飲みこむことが評者自身できなかった。しかし、事態はもっとひどいのだ。リファール氏の文体は、あまりに大仰で曲がりくねっているので、対象を凌駕してしまうのだ。「神聖な」「崇高な」「神聖都市の探究」「遠い天国の記憶」のような表現が、ひょんなことからダンスについて類稀なる嗅覚をもつことになった、シルクハットにシルクのマフラーを身につけたいらちな紳士に使われるのだ──おそらくは、弟子の師への献身がゆえなのだろう。しかし、私は「全生涯にわたって、ディアギレフには幼年期の記憶がついてまわった」とか「『神々のたそがれ』〔ディアギレフが直接には関与していない〕のためのベノワの舞台美術にも、ペルミの田舎のかたすみが、彼〔ディアギレフ〕に憑りついていたかのようだ」と大真面目に語られるのは願いさげだ。

ディアギレフが成した偉業とは、体裁を整えたうえで、動きと色と音の至上の組みあわせを世界に披露したことだ。押しだしのいい外見は「紳士然として貴族的」であって、みなが振りかえった。ちょっとでもいらいらすると、瀬戸物の食器とホテルの家具にあたる癖は、輸出されて、国外で流通する「ロシア的性格」なるものができた一因になっただろう。ディアギレフの道徳観は端的に異常だった。笑ってみたときには、ディアギレフは魅力的になることもできた。自分のダンサーをいじめ、何食わぬ顔で友人を裏切り、女性を口汚く罵った。後年、ディアギレフが本の蒐集癖をこじらせたことをリファール氏は嘆いているのだが、この男の習性のなかではまだしも可愛げがあるもののように思える。

本書の第二部は、著者がディアギレフ最良の発見と考えるものに割かれている。セルジュ・リファールその人である。どうでもいい浮気の詳細な記述、痴話げんかの顛末、つくり笑いや、ただただ甘ったるい、愛についての謎めいた語り口は、読んでいて愉快なものとはほど遠い――著者とディアギレフの関係の「密な《インティメイト》」細部（たとえば、古めかしいナイトガウンを着た、ひどく肥満した老人の姿で描かれたディアギレフが、ダブルベッドのホテルの部屋で、リファール氏のためにバレエ・ステップの真似をしている）が、それ自体不愉快なのもあるが、リファール氏の悪筆のせいもある。このような状況で、翻訳者の使命を完遂するのは、困難を極めたに違いなく、全体的にロシア語原文よりもわずかばかり陳腐でなくなるのとひきかえに、訳文に個性が欠けていても不思議はない。だが、「大きい」という意味で用いるのに、「概説的な compendious」という小回りのきかない単語で惑わされるべきとは思えない。ただし、もしほかのフレーズではうまくいかなかったのなら、これは訳者のミスではなく、作者のミスということになる。リファール氏自身、初日の夜の成功をこう語っている――「私は花、物、果物、手紙で一杯になってしまった」。

＊1　セルジュ・リファール（一九〇五―一九八六）。ウクライナ出身のバレエダンサー、振付家。フランスで活躍し、ナボコフと面識もあった。

サルトルの初挑戦

ジャン＝ポール・サルトル『嘔吐』ロイド・アレクサンダー訳、二三八頁、ニューヨーク、ニューディレクションズ、一九四九年

サルトルの名前を聞くと、どうも哲学カフェの流行りのブランドを連想してしまう。聞くところ「実存主義者」ひとりにつき、無数の「吸血主義者《サクトリアリスト》」（慇懃な言葉を造語してもよければ）がいるようなので、このサルトルの最初の小説『嘔吐』（一九三八年にパリで刊行された）の英国製の翻訳は、それなりの成功をおさめること請けあいだ。

しつこく間違った歯を抜く歯医者などというものは（笑劇ならともかく）想像しがたい。しかし、出版者や翻訳者というものは、この手のことをやりおおせるのだ。アレクサンダー氏のやらかしたヘマのうち、スペースの都合上、ここでは以下の例だけをとりあげる。

一、「金を貯めて若い夫を買ったs'est offert, avec ses économies, un jeune homme」女性は、翻訳者によれば、若い男に「自分と貯金を差し出した」（offered herself and her savings）ことになる（二〇頁）。

二、「そいつはみすぼらしくて意地が悪そうに見えた Il a l'air souffreteux et mauvais」という文中の形容詞に、アレクサンダー氏は困り果ててしまって、誰かにその部分を埋めてもらおうとそのままにしておいたが、誰も埋めてくれなかったので英語版では文が「彼は見えた」と短くなった(四三頁)。

三、「あの哀れなゲーノ ce pauvre Ghéhenno」[*1](フランスの作家)についての言及が捻じ曲げられて、「キリスト……このゲヘナの貧しき男」になった(一六三頁)。

四、主人公の悪夢に出てくる「陰茎の林 forêt de verges」が、樺の木かなにかに誤解されている。

文学という観点からすれば、そもそも『嘔吐』に英訳する価値があったのかどうかは別の問題になる。張りつめているように見えて、実際はだるだるに弛みきっているこの種の文章を流行らせたのは、バルビュスやセリーヌとかの二流どもだ。その後ろのほうにぼんやり見えるのは、ドストエフスキイのうちの最悪の部分だ。そのさらに後ろにいるのは、老ウージェーヌ・シュー[*2]であり、このメロドラマ大好きなロシア人が多くを負っている人物だ。この本は、日記の体裁(「土曜日朝」とか「午前十一時」とか、気が滅入ってくる代物)をとっているが、書いているのは、ロカンタンとかいう人物で、まったくありそうもない旅行のあとで、ノルマンディーのどこかの町に住んで、歴史調査を完成させようとしている。

ロカンタンは、カフェと公共図書館を往復したり、饒舌な同性愛者と遭遇したり、沈思黙考したり、日記を書いたりし、最後になって、前妻と退屈な長話を交わすが、彼女は今や日焼けしたコスモポリタンのものになっている。カフェの蓄音機から流れるアメリカの歌が非常に重要な役割を果たす。「いつの日か、キミはボクを思い出すだろう」。ロカンタンは、この歌のようにさわやかに生きたいものだと思っている。この歌のお陰で「ユダヤ人（作詞者）と黒人女（歌手）」が「実存の中で溺れ死」ななくてもよくなった。

刹那ひらめいたうさんくさい透視によって（二三五頁）、ロカンタンはこの歌を作曲した人物が、髭をきれいに剃った「黒々とした眉毛」のブルックリン子で、「いくつも指輪をはめて」いて、高層ビルの二一階で旋律を書きとめているのをかいま見る。猛烈な暑さだ。しかし、ほどなく、トム（おそらく友人）がヒップフラスク（添えられた地方色）を持ってきて、二人はしこたま酒（アレクサンダー氏の脚色した訳では「グラスになみなみつがれたウイスキー」）をあおる。確かめてみたところ、実際はこの歌は、ソフィー・タッカー[*3]のもので、作詞はカナダ人シェルトン・ブルックス[*4]だ。

本全体の急所は、ロカンタンが自分の「吐き気」は、不条理で曖昧だが、まさに蝕知可能な世界からの圧力のせいだと発見したときに辿りつく覚醒にあるようだ。小説にとって不幸だったのは、万事が純粋に心理的な次元に終わってしまっていることだ。小説のほかの部分にこれっぽっちも影響を与えないのなら、ロカンタンの発見は、なにか別のもの、そう独我論的なたぐいのものだろう。作家が、くだらない、でたらめな哲学的妄想を、わざわざそのためにしつらえたでくのぼうに押しつけようとするなら、この種の手品には莫大な才能がいるのだ。ロカンタンが世界が実存すると決めたとしても、格別喧嘩をけしかけようという手合いはいない。しかし、芸術作品として世界を実存させるという課題は、サルトルの手に余ったのだ。

（『ニューヨークタイムズ・ブックレヴュー』一九四九年四月二十四日号に、この記事が掲載されたとき、アレクサンダー氏のへまの四番目の例は外されてしまっていた。当時教えていたコーネル大学があったニューヨーク州イサカから、編集者による記事の歪曲を咎める怒りの電報を即座に発射した。四月二十五日月曜日、ツルゲーネフの『父と子』について、三回目にして最後の講義をおこなった。火曜日の夜、急坂に位置するセネカ・ストリート（ロイド・アレクサンダーならルキウス・アンナエウスとつけて誇張するだろう）に建つすきま風がひどい邸宅《ダーチャ》に客人をむかえ、このひどい電報で客人を愉しませてやった。同僚のひとり、若い堅物学者は、お義理で作り笑いをしながら電報をじっと見た。「もちろん、あなたはこれを送りつけたかったのでしょうね。同じようなことがあれば、私たちもほんとうはこうしたいと思わなきゃなりませんね」。私のやり口は、けんか腰なものではないと自分では思っていたのだが、妻にあとからあれ以上礼を欠いたふるまいもそうそうないとたしなめられた。水曜日、春の倦怠感が蔓延する授業が始まる前に、トルストイの『イヴァン・イリイチの死』の分析にとりかかった。木曜日に『ニューヨークタイムズ・ブックレヴュー』から釈明の手紙を受けとったが、それによれば「スペースの都合」ということだった。今回、ファイルにあったメモから、欠けた一節を復元しておいた。私のタイプ原稿と電報を保存しておくほど、編集者に先見の明があったのかどうかはわからない。この記事の下には、イタリック体で短くこう書かれていた。「ナボコフ氏は『セバスチャン・ナイトの真実の生涯』の著者である」——

この本も、ニューディレクションズから出版された。）

＊1　フランスの作家、ジャン・ゲーノ（一八九〇―一九七八）。代表作に「階級闘争」の観点から書かれた『四十男の日記』（一九四〇）がある。

＊2　ウージェーヌ・シュー（一八〇四―一八五七）。作家。新聞小説家として下層民の暮らしを描いた。

＊3　ソフィー・タッカー（一八八四―一九六六）。ロシア生まれのボードビリアン。初期、顔を黒くぬってステージにたっていた。

＊4　シュルトン・ブルックス（一八八六―一九七五）。黒人ソングライター。「いつの日か」は一九一〇年に書かれたもので、タッカーのテーマとして大ヒットした。

Ⅶ

文学講義補講　第一部　ロシア文学編

プーシキン、あるいは真実と真実らしいもの

人生はときに私たちを、決して催されることのない祝祭や、決して刊行されることのない本の挿絵世界に招待してくれる。また別のときは、ずっと後になってやっと意外な用途を発見できるような品物をプレゼントしてくれる。私はかつて、ある奇妙な男と面識があった。今も存命かどうか疑わしいが、もし生きていれば、精神病患者施設の逸材になっているはずだ。はじめて会ったとき、男はすでに狂気と紙一重のところにいた。その精神錯乱は幼少期の落馬経験のせいだと言われており、脳は損傷を被っていたが、男は自らの病に唆されるがままに、まやかしの老化現象を感じるようになっていた。この病人は自分が実際の年齢より老けていると信じ込むばかりでなく、過ぎ去った世紀の出来事に自分も関与していると思い込んでいた。四十路に手の届く、頑丈で赤ら顔の、どんよりした目のこの男は、夢見がちな老人たちがするように小さく頷いてみせながら、おまえさんのじいさんが子どもだった時分は、よくわしの膝の上に這い上がってきたものじゃ、などと私に語った。話を聞きながら手早く計算してみると、男はとんでもない年齢であることになってしまった。じつに魅力的かつ奇妙だったのは、毎年病状が悪化するにつれて、男が後ずさりするようにどんどん遠い過去に降りていったことだ。十年ほど前に再会したときは、セバストポリの陥落のことを話してくれた。そのひと月後に聞かせてくれたのは、もうボナパルト将軍のことになっていた。さら

に一週間後——私たちはヴァンデ県[*1]のど真ん中にいた。わが偏執狂殿がまだ生きているなら、もうずいぶんと遠くに行ってしまったに違いない。たぶん、ノルマン人たちに囲まれているとか、クレオパトラの腕に抱かれているとかしているはずだ。絶え間なく加速しながら時の坂道を転がり落ちていく、巡り巡る哀れな魂。そしてその魂には、なんと豊かな言葉、なんという熱気、なんと尊大な、あるいはなんと聡明な微笑みが伴っていたことだろう。こうしたことに加えて男は、自分の人生に現実に起こった出来事についても完璧に記憶していた。ただ、その時系列を奇妙なやり方でずらしていただけだ。かくして、自身に起こった事故について語るとき、まるで時節に合わせて愚直に衣装を替える古典劇のように次々とその舞台装置を変えてみせながら、男はそれをつねに過去へ過去へと押しやっていった。人は男を前にして、過去の名士などだれ一人として想起することはできなかったが、男のほうではお喋り好き老人のような凄まじい差し出がましさを発揮して、幾ばくかの個人的な思い出を名士様に付け加えて差し上げようと参上した。しかし田舎のど真ん中に貧しく生まれ、内容の判然としない兵役についていたので、男が受けた、というよりもむしろ掻き集めた学校教育は、極めて貧しいものでしかなかった。ああ、まばゆい見世物《スペクタクル》、知の饗宴、おそらくそうしたものこそが男にとっては精緻極まりない芸術だったのであり、歴史についての深い知識と生まれながらの最低限の才能が、精神錯乱の遍歴に付き添っていたのだ！　このような狂気から市井のカーライルが何を引っ張り出してきたか、ぜひ想像していただきたい！　不幸なことに、この男は本質的に無教養であり、めずらしい精神病を完全に間違ったかたちで、すなわち楽しむために備えていた。したがって、陳腐さと一般概念の堆積という大なり小なりまやかしであるものに頼って想像力を豊かにせざるをえなかったのだ。ナポレオンの組んだ両腕、鉄血宰相の三本の頭髪[*2]、バイロンの鬱病、そして昔の文学者たちが甘ったるいモデルを作り上げた、あのいくつかの「本当にあった」ちょっとした逸話。ああ、細部や色彩については彼にはその程度で十分だったのだ。だからこそ、男が知悉していた偉人たちはみな兄弟のように似ていた。生まれつきの性分で、森羅万象に知識、霊感《アンスピラシオン》、優美《エレガンス》さを強く求めてしまうらしい偏愛家。その空っぽの頭の中でぐるぐる空回りさせられている見世物《スペクタクル》より奇矯なものを、私は知らない。

この哀れな病人の思い出は、「小説風自伝」と呼ばれているあの興味深い作品をひもとくたびに私につきまとった。私は男の内に、何らかの美味なる偉人、何らかの無防備で甘美な才能を横領しようという、貪婪でありながら偏狭な精神の持ち主が感じるのとまったく同じ要求をみとめる。そしてまた、遥かなる過去の世界をそぞろ歩きせんと、夕刊をポケットに忍ばせて大通りを闊歩する、抜け目ない物知り顔の紳士とまったく同じ大胆さをも。「小説風自伝」の製法についてはよく知られている。まず、偉人が書いた手紙を、選り分け、切りぬいて、貼り直して、その人物のために紙製の素敵な衣服をこしらえる。次に、狭義の作品をさっさと読んで、本人の私的な一面を見出す。もちろん、そうすることに気兼ねする必要はない。私自身、偉人のその手の物語のなかに大変興味深いものごとを発見したことだってあるのだ。たとえば高名なドイツ詩人のあの伝記には、当の詩人が実際に見た夢というふれこみで、「夢」と題された彼の詩篇の内容が端から端までしれっと語られていた。まったく、偉人について書くときに、偉人を本人が描いた人々や概念や事物のなかに置いて動き回らせることより手軽なことなどあるのだろうか？　それらは、偉人の著作に出てくる半分死んだような事物の中から、読者が自分の偉人像に詰め込むためにもぎとったものにすぎないのだ。伝記作家は、発見したことを形にするうえで最善を尽くす。しかし伝記作家にとっての最善とは、大抵の場合、伝記の主人公である作家にとって最悪以上に悪いものであるがために、たとえ事実が真実に即したものであったとしても、後者の人生は宿命的に捻じ曲げられることになる。そして私たちの手元には、神のお恵みにより、心理学や浮かれたフロイト主義や、主人公がそのとき考えていたことについての粘っこい描写が残るというわけだ。しかし、そうしたもの——骸骨の哀れな骨を繋ぎとめる、針金に似た何らかの言葉の寄せ集め——は、文学の「空白地帯《テラン・ヴァーグ》」だ。そこでは、誰も来歴を知らないような破れかぶれの古い家具がアザミの中に放り出されている。きつい労働の後に休息をとろうと、伝記作家は胸のところがハート型に開いた主人公のヴェストを落ち着き払って着込み、偉人のパイプをふかす。件の偏狂者もまた、皇帝や詩人の逸話を、あたかも近所の人々の話のように語っていた。男はロシア煙草を口の端に咥えながら、トルストイの裸の足について、病弱なツルゲーネフの銀色じみた顔色の悪さについて、ドストエフスキイを繋いでいた鎖について、嬉々として喋っていた。そして最後に、プーシキンの恋愛話にまで遡るのが常だった。

　フランスでも同種のものがあるのかわからないが、ロシアには、裏面に十五秒ほどで読める文章が印刷された日めくりカレンダーがある。名も無き作り手が、まさにしわくちゃにされんとする日付の分の損失を、教訓的かつ愉快な詩句で賠償してくれようとするかのような代物だ。その文章は大抵の場合、ある戦いの日付、ある詩の一節、くだらない諺や夕食のメニューなどなどといったものだった。そこにはしばしばプーシキンの詩が載っていた。そう、読者が文学的教養を高める場はまさにそこなのだ。誤読され、櫛のように歯が欠け、不敬なくちびるが繰り返したせいで間が抜けた憐れな詩行の幾らかは、私たちがプーシキン原作のオペラ、つまり、そのどれもが人気の高い数本のオペラを見ていなければ、おそらくロシアのプチブル階級がプーシキンについて知る全てになっていたことだろう。オペラの脚本家や、『エヴゲーニイ・オネーギン』や『スペードの女王』をチャイコフスキイの凡庸な音楽に売り渡すような呪われた輩が、プーシキンのテクストを犯罪的なやり方で台無しにしていることについては繰り返し述べる必要もない。「犯罪的」とたしかに言ったが、それはこの事態によって本当に法が侵犯されたはずだからだ。法は、個人に隣人の中傷を禁じているのだから（いかにそれが論理的には――寛容にも――最初に訪れた者に、天才の作品を横領し、次にそれに彼自身のものを付け足してやろうと飛びかかる自由の余地を残しているとしても）。そういうわけで、舞台上の『エヴゲーニイ・オネーギン』や『スペードの女王』以上に、まったくもって愚かな何かを想像することは難しい。

　結局のところ第三段階として、短絡的な読者の頭の中においては、小学校時代の混濁した記憶がカレンダーやオペラに合流しにやって来てしまう。なぜなら、人々がプーシキンの登場人物について書き出してきた構成――それはいつも同じだ――に、その記憶が結びついてしまうからだ。私たちがプーシキンを当て擦って口にしたがる、いくつかの下品な言い回しを忘れてはならない。そして私たちは、膨大な数のロシア人が抱いている「プーシキン的精神」についてのかなり正確な概念を、自らのうちに培うことになるのだ。

　一方、私たちのなかでもプーシキンを本当に知っている者は、彼の唯一無二の熱情と純粋性に対して崇拝の念を捧げている。そして横溢するその生命力が今日の私たちの魂を満たしにやって来ると、光に包まれる感覚を抱くのだ。そのときには、あらゆるものが喜びをもたらしてくれる。川が蛇行するのと同じくらい自然な、その句跨り《アンジャンブマン》のひとつひとつ。あるいは、その韻律に込められたニュアンスのひとつひとつ（それはたとえば、ほんの一時だけその影法師をプーシキンのそれと混ぜ合わせるだけの、通りすがりの人物の名前、といったような、この詩人の人生の取るに足りない細部と同じくらいよくできている）。私たちはその華々しい草稿に傾倒しつつ、傑作の境地に至らんと燃え上がる霊感《アンスピラシオン》のあらゆる作用を見抜こうとする。プーシキンの書いたもの、詩、短編、哀歌、書簡、戯曲、批評のうち、たったひとつも抜かさずに読むこと、絶え間なく再読することは、地上における栄光のひとつだ。

雪の中の夕暮れ時のあの決闘から、ちょうど百年の月日が流れた。決闘の末に、プーシキンは、妻を口説いたジョルジュ・ダンテスという名のがさつな美男から致命傷を受けた。この輩は若き冒険家というだけでなく、まったくの独活《うど》の大木で、パリに戻り、プーシキンよりも半世紀は長生きしたのち、八十がらみの元老院議員として穏やかな死を迎えた。

プーシキンの人生、つまり、すべてがロマンチックな迸りと蒼ざめた閃光でできているその人生は、今日流行の伝記作家様に罠と同じだけの誘惑を提供する。近頃のロシアではそのような伝記も多く、私もひとつかふたつ、かなり不愉快なものを目にしたことがある。しかしそれと同時に、過去を猛勉強し貴重な細部を積み重ねながらも、そこから美辞麗句だとか、野卑な味わいだとかをでっちあげる心配がまったくないような選り抜きの精神の持ち主が、敬愛の念に満ちた無私無欲な辛苦を捧げてもいるのもまた事実だ。しかしながら、公平無私な学者であっても、ほとんどそれと知らぬまま小説を書き始めてしまう宿命的な瞬間が訪れる。そして、文学的な嘘が露呈されてしまう。良心的かつ博識豊かな人によるその手の嘘は、羞恥心のない剽窃者の作品における嘘と同様に下品だ。

要するに、このように思えるのだ。人は偉人の中に人間味のある要素を探すあまり、その人物にべたべたと触れたりくまなく掘り返したりして、ついには死の人形を創り上げてしまう——その人形は、葬儀用に手際よく化粧を施された、歴代のロシア皇帝たちの薔薇色の屍に似ている。あらんかぎりの現実味をもって他者の人生を想像すること、あるいは自らの内側で他者の人生を生きなおすことは、可能だろうか？　そしてそれを紙の上で無傷のままにしておくことは？　私には疑わしい。思考そのものが一人の人間の物語に光線を投げかけたりすれば、変形してしまうのは避けがたいと思いたくもなる。したがって、私たちの精神が感じとるものは、真実ではなく、真実らしいものにすぎないということになる。

しかし、一ロシア人として夢想するなら、プーシキンの世界で錯乱するのはどれだけ甘美なことだろう！　詩人の人生はその作品の模倣《パスティーシュ》のようなものだ。時の推移は、詩人がその創造物に与えたのと同じ色調と輪郭を想像上の彼の生き様に与えることで、天才の身振りを反復せんとしているように思える。結局のところ、こちらに見えるものがペテンだからといって何だというのだ。もしも私たちの魂が時を遡り、プーシキンの時代に巧みに入り込めたとしても、それが真実かどうかわからないであろうことを勇気を出して認めよう。それが何だ！　そこにはたとえば、私が自分に向けて行うような辛辣すぎる批判によってすら破壊できない喜びがあるのだ。したがって、今から描く人物こそ、あの小柄でぶっきらぼうな男、つまりあの小さな茶色の手で（この偉大なロシア人には猿と黒人の血が流れていた）、われらがロシア詩の最初で最上のページを書いた当の男ということになる。そしてそれこそが、暗い栗色の縮れ毛と対照を成す、眼差しの青き閃光なのだ。つまり一八三〇年頃には、男性の服装はまだ乗馬のための気遣いから解放されていなかった。男性は馬に乗るためにかの格好をしていたのであり、今のように喪服として着ていたのではなかった。換言すれば、服装の意味がまだ消えていなかったということだ（なぜそれにこだわるかというと、意味とともに逃げゆくものは美だからである）。人々は本格的に馬に乗っていたので、折り返しブーツと大外套を実際に必要としていたにすぎない。したがって、プーシキン像にある種の優美さ《エレガンス》を授けているのは、あくまで後世の想像力だ。しかも当のプーシキンは、その時代の気まぐれにならい、ジプシー、コサック、英国紳士などに変装するのを好んだ。仮面を好むという性質が、実在したプーシキンの重要な特徴だったということを忘れてはならない。大口を開けて笑い、その小さな体軀をいきり立たせ、踵を打ち鳴らしながら、彼は突然私の目の前を颯爽と通り過ぎる。まるで「夜の箱《ボワット・ド・ニュイ》」、つまり、ナイトクラブからひと吹きの疾風のように湧き出てくる、ああいった人々のように（再び見ることは決してないその顔は街灯によって斜交いに照らされ、もう聞くことのないその声は陽気な冗談を繰り返している）。というのも、過去もまた「夜の箱」——待ちきれずに開けてしまう、夜で一杯の箱ではないのか？　役を演じてもらうためにそこで金を払う相手が、プーシキンではなく、一介の大根役者だということはよくわかっている。それが何だ！　私はこのゲームを楽しみ、自分がその中にいると信じている。私はやたらと彼を見かける。たとえばネヴァ河畔で、月の下、霜に覆われて光っているざらざらした花崗岩の巨大な欄干に肘をつき、空想に耽っている彼。あるいは劇場で、柄付き眼鏡をずり上げ、薔薇色の光とヴァイオリンのどよめきのなか、当時の流行だったあの横柄さで見え易い場所を取り返そうと隣客を押しのけている彼。または、過度に挑発的な言動のせいで帝都を追われた結果、田舎の家に籠り、夜着を着て、ぼさぼさの髪で、りんごを貪りながら灰色の紙（蠟燭を包むのに使う）の隅に詩句をなぐり書きしている彼。長く延びた田舎道を歩いているその姿が、書店で本をぱらぱらめくり読みしている姿が、恋人の華奢な足に口づけしている姿が見える。あるいはまた、クリミアのとある灼熱の昼下がり、ツバメが丸天井の下を飛び去ったり舞い戻ったりしているタタール人の古びた宮殿で、中庭の奥の、水が滴り落ちるみすぼらしい噴水の傍らに立ち尽くしている姿が。それらはあまりにすばやく消える光景なので、ときに、彼が手にしているのが乗馬鞭なのか、あるいは射撃に備えて手首を強化するために所持していたあの鉄製の棒なのか、見分けることができない。というのも、彼はその時代の人らしくピストルを好んでいたからだ。目で追おうと試みるも、彼は目の前から消え、また新たに現れる。今度は婦人用コートの腰に手を回しながら、妻、つまり白い羽一枚をあしらった黒いビロードの帽子をかぶる、自分よりも背の高い美女と並んで歩いている。そして、ついに彼はそこにいる——腹に弾をくらって、雪の中に崩れるように座り込み、時間をたっぷりかけてダンテスを狙っている。それがあまりに長いので、相手のほうはもう待つことができず、心臓を左腕でゆっくりと覆い隠してしまう。

私がひどい思い違いをしているのでなければ、これこそが小説化された美しい伝記の一節だ！この列車に乗って進んでいたら、一冊の本を丸ごと書けたかもしれない。だが、これらのイメージ、つまり「私のプーシキン」を知るロシア人たちによって共有されるイメージに魅了されるがままになっているにしても、それは私のせいではない。こうしたプーシキン像は、九九の表や、その他諸々の思考の型と同じくらい入り組んだやり方で、私たちの知的生活の一部となっているのだ。このイメージはおそらくまがい物であり、本物のプーシキンがそこに自らを認めることはないだろう。だが、詩を読むときに感じる愛をそうしたイメージのなかにわずかでも感じることができるのであれば、この想像された人生によって私が作り出すものは、詩人そのものではないにしても、詩人の作品に似た何かといえるのではないか？

私たちがプーシキン朝と呼ぶということで一致している時代、つまり一八二〇年から一八三七年までを丸々含む時代について思い浮かべてみると、精神的というよりむしろ視覚的な次元の現象に驚かされる。その時代の生活は私たちには今や――なんと言うべきか？――まばらで、人が少なく、建築物と空の間には美しい隙間が広がっているように見える。それはまるで、妥協のない景観を見せるあの古い石版画のようである。そこで目にする街の広場は、現在のように人々がひしめいていたり、傾斜の急な建物に貪られていたりはせず、すこぶる広々としており、節度もあって、他のものと歩調を合わせるように空っぽだ。そこにはたぶん、敷石の上に立って会話している二人の紳士と、後ろ脚で耳を掻いている犬、籠をぶら下げている女性、木製の義足をつけた物乞いもいる――それから、豊富な空気と、豊富な静けさがあり、教会の時計盤が十二時十五分を指し、真珠がかった灰色の空には細長い雲だけがそっけなく浮いている。プーシキンの時代は、誰もが知り合いだったように思える。日中の出来事は、一時間ごとにこちらの日記やあちらの手紙に描かれていたし、皇帝ニコライ・パーヴロヴィチは臣下の生活について仔細なことまで知り尽くしていた――まるで臣下のものたちは多かれ少なかれ騒々しい小学生の一群で、皇帝本人は厳格で目ざとい教師だったかのように。仲間内で繰り返される、艶っぽい四行詩や気の利いた言い回し、ペテルブルクという大理石の大教室で走り書きされ、順に回されたメモ。あらゆる出来事が大事件のように扱われ、あらゆるものが時代の出来立ての記憶に克明な痕跡を残していた。プーシキンの時代は、イメージの専売権を当時まだ保持していた絵画芸術から筆を借り、日常生活の細部を描いてやることで、今日のわれわれの想像力がまだパスポートなしでぶらつくことができる、最後の時代であると私は思う。考えていただきたい。もしプーシキンが二、三年長く生きていたら、私たちは彼の写真を目にすることができてしまっていたはずだ。あと一歩だった。そうしたらプーシキンは、陰影に富み、趣きのある仄めかしに満ちた夜（彼はそこに居座り続けている）から出て行ってしまったことだろう――青ざめた昼に向かって着実に歩を進めるために（その昼はすでに一世紀も続いている）。思うに、以下が重要な点である。写真――光でできたあの数センチメートル四方――こそが、一八四〇年頃に視覚の時代を創始し、それを今日に至るまで延命させているのだ。したがって、バイロンもプーシキンも、ゲーテも越すことができなかったその日付け以降、われわれ現代人の感性にとって時代の雰囲気はかくもなじみ深いものであり続けている。だからこそ、十九世紀後半の名士達も、遠い先祖の振る舞いを真似て、着方を間違えつつも、まるでいにしえの光輝く生活の喪に服すかのように黒ずくめになり、びっしり埃に覆われた垂れ布を背景に、陰鬱かつ暗い部屋の隅でやたらと椅子に倒れこんだりするのだ。以後、十九世紀のグリザイユを横切って私たちを先導していくのは室内の色あせた光となっていく。もしかしたら、この座り込む写真の時代そのものが、それ自体味のある芸術的な嘘のように思われる時代がやってくるかもしれないが、私たちはまだそこには辿り着いていないし、それに――私たちの想像力にとってなんと幸運なことだろう！――プーシキンは長生きしなかったうえ、グロテスクな皺がついたあの大きな布や、私たちの祖父の時代のあの陰気な服、偽の襟がついているあの小さい黒ネクタイなど、実際は決して身に纏わなかったはずだ。

私は最善を尽くして定義しようとした――自信に満ち溢れた精神の持ち主が、一世紀前に死んだ偉人のイメージを、「小説的な真実らしさ」という領域ではなく、真実そのものの領域において蘇らせようとするときに直面することになる克服しがたい困難を。そして、敗れたと告白しよう。これからはむしろ、プーシキンの作品を凝視することに関心を移そうではないか。

確かに、偉大な詩作品の内容を描写することほど退屈なことはない。ただし、その描写に耳を傾けるのであれば別だ。作品を研究する唯一の良い方法とは、それを読むこと、それについて瞑想すること、他人のためではなく自分自身のために語ることである。というのも、最良の読者とは、独創的な思いつきを隣人に隠れて味わうエゴイストでもあるからだ。ある詩人への賞賛を他人にも共有させようとするときに心をとらえる欲望、それは結局のところ、選ばれた詩人にとっては何ら良い結果をもたらさない有害な感情だ。本を読んでいる人の数が多いほど、本は理解されない。真実は拡散することで蒸発してしまうように見える。作品が本当の顔をのぞかせるのは、文学的名声の最初の煌めきが終わる瞬間でしかない。しかし、異国語の闇にこそ宝を隠している翻訳困難な書き物にとっては、問題は奇妙に入り組んでいる。フランスの読者にこう言うことはできないだろう、「プーシキンを知りたいと思うのであれば、作品を持って部屋に籠ればいい」などとは。まったく、われらが詩人は、翻訳者にとって一切の魅力がないらしい。だいたい、同じ民族のトルストイ、あるいは彼よりはずっと落ちるあのドストエフスキイのやつは、フランスにおいて現地作家とほとんど同じ栄光を享受しているわけだが、プーシキンの名は、当方にとってはかくも音楽的な響きに満ちているのに、フランス語では耳に突き刺さるような、しみったれたものにとどまっている。おそらく、散文作家よりも詩人が国境を越えるほうが難しいのだ。しかしプーシキンの場合、その難しさにはより深い理由がある。要するに、ロシア産のシャンパンなのさ、と、ある洗練された文学趣味の持ち主が言っていた。つまり、プーシキンがロシアの詩の女神《ミューズ》に自由に詠わせていたものは、フランス詩とフランス詩が栄えた時代そのものにすぎない、ということを忘れてはいけないということだ。結果はこうだ。その詩行がフランス語に訳された瞬間、読者はあるときはそこに、フランスの十八世紀を、つまり風刺の棘がある薔薇色の詩を見いだしてしまう。またあるときは、セヴィリア、ヴェニス、アラブ風スリッパ《バブーシュ》文化圏の東洋《オリエント》、甘ったるい蜜のかかった母なるギリシャをごっちゃにした、誤った異国趣味のロマン主義をみとめてしまう。第一印象がこれほどまでに見苦しく、時代遅れの恋人がこれほどまでに味気ないせいで、フランス人読者はすぐ気をくじかれてしまうのだ。われわれロシア人とっては、わざわざこんな風に言うことすら陳腐に思える——プーシキンはその両肩にわが国の詩をすべて背負っている巨人である、と。しかし、訳者のペンが接近する瞬間、彼の詩の魂は飛び去ってしまう。そしてあなたがたの両の手に残されるのは、金塗りのちっぽけな鳥籠だけ、というわけだ。先日、私は報いられることがほとんどない畑仕事に専念した。たとえば、以下に挙げるのは有名な韻詩の一部だが、ロシア語では単語のひとつひとつが生きる喜びに溢れているのに、翻訳されると、もはや己の影でしかなくなってしまう。

Dans le désert du monde, immense et triste espace,
trois sources ont jailli mystérieusement ;
celle de la jouvence, eau brillante et fugace,
qui dans son cours pressé bouillonne éperdument ;
celle de Castalie, où chante la pensée.
Mais la dernière source est l'eau d'oubli glacée…

現世の荒野、そのよるべなき悲しき場所に、
秘めやかに、三つの泉が湧きだした。

ひとつは青春の泉、輝ける一瞬の湧き水が、
疾き流れのなかで激しく迸る。
ひとつはカスタリアの泉、思考が水音を奏でる、
だが最後の泉は凍りつくような忘却の泉……

〔俗世の、よるべなき悲しき荒野に、
秘めやかに、三つの泉が湧きだした。
ひとつは青春の泉、疾き反逆の流れを
滾らせ、迸らせ、輝き、ざわめく。
ひとつはカスタリアの泉　霊感が波うつ、
〔……〕
残るひとつは、冷たき忘却の泉
〔……〕[*3]

語句をひとつ残らず訳出したにもかかわらず、これらの行が、われらが詩人の力強く悠然とした叙情性という印象を与えるとは思えない。しかしこの作業の過程で、わずかながら悦びを覚えたことを告白しなければならない。感じていたのは、プーシキンを外国の読者に見せてやろうという悪しき欲望ではなく、すべてがこの詩の中に沈んでいく、まったくもって甘美な感覚だ。私はプーシキンをフランス語に移そうとしたのではなく、自分を一種のトランス状態に置こうとしたのだ——

意識的な取り組みを捨てることで、奇跡が、完璧な変容《メタモルフォーズ》が生まれてくれるようにと願って。結局のところ、何時間かかけてそのように心のなかでぼやき、詩の形式に宿った魂が消化音をゴロゴロ鳴らしたあかつきには、奇跡が成し遂げられると信じていたのだ。しかし、外国人の貧しいフランス語で一から書きなおした瞬間から、これらの詩行は色褪せ始めていた。ロシア語のテクストと最終的に完成した翻訳の間には、そのときすでに、悲しい現実としての隔たりが姿を現していた。別の例として、私はロシア語では神々しいまでの単純さを持つ一編の詩行を選んでみた。言葉それ自体は一分の隙もないほど単純だが、そのなかではすべてが本来の姿よりわずかに偉大であり、まるで言葉たちがプーシキンに触れられることで、当初の豊かさを、別の詩人に遣われて喪ってしまったあの新鮮さを取り戻したかのような詩である。そして、私による怪しげなコピーがこちらだ。

Ne me les chante pas, ma belle,
ces chansons de la Géorgie,
leur amertume me rappelle
une autre rive, une autre vie.

Il me rappelle, ton langage
cruel, une nuit, une plaine,
un clair de lune et le visage
d'une pauvre fille lointaine.

Cette ombre fatale et touchante,
lorsque je te vois, je l'oublie,
mais aussitôt que ta voix chante,
voici l'image resurgie.

Ne me les chante pas, ma belle,
ces chansons de la Géorgie ;
leur amertume me rappelle
une autre rive, une autre vie.

私の前で歌わないでくれ、愛しいきみよ、
グルジアのその唄を。
人々の苦悶によって思い出してしまうのだ、
もうひとつの岸辺を、もうひとつの人生を。

思い出してしまう、きみの残酷な
言語によって、夜を、平野を、
月光を、そして遠き地の、
憐れな娘の顔を。

胸を打つ宿命的なあの亡霊を、
きみを見つめるとき、私は忘れる。
しかしきみの声が歌い出すやいなや、
ほらここに、像《イマージュ》が蘇る。

私の前で歌わないでくれ、愛しいきみよ、
グルジアのその唄を。
人々の苦悶によって思い出してしまうのだ、
もうひとつの岸辺を、もうひとつの人生を。

〔歌わないでおくれ、美しい女《ひと》よ、私の前で
おまえの歌うグルジアの唄は悲しい。
このわたしに思いださせるのだ、
異郷の生活を、はるかなる岸辺を。

ああ！　思いださせるのだ
きみの残酷な旋律は、
荒野を、夜を、月あかりに照らされた

遠き地の、不幸な乙女の面影を……
やさしくも、宿命的なその幻を
きみと出会ってからは、忘れかけていた。
だが、きみが歌えば、目の前に、
その幻を、ふたたび思い描いてしまう。

歌わないでおくれ、美しい女《ひと》よ、私の前で
おまえの歌うグルジアの唄は悲しい。
このわたしに思いださせるのだ、
異郷の生活を、はるかなる岸辺を。*4」

解釈せんと奮闘しながらいささか興味深く思ったのは、選んだ詩のそれぞれが、あちこちのフランス詩人の作品のなかで独特な木霊を響かせているということだった。だが直ちに、結局のところ、それとプーシキンはまったく関わりがないと悟った。私を導いていたもの、それはプーシキンの詩行に見いだしたと思ったフランス詩の虚像ではなく、私の文学的記憶だったのだ。世話好きなこの記憶に導かれた結果、満足とまではいかないにしろ、少なくとも自訳にそこまでいらいらしなくてもよい状態に留まることができた。そして次の訳が、おそらくは他よりも少しはましにできたもののひとつである。

Je ne puis m'endormir. La nuit
recouvre tout, lourde de rêve.
Seule une montre va sans trêve,
monotone, auprès de mon lit.
Lachésis, commère loquace,
frisson de l'ombre, instant qui passe,
Bruit du destin trotte-menu,
léger, lassant, que me veux-tu ?
Que me veux-tu, morne murmure ?
Es-tu la petite voix dure
du temps, du jour que j'ai perdu ?
私は眠れない。夢でずっしりと重い夜が
すべてを、覆ってしまう。
寝床の傍らの、単調な
懐中時計だけが、休みなく進んでいく。
ラケシス、話好きのおしゃべり女、
闇の震え、過ぎ去る瞬間、
小刻みに走る運命が立てる、

軽薄で、飽き飽きさせる物音よ、おまえは私にどうしろというのだ？
どうしろというのだ、陰鬱なつぶやきよ？
おまえは時の、私が失った一日の、
無情なひとりごとか？

〔わたしは眠れない、灯も消えた。
いずこも暗くまどろんでいる。
時計の音がかたわらで、
物憂げに時を刻んでいる。
パルカイの女のぶつぶつか、
眠りこけた夜のおののきか
駆けめぐるねずみだけが生きているもの……
なぜにおまえは私の心をみだすのか？
なにをおまえは告げるのか？
咎めだてか、むなしく失せた一日の
悲しみのつぶやきか？〕*5

プーシキンの詩や戯曲から、いくつか抜粋を訳そうともした。
今から好奇心ゆえに発表してみるのが、『エヴゲーニイ・オネーギン』で最も美しいスタンザの一つだ。この十四行をうまく訳そうと思ったら、かなりの手間がかかってしまうことだろう。[*6]

Pourquoi le vent troublant la plaine
va-t-il virer dans un ravin,
tandis que sur l'onde sereine
un navire l'attend en vain ?
Demande-lui. Pourquoi, morose,
fuyant les tours, l'aigle se pose
sur un chicot ? Demande-lui,
Comme la lune aime la nuit,
pourquoi Desdémone aime-t-elle
son Maure ? Parce que le vent,
le cœur de femme et l'aigle errant
ne connaissent de loi mortelle.
Lève ton front, poète élu ;
rien ne t'enchaîne, toi non plus.

なぜ平野を悩ます風は、
峡谷に向かって進路を変えゆくのか、

凪いだ波の上で
船舶が虚しく待ち望んでいるというのに？
尋ねてみるがいい、なぜ鷲は、
どの塔からも逃れ、切り株の上に陰気臭く
留まっているのか？　尋ねてみるがいい、
なぜデズデモーナは
月が夜を愛するように、
夫たるムーア人を愛するのか？　なぜなら風は、
女の心とさまよえる鷲は、
耐えがたき掟を知らないからだ。
額を挙げよ、選ばれし詩人よ。
おまえも同じだ、おまえを鎖でつなぐものなど何もない。

〔なぜ、風は谷間にさかまき、
葉を巻きあげ、砂塵を散らすのか、
波たたぬ洋上では船が、
その息吹きを渇望しているのに？
なぜ巨大な、獰猛な鷲は、山から
黒い切り株めがけて塔のあいだをかすめて

飛んでくるのか？　訊ねてみるがいい。
なぜ、あの黒人を
さながら夜の闇を愛する月のように
若いデズデモーナは愛するのか？
そのわけはほかでもない、風にも、鷲にも
乙女の心にも掟はないからだ。
誇るがいい、詩人よ。お前も同じだ、
お前には規則などなにもない。」

この訳文の質について、べつに思い違いをしているわけではない。これは十分に真実らしいプーシキンの詩にはなっているが、それだけだ。真実は別のところにある。だが、この砕け散る詩の岸辺に沿って私が辿ってきたいくつかの曲がり道の上を、ある真実が歌を歌いながら通り過ぎていくのを観察しようではないか。その真実とは、私がこの世においてみとめる唯一のものだ。つまり、芸術の真実である。

ひとつの概念がいくつもの世紀を飛び越えて様々な冒険をするのを辿ることができたら、なんと感動的なことだろう。冗談ではなく、それこそが理想の小説であると私はあえて断言する。というのも、この抽象的イメージは完全に明快であるがゆえに、また人間のしがらみから解放されているがゆえに、北極のオーロラのように澄み切った柔軟さで、ある並外れた人生を楽しむように見えるだろうから。そしてその人生は伸び広がり、膨らみ、千の襞を見せる。かくして、歴史的な苦難を辿るがゆえに、またそこから冒険小説よりも生き生きした良き何かを作り出すがゆえに、人は美しいという概念を選りすぐることができるのだ。プーシキンの詩のような作品が辿る運命は、実際なんと劇的なことだろう。狭量な批評家ベリンスキイがやりこめてやろうと待ち構えていたときだって、プーシキンはまだ死んでいなかったのだ。まあ、当時の人々も気づいていたことだが、彼は同時代の非難をそれほど気にかけていなかった。ヘーゲル哲学はこちらに伝わって来たときにはもう劣化していた。だがプーシキンの真実が、つまりひとつの意識のように不滅のそれが、輝きを止めるようなことは一瞬たりともなかった。私は今この瞬間、自らのうちにその真実を感じる。そして真実は私に、あることを繰り返し述べるように強いるのだが、それはフローベールがシェイクスピアと同じくらいよく知っていたこと、そしてシェイクスピアがホラティウスと同じくらいよく知っていたことだ。すなわち、詩人にとって重要なことはたったひとつしかない、ということである。つまり、その詩人の芸術だ。このことを思い出すにはちょうどよい時期だろう。というのも文学に関しては、私たちは未だに泥の中を苦労して歩いているように思えるからだ。たとえば、現代の小説の中でしなを作っているあの社会学など、どれも滑稽かつ吐き気を催すものでしかないし、「ヒューマン・ドキュメント」と呼ばれるようなものもまた、それ自体がすでに甘美な茶番劇なのだ。

私は、自分たちが生きる時代がこれまでの時代よりも悪いとは言いたくない。それどころか、崇高な精神は今や世界によりしっかりと腰を落ち着けているように見える。人々の中からある人を見い出すとき、その人の光り輝く十全さは、過去最良の精神にも値するものとなるのだ。凡庸な人間には、世界はますます悪くなっていくように見えるだろう。その見解はあるときは、人類の領分を侵す機械についての古い警句として表出し、またあるときは、新聞が予言する惨禍か何かへの懸念として姿をあらわす。しかし、世界を見守る哲学者の目は、本質は不変であること、名誉の座を占めるのはつねに善きことや美しいことであることを看取して厚情に輝く。人生が靄のかかったものに見えることがあれば、近視のせいだ。視線を注ぐことができる者にとっては、日常の生は、古の偉大な詩人の眼に見えたように、新発見と悦びに満ちたものである。通りすぎざまに人生を突然小さな傑作に変えてしまうあの芸術家はまったく何なのだろうと、人々は自問する。街角にほんの一瞬だけ設置され、すぐに消えてしまうあの小さな劇場に、何度驚かされたことだろう。陽がまだらに落ちた大通りを走る、石炭を積んだトラック——そのかなり高い座席の上で、がたんと弾んだ黒い顔の石炭商、その歯の間からは菩提樹の茎が飛び出ており、そこに付いた葉は神々しいまでの緑色をしている。目に見えない何かの精霊によって演出された喜劇を、私はいくつも目にしてきた。たとえば日中のひどく早い時間、ベルリンの太った郵便配達員がベンチで眠りこけているところに、ジャスミンの花の植え込みの背後から二人の郵便配達員が、鼻先にたばこを押し付けてやろうと、グロテスクなまでになよなよした様子で爪先立ちで近づいてくるのを見かけた。私は数多の劇を見たのだ。たとえば、肩口が裂けてはいるがまだ傷一つない胸像が、泥の中で落ち葉にまみれ、悲しそうに転がっていた。この力、つまり路上の霊感《アンスピラシオン》が、あちこちで一瞬の見世物《スペクタクル》を生み出さないような日はないのである。それゆえ、芸術と呼ばれるものは、要は真実の画趣《ピトレスク》に過ぎないのだと考えたくなるかもしれない。だからこそ、芸術とは何であるか、しっかりと捉えられるようにしておく必要がある。それがすべてだ。そして、単純この上ない物がその奇異な煌めきを見せるようなあの精神状態がおとずれるとき、真実はかくも楽しきものとなるだろう。私たちは歩き、立ち止まり、道ゆく人々を眺め、そして狩りを始める。そして、通りにいた子どもが揉め事を目撃して固まっているのに気づくと、その子もいつの日か揉め事を確かに思い出すと考えて、時代の共犯者であるような感覚を抱く。なぜなら、その子どもがすでに、自分を引き立ててくれるような未来の回想をしまい込むさまを目撃しているからだ。そして、世界はこれほどまでに大きい！　旅にはもはや神秘がないと信じこんだ人が好むのは、店の奥の間の暗がりのなかだ。でも実際は、山風はこれまでと同じように恐ろしいし、一級の冒険に繰り出して死ぬことは、依然として高潔な人間の原則であり続けている。

今日、かつてないほど詩人は自由で野生的で孤独でなければならない。それは百年前にプーシキンが望んだとおりの姿である。最も純粋な芸術家は、時代のどよめき、喉を掻き切られて殺された人々の叫び、乱暴者のうめき声が耳元に届いたとき、おそらく何か口を挟みたい気になることも一度ならずあるだろう。しかしそれは、負けてはいけない誘惑である。というのも、こう確信できるからだ。もし事が苦労に値するならば、それはもっと後になって熟し、思いがけない果実を実らせるだろうと。いや、確かに、社会的と呼ばれる生き方や私の同郷人を感動させるようなあらゆるものは、私のランプの灯りの中では何の役にも立たない。だが、かといって私が象牙の塔を必要としないのは、自分の屋根裏部屋に満足しているからなのだ。

（清水さやか訳）

＊1　フランスのヴァンデ県では、革命戦争時にカトリック王党派による大規模な反乱が起こった。一八八一年、反乱は最終的にナポレオンによって終結させられた。

＊2　ビスマルクが風刺画に描かれる際、三本だけ生えた頭髪がトレードマークにされる場合があった。これは、ドイツの風刺新聞『クラデラダッチュ』紙の画家ショルツの発案であるとされている。
＊3　プーシキンの詩「三つの泉」より。フランス語からの訳に加えて、ロシア語からの訳を〔　〕に便宜的に付した。
＊4　プーシキンの詩「(歌わずにおくれ、美しい人よ、私の前で……)」。
＊5　プーシキンの詩「眠れぬ夜に書いた詩」より。
＊6　これは実際には『エヴゲーニイ・オネーギン』の一節ではなく、詩「エゼルスキイ」の十三連である。

決闘の技法

プーシキン『エヴゲーニイ・オネーギン』第六章より

二十九連
はやピストルはぎらりと輝き、
柵杖を小槌がかたかた叩く。
多面体の銃身に弾丸が込められ、
撃鉄がまず一度、カチャリと引きあげられた。
灰色の細帯となった火薬が、
火皿の上に注がれる。ぎざぎざのある
しっかりネジ留めされた火打石が、
改めて引きあげられた。手近な切り株の陰に
立ったのは狼狽しきったギヨー。
敵二人は互いにマントを投げる。
ザレツキイは三十二歩を

正確無比といった様子で計りおえ、
友二人を両端に引き離し、
各々がピストルをとった。

三十連
「よし、互いに進め」
　　　　　　　　冷静に、
まだ、狙いもつけず、二人の敵は
しっかりした足どりで、そっと、歩調を乱さず
踏みこんだのは四歩、
まさに死の四段と言うべきか。
そのときエヴゲーニイがまず、
歩みをとめず、
音もなくピストルをあげる。
さらに五歩踏みこんで、
レンスキイが左目を細め、
やはり狙いはじめた――だが、まさに間髪入れず
オネーギンが発砲した……定めの時が
鳴ったのだ。詩人は

無言でピストルを落とす。

ここで描かれている非友好的会見は、古典的な、フランス式随意《ア・ボランテ》決闘である。いくらかは、アイルランド式および英国式ピストル決闘に由来するものであり、それは元をたどれば一七七五年ごろにティペレアリー州で基本的な決闘規定として採用されたものである。ティペレアリー州の州都であるクロンメルで定められたクロンメル式および、ゴールウェー県で採用された追加規定によれば、なんらかの合図か、「撃て！」という掛け声か、あるいは両人の望むとき、という規則にのっとって発砲が許され、最後のケースでは当事者同士が「銃口を触れあわせるほど」前進してもよかった。しかし、大陸で主流になった方式では、地面の中間地点は越えてはならず、これは柵《バリエール》と呼ばれた（ピストル決闘の最古の方式であるフランス式に由来する用語である、これは馬上でおこなわれ、闘士は発砲が認められる最短距離である約十ヤード離れたポストによってわけられる）。決闘は以下のように遂行される。

儀礼的手続きのあれこれとして、自筆の挑戦状、または符牒で「果たし状」と言った「通達」（六章、九連）を送りつける、実際に「呼びだし」か、当時の英語で「呼びつけ《コーリング・アポン》」といった行為だけでなく、介添人同士の会合も開かれる。今回の場合、気づくのは、後者が省かれていることのみならず、しきたりが定めるような、見届け人による決闘の諸条件のとり決めの文書化もないことだ。つまり、生存者を訴追から免れさせる目的で、遺書を（少なくとも）預けておいたと見なす必要はない。公的に決闘は禁じられていたが、効果はなく頻繁におこなわれていた。参加者は死人がでなかった場合お咎めなしだったが、生死にかかわる結果を招いた場合でも、権力者に顔がきけば、投獄や追放といった刑罰を一等減じたり、帳消しにすることもできた。

一行はあらかじめ決めておいた場所に赴く。介添人は地面に歩数（ヤード）の印をつけておく。たとえば今回の場合、介添人が三十二ヤードを測り、合図のあとで決闘者は、歩み寄って距離を詰めることができる（十二歩か、それ以下のこともあった）。前進の限界点は、端から端のあいだで、歩数で数えてさだめられた。たとえば、地面中央に、十二歩を残すといった具合である。これが、柵《バリエール》と呼ばれる境界であり、両者ともこの内側には侵入することができない中立地帯である。通例、決闘者が放った外套や、丈長外套《キャリック》か、毛裏つき外套が、境界の目印になった。

ピストルは介添人によって弾ごめ、あるいは「装填《チャージ》」され、決闘がはじまる。決闘の当事者は、端の地点に場所をとり、向かいあって、銃口を下げておく。合図（マルシュ！　スハジーチェシ！「お互いにすすめ！」の意）があると、お互いに歩を進め、好きなところで発砲する。お互いに四歩進んだとき、オネーギンは礼儀正しくピストルを下げていた。さらに五歩ずつ歩みよった地点で、最初の発砲でレンスキイが殺される。オネーギンは狙いをつけているが、無駄に発砲していたり、不発だったなら、あるいは強烈な一撃が当たっても、レンスキイを完全に行動不能にしなかったとしたらどうか。相手は柵《バリエール》の境界までオネーギンを来させて、十二歩の間隔で、冷静に時間をかけて狙いをつけることができる。これが、勝ちに徹する決闘者が、相手に先に撃たせるのを好む理由のひとつである。このやりとりのあと、敵がまだ血に飢えていたら、ピストルを再装塡し（あるいは新しいピストルを使って）一から始める。このタイプの決闘は変種もふくめて（たとえば柵《バリエール》は、アイルランドと英国ではここまではっきりと決められていなかったようだ）、フランス、ロシア、大英帝国、アメリカ南部諸州において、十八世紀末から一八四〇年ぐらいまで主流であり、ロマンス語圏、スラヴ語圏ではわれわれの時代になってもまだ闘われていた。この章を読んだ読者は、現代に映画や風刺画で有名になった「互いに背を向けたまま前進して向きあって発砲」的ななにかを想像してはいけない。これはフランスで一八三〇年代に考案され、パリのジャーナリストがあとで広めたものだ。

　レンスキイとオネーギンの決闘の描写を、われらが詩人の側から見れば、おびただしい細部のレベルでは個人的回想であり、引き起こした結果のレベルでは、個人的予見でもあった。

　プーシキンはダンテスとの死を招く決闘以前に、少なくとも三回は決闘をおこなっていた。最初のもの（相手はルイレーエフだった）は、おそらく五月六日から九日のあいだに、ツァールスコエ・セローイ付近でおこなわれた（四章十九連五行目につけた注釈を見よ）。二回目の（一八二二年の一月第一週の午前九時に、キシニョフから一マイル半の地点での）決闘は、猟騎兵連隊の部隊長スターロフ大佐とおこなわれたが、猛り狂う吹雪によって、敵の正確な狙いが逸れた。というのも、初回の交戦で、十六歩のところに置かれていた境界が、二回目は十二歩に縮められたからだ。同年の春、キシニョフ近くのブドウ園で、別の軍人ズーボフとも闘っている。この三つの決闘で血は流れなかった。わかっていることは少ない。だが、どうやら最初と三番目の決闘では、プーシキンは宙めがけて撃ったらしい。

　四番目、そして最後の決闘の相手は、ジョルジュ・ダンテス男爵――別名ジョルジュ・ド・ヘッケルン――で、一月二十七日の午後四時三十分にサンクトペテルブルグ近郊（ネヴァ川北岸、黒川《チョルナヤ・レーチカ》千五百フィート北、コロミャギの街道から少し離れた松林）でおこなわれた。一団は二十歩離れたところにそれぞれ陣取り、プーシキンは最初の発砲で致命傷を負った。これがその決闘の条件である。

一、決闘する両者は、二十歩離れた距離に立つこと。すなわち、十歩の距離を挟んで設定されたそれぞれの柵《バリエール》から五歩の位置に立つこと。

二、両者は各自ピストル一丁を携え、合図があったら、互いに歩み寄って自分の武器を使用すること。ただし、いかなる場合も柵《バリエール》は越えないこと。

三、さらに、一度でも発砲されたらいずれの決闘者ももう立ち位置を変更してはならないとする取決めはそのままとすること。これは両者のうちはじめに撃った方が、いかなる場合にも同じ距離で相手の銃火を浴びるようにするためである。

四、当事者両名が撃ち終わったにもかかわらず、なんの結果も得られなかったときは、勝負をやり直すこと……決闘者は最初と同じ二十歩の距離に戻ること。……

六か条のうち、ここでは四つを引用しておいた。この書状は、一八三七年一月二十七日午後二時三十分に、サンクトペテルブルグで署名されている。二時間後、プーシキンは下腹部に傷を負い、一月二十九日午後二時四十五分に外傷性腹膜炎で亡くなった。

プーシキンを悲劇的な死に追いやった状況を簡潔にまとめると以下のようになる。

一八三三年にオランダ公使ヴァン・ヘッケルン男爵ヤーコプ・テーオドーレ（ジャック・ティエリ・ボルハルト・アンネ、ファン・ヘーケレン・ベーフェルワールト、一七九一―一八八四）は、休暇からサンクトペテルブルグでの職務に復帰する途中、宿で目的地を同じくするアルザス人紳士と仲良くなった。これがジョルジュ・ダンテス（一八一二―一八九八）で、コルマール出身、サンシール陸軍士官学校に在籍していたこともある男だった。一族公認の（常に信用できるとはかぎらない）伝記作家ルイ・メトマンによれば、ダンテス家はゴトランド島に起源をもち、十七世紀にアルザスに定住した。その地で刀剣製造業者だったジャン・アンリ・ダンテスは、一七三一年に貴族に叙された。ジョルジュ・ダンテスの父はナポレオン一世に男爵位を授けられた。われらが英雄のフランスでの教練は、シャルル十世の治世（一八二四―一八三〇）を終わらせ、ルイ・フィリップを玉座にかかげた七月革命によって妨げられた。ダンテスはシャルルに忠誠を誓ったまま、栄達の道を求めて、正統主義者《レジティミスト》を好んだ皇帝《ツァーリ》ニコラス一世の宮廷にやってきた。

　一八三三年十月八日、ジョルジュ・ダンテスとその庇護者は、汽船でサンクトペテルブルグに到着した。当時、プーシキンはたまたま日誌をつけていたのだが、一八三四年一月二十六日――死を招いた決闘のほぼ三年前だ――に、外国人ダンテス男爵が近衛騎兵に迎えられたと書きつけている。プーシキンは一八三四年七月末に、サンクトペテルブルグでダンテスに会っている。その年の三月に流産に遭ったナターリヤ・プーシキナと二人の子、マリヤとアレクサンドルは、カルガ県にある母方の地所で夏を過ごしていた。秋にペテルブルグに戻ったナターリヤは、三番目の子（グレゴリイ）を一八三五年五月に産み、一年後に四番目の子（ナターリヤ）を産んだ。ナターリヤがダンテスと関係したという証拠はなにもない――ダンテスは一八三四年末にナターリヤと恋に落ち、浮ついた会話をかわし、キスを奪ったが、それ以上のものではなかった。もっともこれだけでも十分悪いとも言えるが、ナターリヤの夫も別の女と関係を持っていて、その中には妹のアレクサンドラも含まれていた。もうひとりの姉妹、姉のエカテリーナはダンテスにすっかりいれあげてしまった。

一八三六年の夏、プーシキン一家は黒川《チョルナヤ・レーチカ》そばの郊外に別荘を借り（私はべつのところで、すでに一七一〇年の時点で、この川が黒川《チョルナヤ・レーチカ》の名で知られているのを読んだことがある。これは、川岸に沿って色濃く茂っているハンノキの灌木が、根を水に浸していて、これが水中一面に広がる黄褐色の色素だまりを作っているせいで、独特の暗い色合いになっていることに由来している）、ナターリヤとエカテリーナの両人は、ダンテスにしょっちゅう会っていた。七月は恋文、サロンの室内遊戯、乗馬、遠出でいっぱいのまま過ぎていき、その月のどこかで、エカテリーナ・ゴンチャロワは妊娠した（事の次第は注意深く、ヘッケルン＝ダンテス家の記録の中に隠されていたが、ソ連の学者グロスマンが証明した〔『クラスナヤ・ニーヴァ』二十四号、一九二九年〕）。たしかなのは、一八三六年秋の初旬には、エカテリーナとダンテス（すでに、ヘッケルン男爵になっていた――その年の四月、ダンテスの実の父は、オランダ公使に息子を譲ったのだ）が結婚するのではないかという噂でもちきりだったことだ。もうひとつたしかなのは、ダンテスがナターリヤ・プーシキナ――上流階級への強い関心の拠り所――に、以前とまったく変わらずに求愛していたということだった。

数年前、ウィーンの社交界では、ふざけた証書をいろいろだれかれかまわず送るのが流行していた。柔弱な若者たちの一派は、サンクトペテルブルグでこの流行を再開した。悪ふざけをしていた連中の一員、ピョートル・ドルゴルーキイ公爵（「ちんば《バカル》」というあだ名がついていた）は、匿名の手紙をでっちあげ、プーシキンとその友人は、一八三六年十一月四日に（業務が開設されたばかりの）首都の郵便でこの手紙を受けとった。

敬すべき騎士団総長《グランメートル》Ｄ・Ｌ・ナリシュキーヌ閣下を議長とする議定官会議に招集されし、

寝取られ《コキュ》男騎士団の大十字《グランクロワ》、司令官《コマンドゥール》および騎士《シュヴァリエ》受勲者一同は、満場一致にてアレクサンドル・プーシキン殿を寝取られ男騎士団総長代行および史料編纂官に任命せり。

終身書記、J・ボルフ伯爵

私はこの証書の正書法をそのままにしている。この「書記」は、ヨーゼフ・ボルフ伯爵だ。伯爵とその妻リュボーフィは、社交界でお似合いの御両人と呼ばれていた。「妻は御者と、夫は騎手と住んでいる」から、というのがその理由だった。この敬すべき「騎士団総長」とは、ドミトリイ・リヴォヴィチ・ナルィシキン閣下であり、その妻マリヤは長年皇帝アレクサンドル一世の愛人だった。つまり、プーシキンが皇帝に寝とられたという意味に、この「証書」を解釈したほうがよい。事実は異なる。時の権力者が、たとえ結婚する前からナターリヤに目をつけていたとしても、われらが詩人の死後になってから束の間だけ、プーシキン夫人は皇帝の愛人になったと考えられる。

この「証書」が、ロシア人の手によるものであることは、まさにそれを隠そうとするやり口からもよくわかる（たとえば、フランス語のuをロシア語のiのように書いているが、この字はブロック体ではNの鏡写しになる）。しかし、なぜそう考えたのかは今となっては闇の中だが、プーシキンはこれをヘッケルンが書いたと決めつけたようだ。一九二七年に、ソヴィエトの筆跡学者は、これはドルゴルーキイ公爵の仕業だと明らかにしている。ドルゴルーキイ公爵の結果的な偽造は、その出所への強い心理的傍証になる。ドルゴルーキイはヘッケルン一味だったが、プーシキンが首領の目星をつけたのは、ヘッケルンとダンテスだった。十一月七日、プーシキンは、ダンテス中尉を呼びだした。折衝が慌ただしくおこなわれ、プーシキンの友人ジュコーフスキイ[*1]がなんとか事を収めようと骨を折った。十一月十七日、プーシキンはダンテスがエカテリーナ・ゴンチャロワに求愛したことを理由に決闘状を差し戻した。ダンテスにとっても潮時だった。その時点で、エカテリーナは妊娠五か月だったのだから。ダンテスは一八三七年一月十日に、エカテリーナと結婚した。一月二十四日、プーシキンは皇帝と謎めいた会見をおこなっている。結婚式から二週間たっても、ダンテスは機会をとらえて、ナターリヤ・プーシキンに色目を使っていた。

一月二十六日、プーシキンはオランダ公使を中傷する手紙を送りつけた。公使のことを「己の私生児」の「ポン引き役」を果たした、として責める内容だった。この罵倒の最初の言葉は、まったくいわれのない中傷だった。というのも、ヘッケルンがホモセクシャルだったのはまちがいなく、われらが詩人も、そのことは重々承知していたからだ。外交儀礼上の理由でヘッケルンはプーシキンに決闘を申しこむのを慎み、ダンテスがただちにプーシキンを呼びだした。

プーシキンの介添人は、旧い学友コンスタンチン・ダンザス中佐で、ダンテスの介添人はフランス大使館秘書官のローラン・ダルシアク子爵だった。決闘は、一月二十七日の水曜日におこなわれた。両者の橇が、いわゆる司令官別荘の近辺についた午後四時には、凍った大気に夕闇がすでにたちこめていた。二人の介添人とダンテスが雪を一心に踏みつけて二十ヤードの小道を作っているあいだ、熊のペリースに身を包んだプーシキンは、雪だまりに座ったまま待っていた。二人の介添人が外套を脱いで十ヤードの境界の目印にし、決闘がはじまった。プーシキンは境界まで一息に五歩進んだ。ダンテスは四歩進んで発砲した。プーシキンはダンテスの軍用コートの上に崩れ落ちた。プーシキンの銃は雪に嵌ってしまっていた。別の銃が与えられ、プーシキンはダンテスに境界まで出てこいと命じ、だが数秒のあと、片腕で体をおこしてまだ撃つだけの力が残っていると宣言した。プーシキンの銃ゆっくり注意深く狙いをつけた。弾丸は前腕に当たり、衝撃でダンテスは突き倒された。ダンテスを仕留めたと思ったプーシキンは、「ブラーヴォ！」と叫んで、ピストルを宙に放り投げた。ご執心のオランダ公使はダンテスの身を案じるあまり、決闘場近くまで二人乗りの貸し橇で来ていたが、その橇でプーシキンは運ばれた（ヘッケルンは、別の貸し橇にそっと身を移していた）。

ダンテスはのちにフランスで輝かしい経歴を残した。『懲罰詩集』四巻六番の「一八五一年七月十七日、演壇から降りながら」は、三十行の格調高いアレクサンドル格詩行で書かれた舌鋒鋭い批判だが、その中でヴィクトル・ユーゴーは、ナポレオン三世が任命した、ダンテスをふくむ元老院議員たちに以下のように言及している（一一二、七行目）。

やがて死すべきあの男たち、下劣で粗野なあの群れは、
塵に帰する以前に汚泥である。
…………
彼らは前進する者の踵に嚙みつくのである。

きわめて興味深い発見をしたのだが――リュドヴィク・ド・ヴァ男爵が著した『拳銃の名射手たち』（パリ、一八八三年、一四九―一五〇頁）によれば――ジョルジュとカトリーヌ（エカテリーナ）・ダンテスの息子、ルイ・ジョゼフ・モーリス・シャルル・ジョルジュ・ド・ヘッケルン男爵（一八四三―一九〇二）は当時もっとも有名な決闘者だったということだ。「長身で、恰幅がよく頑健な、明るい色の目とブロンドの顎鬚を持つ……ジョルジュ・ヘッケルン男爵」は、六〇年代にメキシコ

で反ゲリラ活動を率いていたとき、モンテレーのホテルで「デザートが運ばれてくる前に足をテーブルにのせていたアメリカ人」と「けんかになった」。そして決闘し、「アメリカ式にリボルバーで相手の腕を撃ち抜いた」。「フランスに帰国した後は、アルベール・ロジェと剣で決闘を行った。……ドルゴルーキ公爵との決闘については誰もが記憶しているが、そのときは十歩という距離から発砲された後、相手の肩を撃ち砕いた。……人を惹きつけるところのある道楽者で……パリじゅうに大勢の友人がいるが、それも当然の人物なのだ」。

＊1　ヴァシーリイ・ジュコーフスキイ（一七八三―一八五二）。ロシア・ロマン主義を代表する詩人とされる。

レールモントフ『現代の英雄』訳者まえがき

一

一八四一年、死の数か月前（カフカスのマシューク山の麓で旧知の士官とのピストル決闘）、ミハイル・レールモントフ（一八一四―一八四一）は、予言的な詩を書いた。

ダゲスタンの谷間にそそぐ白昼の炎熱
鉛の弾を胸に受け、私はじっと横たわっている――
傷は深く、いまだ燻り、
血の滴がしたたり落ちる。

私はひとり、谷間の砂地に横たわっていた――
岩棚がぐるりと、隙間なくとり囲み、

太陽は、その黄色い頂を焼き、
私をも焼く——だが、私は死の夢をみていた。

私が夢みていたのは、灯りまばゆい
祖国の晩餐会だった。
花冠をいただいた娘たちが、
私について陽気なおしゃべりをするのだった。

しかし、陽気なおしゃべりの輪にはいらず、
もの思わしげに座っている女がひとりいた。
だれ知ろう、その女《ひと》のこころが、
哀しい夢の中に、うち沈んでいるとは。

その女は、ダゲスタンの谷間を夢みていた。
見覚えのある死骸が、その谷間に横たわっている——
胸には、いまだ燻る傷口が黒ずみ、
流れでる一筋の血も、次第に冷たくなっていった。

この注目すべき作詩は（原文は、全体が女性韻と男性韻が交互にあらわれる弱強五歩格で書かれ

ている）、「三重の夢」[*1]とでも題しうるものだろう。

最初の夢をみる人（レールモントフ、より正確にはその詩的代理人）は、東カフカスの谷間で倒れ、死にかけている夢をみている。これが、夢みる人1が夢みる夢1である。

致命傷を負った男（夢みる人2）が今度は、サンクトペテルブルグかモスクワで饗宴の場に座している若い女を夢みている。これは夢1のなかの夢2である。

饗宴の場に座している若い女は、はるか遠いダゲスタンの地で、（詩のなかで死ぬ）夢みる人2を脳裏にみる。夢1のなかの夢2のなかの夢3である。これは、読者を第一スタンザにたちかえらせる螺旋を描いている。

　この五連の詩行からなる渦巻きには、五短編からなるレールモントフの小説『現代の英雄《ゲロイ・ナーシェヴァ・ブレーメニ》』の織りあわせ方と、構造上ある種の親和性が見られる。

　前半の二つの短編「ベーラ」と「マクシム・マクシームィチ」で、レールモントフ――正確に言えば、その仮構の代理人である詮索好きな旅行者は、一八三七年ごろカフカスのグルジア軍用道路《ヴァエンナ・グルジンスカヤ・ダローガ》を旅した話を語る。これが、語り手1である。

ティフリス[※1]から北へ向かう途中で、古参兵マクシム・マクシームィチに出会い、二人はしばし旅の道連れになる。マクシム・マクシームィチは語り手1に、グリゴリイ・ペチョーリンが、五年前にダゲスタンの北、チェチェン地域で、チェルケス人の娘を誘拐したことを話す。マクシム・マクシームィチが語り手2になる。この短編が「ベーラ」である。

（「マクシム・マクシームィチ」のなかで）道中で再会したあと、語り手1と語り手2は恰幅のよくなったペチョーリンにたまたま出会う。語り手1がペチョーリンの手記を出版し、以降ペチョーリンが語り手3になる。残り三つの短編は、ペチョーリンの死後表にでたことになる。
ペチョーリンをじょじょにたぐりよせていき、最終的に語り手の役を引き継がせるという、構成上のトリックに、よき読者は気づくだろう。しかし、引き継いだときにはペチョーリンはすでに故人となってしまっている。第一の短編で、ペチョーリンは読者から二倍の距離にいる。その人格を描写するのは、マクシム・マクシームィチなのだが、彼の言葉は語り手1によって伝えられるからだ。第二の短編では、語り手2の人格は、ペチョーリンと語り手1のあいだに立ち入ってこず、語り手1はついには自分の目で主人公《ヒーロー》を確かめることになる。実際、マクシム・マクシームィチは哀れをさそうほど熱心に、自分の長話のおちとして、本物のペチョーリンを作りだそうとしている。とうとう後半の三短編で、語り手1と語り手2は脇にのき、読者は語り手3であるペチョーリンに対面するのだ。

この螺旋状の構成は、小説の時系列を幾分ぼやけさせる一因になっている。五短編は、その輪郭を増幅させ、回転させ、暴露し、隠蔽してしまう。遠ざかったかと思えば、新たな角度や光でふたたびあらわれる——その様子は、あたかもカフカスの峡谷を蛇行しながら抜ける道をゆく旅人につきまとってくる五連峰のようでもある。この旅人は、レールモントフであってペチョーリンではない。語り手1が出来事を知る順序で、五つの物語は配置されている。しかし、実際の時系列とは以下のように食い違いがある。

一、一八三〇年ごろ、士官グリゴリイ・ペチョーリン（語り手3）は、サンクトペテルブルグからカフカスに向かう途中（任務中の分遣隊へのなんらかの軍務で派遣された）、タマーニ村（クリミア北東岸に面する港）にたどりつく。そこでの冒険が、三番目の短編である「タマーニ」の内容になる。
二、山岳民族を掃討する任務についたあとしばらくして、休暇をとるため、一八三二年五月十日、ペチョーリンはカフカスのピャチゴルスクにある温泉にたどりついた。ピャチゴルスクと近郊の保養地キスロヴォーツクで、ペチョーリンは一連の劇的な事件に関与して、六月十七日におこなわれた決闘で同僚の士官を殺害することになる。これらの出来事は、第四の短編「公爵令嬢メリー」で語られる。
三、六月十九日、軍の指導部によって、北東カフカスのチェチェン地域の要塞に派遣されたペチョーリンだったが、（説明のない遅れがあって）秋になってやっとたどりつく。当地でペチョーリンは、マクシム・マクシームィチ二等大尉と知りあう。最初の短編「ベーラ」で、語り手2がこのいきさつを語り手1に語る。
四、同年（一八三二年）十二月、ペチョーリンは要塞を二週間のあいだはなれて、テレク河北のコサックの居留地ですごす。当地で、五番目（そして最後）の短編「運命論者」で描かれる冒険があった。
五、一八三三年春、ペチョーリンはカフカスの娘を誘拐するが、四か月半後に娘は盗賊に殺害される。一八三三年十二月、ペチョーリンはグルジアにたち、少したってからサンクトペテルブルグに帰還する。この顚末が、「ベーラ」で語られる。
六、約四年後の一八三七年秋、語り手1と語り手2は北に向かう道すがら、ウラジカフカスの町に泊まる。そこで、しばしのあいだカフカスに帰還していたペチョーリンとばったり出会う。ペチョーリンは南、ペルシャにむかうところだった。本書二番目の短編「マクシム・マクシームィチ」

で語り手1が語るところである。
七、一八三八年か一八三九年に、ペルシャからの帰路、ペチョーリンは死ぬ。この死はおそらく、「不幸な結婚の結果、命を落とす」という、ペチョーリンにくだされた予言となにかしらの関わりがあったのだろう。語り手1は、語り手2から入手した物故者の手記を出版する。編者「まえがき」(一八四一)で、語り手1はペチョーリンが死んだことを告げる。ペチョーリンの手記には、「タマーニ」、「公爵令嬢メリー」、「運命論者」が含まれている。
つまり、五短編の順序はペチョーリンにかんするかぎり「タマーニ」、「公爵令嬢メリー」、「運命論者」、「ベーラ」、「マクシム・マクシームィチ」なのである。

レールモントフが「ベーラ」を書いている時点で、「公爵令嬢メリー」のプロットまで見通していたということは考えにくい。ペチョーリンがカーメンニイ・ブロード要塞に到着したときのことは、「ベーラ」でマクシム・マクシームィチによって詳しく語られるが、ペチョーリン自身が「公爵令嬢メリー」で語る詳細とうまく合致しない。

五短編のあいだの不一致は多く、隠しだてできるものではないが、語りはかなりのスピードとパワーで押し寄せてくる。男くさい、ロマンチックな美がかくも威を揮い、レールモントフの息づかいは切りだされたままの原石といった風情なので、「タマーニ」の水の精《ルサルカ》がなぜペチョーリンが泳げないと思ったのか、竜騎兵大尉がなぜペチョーリンの介添人がピストルが装塡されたかどうか検分しまいと思ったのか、読者に立ちどまって問う暇《いとま》をあたえないのである。結局、ペチョーリンはグルシニツキイに銃口を突きつけられるはめになるが、われらの主人公《ヒーロー》が偶然ではなく宿命に魅入られているのだと悟らなければ、この苦境はまったくばかげていることになるだろう。これは、最後の（そして最良の）短編「運命論者」を読めば、一目瞭然である。そこではピストルが装塡されているのかいないのかを左右する決定的な一節があり、さらにはペチョーリンとヴーリッチのあいだで代理決闘のようなものが闘われるのだが、その死に至る手順を監督するのは、にやにや笑いの竜騎兵ではなく宿命なのである。

本書の構造上の特徴は、奇怪なことに、必要不可欠な役割を、「立ち聞き」が担っている点である。いまや「立ち聞き」は、「偶然」という見出しで括られてしまう、より一般的な手法の一形態にすぎず、そこにはたとえば「偶然の出会い」（別の異種）なんかも属している。伝統的な、ロマンチックな冒険譚（なまめかしい密通、嫉妬、復讐など）と、一人称の語りを組みあわせようとする作家に、新たなテクニックを開発しようという野心がなければ、選んだ手法の枠組に幾分縛られてしまうのは明白である。

十八世紀の書簡体小説（女主人公が女友達に書いたり、主人公が旧知の学友に書いたりする――ほかにも少なくとも十通り以上の組み合わせがある）は、レールモントフの時代にはすっかり廃れていたので、選択肢としてはありえなかった。他方、物語の推進力のしくみを変更し、改良し、隠蔽するよりも、ただ駆動させることに力を注いだがゆえに、作家はプロットの進行や説明が必要になればいたる場面で、盗み聞き、スパイ、のぞきをマクシム・マクシームィチやペチョーリンにさせるという、都合のいい手法を採用することにしたのだ。実際、本全体を通じてこの手法は一貫して使われているので、読者の目にはもう奇貨として映らず、宿命の平常運転としてかろうじて気づく程度になるのである。

「ベーラ」では、三度立ち聞きの機会がある。語り手2は垣根ごしに、少年が盗人に馬を売ってくれるよう頼むのを耳にする。あとになって同じ語り手は、まず窓の下から、ついで扉ごしにペチョーリンとベーラの決定的な会話を聞くのである。

「タマーニ」で、語り手3は、岸辺にそそりたつ岩のかげから盲目の少年と娘の話を聞く。この話は、みなの（読者もふくめた）関心事の密輸についてだった。同じ人物が、岸辺をのぞむ崖上の別の地点から、密輸人同士の最後の会話を盗み聞きする。

「公爵令嬢メリー」では、語り手3は、なんと八回も立ち聞きするのだが、その結果、語り手は常に最新の情報をしいれていることになる。屋根つき遊歩廊のかどの向こうから、負傷したグルシニツキイが落としたコップを、メリーが拾ってあげるのを見る。背の高い茂みごしに、男女のセンチメンタルな会話を立ち聞きする。恰幅のよい婦人の背後からペチョーリンが立ち聞きしたのは、竜騎兵のさしがねで、ドストエフスキイを先どりしたような酔いどれにメリーを侮辱させようという会話である。はっきりしない距離で、グルシニツキイの冗談にメリーがあくびをするのを、ペチョーリンはこっそりのぞき見る。舞踏会場の雑踏の中で、ペチョーリンに聞こえたのは、グルシニツキイのロマンチックな嘆願への、メリーのアイロニカルなきりかえしである。「ぴったり閉まっていない鎧戸」の外から、竜騎兵がグルシニツキイに偽の決闘をもちかけるようしむけるのを見聞する。窓の「ちゃんと引かれていない」カーテンごしに、ペチョーリンは、物憂げにベッドに腰かけているメリーを見る。レストランを訪れたペチョーリンの耳に、角部屋につうじる扉の向こうから聞こえてくるのは、グルシニツキイとその仲間らが、ペチョーリンが夜にメリーに会いにいったことを非難する声である。最後の、とりわけ都合のいいものは、ペチョーリンの介添人のヴェルネル博士が、竜騎兵とグルシニツキイの会話を立ち聞きすることだ。おかげでヴェルネルとペチョーリンは片方のピストルしか装塡されていないという結論に達する。このように情報が主人公に集まってくるので、それが露見してペチョーリンとグルシニツキイの衝突が避けがたくなるのを、読者はいまかいまかと待ちわびることになる。

二

本書は、レールモントフによる小説の、初の英訳になる。本書はすでに何度か英語におきかえられてきたが、[※2]翻訳されたことはついぞなかった。レールモントフのロシア語を、如才ない省略や強調、研磨によって、英語の気のきいたクリーシェにすることなど、手慣れた売文業者なら赤子の手をひねるがごとくやってのけるだろう。こういった手合いは、出版者が想像するおつむの弱い読者になじみがうすそうな一切をぼやかしてしまうだろう。しかし、まっとうな訳者なら、まったく別の課題にとりくむのだ。

第一に、「翻訳はすらすら読めなくてはならない」とか「翻訳くささをのぞかねばならない」のような陳腐な考えは捨てるべきだ（原文を読んだこともなければ、今後も読みもしない上品ぶった評者が、ぼんやりした改作にお世辞のつもりでしたのを引用しておいた）。翻訳らしくない、あらゆる翻訳は、事実上検証不足のせいである。他方、よき翻訳の唯一の美徳とは、忠実さと完全さにある。すらすら読めようが読めまいが、模造品ではなく原典によりそうのだ。

レールモントフを訳すにあたり、正確さの観点から、重要な事柄をいくつか、よろこんで犠牲にさせていただいた――舌触りのよさ、さっぱりした口ぶり、文法さえも（ロシア語テクストで、特徴的な破格がある場合には)。英語読者は、レールモントフのロシア語散文の文体がエレガントでないことに気づかなくてはならない。その文体は、乾き、枯れている。これは、精力に満ちあふれ、馬鹿正直で、信じられないほど才能に恵まれながら、まったくもって未熟な若者の道具なのだ。そのロシア語はときおり、ほとんどスタンダールのフランス語に匹敵するほど粗野になる。その直喩と暗喩は、まったくありきたりだ。レールモントフの使い古された形容辞は、偶然まちがって使われたときのみ救いがある。なにかを描写するとき、同じ言葉が何度も使われるので、潔癖な人間はいらいらしてしまう。そして、これらすべてを、訳者は忠実に訳さねばならない——いかに欠落を補填し、冗長さを削除したいという誘惑に心惹かれようともだ。

レールモントフが執筆を開始した時点で、ロシア語散文は、典型的なロシア語小説に使われるようになる、ある種の言葉への偏愛をすでに育んでいた。訳者がみな、訳業の過程で気づくのが、慣用語法を別にして、この翻訳「される」言語には、頻繁に繰り返される一定数の言葉があるのだが、翻訳「する」言語の側では、こうした言葉は訳すのはたやすくとも、ずっと珍しくなってしまい、さらには口語的でもなくなってしまうということだ。長く使っているうちに、こうした言葉は、掛け釘や標識のようなものにすぎなくなる——つまり、心理的連想が出会う場所、関連概念の再会するところとなる。これらは意味を特定する役割を担うというよりは、意味のしるしである。ロシア文学を学ぶ学生なら、百かそこらの掛け釘言葉をだれもが知っているが、レールモントフのとりわけお気に入りは以下のものである。

задуматься　物思いに沈む。思考に没入する。考え事に夢中になる。

подойти　近づく。向かう。

принять вид　～のふりをする（真剣な、陽気な、など）。仏：prendre un air

молчать　黙る。仏：se taire

мелькать　明滅する。ちらちらする。ちらっとのぞかれる。

неизъяснимый　言葉にできない（ガリシズム）。

гибкий　しなやかな（柔軟な。人間の体についてよく使われる）。

мрачный　憂鬱な。

пристально　熱心に。しっかりと。着実に。じっくりと（見たり、注視したり、のぞいたりすることについて使う）。

невольно　知らず知らずに。仏：malgré soi

он невольно задумался　知らず知らずのうちに考え事をしてしまうのだった。

вдруг　突然。

уже　すでに。今や。

上記の言葉を英語でも可能なかぎり、ロシア語のテクストと同じくらい頻繁に、同じくらいいらいらさせるほど、何度も繰り返さなくてはならない。「可能なかぎり」と言ったのは、言葉は文脈次第で二つ以上の意味を持つことがあるからだ。たとえば、**минута молчания** にとって、「ちょっとした間」や「沈黙の瞬間」のほうが、「沈黙の一分」よりもしっくりくる訳語だろう。

さらに念頭におかねばならないのは、ある言語で作家が骨を折って、表情、ジェスチャー、動作などを書きだしても、別の言語では当たり前だったり、めったに使わなかったり、まったく使わないということなのだ。十九世紀ロシア作家は、可視色が生みだす精緻な陰影表現に無関心だったため、文学的用法という括りで見逃された滑稽な形容辞を受けいれる傾向にあった（レールモントフは文字通り画家でもあり、色を見わけてその名前を言うこともできた驚くべきケースだ）。それゆえ、『現代の英雄』[※3]では、さまざまな人々の顔が紫に、赤に、ピンクに、オレンジに、黄に、緑に、青になってしまう。四度小説のなかにでてくるフランス語起源のロマンチックな形容辞に、**тусклая бледность**（仏：pâleur mate）――「にぶい（あるいは光沢のない）蒼白」というのがある。「タマーニ」では、「内心の動揺を漏らしてしまう、にぶい蒼白」に覆われた不良少女の顔がでてくる。「公爵令嬢メリー」では、この現象は三度起きている。メリーがペチョーリンの無礼をとがめたとき、「にぶい蒼白」がその顔に広がった。「つらい不眠のあと」をあらわにするペチョーリンの顔に「にぶい蒼白」が広がる。決闘の直前、良心が自尊心と格闘しているときに、グルシニツキイの頬に「にぶい蒼白」が広がる。

「彼女の唇は蒼白になった」とか、「彼は赤面した」とか、「彼女の手はわずかに震えていた」などの紋切り型の表現のほかに、ある種の突発的な、暴力的な身振りが、感情のシグナルになっている。

「ベーラ」で、ペチョーリンは「あの女はおれ以外のだれのものでもない」と拳をテーブルに叩きつけ、音をたてて言葉を区切った。二ページ後にペチョーリンが拳で打ったものは自分の額で（この動作を東洋的と見なす注釈者もいる）、誘惑にしくじり、ベーラを泣かせた直後だった。次はグルシニツキイが、メリーは尻軽女だというペチョーリンの意見を真にうけてテーブルを拳で叩く。竜騎兵大尉は注目してほしいとき、小説全体を通じて同じことをする。「彼の腕をつかむ」、「腕をつかんで連れてくる」、「袖をひっぱる」のも頻出する。

「地面を踏みならす」も、レールモントフがとりわけ好んだ感情表現であり、当時のロシア文学では目新しかった。「ベーラ」で、マクシム・マクシームィチは自責の念から足を踏みならす。「公爵令嬢メリー」で、グルシニツキイは短気から足を踏みならす。竜騎兵大尉は、腹立ちまぎれに足を踏みならす。

三

ペチョーリンの性格について議論する必要は、ここではない。よき読者が本をよく読めば、把握することは容易だろう。しかし、文学に社会学的アプローチをとる人間がペチョーリンについて書いてきたことは、往々にしてナンセンスである。ここでは、警告を若干述べておかねばならない。われわれは、（ロシアの注釈者とは違って）「まえがき」のレールモントフによる、ペチョーリンの肖像が「われわれの世代のもろもろの悪徳の寄せ集めである」という言葉を真にうけすぎてはならない（それ自体、作られた神話という感がある）。実際、退屈した風変わりな主人公《ヒーロー》は、世代を超えて生みだされてきたものであり、そのうち何人かは非ロシア人でさえある。ペチョーリンは、文学世界における無数の自己分析家の文学的末裔である。サン・プルー（ルソー『新エロイーズ』におけるジュリー・デタンジュの愛人）に始まり、ヴェルター（ゲーテ『若きヴェルターの悩み』〔一七七四〕におけるシャルロッテ・Sの崇拝家。ロシア人にはセヴランジュの仏訳版〔一八〇四〕で知られていた）、シャトーブリアン『ルネ』〔一八〇二〕、コンスタン『アドルフ』〔一八一五〕、バイロンの長詩の主人公（とりわけ、『異端外道』〔一八一五〕と『海賊』〔一八一四〕。ロシア人にはピショーによる仏語散文訳版〔一八二〇年以降〕で知られていた）、そしてプーシキン『エヴゲーニイ・オネーギン』〔一八二五―一八三二〕と一九世紀前半のフランス作家（ノディエ、バルザックなど）が著したさまざまな、一時的な流行ものにとどめをさす。特定の時代や場所とペチョーリンの関係を追究することで、この植樹された果実に、新しい味を添えることはあるかもしれない。しかし、自由な精神の持ち主が、ニコライ一世の圧政〔一八二五―一八五六〕によって、いかに思想を過激化させていったかを概括することで、この味をもっとよく鑑賞できるようになるかどうかは疑わしい。

『現代の英雄』の研究史において特筆すべきは、社会学者の膨大な、時に幾分病的な関心にもかかわらず、文学の徒にとって「現代」は「英雄」にくらべ、主たる関心の対象ではなかったことだ。後者について、若きレールモントフがなんとか創りだそうとしたのは、架空の人物がロマンチックに突き進む姿である――シニシズム、虎じみた柔軟性と鷹の目、熱血と冷徹、繊細さと寡黙さ、気品と野性味、感受性の強さと傲然たる支配欲、酷薄さとその自覚を目指して。これは、国境と時代を超えて、読者（とくに若い読者）に、普遍的に訴えかけるものがある。それゆえ、年配の批評家が抱く『英雄』崇拝の中身とは、芸術を鑑賞する成熟した批評眼の産物というよりも、若い時分夏の夕暮れどきにした読書の懐かしい思い出と、強烈な自己同一化からくるものなのだ。

同様に、本書のほかの登場人物については言うことが少ない。なかでも愛すべきはマクシム・マクシームィチ大尉だろう――朴念仁、愛想なし、思いこみが激しい、堅物、直情型、極度に神経質。旧友のペチョーリンとの会合が頓挫したときの、ヒステリックなふるまいは、人間観察がお好みの読者が、もっとも気に入る一節のひとつだ。本書に登場する数名の悪役のうち、カズビッチと（マクシム・マクシームィチが伝える）その流暢なスピーチは、文学的東洋趣味であり、レールモントフのチェルケス人の代わりに、アメリカの読者がフェニモア・クーパーのインディアンをイメージしても仕方がないだろう。もっとも不出来な短編「タマーニ」（私には理解しかねる理由で、本書の白眉だともちあげるロシアの批評家もいる）のヤンコはまったく陳腐な人物だが、その盲目の少年との関係は、「マクシム・マクシームィチ」での英雄と英雄崇拝家の関係が、愉快にも木霊しているると考えれば、まだ救いがある。

「公爵令嬢メリー」でも、別種の相互作用がおこる。ペチョーリンがレールモントフのロマンチックな影なら、ロシアの批評家がすでに指摘しているように、グルシニツキイはペチョーリンのグロテスクな影なのだ。その線でいけば、ペチョーリンの従者は主人公のかなり拙劣な似姿と言える。グルシニツキイの邪な守護神とでも言うべき、竜騎兵大尉は、コメディにありがちな人物に毛の生えたものにすぎず、彼が首をつっこむどたばた劇がずっと話題にのぼっているのは、読むにたえない。「タマーニ」で野生児の娘が跳ねまわったり歌ったりするのも、負けじと読むにたえない。女性の描写は、レールモントフはまったく不得手だ。その「ビロード」のような瞳をのぞいて（これも話の途中で忘れられてしまうのだが)、メリーは通俗小説によくいる若い娘で、個別化のこころみがない。ヴェラはたんなる亡霊であり、ほほに亡霊のあざがある。ベーラは、トルコ菓子《ターキッシュ・デライト》の箱のふたに印刷された東洋美人だ。

それで、この本の恒久的な魅力はなにか? なぜこの本を読み、再読するのか? 文体ゆえではないことはたしかだ――珍妙なことに、ロシアの教師はこれぞ完璧なロシア語散文だと言うのだが。(他人の回想記で伝わる)チェーホフの意見もばかげている。*2 こんな意見が支持されうるとしたら、道徳性や社会通念が文芸と混同されるときか、豊かなもの、飾りたてたものに疑いの眼差しを向ける禁欲主義者の批評家が、対照的に、ぎこちなく、頻繁に陳腐と化すレールモントフの文体を、楚々として好ましいものと見なすときだけだ。だが、真正の芸術とは、楚々としたものなんかではない。レールモントフの散文の頭の痛くなる傷を悟るには、トルストイ(レールモントフの文学的直系と見なす人もいる)の、並外れて手の込んだ、魔法のように芸術的な文体を一目見るだけで十分だ。

しかし、レールモントフがストーリーテラーだったとして、ロシア語散文はいまだ十代の若さだったということ、これを書いたとき男はまだ二十代半ばだったということを念頭においたとしても、物語が秘めた極上のエネルギーと、センテンスというよりもパラグラフに込められた突出したリズムには目を見張らざるをえない。ほかの作家の手では、どうということのない言葉の塊に、命が宿るのだ。文章や詩節を構成要素に分解してみたとたんに感じる陳腐さは、しばしば目を覆うような類のもので、欠点は往々にして滑稽である。しかし、結局、重要なのは組みあわせたときの効果なのだ――レールモントフにあっては、その最終的な効果は、小説の全部品の全部分が、すばらしいタイミングで組みあわされていることで生まれるのだ。その作者は、注意深く主人公《ヒーロー》から身をひいている。しかし、直情的な読者にとって、小説のもつ痛々しい魅力の大半は、レールモントフ自身の悲劇的運命が、ペチョーリンと幾分重なりあうという事実からくるものだ——あたかも、詩人の夢がまことになったと悟るとき、あのダゲスタンの夢に、もう一筋のペーソスが加わるように。

※1　トビリシの旧名。

※2　私の知るかぎり以下の（すべてひどい出来の）英語（ロンドン）版がある。
一八五四年、ウィズダム、マール『われらの自身の時代の英雄』（『ロシア人の心』として再版、一九一二年）。

一八五四年、パルスズキイ『われらが日々の英雄』。

一八八八年、リプマン『われらの時代の英雄』。

一九二八年、メルトン『われらの時代の英雄』。

一九四〇年、ポール『われらの時代の英雄』。

ほかにもまだある。

※3　こういったカメレオン的効果は、当時のフランス小説のもっとどろどろした類にでてくる顔の表現の色合いとはくらべものにならない。バルザックの『三十女』から引用する。「濃い眉毛の陰で、長い睫毛にふちどられた彼女の炎のような瞳は、上下の黒い線に挟まれた二つの白い卵型のように浮かび上がっていた」（第一部、ヴィクトル・デーグルモン大佐の描写）「すると突然、彼女〔＝エレーヌ・エーグルモン〕の頬に赤みがさし、顔が輝き、目が煌めきだして、その肌は光沢のない白に変わった」（第五部）。

＊1　通例この話は「夢」とだけ題され、呼ばれている。

＊2　ナボコフが言及しているのは、シチューキンが伝える「私はレールモントフの言葉よりよいものを知らない」という言葉である。『同時代人の回想のなかのチェーホフ』（一九六〇）に所収。

Ⅷ　文学講義補講　第二部　劇作・創作講座編

劇作

私が認める舞台上唯一の約束事は、以下のような定式にできるだろう。こちらが見たり聞いたりできる人々は、決してこちらを見たり聞いたりできない。このお約束は同時に、演劇芸術のユニークな特徴になっている。現実生活では、のぞき屋や聞き耳屋がいかに人目につかぬよう努力したところで、自分がスパイしている人々——特定の人物というよりは、世間全般——に露見する可能性がゼロではない。より近いアナロジーとして、一個人と外なる世界の関係があげられる。つきつめていけば、一種哲学的なアイデアになるが、この講義の終わりに触れることにしたい。一本の演劇は、陰謀の理想形である。なぜなら、劇が衆目にさらされているにもかかわらず、舞台の住人がこちらを見ることができないように、こちらには進行中の演技に影響を及ぼす力はまったくなく、他方、向こうはまったくやすやすと、こちらの内面に影響をあたえてくるからだ。つまり、われわれは逆説をかかえている——見えない世界で、自由人《フリースピリット》(われわれのことだ)が、制御は及ばないが、場所的には限定された一連の出来事を観察している。ただし出来事の側では、埋め合わせとして、われわれ見えない観察者に逆説的に欠けている精神的干渉能力を授けられている。片方は、見え、聞こえるが、向こうに干渉することはできず、もう片方はこちらの心理に干渉するが、見たり、聞いたりすることができない——これぞ、脚光が線引きする、見事なバランスの、完璧にフェアな分業体制の、決定的な特徴なのだ。ここからさらに導かれるのは、この約束事こそが、劇場が本来的に備えた規則であり、気まぐれに破ろうとすれば、ただ幻滅に終わるか、劇が劇であることをやめてしまうかどちらかだということになるということだ。これぞ、観客を劇中に招きいれようとするソ連の劇場の試みを、私がくだらないと断じる理由である。これは、役者の方も観客になるという仮定につながる。実際、たやすく想像できるのは、ほとんどの場面で、勢いだけの演技指導のもとで、素人役者たちが居るだけで黙っている役を演じ、普通の観客のように、息をのんで名優の演技を眺めるという事態である。しかし、端役中の端役といえども役者を劇外におく危険をのぞいても、ここには逃れがたい習わしがひとつある——（舞台の天才、スタニスラフスキイが定めた）この習わしこそ、観客と役者を隔てる脚光が、主な劇場がとりきめているほど絶対的ではないという錯覚からくる理屈を台無しにするのだ。簡単に言えば、この習わしとは、隣の客を邪魔しないかぎり、観客はなんでもしたいことが自由にできるというもので、あくびをしたり、笑ったり、遅れてきたり、仕事があったり退屈したりすれば出ていくこともできてしまうというものだ。しかし、舞台上の人間は、とりたてて することがなく、黙りこんでいても、舞台という陰謀と、主たる約束事に完全に縛られてしまっている。すなわち、喉が渇いたり、おしゃべりしたくなったからといって、袖に引っこんだりはできないし、役柄とぶつかりかねない、やりすぎな行動に走ることもできない。そして逆もまた真なり——全芸術にとって害悪でしかない、全体主義とか集団愛好にいれあげて、観客も一緒に演じさせようとする劇作家かマネージャーを想像すれば（たとえば、ある種の行動やスピーチへの観客の反応をひきだす——声にだして読みあげなくてはならない言葉を印刷して配ったり、その言葉をわれわれ自身の分別にゆだねることさえする——舞台を家のようにくつろいだ雰囲気にしてしまったり、本職の役者を観客に混ぜてしまうなど）、気を利かせたつもりの地元客が舞台を壊してしまったり、だしぬけに飛びだした役者のアドリブが命とりになったりという、演劇が潜在的にもつ危険は別にして、そういった方法は、蛇足であり、まったくの虚妄にすぎない。なぜなら、観客は参加を拒否するのもまったく自由だし、そんな愚行につきあいたくなければ、劇場から出ていけばいいのだから。演劇が理想国についてのもので、独裁国家の官営劇場で興行されているという理由で、演じることを強制される場合、その劇はただの野蛮な儀式か、警察規則を叩きこむ日曜教室になりさがるかしかないのだ。こう言ってみてもいい。劇場内でおこなわれることが、独裁国家でおこなわれることと重なることがあれば、演劇好きな人民の父が作劇したおぞましい笑劇を、公的生活においていつでもどこでも演じなくてはならなくなるのである。

ここまでは主に、観客の側から問題――意識と不干渉――を論じてきた。しかし、劇作家のむっ気か、使い古されきった思いつきのせいで、舞台上から実際に客を見て、話しかけている演者を思い描くことはできないだろうか？　つまり、この必須公式、必須にして舞台上唯一の約束事と私が見なしているもののなかに、抜け穴がまったくないのか探してみようではないか。実際、このトリックを使った演劇をいくつかよく思い出してみよう――演者は脚光に忍びよって、もっともらしい説明や、熱のこもった訴えかけを観客にむかってするのだが、その観客は役者の前にいる現実の観客ではなく、脚本家が想定する観客なのだ。つまり、それはまだ舞台上にいるなにかであり、その訴えが自然に、さりげなくなればなるほど、劇場のイリュージョンも強まるのである。言いかえれば、登場人物が劇を中断せずには越えられない一線とは、脚本家の抱く「観客」という抽象概念なのである。それを見知った顔のピンクの集合体として見たとたんに、劇は劇であることをやめてしまう。ひとつ例をあげると、私の母方の祖父は、邸宅内に私設劇場を開設し、自分と友人を楽しませるために当代きっての名優を雇うというアイデアを実行した、かなりとんでもないロシア人だったが、一芝居好きとして、ロシアのほとんどの俳優と友達づきあいをしていた。ある夜、サンクトペテルブルグのある劇場で、有名な俳優のヴァルラーモフ[*1]が、テラスで茶を飲み、観客には見えない通行人としばし会話する役を演じた。役に退屈したヴァルラーモフは、その晩、他愛もない思いつきで彩りを添えることにした。劇のある時点で、ヴァルラーモフは最前列に祖父を認めると、その方を向き、まるで想像上の通行人に語りかけるようにごく自然に言ったのだ——「ところでイヴァン・ヴァシーリチ、明日のお昼をごいっしょすることができなくなりました」。魔術師として完璧な腕前のヴァルラーモフは、この言葉を台詞のなかにごく自然に組みいれたので、私の祖父は友人が実際本当に約束を取り消したのだと気づかなかった。言いかえれば、舞台の力によって、（ときどきあるように）演技の途中で役者が失神して倒れたり、幕をあげる段になって裏方が手違いで登場人物に挟まれてしまったりしたときでさえ、観客は日常的に家でなにかがおこったときよりもそれが事故や過ちだと気づくまで時間がかかるものなのである。魔法を破れば、劇を殺してしまう。

　講演の主題は劇を書くことであって、演じることではないので、演技における心理学談義に引っぱりこまれないよう、この話はこれ以上広げないでおく。繰り返させてほしいが、私の関心は、ひとつの約束事の問題にけりをつけることだけであり、それはとりもなおさず、劇を蝕んでいる、ほかの細々した約束事すべてを激烈に批判し、廃止することになるのである。私が証明したいのは、こういった細々した約束事に従っていれば、ゆっくりだが確実に芸術としての劇作を殺すことになるということであり、その克服のためには新しい方法をなにかしら発明しなくてはならず、その新手法が時がたつにつれお約束になって硬直化し、舞台芸術を疎外し、危機にさらすことになれば、ふたたび放逐しなくてはならないものだとしても、その細かい約束事を永遠に廃止するのは現実的にはまったく難しくないということなのだ。私の提唱する大公式によって定義される劇は、時計に喩えることができる。しかし、これはすっかり観客に馴染んだころになって、巻きあげたネジの限界にきてしまい、手あたりしだいにぶつかったり、絶叫したり、脇に転がったりして、ぽっくり死んでしまうのだ。気をつけてほしいのは、この公式は劇が演じられるのを観るときだけでなく、劇を本で読むときも有効なことだ。ここにこそ、話の勘所がある。観るようにできた劇もあれば、読むようにできた劇もあるという、古くからの誤謬が存在する。実際、二種類の劇があるのだ。動詞の劇と形容詞の劇があり、つまりは、単純なアクションからなる劇と性格描写の派手な劇がある——だが、便宜的なものにすぎないこういったうわべの分類は別にして、よくできた劇はどちらにせよ、劇場でも家でもひとしく愉快なものなのだ。ただし、あいにく、舞台上のアクションを妨げがちな詩や象徴主義、描写、だらだらしたモノローグをやりすぎれば、劇は劇であることを完全にやめてしまい、長詩か正餐用のスピーチになってしまう——こうなれば、それが単に劇ではないという理由で、観る劇より読む劇のほうがいいかという疑問は、湧きあがってこないはずなのだ。だが、限度というものがあるにしろ、舞台上では、形容詞の劇は、動詞の劇よりまずいことは少ない。ただし、最良の演劇とは、概してアクションと詩のコンビネーションではあるのだが。さしあたって、これ以上の説明は保留にするが、それがよい劇ならば、劇はどんなものでもいいはずなのだ——静的でも言葉の応酬でもいいし、あけすけでも上品でもいいし、あくせくしていてもどっしりしていてもいいのだ。

　脚本家の才能と、劇場の役割のあいだには、はっきり線引きをするべきだ。ここでは、前者についての話をしているので、後者については脚本家が想像したかぎりにおいての言及にとどめている。明白なのは、ひどい演出やひどい配役が、最良の劇を台無しにしてしまうということもあれば、劇場がすべてをあっという間に過ぎてしまう魔法の数時間に変えてしまうこともあるということだ。天才演出家や天才役者のおかげで、ナンセンスな韻文が舞台にかかり、勘のいい画家のセットのおかげで、つまらん地口がすばらしいショーに変わってしまう。しかし、劇作家がやらねばならない仕事は、この手のこととはまったく関係がない。それは、劇作家の提案を明確にし、生命を与えるかもしれない。それは、ひどい劇を——見た目だけにしろ——よいもののように見せるかもしれない。しかし、印字された言葉によって曝された劇の長所は、それ以上でもそれ以下でもなく、字面通りのものでしかない。実際、よくできた演劇で、観て愉しいが、読むと愉しくない、あるいは読んで愉しいが、観ると愉しくないというものを思いつくことができない。脚光にあずかる悦びは、読書灯にあずかる悦びとは、完全に一致しないのはたしかである。片方には、肉感的な部分（グッド・ショー、ファイン・アクティング）があるが、もう片方で対応する部分は、純粋に想像力（これを補ってくれるのが、いかな具体的なキャスティングにも、可能性の限界がついてまわるという事実だ）の範疇なのだ。しかし、悦びの核心部は、双方の場合で完全に一致している。その悦びこそ、調和、芸術における真理、恍惚をともなう驚き、驚かされることで生まれる充足感によるものだ。本当のところ、きみが劇を何回も観て、本を何度も読めば、驚きはいつもそこにあるんだ。完全な悦びのために、舞台は本のようになりすぎるべきではないし、本は舞台のようになりすぎるべきではない。お気づきのとおり、舞台装置のこみいった描写（微小な細部をえんえんと）があるのは、概して最悪の演劇（バーナード・ショーを例外として）のページなのだ。そして、逆もまた真なり――すばらしい演劇は舞台装置に無頓着なのだ。たいてい、小道具についてのもったいぶった説明書き（登場人物を紹介する説明書きと、台詞をいちいち指図する、列をなすイタリック体の限定副詞の山を一般に引きつれている）というものは、自分の意図が劇中で完全に再現できていないと脚本家が思ったせいなのであり、それで、さらにごてごて付け加えることで、未練がましくだらだらと意図を補強しようとするものである。いっそうありえないのは、そのようなうわべだけの取り繕いが、自分の意図そのままに演出させ、演じさせたいと思った我の強い脚本家の指図によることである――しかし、そのような場合でさえ、この種のやり口は、我慢できないほどじれったいものなのだ。

今や、幕を上げ、本を開き、劇自体の構造を分析する手はずは整った。しかし、私たちはある点では完全に公明正大であるべきだ。今後、ひとたび最初の約束事――われわれの側では精神的意識と肉体的非介入、劇の側では肉体的無意識と重大な介入――が受けいれられれば、ほかの約束事はすべて排除されなくてはならない。

いま大枠を定義した、演劇の第一公理を、結論として少し表現を変えて繰り返させてほしい。唯一甘受できる二分法が、エゴと非エゴの決定的断絶だとしたら（と、私は信じているのだが）、劇場はこの哲学上の宿命的課題の好例だと言うことができる。観客と舞台上のドラマについての第一公理は、以下のように表現できる――甲は乙に気づくが、力を及ぼすことはできない。乙は甲に気づかないが、ある種の働きかけができる。敷衍すれば、私と私が見ている世界の相互関係において発生することに非常に近い。これもまた存在の公理というだけではなく、これぬきには私も世界も存在できない必須の約束事でもある。このように劇場の約束事が導く結果を精査してみるにわかったのは、舞台が観客席に氾濫したり、観客が舞台に指図したりすれば、かならず劇の本質を損なってしまうということだ。ここで再度、より高いレベルで、実存哲学とこの考え方を結びつけることができる――つまり、実人生においても、世界にちょっかいをだそうとしたり、世界が私にちょっかいをだそうとするのはどちらの場合も――たとえまったくの善意からでも――きわめて危うい行為なのだ、と言ってやればいい。結局のところ、私がお話させていただいたのは、いかに劇を読み、いかに観るかは、だれかの生をいかに生き、いかに夢みるかと一致するということで、幾分違う形をとったとしても、双方の経験は同じ悦びをもたらしてくれるということなのだ。

＊1　コンスタンチン・ヴァルラーモフ（一八四九―一九一五）。帝政ロシアの著名な俳優で、主にペテルブルグのアレクサンドリンスキイ劇場で演じた。

悲劇の悲劇

近代悲劇の技術的問題について論じることは、私にとっては「悲劇の芸術の悲劇」とでも呼んだほうがいいなにかの、ぞっとしない検証作業をおこなうことを意味する。劇作が陥っている苦境を見るにつけ、私が苦々しく感じるからといって、全部だめになってしまったとか、かなり原始的なしぐさ——肩をひとすくめ——でいまの劇場を却下してしまおうとか、そういったことを暗に言いたいわけではない。しかし、私が言いたいのは、誰かがなにかを成さなければ、そして早く成さなければ、劇作は文学的価値をめぐる議論の俎上にのぼることをやめてしまうだろうということだ。演劇は完全にショーマンシップにのっとられ、完全にほかの芸術——演出や演技の芸術——に吸収されてしまう。それでも私が熱烈に愛する偉大な芸術に違いはないが、ほかの芸術——絵画、音楽、舞踏——のように、作家の関心の中心と呼ぶことはできなくなる。このままでは、演劇は経営者、役者、裏方、そして二、三人の聞いたこともない無名脚本家によってつくられていくことになるだろう。それは共同作業にもとづいたものになり、共同作業では実際、個人の作品のように永久不変の価値をもつものをつくりだすことは決してできない。なぜなら、共同作業に参加する個々の人間がいかに才能に恵まれていても、最終的な結果は、才能の妥協、ある種の平均、刈りこみ整えたもの、無理数の融合を精製した有理数にならざるをえないからだ。私の固い信念によれば、演劇をめぐる一切合切を、熟した果実（誰かの労働の最終的な成果）を受けとらんと差しだした両手にもれなく移しかえてやることは、かなり見こみうすである。だが、それは数世紀にわたって演劇（とりわけ悲劇）を引き裂いてきた対立の、論理的帰結と言えるかもしれない。

まず第一に、「悲劇」という言葉が意味するものを定義することからはじめよう。日常会話での使われ方を考えてみればわかるとおり、この語は運命という概念と固く結びつき、ほとんど同義語かのようだ――少なくとも、想定する運命が、ご相伴にあずかりたいと思うようなものではないときにはそうである。この意味では、破滅を背景にもたない悲劇は、ごく一般の観察者にとって感知するのも難しい。たとえば、ある人物が表に出ていって、だれか（なんとなく同性の人間）を、ただその日、なんとなく殺してみたい気分だったからという理由で、殺したと仮定してみよう。ここにはまったく悲劇はない。より正確に言うなら、この場合、殺人者は悲劇的人間ではない。殺人者はすべてが嫌になったとか警察に言い、正気かどうかを確かめるため専門家が連れてこられ――それでおしまいだ。しかし、誰からも尊敬される男が、にじり寄る状況にじわじわと追いつめられて、あるいは長期間にわたり抑圧してきた情熱によって、あるいは長きにわたって意志を妨げられてきたなにかによって、あるいは手短に言えば、男が絶望的に、おそらくは堂々たる闘いを繰りひろげてきたなにかのせいで、ゆっくり、だが無慈悲に（ところで、この「ゆっくり」と「無慈悲に」はしょっちゅう一緒に使われているので、あいだの「だが」は、「と」の結婚指輪に置きかえたほうがいい）殺人に駆りたてられることがあれば、その犯罪がなんにしろ、われわれは男のなかに悲劇的人物を見いだすだろう。あるいは、次のような例を考えてみよう。つきあいでたまたまこういう人物に出会ったとする――完全にまともそうに見え、気だてはよいが若干怪しげで、好人物だがどこか退屈で、わずかに愚鈍なところがあり、けれどおそらくは他人とそんなに違うわけではない、「悲劇的」という形容詞をあてはめようとは夢にも思わない人物に。この男は、数年前に時流にのって、はるか遠い、ほとんど伝説上の国家で大革命を主導したことがあり、そして新たな時流にのって、即座にあなたの知る世界に追放され、過去の栄光のしがない幽霊のようにぶらついている。男を月並みに見せたものが（実際、男の側ではまさに普通さそのものなのだが）、今度は悲劇のまさに特徴のように思えてくるだろう。リア王、リアおじさんは、娘を絞殺した獄使に実際に手をくだすときよりも、そのあたりをぶらぶらしているときのほうが一層悲劇的なのだ。

それで、「悲劇」の一般的な意味をめぐる、ちょっとした探究の結果はどうか？　結果は、「悲劇」という用語は、破滅の同義語であるだけでなく、誰かがゆっくりと無慈悲に破滅に向かっていくことについての情報と同義でもあるというものだ。次なるステップは、「破滅」という用語の意味を吟味することだ。

ここで選んだ故意に曖昧な二例から、ひとつの事実が明晰に導きだせる。誰かが自分自身について知っていることよりも、その破滅からはるかに多くを学びうるということだ。実際、その男が自分は悲劇的な人物で、そのように行動すると承知していたら、われわれは関心を抱くのをやめてしまうだろう。男の破滅についての情報は、客観的なものではない。われわれの共感が見たこともない怪物を育むのは、われわれの想像力なのだ。男はほかの恐怖、ほかの眠れぬ夜、われわれが知らないほかの痛ましい事件に直面していたのだろう。事後的に明らかになる運命の線は、現実には、ひとつの、あるいはいくつもの破滅の波形模様を織りこんだ天然の波形模様である。マルクス主義精神の持ち主なら、あれこれの社会的、経済的背景が、当該の人生の中で、重要な役割を果たしていると睨むだろうが——一切をきれいに説明してくれそうに見えるとしても——そんなものは個々のケースとは無関係なのである。つまり、他人の悲劇的な破滅について判断しようにも、材料として与えられる一握りの事実は、本人にほとんど否認されてしまうものだけなのだ。しかし、この一握りの事実をわれわれの想像力が補い、このわれわれの想像力を揺るぎない論理が統御し、このわれわれの揺るぎない論理をお決まりの因果関係法則が固い催眠状態に陥らせるので、結果的に因果関係法則がまったくなにもないよりはと原因を創出し、結果を修正してしまうのだ。

ここで、なにが起こったか観察してみよう。だれかの破滅についてゴシップを言えば、悲劇の舞台を自動的に作ってしまうことになる。その理由の一部は、劇場やなにかしらの興業であまりに多くの悲劇を観てきたからだが、さらに重要な理由は、長年にわたり劇作の精神を収監してきた、決定論の鉄格子に相も変わらずしがみついているせいだ。これぞ、悲劇の悲劇たるゆえんなのである。

以下のような現況を考えてみてほしい。一方で、書かれた悲劇はまぎれもなく創作文学に属するが、同時に死んだ伝統、古い規則にしがみついている。その規則と言えばほかの文学表現が嬉々として打ち破ってきたものなのだ——因襲打破の道のりにおいて、それなしにはどんな芸術も栄えることのない完全なる自由を見いだしてきたのだ。他方で、書かれた悲劇は舞台にも属している——そして、ここでも劇場は、奇抜な舞台装置の横行と個々人の才能による演技力に耽溺しているのだ。詩、散文、絵画、ショーマンシップの最高傑作の共通した特徴とは、不合理かつ非論理的なもの、したり顔の因果性をものともせずに虹色の指をぱちんとならす自由意志の精神だ。しかし、演劇のどこにほかに見合うだけの成果があったのか？『リア王』、『ハムレット』、ゴーゴリ『検察官』、たぶんイプセンの一、二本の劇（最後のものは留保がいるが）のようなごくごく少数の、才能のきらめきを感じさせる夢の悲劇をのぞいて、どんな傑作の名をあげることができるだろうか？　この三、四世紀のうちに書かれた無数の長編、短編、詩の栄華に比肩しうる傑作をあげることはできるだろうか？　はっきり言って、再読に値する劇すらあげられるだろうか？

昨日最高に人気があった演劇は、昨日最悪の小説の水準にある。今日最良の演劇は、雑誌小説か分厚いベストセラーの水準にある。そして、舞台芸術の最高形態である悲劇は、せいぜいギリシア製の時計じかけの玩具でしかない――こどもらがねじを巻いては、カーペットの上を四つんばいになって後をついてまわるあの。

シェイクスピア作の二本の偉大な演劇を夢の悲劇と呼んだ。同じ意味で、ゴーゴリの『検察官』を夢の劇、フローベールの『ブヴァールとペキュシェ』を夢の小説と呼ぶことができるだろう。私の定義は、もったいぶった「夢の劇」の特製ブランドとはまったくなんの関係もない。これは一時期流行したこともあり、油断も隙もない因果関係が（フロイト主義ほど最悪ではないにしても）規定したものだ。私が『リア王』と『ハムレット』を夢の劇と呼ぶのは、夢の論理、あるいは悪夢の論理とでも呼んだほうがいいかもしれないものが、ここでは演劇的決定論の要素の代わりになっているからだ。ちなみに、ここで強調しておきたいのが、ありとあらゆる国で、シェイクスピアが上演されているが、その演り方はまったくシェイクスピアではなく、そのときそのときの流行をまぶした改悪版で、ロシアの劇場のように愉快になることもあれば、ピスカートル[*1]のくだらん作り事のように吐き気をもよおすこともある。私が心底確信しているのは、つまり、シェイクスピアはまるごと全部、一音節も欠けずに演るか、まったく演らないかなのだ。しかし、論理的、因果関係的な観点では――つまり、現代のプロデューサーの観点では、『リア王』も『ハムレット』もありえんほど悪い演劇なのだ。この二作を、どこか流行の劇場で、テクストに厳密にもとづいた形で上演してみろと言ってやりたい。

私よりましな学者たちは、ギリシア悲劇のシェイクスピアへの影響について論じてきた。私の場合、ギリシア悲劇を英訳で読んで、そこかしこで影響関係に気づかされることがあっても、シェイクスピアよりもはるかに劣ると感じた。アイスキュロスの『アガメムノン』における松明のリレーが野を跳びこえ、湖上を照らしわたり、山肌を登る――あるいはイフィゲネイアがサフラン染めしたチュニックを脱ぎ捨てる――こうした場面は胸おどるが、それもシェイクスピアを思わせたからだった。しかし、なんだかよくわからない理由で「理想の美」扱いされている像のように、目がなく、腕がない登場人物の、抽象的な情熱や、あいまいな感情に心動かされるなんてことは断固拒否する。さらに、私にさっぱりわからないのは、アイスキュロスがわれわれと直接の交感を成しとげうるのかという点で、というのも、博覧強記の学者その人すら、あれこれのコンテクストがなにを指すのか、ここで思い浮かべるべきは正確になんなのか、たしかなことは言えず、そのせいであちこちの言葉から冠詞をとりのぞくと文章のつながりと構造が曖昧に、いや実際、解読不能になってしまうという事実に口をつぐんでいるからだ。実際、真のドラマがおこっているのは、おびただしい詳注のなかのようだ。しかし、霊妙なる文法が与えてくれる興奮は、劇場が歓迎しうる感情そのものではないのだ。他方で、今日の舞台上で、ギリシア悲劇として通っているものは、オリジナルとはあまりに隔たり、さまざまな上演用版や演出によって改変されてしまっているだけでなく、こちらはこちらでギリシア悲劇の一時的な習慣から生まれた二次的な慣習にどっぷり浸りきりになっているがゆえに、いまアイスキュロスを褒めたたえようとも、その行為の意味がよくわからなくなっている。

しかし、ひとつ確かなことがある。論理的破滅という考えは——不幸にしてわれわれが古代人より受け継いだものは——爾来強制収容所のような場所に演劇をとじこめてきたということだ。時に、天才はそこから逃げだしてきた——シェイクスピアが（そうでないよりずっと）そうであるように。イプセンは『人形の家』では半分逃げだしている。その『ヨハン・ガーブリエル・ボルクマン』では、実際ドラマは舞台をあとにして、曲がりくねった道を行き、丘の向こうまで達してしまう——丘は、慣例の枷から逃れたいという、天才が感じる衝動の奇妙なシンボルだ。しかし、イプセンは罪も犯している。イプセンは長きにわたってスクリビア[*2]で過ごしてしまった。そのせいで因果関係のしきたりの、途方もなくばかげた産物が、戯曲『社会の柱』で開陳されている。ご記憶のとおり、そのプロットは二艘の舟——一艘は悪く、一艘はよい——をめぐるものだ。その一艘、ジプシー[*3]は見事な状態で、主要人物である親方の造船所でいつでもアメリカに行けるようになっている。もう一艘、インディアン・ガールは、思いつくかぎりの災厄がふりかかる運命にある。これは古く、がたがきていて、酒浸りのやくざな船員が乗りこんでいて、アメリカに戻る航海の前に修理されない——その親方が適当に修繕するだけである（労働者の稼ぎを減らす新しい機械へのサボタージュ行為として）。主要人物の弟はアメリカに船出する予定になっているが、当の主要人物の方では弟が海の藻屑になることを祈る理由がある。同時に主要人物の幼い息子は、こっそり海に逃げる準備をしている。これらもろもろの状況の中、因果関係の小鬼どものせいで作者が余儀なくされているのは、弟と息子が同時に海に出航するさい効果を最大にするため、船にまつわるすべてを登場人物たちの様々な感情的、物理的動きに合わせることである——弟は結局悪い船の代わりによい船で航海にでるのだが、この悪い船は、だめだとわかっていながら、悪党たる兄が法を手あたり次第犯して航海の許可を出すのである。他方、主要人物の愛息は悪い船に乗りこむので、父の過失によって息子が滅ぶことになってしまう。劇の筋の展開はあまりに込みいっているのだが、天候——嵐だったり、晴れていたり、また荒れたり——は、自然の理などどこ吹く風といったありさまで、サスペンスを最大化すべく、筋の展開にいちいち沿うようにされている。劇をつうじてこの「造船場ライン」を追ってみると、それが一種のパターンになっていて、非常にコミカルな手法によってもっぱら作者の必要にぴったり合わせてあることに気づく。天候は、なんとも不気味な予言的トリックとして使われ、ハッピーエンドで船が航海にでるとき（戻ってくるのが間に合わない息子、最後の瞬間になって殺すほどの価値もないとわかる弟）、天候は突然晴れあがるだけでなく超自然的に晴れるのである——この場面は、近代演劇のうろんな技法の、一番の急所を私に教えてくれた。

　つまり、天候は劇をつうじてプロットが目まぐるしく変わるごとに目まぐるしく変わっていく。さて、劇の終わりで、二艘とも沈まなくなったときに、天候は晴れあがる。そして、これが私の言いたいことなのだが——幕が永久に下りてしまったあとも、天候は形而上学的に晴れたままなのは明らかだ。[*4] これぞ、私がポジティブな結末性の理念と名づけるものである。四幕のあいだの人物と空の動きがいかに移ろいやすくても、最終幕の最後の最後に染みついたあの動きは永遠に残るだろう。このポジティブな結末性の理念は、因果関係の理念の直接的な帰結である。われわれが自分で採用した監獄の規則に縛られている以上、この結果は永続的なものだ。われわれが「現実生活《リアル・ライフ》」と呼ぶものでは、すべての結果は同時に別の結果の原因でもあり、ゆえにどちらが因でどちらが果という分類自体が、ただ見方の問題になる。しかし「現実生活」では、枝わかれする枝の一本だけを切り離すことなんてできないにもかかわらず、舞台演劇ではこの手術を実際におこなうので、切り離された結果は最終的なものとなり、劇の外のどこかで爆発する新しい原因にはならないのである。

この「ポジティヴな結末性」のモチーフの格好の見本は、舞台上での自殺である。これぞ、ここで起きることだ。終劇の結果を手つかずのままにする唯一の論理的な方法（すなわち劇の外でこれ以上結果を原因にした変化がおきるわずかな可能性も排除するような）は、幕が下りると同時に主要人物の命も終わらせてしまうことだ。まさに完璧だ。だが、本当に？　誰かを永遠に舞台からとりのぞく方法を吟味してみよう。三つの方法がある。自然死、殺人、自殺だ。まず、自然死は除外できる。なぜなら、どんなに周到に準備しても、劇の導入部で無数の心臓発作に患者が耐えたとしても、決定論者の脚本家が神様のお手伝いをしていると、決定論者の観客に信じてもらうことはほとんど不可能だからだ。自然死を、はぐらかし、事故、説得力のない結末と観客が見なすことは避けられない――とくに、最終幕を無益な苦悶で邪魔しないよう、死がかなり唐突におこらざるをえない場合にはそうである。患者が破滅にあらがってもがくとか、罪を犯していたとかいったことを、当然ながらここでは前提にしている。なにも、自然死がいつも疑しいなどと言いたいのではない。因果関係の理念によって、自然死を適切な時間におこすのは少しばかり気が利きすぎていると言っているのだ。これで、最初の方法は除外される。

第二の方法は殺人だ。さて、殺人は劇の幕開けには実によい。終劇に使うにはきまりが悪い。罪を犯し、もがいている……男が疑問の余地なくとりのぞかれてしまう。しかし、男を殺した奴は残る。そして、たとえ社会は犯人を許すと言いきれるときでさえ、幕が下りたあとの長い時間、犯人がどう感じるかははっきりわからないという気まり悪さが残る。そして、どんなに必要性があったとしても、彼が殺人犯だという事実は、残りの人生すべてにいくぶんの影を落とさないわけにはいかない――たとえば、まだ生まれていないが、生まれうるこどもたちとの関係に。別の言葉で言えば、与えられた結果が、曖昧にもかかわらず不愉快な原因となり、それはラズベリーの虫のように動きつ蠢きつづけ、幕が下りたあとも気にかかるのである。もちろんこの方法を検証するうえで、殺人は先行して起こった対立の直接の帰結であり、自然死よりも導入しやすいということを念頭に置いている。しかし、すでに説明したように、殺人者は残され、結果は最終的なものにならないのだ。

そういうわけで、第三の方法にいたる。自殺である。これは間接的（本当は作者が犯した犯罪の証拠すべてを抹消するため主人公を殺害した殺人犯が自殺する）――あるいは直接的（主要人物が自分の命を絶つ）の双方で使われる。この方法は、自然死よりたやすくやりぬけることができる、絶望的な状況で、絶望的な格闘をへて、自らの手に運命を委ねるというのは、なかなか説得力があるからだ。そういうわけで、三種類の方法のうち、決定論者が自殺を採用するとしても不思議はない。しかし、ここで新たな、手に負えない困難がもちあがる。殺人が厳密に、われわれの目前で直接演じうるとしても、うまい自殺を演るのは、とてつもなく難しいのだ。短刀とか短剣とかそんな象徴的な道具が使われていた昔は理に適っていたが、現在は安全カミソリで喉をかっきる男なんて見られたもんじゃない。毒を使えば、自殺者が苦悶のあまりひどい有様になって正視に堪えないし、苦悶が長引きすぎれば、即死するほど強い毒だという含意は、理にかなうものでも、説得力があるものでもなくなってしまう。一般的に、最良の手段はピストル自殺だが、これは実際のところを見せられないのだ。なぜなら、とりうるべき方法をとった場合、舞台は目も当てられないほどとりちらかってしまうからだ。さらに舞台上でおこる自殺はおしなべて、観客の注意を道徳や筋書きそのものから逸らしてしまう——つまり、観客が無理ならぬ好奇心をかきたてられて見物するのは、集中は最大限にたもちつつ、流血は最少限にとどめつつ、役者が迫真の演技で丁寧に自殺するさまになってしまうのだ。ショーマンシップは、たしかに舞台上に役者をとどめるための実用的な方法を数多く編みだしたが、しかし凝ったものになればなるほど、観客の関心は死んだ役者の内なる精神から外なる肉体へと逸れていってしまうのだ（通常の因果関係を用いた演劇だと仮定した場合つねに）。というわけで、われわれにはたったひとつの方法しか残されていない。舞台裏のピストル自殺である。ト書きで、作家が「かすかな銃声」とよく記述しているのを思いだすのではないか。よく響く音ではなく、「かすかな銃声」なので、時に、観客にはその音がなんなのかちゃんとわかっていても、舞台上の人物にはこの音をどうとるべきか疑念の余地がうまれる。そして今、新たな、百パーセント手に負えない困難が待ちうけている。統計によれば——慎重なギャンブルで定期収入をえている人間がいるように、統計こそ決定論者の唯一の定期収入なのだ——現実生活でピストル自殺を十回こころみた場合、三回は撃った当人が生きている失敗、五回は長い苦悶、二回しか瞬間的な死はない。ゆえに、なにがおこったか登場人物が勘づいても、「かすかな銃声」だけでは男が本当に死んだのかさだかではないのだ。そこで普通の方法では、くぐもった音がそっとメッセージを告げたあとで、登場人物に調べさせ、戻ってきて死んだと報告することになる。さて、調べにいった人間が外科医だという稀なケースをのぞいて、たんに「彼は死んだ」という文章、あるいは、たぶんより「深みがある」言葉（たとえば「彼は借りを返した」）では、その台詞を言った人物が教育をうけていないとか、どんなにかすかでも、犠牲者が息を吹き返すかもしれないという可能性をはねのけるほど満足な注意力に欠けていたとか信じるには弱いのだ。他方、様子を見にいった人間が戻ってきて叫ぶ――「ジャックが自分を撃った！　すぐ医者を呼んで！」――そして幕が下りると、つぎあて可能な心臓の時代である現代では、われわれ観客は、腕利きの外科医が、ばらされた当事者に救いの手を差しのべられないかと思ったままになってしまう。実際、浅はかにもこの結果を最終的なものだと思ってしまうと、劇の外で天才外科医が生命救助の図抜けたキャリアをスタートさせることになってしまう。じゃあ、医者が来るのを待って、なんと言うか聞いてから幕を下ろそうか？　ありえない――これ以上の引き伸ばしの時間はない。男が誰であろうと、借りを返して劇は終わりだ。正解は、「借りを返した」のあとで、こう付け加えることだ――「医者を呼んでも手遅れだ」。ここで「医者」という言葉は象徴的、秘密結社めいたサインの一種である――われわれ（そのメッセンジャー）は満足な教育をうけ、医者がなんの助けにもならないと悟るぐらいには非感傷的なのだが、お約束のサイン、素早く発音される「医者」という音を使うことで、ポジティブな結末を強調するなにかを観客に伝える。しかし、実際に自殺を本当の最後の最後に持ってくるには、使い走りが医者でもないと無理な話だ。そういうわけで、まことに奇妙な結論に達する――原因にも結果にも蟻の這いでる隙間もない、現実に鉄壁の悲劇――教科書がこう書いたほうがいいよと教え、劇場の支配人が喚きたてる理想的な演劇――とは、こういうものだという結論だ。つまり、傑作なるものは、プロットや背景がなんであれ、一、自殺で終わらなくてはならない、二、少なくとも一人、医者の登場人物がいなくてはならない、三、その医者は腕のよい医者でなくてはならない、四、医者が遺体を見つけなくてはならない。言いかえれば、悲劇の存在がどんなものであるのかというその事実からだけで、われわれは実際の劇を演繹してしまった。これぞ、悲劇の悲劇である。

このテクニックについて語るうえで、私は現代悲劇の結末から話をはじめたのだが、それは仮に悲劇が非常に、非常に一貫したものになりたいのなら、それが目指すべきものを示すためだった。実際、記憶にある演劇は、そのような厳格な規範に則っておらず、それゆえ自体欠点をかかえているのみならず、もっともらしい欠陥規則を定めることすらやってのける。つまり、ほかの多くの約束事は、因果関係の約束事のせいで必然的に導かれるものだ。いくつか駆け足で見てみよう。

フランス式の「家具からほこりを払う」導入をさらに洗練した形として、幕開けと同時に、（ほこりを払う従者と女中の代わりに）二人の客が到着するというものがある。二人は自分たちがどうしてここにやって来たのか、家の人々がどんな人々なのか、会話している。やるせないのは、この導入部とアクションを一致させるべき、という批評家と教師連中の要求に応えようとすることだ――実際、二人の訪問者の入場はアクションなのだ。しかし、不思議なのは、どうして同じ列車にのってきた二人が、旅行中あれこれと話しあう時間はたっぷりあったのに、なぜ到着のまさにその瞬間まで苦心して沈黙を守らなくてはならず、考えうるかぎりこの世で一番不適切な場所（客として呼ばれたうちの応接間）で主人についての話をはじめなくてはならなかったのかということだ。なぜ？　なぜなら、脚本家がまさにこの場所で、二人とともに導入部にしかけた時限爆弾を破裂させなくてはならなかったからだ。

続いてのトリックは（これが一番あからさまなやつだが）、だれかがやってくるという約束だ。何某かがやってくる。何某かがかならず来てしまうことを知っている。男だか女だかがやって来る

（これは観客の注意を急な出現からそらす意図がある――「あら、一本早い列車で来ちゃったわ」がよくある言い訳）。観客に客があることを約束する場合、「ちなみに何某かが来るんですがね」と役者が告げるのだが、このちなみにという言葉には、その何某が一番重要な、いや一番重要でないにしても、重要な役まわりをはたすという事実を隠そうとするいじましい意図があるのである。実際、この「ちなみに」は、いわゆる発展的人物にもちこまれるケースが、そうでないケースよりもずっと多いのである。こういったお約束は、悲劇における因果関係の鉄鎖を連結しているので、どうしても外せないのだ。そのいわゆる見せ場――お約束の場面は、大方の批評家が考えるように、劇中ひとつだけではないのである。実際には、脚本家は観客を驚かせようとあの手この手を繰りだすので――観客を驚かせることを期待されているというそれだけの理由と言ったほうがいいかもしれないが――「お約束の場面」は常に劇中の次の場面になるのだ。オーストラリアから来たいとこが話題にのぼったとする。どういうわけか、登場人物たちは彼のことを年配の気難しい独身男だと想像している。今、観客は年配の気難しい独身男にとくに会いたいとも思わないだろう。だが、オーストラリアから来たいとこはうら若き独身女性、かわいらしいめいだとわかった。物のわかった観客ならだれでも、脚本家が退屈を約束したことへのゆりもどしをするだろうと、漠然と期待するから、めいの到着はお約束の場面になる。この例はたしかに悲劇というよりは喜劇だが、類似の手口はかなりまじめな劇にも用いられている。たとえば、ソ連の演劇では人民委員だと思ったら、細身の女子だとわかり、あとからこの細身の女子が回転式拳銃の名手だとわかったかと思えば、また別の人物が変装したブルジョワのドン・ジュアンだとわかるという具合である。

数ある近代的悲劇のなかでも、だれか篤志の人物が細心の注意を払って研究すべき劇がひとつがある——欲しがるであろう、因果関係が生みだす破壊的な結果がまるごと、うまい具合に一本の劇にまとめられているのだ。それは、オニールの『喪服の似合うエレクトラ』だ。イプセンの劇で天候が人間の心情、行動に応じて変わるように、『喪服の似合うエレクトラ』では、第一幕では胸がまったいらだった娘が、南の島への旅行から戻ると胸の豊かな美女になり、その数日後、もとの胸がまったいらの、肘のとがったタイプに戻るのである。陰惨極まる類の自殺が、二つ三つある。ポジティブな結末のトリックも、閉幕前にヒロインが、自殺はやめにして、陰気な家で生きていきましょう（とかいろいろ）と告げることで含まれているが、ただし、劇中ほかの犠牲者たちが使いまわしていた古い軍用拳銃を、女主人公が使うのをやめにするなんの理由も示されない。そのうえ、破滅の要素も入っていて、作者は片一方の手でこの破滅の女神に指示をだし、もう片一方では故フロイト博士に指示をだすといった具合なのである。壁には肖像画——唖の生物——がかかっているのだが、これは他人の肖像画に語りかければ、モノローグがダイアローグになるという奇妙な誤謬のもとに使われているのだ。この劇には、その手の愉快なものがたくさんある。しかし、おそらく注目すべき最たるもの（破滅の論理にもとづけば、悲劇が作り物めいてしまうのはさけられないという事実をまさに証だてている）は、作者が直面した難題である——その難題とは、必要上から登場人物を舞台上にとどめておきたいのだが、本当に自然なのは即刻退場させたほうがいいところで、作劇術の哀れな傷になってしまっているのだ。こんな場面がある。老紳士が、明日か明後日に戦争から帰ってくることになっている。これが意味するのは、幕があがるとほとんど同時に、列車についての説明があって、すぐ老人が到着するということだ。つまり、日がとっぷり暮れてからである。夜は寒い。座る場所はポーチの段しかない。老紳士は疲れ、腹をすかし、何年も家に帰っておらず、そのうえ心臓の鋭い痛み（本人いわく、ナイフで刺されたような）に苦しんでいる。これは、後段で老人の死が準備されていることを意味する。さて、作者を待ちうけるおぞましい仕事とは、この哀れな老紳士を荒れ果てた庭、濡れた段のうえに残し、娘と妻、とくに妻と気のきいた話をさせることだ。老紳士が家に入ろうとしないすぐに思いつく理由（会話のはしばしに織りこまれている）がいくつかあるが、どれも見事なまでに両立不能でうまくいかない。この幕の悲劇とは、老人と妻のあいだの関係の悲劇ではなく、疲れ、腹をすかせた無力な真人間の悲劇である――容赦ない作者につかまって、幕が終わるまで、風呂、スリッパ、夕食からも遠ざけられてしまうのである。

この劇にしろ、別の脚本家による別の劇にしろ、この種の技法がどこから来たかと言えば、才能が乏しいせいというよりも、人生、すなわち演劇芸術が活写する人生とは、われわれを死の大洋へと運んでいく因果の淡々とした流れにそうべき、という幻想から自然と生まれてくるものなのだ。悲劇の主題や理念はたしかに変わったが、その変化は不幸にして役者の更衣室の中だけのことなのだ――新しい扮装を身につけて登場しても新しく見えるだけで、及ぼす効果はいつも同じなのだ。あれとこれとの対立、それから、対立のやはり変わりばえしない、がちがちの掟。この対立は、ハッピーエンドにしろバッドエンドにしろ、なにかしらの終わりを導くことになるが、常に原因を含んでしまうのは避けられないのだ。悲劇ではなにごとも尻すぼみでは終わらない。たぶん人生の悲劇のひとつは、もっとも悲劇的な状況でさえ、尻すぼみに終わるということなのだが。なにか、少しでも偶然ぽいものはタブーになる。対立する登場人物は、生きた人間ではなく類型だ。この類のことは、今日の悲劇を（解こうとはしなくても）描こうとする、ばかげた、だが善意の演劇で顕著なのだが。この手の劇では、私が島とか、グランドホテルとか[5]、マグノリア・ストリート[6]方式と呼んでいるものが使われている——つまり人々の一団が、劇の進行上便利な、厳重に隔離された空間にいて、脱出できない社会状況にあるか、なにか災害が外で起こっている。この手の悲劇では、まったく無粋なのに、音楽になると決まって目がなくなってしまうドイツからの老避難民がでてきたり、妖艶だが、皇帝《ツァーリ》と雪の話になると激昂するロシアからの亡命者女性がでてきたり、キリスト教徒と結婚したユダヤ人がでてきたり、柔和な金髪スパイがでてきたり、愚かで哀れな若夫婦がでてきたり……などなど、どう寄せ集めてみても、聞き飽きた話になってしまうのだ（大西洋を横断する快速船も試みられたが、プロペラの轟音を消すのにどんな装置が使われていたのか不遜にも訊いた批評家はたしか黙殺したはずだ）。情熱の対立の代わりに持ちこまれた概念の対立は、本質的なパターンをなにも変えない——もしなにか変えるとすれば、一層人工的なものにしてしまうだけだ。コーラスを使って観客とうちとけようという試みはあったが、舞台演劇が依拠すべき重要かつ根本的な合意の破壊に至っただけだった。その合意とは、われわれは役者が舞台上にいることに気づいているが、働きかけることはできない。役者はわれわれに気づかないが、感情に働きかけることはできる。見事な分業体制だ——これぞ、干渉状態から、演劇を今日あるものに作りかえたものだ。

　ソヴィエトの悲劇は、じっさい因果関係効果の決定版かもしれない。さらに、ブルジョワ演劇がどうしようもなく欲しているなにかが加わる。よき機械じかけの神さえいれば、もっともらしい最終的な結果なんて見つける必要がなくなる。ソ連悲劇の幕引きに必ずやってくる、劇全体を実質支配しているこの神は、共産主義者が了解するところの理想国の理念にほかならないのだ。私は、プロパガンダへのいらだちを暗に表明しているわけではない。実際、私にわからないのは、ある種の劇場が、たとえば、愛国的なプロパガンダや民主主義的なプロパガンダに夢中になれるのに、別種の劇場が共産主義プロパガンダやほかのなんでもいいプロパガンダに夢中になれないそのわけなのだ。

関心がある主題かどうかは関係なく、どんなプロパガンダも私を完全にしらけさせてしまう。おそらくはそのせいで、プロパガンダ同士の違いなんて全然わからないのだ。しかし私が言いたいのは、劇がプロパガンダを含むときはいつでも、決定論者の鎖は悲劇のミューズの喉をきつく締めつけているということだ。ソ連悲劇では、そのうえ、ある種特別な二重性があって、このせいで少なくとも読むのはおよそできない代物になりさがってしまっている。芸術劇場が設立された前世紀九〇年代以来、ロシアが涵養してきた脚色と演技の妙技は、たしかに最悪のクズからさえ、エンターテイメントをうみだしうる。私が言うソ連ドラマの、もっとも典型的かつ顕著な特徴でもある二重性とは、以下のようなものである。われわれが知り、ソ連作家も知っているのは、いかなるソ連悲劇の弁証法的概念も、国家崇拝に結びつき、普通の人間やブルジョワが抱く感情に優先される党の感情そのものにならざるをえないということで、それゆえ社会主義の大勝利を導きさえすれば、いかなる形の人道的、肉体的残酷さも許容されるということだ。他方、大衆の好みにおもねるため演劇はメロドラマでなくてはならないので、ここにはある種の奇妙な合意がある――小児虐待や友人による裏切りのようなある種の行動は、堅忍不抜のボリシェビキさえもとらないのだ。つまり、そこにあるのは時代を超える伝統的な英雄行為と相まった、古風な小説にありがちなバラ色のセンチメンタリズムなのだ。だから、長い目で見れば、見た目の健全さとダイナミックな調和にもかかわらず、左翼劇場が最終的に行き着くさきは、実際、文学のもっとも原始的かつ陳腐なかたちへの退行なのだ。

　しかし、たとえ近代演劇に私が精神的な高揚を覚えないとしても、その価値すべてを否定していると とってもらっては困る。現実問題として、そこかしこで――ストリンドベリで、チェーホフで、ショーのすばらしい笑劇《ファルス》で（とくに『キャンディダ』）、少なくとも一本のゴールズワージーの劇で（たとえば『闘争』）、一本か二本のフランス演劇で（たとえばルノルマンの[*7]『時は夢なり』）、一本か二本のアメリカ演劇、たとえばリリアン・ヘルマンの『子供の時間』の第一幕とスタインベックの『二十日鼠と人間』の第一幕（残りは惨憺たるノンセンスだ）で――既成の演劇の多くには、現に、芸術的感情を呼びおこす素晴らしい断片があるし、（これが最重要なことなのだが）作家が自由に自分だけの世界を作っているしるしである独特の雰囲気があるのだ。だが、完璧な悲劇はいまだに作られていない。

　対立という概念は、もともとはなかった論理を人生に与えた。対立の論理にのみもっぱらもとづいた悲劇は、すべてに優越する階級闘争史観が歴史にとって不適切なのと同様、人生にとって不適切である。最悪かつ最深の人間悲劇のほとんどは、悲劇の対立の冷ややかな法則に従うどころか、偶然の嵐のただなかに放り捨てられている。この偶然の要素を、劇作家はあたまから排除しているので、地震か自動車事故で話が大団円になっても、場違いな印象をぬぐえない。もっとも、地震が常に予感されていたり、自動車が最初からドラマの関心の的だったら、話は別だが。悲劇の人生は、事故が起きるにはいわば短すぎるのだ。だが同時に、伝統的に求められるのは、舞台上の人生が法則――情熱的な対立の法則――にしたがって進展することだ。法則の厳密な適用は、少なくとも犬も歩けば偶然にあたるという主張同様ばかげている。史上最高の劇作家さえ、いままで直視してこなかった事実とは、偶然とはいつもぶつかるものではないし、実生活の悲劇とは偶然の呼びおこす美や恐怖――そのばかばかしさではなく――に由来するということだ。観客が見たいのは、偶然の神秘のリズムが悲劇のミューズの静脈を流れるさまなのだ。そうでないとして、悲劇が対立と破滅と不可侵の正義と差し迫った死の法則に従うのなら、悲劇は己の信条と避けられない破滅の双方から制限され、長い目で見れば、絶望的なとっくみあい――有罪を宣告された男と処刑人とのあいだのとっくみあいにすぎなくなる。だが、悲劇的な劇作家の言葉に反して、人生はとっくみあいではないのだ。私は悲劇が前提としているばかげた法則を信じていないので、悲劇を読んだり見たりしても感動することが滅多にない。悲劇の天才の魅力、シェイクスピアやイプセンの魅力は私にとってまったく別の次元にある。

それでは、仮に私が悲劇を否定するとして、悲劇はどうあるべきなのか、そのもっとも根本的な性格はなにか――破滅を生む因果法則が支配する対立なのか？　まず第一に、疑わしいのは、舞台が採用するような簡明かつ厳格な形で、こういった法則が実現できるのかということだ。悲劇と風刺劇《バーレスク》、不幸と幸運、因果への服従と自由意志の気まぐれのあいだに厳密に線引きできるか疑わしい。私が考える高い次元の悲劇とは、ある種ユニークなパターンとして人生を創造することだ――ある人物の悲哀と破滅は、既在の劇場の規則ではなく、個人のそれぞれの規則にしたがうものだろう。事故と偶然が舞台上の人生を台無しにしてしまうかもしれないなどと言ってみたところまでばかげている。しかし、そのような事故が起きる正しい割合を天才作家が発見し、悲劇の破滅性の鉄則のようなものをちらつかせずに、人生でおこりうる現実的なコンビネーションをその割合が表現していると言うのはばかげていない。また、観客を喜ばせなくてはならない、そしてこの観客は低能の集まりだという先入観をそろそろ忘れてもいいころだ。某作家が演劇についてまじめくさってのたまうように、遅いディナーが流行りだから、最初の十分間は重大事件は起きてはならないとか、重要な細部はいちいち、一番オツムの弱い見物客にも言いたいことが呑みこめるように繰り返さなくてはならない、などなども。劇作家が思い描くべき唯一の観客は理想的な観客だけで、つまりは自分自身だ。ほかのすべては切符売り場に関係するだけで、演劇には関係ない。

「万事OKだ」――プロデューサーは肘かけ椅子にもたれて、虚構《フィクション》が、己の職業に割りあてた小道具である煙草をふかしながらこう言う――「万事OKだ――だけど、ビジネスはビジネスだ。一般大衆には理解不能な新技法に頼った劇に、どうやったら期待できるんだ――伝統から逸脱するだけじゃなく、得意げに観客の機転を無視する劇――演劇芸術の特徴である因果関係原則を傲慢にはねつける悲劇――そんな劇を演ってくれる大劇団がどこにあるんだね？」そう――まったく期待できない。そしてこれも、悲劇の悲劇だ。

＊1　エルヴィン・ピスカートル（一八九三―一九六六）。ドイツの演出家、劇場監督。映画の手法を舞台にもちこんだ。プロレタリア演劇運動を展開。

＊2　フランスの劇作家ウジェーヌ・スクリーブ（一七九一―一八六一）を念頭においた造語。

＊3　ナボコフは原作では「パルムツリー」（『原典によるイプセン戯曲全集　第3巻』原千代海訳、未來社、一九八九年）となっている船名を、「ジプシー」としている。

＊4　ナボコフが念頭においているのは、結末の「空が明るくなっているわ。海も晴れているわね。〈パルムツリー〉もいい航海ができるわ」という台詞だと思われる。前掲書、四九七頁。

＊5　オーストリア出身の作家ヴィッキイ・バウムが一九二九年に発表した『ホテルの人びと』を原作にした同名の映画（一

九三二）。

＊6　ルイス・ゴールディング（一八九五―一九五八）による一九三二年のベストセラー小説。

＊7　アンリ＝ルネ・ルノルマン（一八八二―一九五二）。フランスの劇作家。フロイトの影響をうけて心理的な劇作を書いた。

霊感

目をさませるような、生気をふきこむような、あるいは創造的な衝動である（とりわけ、高度に芸術的な作品に認められるような）。

——『ウェブスター英語辞典』第二版、非縮小版、一九五七年

詩人たちの心を奪いさる《アントレーヌ》熱狂。心理学の専門用語でもある（insufflation）。「……狼や犬が吠えるのは、霊感を受けたときだけ。このことは、顔の近くで小犬を吠えさせてやれば、簡単に確かめることができる（ビュフォン）」

——リトレ編『フランス語大辞典』完全版、一九六三年

熱狂、集中、精神力《ウムストヴェンナヤ・シーラ》の尋常でない兆候。

——ダーリ編『現用大ロシア語詳解辞典』改訂版、サンクトペテルブルグ、一九〇四年

創造力が湧きあがること。〔例〕霊感あふれる詩人。霊感あふれる社会主義的作品。

——オジェゴフ編『ロシア語辞典』、モスクワ、一九六〇年

もともとやるつもりがなかった特別研究をしてみてわかったのは、「霊感とはなにか」という問いは、われらが最良の散文を評する最悪の批評家たちにさえ、今日めったと顧みられることがないらしいということだ。ここで「われら」、そして「散文」と言ったのは、念頭に置いているのが、自分のものを含むアメリカ小説だからだ。沈黙というものは、どこかで分別くささと結びついているのだろう。「霊感」について語るなんて、象牙の塔を擁護することにも似て、古臭いことではないのかと、順応主義者はいぶかしむだろう。だが、霊感は塔と牙が存在するがごとく、厳然として存在するのである。

霊感をタイプごとに分類することもできようが、そういった分類は、かくも楽しき流転するこの世界の森羅万象と同じく、うわべだけの分類に上品ぶって頭をさげているうちに、境目がはっきりしなくなってしまう。霊感が訪れる前の昂揚感は、癲癇の発作が起きる直前にオーラが好転する現象に似ていなくもないが、芸術家ならごく幼いうちから感じとる術を身につけるものだ。むずむずするなんとも好ましい感覚が、体の内側で枝わかれしながら伸びていく――あたかも、血液循環図のためにひん剝かれた男の絵に走る赤と青の線のように。これが全身にいきわたると、どこか体に不具合があっても――若年性の歯痛も、老年性の神経痛も――みな消え失せてしまう。その美点がどこにあるかと言えば、徹頭徹尾理知的なものでありながら（あたかもすでによく知られた分泌器官から分泌されているか、期待どおりのクライマックスに導くかのように）、霊感が原因でも対象でもないということだ。霊感は広がり、輝いたかと思うと、秘密を詳らかにしないまま鎮まってしまう。しかし、しばらくのあいだ、窓は開けはなたれ、曙の風が吹きこんできて、剝きだしの神経の一本一本がぞくぞくしている。ほどなく、すべては溶けあう――お馴染みの不安が戻ってきて、悩みで眉毛がまたも弓なりに反る。それでも、芸術家には準備が整ったことがわかっている。
数日が経過する。霊感の次なる段階とは、喉から手が出るほど欲しいあのなにかであって、すでに名もなきものではない。実際、この新たな衝撃の輪郭はあまりに鮮明なので、暗喩をあきらめ、すでにある言葉を使うことを余儀なくされる。その人物は、自分がこれから話す内容を予感している。その予感は、堰を切って言葉があふれだす瞬間のヴィジョンとして、定義することができる。もし、なにかの装置でこの稀にして悦ばしい現象を呼びおこすとしたら、図像なら明晰な細部がちらつくようにしてやってくるだろうし、言語なら言葉のるつぼがひっくりかえったようになるだろう。経験豊富な作家は即座にそれを書きとめるが、その過程で、せいぜいすぐ消えてしまう滲み跡にすぎないものから、意味の兆しを次第に引きだしていき、形容詞句と構文は、印字面にあるように明瞭かつ整然としたものになる——

海が砕け、丸石を攪拌しながら後退する。ジュアンと愛娼の娘が——娘の名はなんだろう？　皆が呼ぶように、アドーラだろうか？　イタリア人か、ルーマニア人だろうか？　いや、アイルランド人だろうか？——ジュアンの膝で眠ってしまった娘に、自分の夜会マントをかけてやる。ブリキのカップの中でキャンドルがだらしなく燃え、その隣にはバラの花束の紙包みが置かれている。ジュアンのシルクハットは、石づくりの床の、月明かりのパッチのわきに落ちている——みな、岩がちな地中海沿岸に建つ、かつては宮殿を思わせたが、すっかり老朽化した娼館ヴィラ・ヴィーナスの片隅でおこった出来事だ——半開きになったドアは、月明かりに照らされた回廊のようなものに面しているが、実はそこは外壁が崩れて半壊した客間であり、巨大な亀裂の奥からは剥きだしの海の音が聞こえたが、それはあたかも時間と隔てられてしまった空間が喘いでいるようだった。海は気だるげに呻いては、気だるげに濡れた丸石をのせた大皿をがらがらと引っぱる。

この断片を書きつけたのは、小説が湧きだしてくる数か月前、一九六五年の暮れも押しつまったある朝のことだ。ここにあげた部分が小説最初の胎動であると同時に、不思議な核の役割をもはたした――このあと三年をかけて、本は核のまわりを包みこむように育っていったのだ。あとから成長した部分の大半は、予見した光景とは色彩や明度の点で異なるようだが、そのシーンが今や小説の真ん中に挿入されているという事実を考えれば、簡潔なこともあって、構造上の中心としての役割を十分にはたしていると言える（小説の題名は、最初『ヴィラ・ヴィーナス』、次いで『ヴィーン一家』となり、それから『情熱《アーダー》』、最終的には『アーダ』になった[*1]）。

ここで、より一般的な説明に戻れば、霊感とは、新刊をまさに執筆中の作家につき従うものと見なすことができる。霊感は、続けざまに襲う閃光となって作家につき従うものだが（おかげで、艶っぽいミューズの前にわれわれは立っていることになる）、作家があまりに慣れっこになってしまえば、自宅の照明用につけていた霊感が突然ぷすりという音をたてて消えてしまうと、裏切られたと感じるかもしれない。

唯一無二なる人間は、唯一無二なる短編や詩の細部を書くことができる――頭の中でも、紙の上でも、鉛筆でもペンでもどちらでも（聞くところによれば、瞬間的に思いついたものを実際にタイプしたり、さらにいっそう信じられないことに、タイピストか機械相手に、思いつきがまだ温かく、泡だっているうちに、口述したりする、とんでもない軽業師がいるらしい）。書斎よりもバスタブ、吹きさらしの荒野よりもベッドを好むむきもいる——場所は大した問題ではないが、幾分奇妙な問題を生むのはむしろ脳と手の関係である。詩人ジョン・シェイド[*2]はどこかでこう言っていた——

悩ましいのは、執筆するための方法二種の落差である。甲は、もっぱら詩人の脳内でのみ進めるやり方で、言葉をひとつ試すごとに、片足を三回もごしごし洗ってしまうこともある。乙方式は、ずっと上品に、書斎に籠ってペンで書くというものだ。乙方式では、手が思考を助けることで、抽象的な争いを具体的に闘うことができる。ペンは中空で静止したかと思うと、夕暮れに横線を引いて消したり、星を元通りにするため襲いかかったりする。結果として、インクの迷宮に迷いこんだフレーズを、かすかに射しこんでくる昼光の方へと現に導いてくれるのだ。しかし、甲方式はあまりにひどい！　脳は、責めさいなむ鉄帽子に即座にすっぽり覆われてしまう。つなぎ姿のミューズが指揮するドリルの掘削は、どのような意志の力をもってしても妨げることはできないし、そうこうするうちに自動人形はさっき着たばかりの服を脱いだり、角の商店にすたすた歩いていって、一度読んだはずの新聞を買ってきてしまったりする。なぜこうなってしまうのか？　おそらく、ペンなし作業では、ペンを擱く間がとれないからではないか……。進捗に応じて嘘を支え、画に高める机がないからかもしれない。実際、神秘的な瞬間があるのだ——書いた文字を消すにも疲れきり、ペンをとり落としてしまうときのような。うろうろ歩きまわっていると——音なき声に命じられて、適切な言葉がさえずり、私の手にとまる。

もちろん、これは霊感がはいってくる場所の話だ。五十年にもわたって散文を書いてきて、ことあるごとに組みたてては、とり崩してきたので、今やこの言葉は、没原稿の王国（霧深いところ——だが、前人未到の地のさらに北にあるという地に似ていなくもない）で、巨大な図書館を造っているが、その収蔵物である打ち捨てられた小説の断片が、唯一わけあっている特徴と言えば、霊感の祝福にあずかりたいと願っていることだけなのだ。

「霊感がなにかよく知っているし、霊感とてんかんの違いもわかるし、「適切な言葉」とやらのありがちな感じとの違いもよくわかってるよ」と告白することを恐れない作家が、仲間の作品に魂の震えのはっきりした跡を探したとしても無理はない。霊感の雷《いかづち》は、誰のことも等しく撃つ。あちこちの名文でこの閃光は観測できるが、それはよくできた韻文の一行かもしれないし、ジョイスかトルストイの一節かもしれないし、短編小説の一節かもしれないし、自然科学者や人文学者の論文、書評家の記事にも才気のほとばしる一節があるかもしれない。当然、ここで念頭に置いているのは、だれもが知るろくでもない三文文士ではなく、自立した創造的芸術家だ。そう、ライオネル・トリリング（その批評には関心がない）や、ジェイムズ・サーバー（たとえば『革命の声』に「芸術はバリケードに殺到するものではない」とある）のことだ。

近年、数えきれないほどの出版社が、短編集を喜び勇んで送りつけてくるようになった——伝書バトよろしく、それぞれが受取人の文章のサンプルをかかえているのだ。三十冊かそこらのコレクションのなかには、わざとらしいひけらかしのラベル（「われらが時代の寓話」だか「主題と目標」だか）が貼りついているのもある。もっとしかつめらしいのもある（「偉大なる物語」）。カバーに印刷された惹句は、読者にクランベリー摘みや伊達男に出あえますと約束している。だが、こうした作品集の大半には、二編か三編しか、一級品の短編はない。

年嵩とは思慮深いものだが、忘れっぽいものでもある。オルフェウス的渇望を抱いた夜になにを再読すればいいか、あるいはどれを永遠に葬りさるべきか決めやすくするため、私は短編集に収められた作品に、AやC、Dマイナスといった評点を慎重につけている。高得点が続出するごとに噛みしめるのが、現在（そう、この五十年）もっともすぐれた短編小説が書かれているのは、英国でも、ロシアでも、もちろんフランスでもなく、まさにこの国でなのだという気分のよい確信だ。

例示することは、知性のステンドグラスを見せることだ。少数のAプラスの短編のなかから、とりわけ気にいっている六編を選んだ。下記に短編のタイトルをリストアップし、真の霊気が顕現している一節（あるいは一節のひとつ）を短く抜きだして括弧内にいれた――怠け者の批評家には、霊感を受けた細部がどんなに些細なものに見えようとも。

ジョン・チーヴァー「郊外住まい」（「ジュピター〔黒いレトリバー〕は、トマトの蔓をつきぬけてとんでくる。その口にはフェルトの帽子を咥えている」[*3]。この短編は、見事に写しとられたミニチュア長編と呼ぶにふさわしい――少しばかり出来事を詰めこみすぎではないかという印象は、テーマが絡みあって納得いく一貫性を生むことで完全にとりなされる。）

ジョン・アップダイク「いちばん幸福だったとき」（「重要なのは話題ではなく、むしろ語らいそのものであり、すばやく意気投合したりゆっくりとうなずいたりすること、各自の思い出を出しあって編みあわせることだったのだ。それは水中の無価値な石ころのまわりに編まれているあのパナマ籠のようなものだ」[*4]。アップダイクの短編には好きなものが多く、デモンストレーションのため一編だけ選ぶのは難しかった。その短編の、一番霊感にあふれた部分を決めるのはさらに難しかった。）

J・D・サリンジャー「バナナフィッシュ日和」（「途中一度だけ、ぐしょぐしょに濡れて崩れたお城に片足をつっ込んだだけで」[*5]。これはすばらしい短編であり、ここで貝殻計測法で気軽に測るには、有名すぎるし、脆すぎる一編だ。）

ハーバート・ゴールド[*6]「マイアミビーチの死」（「終いには俺たちは死んでしまう、物を摑める親指ごと」。あるいは、こちらのうっとりするような断片を選んだとしても納得できる。「バルバドス海ガメは、子供と同じくらいの大きさだ……盗賊のように磔刑にされ……その皮膚の丈夫な皮は、目下陥っている窮状と苦痛を隠してはくれない」。）

ジョン・バース「びっくりハウスの迷子」（「一体何が言いたいのか、こんなことを書いて？　アンブローズは気持ちが悪くなっている。暗い通路を歩きながら冷汗びっしょり。飴をまぶして串に刺したりんご、見たところおいしそうだが、食べてみるとがっかり。びっくりハウスには方々に紳士用、婦人用の手洗いが必要だ」[*7]。素敵にすばしっこいまだら模様のイメージから、必要な部分をつきとめるのに、少々手間どった。）

デルモア・シュウォーツ「夢で責任が始まる」（「……そして不吉で情け容赦のない、たけだけしい海……」[*8]。ほかにも数々の聖なるヴァイブレーションを、古い映画フィルムと個人的過去の奇跡的な調合であるこの短編からは感じることができるが、この一節が力強さと隙のないリズムの点でここでの引用を勝ちとった。）

ここで是非つけ加えなくてはならないのは、文学教授が学期はじめか学期終わりに、以下の点についてのペーパーを提出せよ、という課題を学生に出してくれたら、とてもうれしいということだ。

一、ここにあげた六つの短編のどこがそんなによいのか論じよ（「コミットメント」、「エコロジー」、「リアリズム」、「象徴」などの言葉を慎むこと）。

二、霊感の徴《しるし》が刻まれた部分はほかにどこにあるか論じよ。

三、あわれな小型犬を、レースのカフがついた手でつかんで、化粧かつらに近づけて、吠えさせたら実際にはどうなるか論じよ。

＊1　『アーダ』第二部三章に類似した一節がある。「窓枠の出張りには、ギターの形のような紙に包まれた長いバラの花束が〔……〕無造作においてあり、そのすぐそばには、空罐に立てられた、形のくずれたろうそくが、すすけた汚らしい焔をあげて燃えていた。〔……〕彼女のかなり向こうにドアがあって、半開きになっていた。その隙間から見えたのは、ちょっと見たところ月光に照らされたテラスのようだったが、実は、今では使用されないまま半壊した広々した客間で、外壁は壊れ、床にはあちこちにひび割れが入っていた。〔……〕漆喰の裂け目から、素肌の海、目には見えないが、時間から切り離された喘ぐ空間として耳に伝わってくる海が、鈍い音をひびかせ、ざっざっと小石を打ちよせ、ざーっと引いていく。〔……〕もしこの少女の名前が真実アドーラだったとしたら、一体国籍はどこだろう？　ルーマニア人でも、ダルマチア人でも、シチリア島人でも、アイルランド人でもない――〔……〕地中海に面した岩だらけの半島のある館で。〔……〕ヴァンの腕に抱かれた少女が身動きした。ヴァンは、自分の夜会用外套を彼女にかけてやった」ウラジーミル・ナボコフ『アーダ（下）』齋藤数衛訳、早川書房、一九七七年、三五―三六頁。

＊2　ジョン・シェイドは、長編『青白い炎』（一九六二）の登場人物でもある架空の詩人。

＊3　ジョン・チーヴァー「郊外住まい」渥美昭夫訳『現代アメリカ短編選集2』海保真夫、大津栄一郎、井上謙治ほか訳、白水社、一九七〇年、二〇六頁を一部改変して引用。

＊4　ジョン・アップダイク「いちばん幸福だったとき」寺門泰彦訳『現代アメリカ短編選集3』海保真夫、大津栄一郎、井上謙治ほか訳、白水社、一九七〇年、一三六頁。

＊5　J・D・サリンジャー「バナナフィッシュ日和」『ナイン・ストーリーズ』柴田元幸訳、ヴィレッジブックス、二〇〇九年、二一頁。

＊6　ハーバート・ゴールド（一九四一―）。作家。『英雄の誕生』（一九五一）、『それと合わなかった男』（一九五六）など。一九六七年にナボコフにインタヴューしている。

＊7　ジョン・バース「びっくりハウスの迷子」沼澤洽治訳『アメリカ短篇24』宮本陽吉編訳、集英社、一九八九年、三八五頁を一部改変して引用。

＊8　デルモア・シュウォーツ「夢で責任が始まる」畑中佳樹訳『and Other Stories――とっておきのアメリカ小説12篇』村上春樹、柴田元幸、畑中佳樹、斎藤英治、川本三郎訳、文藝春秋、一九八八年、一六三頁。

Ⅸ

家族の休暇をふいにして——蝶を追う人《バタフライハンター》

ピレネー東部とアリエージュ県の鱗翅目についての覚え書き

十年以上にわたり採集から遠ざかっていたが、突如舞いこんできた幸運のおかげで、一九二九年の春から初夏にかけて、ピレネー東部とアリエージュ県を訪れることができた。パリからペルピニャンへの夜の旅は、愉快だがばかげた夢によって記憶に残った——夢で、サーディンまがいのものが出てきたが、実際には熱帯の蛾で——語るも不思議なことに——トビウオに擬態しているのだった。翌日、ペルピニャン発のモーターバスに乗る。このバスは、テク川にかかる橋を越え、ブールー村までの十三マイルを速やかに運んでくれる。バスはさらに一マイルを走って、ブールー温泉ホテルでおろしてくれた。道をさらに行くと三叉路になっていて、片方はモレイヤ、片方はスペイン国境のペルテュに続いている。採集は大半がこのどちらかの沿道か、または、ホテルのごく近くの、よくある南方型の小さな丘——ハリエニシダ、エニシダ、ヘザー、オークの茂みなどに覆われている——でおこなわれた。二月八日から四月二十四日までの滞在期間をつうじて、天候には悩まされた。というのも、お日さまが顔を出すときにかぎって（それ自体はけっこうあったのだが）、強烈な風が吹きつけてくるからだ。どちらも同じくらい厄介な、スペインからと、北方から吹きつけてくる風だ。どうやら、ルシヨン地方の一部では、これが春の風物詩のようだ。陽光がまばゆくきらめくなか、窓ガラスはがたがた震え、オリーヴとコルクガシの樹はがさがさ葉を揺らして無様に倒れてしまい、遠目に見るカニグー山は刺すような白さで輝いていた。

ことの始まりは静かなものだった――弱ってぼろぼろになった*Macroglossa stellatarum*（ホウジャク）が二頭、窓にとまっていたのだ。二月十日、*Pararge aegeria*（キマダラジャノメ）が二、三頭、岩場ではばたいているのを観察した。*Vanessa polychloros*（オウシュウヒオドシチョウ）も一頭、飛んでいた。夕食をとったあとで、電燈をチェックしにホテルの中庭に出て、ガレージ脇でしばし佇んでいた。入口上に、小型灯が明るく灯っていたのだ。消化の促進に余念のない人々が、暗中、真っ赤な煙草を手にしてうろうろしていた。すごく寒い。私の構えと手の捕虫網は論評の的になり、ヴェルネで老紳士が似たようなことをしているのを見たことがあると、カタロニア訛りが強い声でだれかが言うのが聞こえた。まさにこのとき、電燈の周りを雄の*Chaemerina caliginearia*（カリギネアリアフユシャクガ）がぐるぐる激しく旋回していたのを機敏に網におさめた。この魅力的な種は、二月、三月をつうじて灯りに寄ってきた。だが、この方法で採集された雄はすべて、蒐集用標本としては価値がない。というのも、ランプに狂ったように突進していくので、極めて脆い、美しい鱗粉をあっというまに失い、長い縁毛も失われ、みすぼらしい、煤けた姿を曝してしまうのだ。

二月十八日はぐっと暖かくなり、新鮮な*Pieris rapae*（モンシロチョウ）、*Gonepteryx cleopatra*（クレオパトラヤマキチョウ――この蝶は、のちにどこにでもパタパタしているのを見るようになった）、*Pararge megera*（メゲラキマダラジャノメ）についてメモをとった。越冬明けのタテハチョウが、*Vanessa polychloros*（オウシュウヒオドシチョウ）を皮切りにして、次のような順であらわれた――*atalanta*（アタランタアカタテハ）は二月二十日、*io*（クジャクチョウ）が二月二十六日、*antiopa*（キベリタテハ）は三月十一日、*urticae*（コヒオドシ）と*Polygonia c-album*（シータテハ）が三月十二日。*Pontia daplidice gen. bellidice*（チョウセンシロチョウの春型）が最初に観察されたのは二月二十二日だが、翌日にはもう交尾中のものが見られた。同日、陽がさしこむ葉のトンネルのなか、小枝の上で、一頭の*Libythea celtis*（テングチョウ）が翅を広げているのを見つけた。さらに*Colias croceus gen. vernalis*（ダイダイモンキチョウの春型）が二、三頭、道ぞいに飛んでいた。三日後、小川ぞいで、銀灰色と薄桃色の*Ch. caliginearia*（カリギネアリアフユシャクガ）の、美しく新鮮な雄をつかまえた。藪からよろよろと飛びだしてきたのだ。網の中で、シャクガと言うよりも、どちらかと言えば*Hypena*（フタオビアツバ属）のようなやり方で翅を畳んで這っていた。その後、私は藪を叩いて他の雄もつかまえ、クモの巣にかかった哀れをさそう翅も一枚見つけた。

二月終わりの数日になって赤っぽいものから鉛色まで、灰色の*Orthosia ruticilla*（ルティキラキリガ）と、春の蛾がほかにも電燈にくるようになった。三月は、三月八日の*Lycaenopsis argiolus*（ルリシジミ）、*Chrysophanus phlaeas*（ベニシジミ）、それから*Euchloë belia*（ベリアキイロツマキチョウ）で幕を開けた。後者はかなり局所的なもののようだ。現に、普通に見られたのは、ホテルそばのオリーヴの生えた荒れ地ぐらいだった。*caliginearia*（カリギネアリアフユシャクガ）の雌はまったく見なかったが、三月十日、四頭の完全な個体がつぎつぎと、部屋にふわふわ入ってきて、私の書き物机の上に静かにとまった。[*1] 雌は、斑紋、色彩（私が捕らえた一頭はほとんど白色だった）、優美な形につくられた翅の発達具合において、かなり変異に富んでいる。同日夜、最初の*Eupithecia*（ナミシャク属）の種がきた——*pumilata var. temperstivata*（フタスジナミシャクの変種テンペスティウァタ）と*parvularia*（パルウラリアフタスジナミシャク）の矮小型である。[*2]

翌日は天気がよく、風も穏やかだった。*Pieris napi*（エゾスジグロシロチョウ）が姿をあらわした。満開のサルヤナギが、何百というハチと数十の *L. celtis*（テングチョウ）を呼びよせていた。午後遅くなって、気だてのよい大型の *polychloros*（オウシュウヒオドシチョウ）と一緒に、*L. celtis*（テングチョウ）がねぐらを探してオークの古木をのぼるのを観察した。三月十二日、ペルテュにむかう街道の、暖かく、陰になった場所で、小型の第一世代（第一化）[*3]の *Pieris manni*（ミナミモンシロチョウ）が、サルヤナギのところで見つかった——ミルクチョコレート色をした状態のよい個体だ。この蝶はすぐにやたら数が増え、滞在の終わりまでその状態がつづいたが、そのころになるともう傷んでしまっていた。三月十三日に、*Callophrys rubi* var. *ferrida*（ウスイロミドリコツバメ）を二、三頭つかまえた。並外れて強風の日には、この小さな負けん気の強い生物が——おそらくは数頭の *cleopatra*（クレオパトラヤマキチョウ）とともに——、飛んでいる唯一の蝶なことがあり、斜面に生えたエニシダやハリエニシダの茂みを見るとちらちらしていた。いくつかの個体は、後翅裏の白い斑紋が（点ではなく）棒状になっている。これらはくっついて線になる傾向があるが、*avis*（アヴィスミドリコツバメ）に見られるような独特の曲線や色合いは決してとらない。その深みのある豊かな輝きを粘り強く探したにもかかわらず、後者の種は見かけなかった。アメリー゠レ゠バンとはまったく異質なブールーの天候に耐えられるとも思えなかった。

三月十五日、ペルテュ近郊で小型の新鮮な *Issoria latonia*（スペインヒョウモン）と *Lycaena baton* var. *albonotata*（シロモンバトンコヒメシジミ）の群れがあらわれた。同じ場所で、午後の陽ざしをあびて、地上三十センチ付近の道ぞいをゆっくり飛んでいる *Oreopsyche muscella*（ムスケラハエミノガ）を数頭つかまえた。まるで、巨大な黒いハエのようだった。私は別のミノガ科の個体を三頭つかまえたが、ピュンゲラー・コレクション[*4]にあった、バルセロナで採集された*pulla*（プラハエミノガ）というラベルが付けられた小型種に似ていた。これは午後二時から四時のあいだに、ホテルのすぐ裏の丘の、礫地とヘザーが生えたあたりを、黒い小さな点のように飛んでいたものだ。藪が密生したところでは、シャクガはよく見つかるようになっていたので、陽光をあびて、*Chrysophanus*（ベニシジミ属）のように飛んでいた*Fidonia famula*（ファムラシタカバエダシャク）をすぐつかまえることができた。すばらしい*Gnophos asperaria*（アスペラリアエダシャク）と、その異常型である ab. *pithyata* も。*Coenonympha pamphilus*（チャイロヒメヒカゲ）と*Carcharodus alceae*（アルケアエチャグロセセリ）は、三月十七日になってはじめて見つかった。翌日から数日間は、*Papilio podalirius* var. *feisthameli* gen. *miegi*（ミナミヨーロッパタイマイの春型）が、丘に生えたアーモンドの樹でよく見られた。この種の奇形的個体を一頭採集したが、暗色の翅をした小型の個体で、蛹殻の褐色をした長い腹の部分が、腹部にしっかりとくっついたままだった。そのせいで奇妙な、蛾のような外見になってしまっているが、あまり飛行の邪魔にはなっていない。電燈にはヤガが、*Larentia*（アオイナミシャク属）や*Eupithecia*（ナミシャク属）の個体とともに来ては去り、去っては戻ってをしていた。後者のなかでは、四月一日に見かけた、*E. semitinctaria*（セミティンクタリアナミシャク）の少し変わった、黒っぽい一頭があったことを記しておこう。

三月二十二日、越冬明けの*Gonepteryx rhamni*（ヤマキチョウ）、*Colias hyale*（モトモンキチョウ）一頭、新鮮な*atalanta*（アタランタアカタテハ）を数頭、新鮮な*cardui*（ヒメアカタテハ）を一頭（このあとはまったく見なかった）、岩場で状態のよい*Pararge maera* var. *adrasta*（クチバマエラキマダラジャノメ）を数頭、*edusa* ab. *helice*（エドゥサモンキチョウヘリケ型）を一頭観察した。この最後のものはぼろぼろではあるが、小型であって、この種の春の第一化の個体はみなそうなっている。さらに *belia*（ベリアキイロツマキチョウ）の非常に小さな個体三頭を網でつかまえた。最初のうち、*manni*（ミナミモンシロチョウ）はほとんど見かけなかった。風を好まず、藪に隠れているこの蝶は、好天の三月二十八日には、ホテルの周りにたくさんいた。*croceus*（ダイダイモンキチョウ）の大きく、非常に新鮮な個体と *Leptidia sinapis*（タイリクヒメシロチョウ）――この地域では陽光を好む種だ――もたくさん見かけた。雄のみだが *Lycaena melanops*（メラノプスカバイロシジミ）をホテルのそばのある場所で見かけた。三月も終わりになると、*Papilio machaon*（キアゲハ）、*Euchloë cardamines*（クモマツマキチョウ）、*Lycaena icarus*（イカルスウスルリシジミ）と *Hesperia malvoides*（ミナミヒメチャマダラセセリ）があらわれた。灯りの下で、*caliginearia*（カリギネアリアフユシャクガ）の最後の一頭のごく小型の雌と、*Lycia hirtaria*（ムクゲエダシャク）の黒っぽい個体を六頭（これもまたバルセロナの標本に似ている）、*Exaereta ulmi*（ニレトゲオシャチホコ）の状態のよい個体を雄、雌両方とも、*Mamestra*（ヨトウガ属）と *Dianthoecia*（シロオビヨトウ属）の種をたくさん、それから *Trichoclea sociabilis*（ソキアビリスヨトウ）を一頭つかまえた。

四月九日に新鮮な *Melitaea deione*（デイオネヒョウモンモドキ）を一頭捕獲した。ほかにも一、二頭見かけたが、これはすべて、ホテルそばを流れる小川ぞいの特定の場所でのことだった。私がつかまえた標本は基準品種と変種 var. *rondoui* の中間型のようで、以前に見たジェドル産の標本のようには単色にならないものの、外縁の帯（後翅裏面）の弦月紋が四角くなっていた。翌日、これが単なる異常型であるか、それとも地域品種であるのかを見極めるために、数頭つかまえようとしたのだが、まったく見かけなくなってしまった。その後、風があり、寒い日が一週間つづいた。四月十八日は遠征に出かけた。モレイヤ村をこえたところで*Tortrix promubana*（セキチクハマキ）が、朝日の中を飛んでいた。数百の羽化したばかりの新鮮な*deione*（デイオネヒョウモンモドキ）がおり、その蛹が道を縁どる岩にいくつもついているのが見られた。今度のは、黒い斑紋が太めであることをべつにすれば、これといって変わったところはなかった。さらにラ・イラのほうに進んでいくと、光沢を帯びた灰色っぽい蝶が、渓谷の低いところを飛んでいた。少し色褪せた*Thais rumina* var. *medesicaste*（スカシタイスアゲハの南仏産の変種）の小型の雌だとわかったが、ほかには見つからなかった。四月二十日、*Lycaena medon*（ヤマコヒメシジミ）と、翅裏面の黄色が濃い、春の第二化の新鮮な*Pieris manni*（ミナミモンシロチョウ）を見つけた。美しい*Leucanitis cailino*（カイリノシロシタクチバ）が岩がちな斜面に普通に見られ、すーっと短距離を飛行してはとまるということを繰り返していた。この蛾の明るい色調は、白っぽい岩肌に混じっては見分け難かった。

四日後、アリエージュ県にむかい、タラスコンそばのソラに泊まった。ソラは立派な村で、高度は約二千フィートあり、周囲にそびえる六千フィートに達する山々の懐にやさしく抱かれている。ソラの鱗翅目の動物相は、険しい、乾燥したブールーよりもまろやかだとわかった。四月二十八日は暖かかった。雨後、村からほど近い匂いたつ草地で、見つけたり捕ったりしたのは以下の蝶である。基準品種に属する*P. podalirius*（ヨーロッパタイマイ）、*P. machaon*（キアゲハ）、*P. brassicae*（オオモンシロチョウ）、*P. rapae*（モンシロチョウ）、*P. napi*（エゾスジグロシロチョウ）、非常にくたびれた*Pontia daplidice*（チョウセンシロチョウ）、*E. cardamines*（クモマツマキチョウ）、*E.*

euphenoides（エウフェノイデスキイロツマキチョウ——雌の前翅の先端は、レモン色から、多少暗めの杏子色に変化している）、*L. sinapsis*（タイリクヒメシロチョウ）、*C. hyale*（モトモンキチョウ）、*C. edusa*（エドゥサモンキチョウ）、*G. rhamni*（ヤマキチョウ）、ぼろぼろの*C. rubi*（ミドリコツバメ）、*Chrysophanus dorilis*（ウスグロベニシジミ——一頭の雄が*Euclidia glyphica*（グリフィカツメクサシタバ）にしつこくしつこく求愛していることに気づいた）、*Ch. phlaeas*（ベニシジミ）、*Everes argiades* gen. *polysperchon*（ツバメシジミの春型）、*L. icarus*（イカルスウスルリシジミ）、*thersites*（テルシテスウスルリシジミ）は一頭もいなかった、*L. bellargus*（アドニスルリシジミ——*L. cyllarus*（シタウラミドリカバイロシジミ）、*P. c-album*（シータテハ）、すでに新鮮な*V. utricae*（コヒオドシ）、*V. io*（クジャクチョウ）、*V. antiopa*（キベリタテハ）、*Melitaea cinxia*（アトグロヒョウモンモドキ）、*M. phoebe*（タイリクヒョウモンモドキ）、*I. latonia*（スペインヒョウモン）、*Brenthis dia*（ディアコヒョウモン）、*P. megera*（メゲラキマダラジャノメ）、*Coenonympha pamphilus*（チャイロヒメヒカゲ）、*Carcharodus alceae*（アルケアエチャグロセセリ）、*C. altheae*（アルテアエチャグロセセリ）、*H. serratulae*（セラチュラエチャマダラセセリ）、*H. sao*（ヒメチャマダラセセリ）、*H. malvoides*（ミナミヒメチャマダラセセリ）、*Nisoniades tages*（ミヤマセセリ）。カバノキの少し高いところで、めったに同じ場所にいない二種の昆虫が一緒にいるのを見つけてなごんだ——南方種の*P. aegeria*（キマダラジャノメ）と*Aglia tau*（エゾヨツメ）の雄であり、[*5] 少年時代とロシア北部の春を思い出してしまったのだ。

以降、一週間ほど雨がつづいたが、好天が一日だけ戻った日にリストに加えたのは以下の種である。*L. medon*（ヤマコヒメシジミ）、*Cupido minimus*（コガラコルリシジミ）、*M. parthenie*（パルテニエヒョウモンモドキ）、*B. euphrosyne*（ミヤマヒョウモン——みごとな暖色系の型）、*H. onopordi*（オノポルドチャマダラセセリ）、*H. armoricanus*（アルモリカヌスチャマダラセセリ）。*parthenie*（パルテニエヒョウモンモドキ）は変異に富んでいたが、それは、黒色の斑紋、とくに両翅の外縁と内側の線が消えるという、この種によく見られる傾向であった。しかし、枯葉色の亜外縁を除けば、前翅が完全にチョコレートブラウンになった異常型も一頭つかまえた。三千フィートの岩山の頂上では、多数の *podalirius*（ヨーロッパタイマイ）が敏捷に旋回しながら追いかけっこをしていただけでなく、二、三頭の *P. maera*（マエラキマダラジャノメ——変種 var. *adrasta*（クチバマエラキマダラジャノメ）に近い——に気づいた。翌日、三千五百フィートのカルロンで、*Nemeobius lucina*（セイヨウシジミタテハ）と数頭の非常に新鮮な *C. rubi*（ミドリコツバメ）を見つけた。これは、変種 var. *fervida*（ウスイロミドリコツバメ）を見たあとでは、奇妙に黒っぽく感じられた。ミドリコツバメのなかに、発香鱗から成る性票が白くなった個体が一頭あった。また長雨がつづいたあと、五月十七日に、水浸しの草地と泥だらけの小道で、*Everes alcetas*（アルケタスツバメシジミ）、*L. semiargus*（セミアルグスルリシジミ）、*L. sebrus*（オオガラコルリシジミ）、*Limenitis rivularis*（フタスジチョウ）、*Melitaea aurinia*（アウリニアヒョウモンモドキ——変種 var. *provincialis*（プロヴァンスアウリニアヒョウモンモドキ）に近い）、*deione*（デイオネヒョウモンモドキ）を見つけた。デイオネヒョウモンモドキは、縁どりがごく細い、ごく明るい枯葉色をしたものから、私がモレイヤで採集した標本に似た、地色がくすみ、黒色の斑紋がかなりしっかり発達したものまであった。しかし、変種 var. *rondoui* に近いものはひとつもなかった。

　村近郊の草の生えたなだらかな斜面を、いったりきたり、するすると滑空する無数の *deione*（デイオネヒョウモンモドキ）に混じって、美しい***Melitaea***（ヒョウモンモドキ属）の雄を二、三頭つかまえた。これはたしかに***dictynna***（ウスイロヒョウモンモドキ）種群に属するもので、まずまちがいなく変種var. *vernetensis*（ヴェルネレバンウスイロヒョウモンモドキ）か、それに近縁のものだろう。ちなみに*vernetensis*（ヴェルネレバンウスイロヒョウモンモドキ）は、ここの収集品[*6]の中にはなく、オーベルチュール[*7]の原記載でも読むことができなかった。したがって、*vernetensis*（ヴェルネレバンウスイロヒョウモンモドキ）についての私の知識は後の研究者による「とても短い」記述に基づくものだ。手元の標本は、そうした記述の内容に合致するようだ。最初の一頭は五月二十二日につかまえた。しかし、それはソラの品種のかなり特異で極端な異常型だとわかった。同じ場所でソラの品種を見たのは、三週間後の六月十四日になってからのことだった。この品種は私が知る***dictynna***（ウスイロヒョウモンモドキ）のいかなる型のものよりも、はるかに大型で、がっしりしている。斑紋は黒が濃く***dictynna***（ウスイロヒョウモンモドキ）よりもずっと暗いが、全体としてはより明るく感じる。その理由は、第一に地色である枯葉色の色合いが豊かなせいであり、第二に黒色の斑紋の幅が狭いせいである（とくに、ウィーラー[*8]が定義した「内側の亜外縁線」の場合にそうである）。第三に、翅の基部を覆っている黒色部分が、黒々とはしているものの、あたかもぬぐわれたかのように、かなり減退しているためである。それによって、前翅の前縁部の斑紋と「く」の字状の線を、また、後翅の外側の線と内側の線のあいだの明るい地色を、見事に際立たせている。それはまた、中室の基部黒紋とほかの明色斑に対しても同様の効果を与えている。内側と外側の線のあいだの枯葉色の帯はとても目だち、弦月紋はこの上なくはっきりしている。しかし、翅の裏面には基準品種と本質的に異なる点は見られなかった。ただし、おそらく、***dictynna***（ウスイロヒョウモンモドキ）のほとんどの標本よりも外側の帯の赤みが弱い点は違う。さて、ここで上述の極端な異常型の標本に戻る。この個体では、黒色の斑紋と基部を覆う暗色部が、*vernetensis*（ヴェルネレバンウスイロヒョウモンモドキ）に見られるように、消えかかるだけではなく、加えて、鈍い茶色がかった色になっている。その「く」の字状の線はその中ほどで狭くかつぼやけ、弦月紋は非常に大きくなり、第三弦月紋が発達しているせいで、外側の亜外縁線は内側の亜外縁線に向かって曲がっている。白い縁毛を持つ翅の外縁は、翅脈と翅脈の間で通常よりも深く切れこんでいるようだ。前翅の外縁は先端から三分の一ほど下がったところで、その曲線にわずかな角張りが見られる。後翅裏面については、中央の黄白色の帯のなかを走る線は、前縁付近でのみ認めることができ、外側の帯のなかの五個の錆色の紋はごく小さい。

　五月二十二日、最初の*Erebia evias*（プリュンネルベニヒカゲ）を記録している。これは、*Euchloë euphenoides*（エウフェノイデスキイロツマキチョウ）とともに、村をすこし出たところにある小山であるカラメ山の礫地帯で、ついで、もっと標高の高いところでよく見かけるようになった。黒い蝶と金色の蝶という組合せである。*evias*（プリュンネルベニヒカゲ）は、どこからともなくわきでてきて、まっすぐ低く飛び、とまることは滅多になく、かんたんにネットにおさまりそうに思えるが、なかなかそうはいかない。五月二十三日に*Aporia crataegi*（エゾシロチョウ）がでてきて、それから五月二十八日に基準品種の*L. baton*（バトンコヒメシジミ）、次いで新鮮な*C. argiolus*（ルリシジミ）、*Plebeius argus (argyrognomon)*（ヒメシジミ）、新鮮な*G. cleopatra*（クレオパトラヤマキチョウ）と*Epinephele jurtina*（マキバジャノメ）がつづく。ふたたび雨がちな時期がつづいたあと、六月六日に若干低い場所で、*P. cardui*（ヒメアカタテハ）の一個体、*Argynnis* *cydippe*（ウラギンヒョウモン）、*Melanargia galathea*（ヨーロッパシロジャノメ）、日陰がちのじめじめした場所で*Coenonympha arcania*（ヒロオビヒメヒカゲ）、*Thymelicus lineola*（カラフトセセリ）、*T. thaumas*（コスジグロチャバネセセリ）を見つけた。翌日、三千フィートのロック・デ・ジレージュ――「なんじらは哀れなり《イエ・レッチーズ》」という発音に聞こえる――で、後翅裏面が全面つやつやした茶色になっている一頭の雄の*E. stygne*（ピエモンテベニヒカゲ）をつかまえた。*stygne*（ピエモンテベニヒカゲ）は、一週間後に同じ場所で、*Lampides boeticus*（ウラナミシジミ）や*Augiades sylvanus*（コキマダラセセリ）とともに普通に見かけるようになったが、その黒く丸っこい翅に比べて、最初の雄の翅は長くてスマートだった。

唯一の*Parnassius*（ウスバシロチョウ属）は、二千五百フィートのシュマン・デ・ラーヌで、六月十六日にとれた*mnemosyne* var. *pyrenaica*（クロホシウスバシロチョウのピレネー産の変種）の交尾嚢をつけた雌だった。翌日、五千フィートのコル・デュ・ポールに登り、ほかもろもろに加えて、*Erebia epiphron*（エピフロンベニヒカゲ――シャクナゲのあるところでは非常によく見かける――後翅裏面の眼状紋がほとんど見られない暗色の個体）と、*Larentia turbata* var. *pyrenaeria*（ピレネートゥルバタアオイナミシャク）の、素敵なシャクガを数頭つかまえた。

ソラを発つのは断腸の思いだった。観光客向けパンフレットには「水の荒ぶる地」とあるが、六月二十四日に事態は俄然活況を呈し、*Thecla spini*（スモモカラスシジミ）、*T. ilicis*（モチノキカラスシジミ）、*Chrysophanus gordius*（ゴルディウスベニシジミ）、*Everes argiades*（ツバメシジミ）、*L. hylas*（ソライロヒメシジミ）、*L. arion*（ゴウザンゴマシジミ）、*Satyrus circe*（キルケーイチモンジヒカゲ）、*Aphantopus hyperanthus*（ヒュペラントゥスジャノメ）といった種がすべて、雲のないこの一日にまとめて羽化してきた。

ソラでは電燈がかなり暗く、夜間採集はほとんどできなかった。だが、数頭のすばらしい蛾をなんとか誘いだすことができた。たとえば、六月十日には、*Eupithecia pumilata*（フタスジナミシャク）のすばらしい品種が一頭あらわれた。この個体の灰色はごくわずかに緑がかっていて、それ自身基準品種よりも茶色がかなり薄い変種 var. *tempestivata*（テンペスティウァタフタスジナミシャク）に比べてみてもそう見える。かよわく真珠のようなつやのある[*9] *E. liguriata*（リグリアタナミシャク）は、五月十九日から六月中旬まで毎晩、奇跡的な机帳面さで、夜十一時を少しまわったころに大挙してやってきた。五月十三日には、*Chesias isabella*（イサベラホソバナミシャク）が一頭やってきた。これは見方によっては、おそらく *rufata*（ルファタホソバナミシャク）よりもずっと愛らしいものだ。

最後になったが、管理するコレクションを調べさせてくれた、ダーレムの昆虫学研究所のW・ホルン博士と、ベルリンの自然科学博物館のM・ヘリング博士に感謝する。[*10]

イトポルト通り二十七番地、ベルリン

＊1　ナボコフの自伝『記憶よ、語れ——自伝再訪』（若島正訳、作品社、二〇一五）の三四一頁に、この「書き物机」に向かって執筆中のナボコフのスナップ写真が出ている。説明文中には、多数の春の蛾の飛来と珍しいナミシャクガを捕らえたことが書かれている。

＊2　ナミシャク（*Eupithecia*）属の蛾は、ナボコフがことのほか愛好していたもののひとつで、後に、ナボコフが採集した

標本にもとづいて、彼に献名された新種（*Eupithecia nabokovi McDunnough*）が記載されている。自伝『記憶よ、語れ』（前掲書）の一四七、一六一頁にもナミシャクのことが書かれている。

＊3　その年になって最初に羽化した成虫の世代を「第一化」と呼ぶ。

＊4　ルドルフ・ピュンゲラー（一八五七―一九二七）。鱗翅類を専門とするドイツの昆虫学者で、中央アジアや中国の鱗翅類に関する研究は特に重要である。蛾の多数の種や属を記載しており、その蒐集はベルリン自然科学博物館に保管されている。

＊5　ナボコフはこう書いているが、実際にはそれほど南方的な種ではない。

＊6　この報文を書くに当たって調べたダーレムの昆虫学研究所および自然科学博物館のコレクションのことを指すと思われる。

＊7　シャルル・オーベルチュール（一八四五―一九二四）。フランスの鱗翅類を専門とする昆虫学者。『昆虫学研究』（一八七六―一九〇二）、『比較鱗翅類学研究』（一九〇四―一九二五）のような重要な著作を残している。大蒐集家でもあり、多くの昆虫学者のコレクションを買いとることで築いたコレクションの所蔵標本は、その死の時点で五百万頭を超えていた。*vernetensis* は『比較鱗翅類学研究』の第三巻（二四六頁、一九〇九年）で記載され、同第四巻（六七二頁、第四五図版、一九一〇）に図示されている。ナボコフが言及しているのはこれらを指すと考えられる。また、同第二〇巻（一―五四頁。一九二三）には『東ピレネーの鱗翅類カタログ』がある。

＊8　ジョージ・ウィーラー（一八五八―一九四七）。イギリスの聖職者。『スイスと中央ヨーロッパアルプスの蝶』（一九〇三）という著作が知られている。

＊9　実際には、写真を見るとあまりそのようには見えない。

＊10　ヴァルター・ホルン（一八七一―一九三九）。鞘翅類のハンミョウを専門とするドイツの昆虫学者で、ドイツ昆虫学研究所の所長を長く務めた。二つの世界大戦の間の時期に昆虫学における国際的な交流に力を尽くすとともに、国内外の多くの専門、アマチュア研究者を助けた。マルティン・ヘリング（一八九三―一九六七）は、潜葉性昆虫を専門とするドイツの昆虫学者。鱗翅類の研究もおこない、代表的な著作の中に『鱗翅類の生物学』（一九二六）がある。

※本採集紀行文には、多数の蝶・蛾の名前が登場する。ナボコフはそれらをもっぱら学名（多くの場合は種小名のみ）によって示しているが、その後の分類学の進歩によって、この報文で用いられている学名の多くは変更されている。また、いくつかの学名には綴りの誤りがある。そうした事情

に鑑み、この翻訳では、蝶・蛾の名称は、綴り間違いを含めてナボコフが用いたままの学名で示し、学名の後ろの括弧内に和名を加えることにした。和名は、よく知られたものがある場合にはそれを用いたが、多くはこの翻訳のために考案した新称である。ナボコフがこの採集紀行文を書いた当時は、種以下の分類単位として、品種（race）や変種（variety、「var.」と省略される）がよく用いられていたが、現在の国際動物命名規約ではそれらの使用は認められていない。この採集紀行文で品種や変種として扱われているものの多くは、現在では亜種（subspecies）とされている。しかし、この翻訳ではナボコフの扱いのままにしている。ここでは、本報文に登場する蝶・蛾を科ごとにまとめ、和名、ナボコフが用いた学名、現在の分類に基づく（あるいは、正しい綴りの）学名の順に示した。蝶と蛾の科については、日本の図鑑で広く用いられている分け方を採用した。和名の後に＊をつけたものは、同種（ないしは最近まで同種とみなされていた近縁の種）が日本にも分布する（偶産種や外来種を含む）。

ナボコフは蝶（特にシジミチョウ）の研究者として知られているが、自伝の中で語られている蛾（例えばナミシャク）に対する強い関心も、この採集紀行文からよくうかがえるだろう。

セセリチョウ科　9種		
ミナミヒメチャマダラセセリ	*Hesperia malvoides*	（現）*Pyrgus malvoides*
ヒメチャマダラセセリ＊	*Hesperia sao*	（現）*Pyrgus malvae*
ミヤマセセリ＊	*Nisoniades tages*	（現）*Erynnis tages*

セラチュラエチャマダラセセリ	*Hesperia serratulae*	（現）*Pyrgus serratulae*
アルケアエチャグロセセリ	*Carcharodus alceae*	（現）変更なし
アルテアエチャグロセセリ	*Carcharodus althea*	（現）変更なし
カラフトセセリ＊	*Thymelicus lineola*	（現）変更なし
コスジグロチャバネセセリ	*Thymelicus thaumas*	（現）*Thymelicus sylvestris*
コキマダラセセリ＊	*Augiades sylvanus*	（現）*Ochlodes vebatus*
アゲハチョウ科　5種		
スカシタイスアゲハ（南仏産の変種）	*Thais rumina* var. *medesicaste*	（現）*Zerynthia rumina medesicaste*
ウスバシロチョウ属＊	*Parnassius*	（現）変更なし
クロホシウスバシロチョウ（ピレネー産の変種）	*Parnassius mnemosyne* var. *pyrenaica*	（現）*Parnassius mnemosyne pyrenaica*
キアゲハ＊	*Papilio machaon*	（現）変更なし
ヨーロッパタイマイ	*Papilio podalirius*	（現）*Iphiclides podalirius*
ミナミヨーロッパタイマイ（春型）	*Papilio podalirius* var. *feisthamelii* gen. *miegi*	（現）*Iphiclides podalirius feisthamelii*　季節型の学名は用いない
シロチョウ科　16種		
タイリクヒメシロチョウ	*Leptidia sinapis*	（正）*Leptidea sinapis*
モンシロチョウ＊	*Pieris rapae*	（現）変更なし
オオモンシロチョウ＊	*Pieris brassicae*	（現）変更なし
ミナミモンシロチョウ	*Pieris manni*	（現）変更なし
エゾスジグロシロチョウ＊	*Pieris napi*	（現）変更なし
エゾシロチョウ＊	*Aporia crataegi*	（現）変更なし
チョウセンシロチョウ＊（春型）	*Pontia daplidice* gen. *bellidice*	（現）*Pontia daplidice*　季節型の学名は用いない
クモマツマキチョウ＊	*Euchloë cardamines*	（現）*Anthocharis cardamines*

ベリアキイロツマキチョウ	*Euchloë belia*	（現）*Anthocharis belia*
エウフェノイデスキイロツマキチョウ	*Euchloë euphenoides*	（現）*Anthocharis euphenoides*
ダイダイモンキチョウ（春型）	*Colias croceus* gen. *vernalis*	（現）*Colias croceus*
エドゥサモンキチョウ	*Colias edusa*	（現）*Colias croceus*　季節型の学名は用いない
エドゥサモンキチョウ　ヘリケ型	*Colias edusa ab. helice*	（現）*Colias croceus f. helice*
モトモンキチョウ	*Colias hyale*	（現）変更なし
クレオパトラヤマキチョウ	*Gonepteryx cleopatra*	（現）変更なし
ヤマキチョウ＊	*Gonepteryx rhamni*	（現）変更なし
シジミチョウ科　26種		
ルリシジミ＊	*Lycaenopsis argiolus*	（現）*Celastrina argiolus*
ツバメシジミ＊（春型）	*Everes argiades* gen. *polysperchon*	（現）*Everes argiades*　季節型の学名は用いない
アルケタスツバメシジミ	*Everes alcetas*	（現）変更なし
コガラコルリシジミ	*Cupido minimus*	（現）変更なし
オオガラコルリシジミ	*Lycaena sebrus*	（現）*Cupido osiris*
シロモンバトンコヒメシジミ	*Lycaena baton* var. *albonotata*	（現）*Pseudophilotes baton albonotata*
バトンコヒメシジミ	*Lycaena baton*	（現）*Pseudophilotes baton*
イカルスウスルリシジミ	*Lycaena icarus*	（現）*Polyommatus icarus*
テルシテスウスルリシジミ	*Lycaena thersites*	（現）*Polyommatus thersites*
アドニスルリシジミ	*Lycaena bellargus*	（現）*Polyommatus bellargus*
ソライロヒメシジミ	*Lycaena hylas*	（現）*Plebicula dorylas*
メラノプスカバイロシジミ	*Lycaena melanops*	（現）*Glaucopsyche melanops*
シタウラミドリカバイロシジミ	*Lycaena cyllarus*	（現）*Glaucopsyche alexis*

ゴウザンゴマシジミ	*Lycaena arion*	（現）*Phengaris arion*
セミアルグスルリシジミ	*Lycaena semiargus*	（現）*Cyaniris semiargus*
ヒメシジミ＊	*Plebeius argus (argyrognomon)*	（正）*Plebejus argus*
ヤマコヒメシジミ	*Lycaena medon*	（現）*Aricia artaxerxes*
ウラナミシジミ	*Lampides boeticus*	（現）変更なし
ベニシジミ属＊	*Chrysophanus*	（現）*Lycaena*
ベニシジミ＊	*Chrysophanus phlaeas*	（現）*Lycaena phlaeas*
ウスグロベニシジミ	*Chrysophanus dorilis*	（現）*Heodes tityrus dorilis*
ゴルディウスベニシジミ	*Chrysophanus gordius*	（現）*Heodes alciphron gordius*
ミドリコツバメ	*Callophrys rubi*	（現）*Callophrys rubi*
ウスイロミドリコツバメ	*Callophrys rubi* var. *fervida*	（現）*Callophrys rubi fervida*
アヴィスミドリコツバメ	*Callophrys avis*	（現）変更なし
スモモカラスシジミ	*Thecla spini*	（現）*Fixenia pruni*
モチノキカラスシジミ	*Thecla ilicis*	（現）*Nordmannia ilicis*
シジミタテハ科　1種		
セイヨウシジミタテハ	*Nemeobius lucina*	（現）*Hamearis lucina*
テングチョウ科　1種		
テングチョウ＊	*Libythea celtis*	（現）変更なし
タテハチョウ科　21種		
シータテハ＊	*Polygonia c-album*	（現）変更なし
オウシュウヒオドシチョウ	*Vanessa polychloros*	（現）*Nymphalis polychloros*
キベリタテハ＊	*Vanessa antiopa*	（現）*Nymphalis antiopa*
アタランタアカタテハ	*Vanessa atalanta*	（現）変更なし
ヒメアカタテハ＊	*Pyrameis cardui*	（現）*Cynthia cardui*

クジャクチョウ*	*Vanessa io*	（現）*Inachis io*
コヒオドシ*	*Vanessa urticae*	（現）*Aglais urticae*
ウラギンヒョウモン*	*Argynnis cydippe*	（現）*Fabriciana adippe*
スペインヒョウモン	*Issoria latonia*	（正）*Issoria lathonia*
ディアコヒョウモン	*Brenthis dia*	（現）変更なし
ミヤマヒョウモン	*Boloria euphrosyne*	（現）*Clossiana euphrosyne*
ヒョウモンモドキ属*	*Melitaea*	（現）変更なし
デイオネヒョウモンモドキ	*Melitaea deione*	（現）*Melicta deione*
デイオネヒョウモンモドキ（変種 rondoui）	*Melitaea deione* var. *rondoui*	（現）*Melicta deione rondoui*
パルテニエヒョウモンモドキ	*Melitaea parthenie*	（現）*Melicta parthenoides*
ウスイロヒョウモンモドキ*	*Melitaea dictynna*	（現）*Melitaea diamina*
ヴェルネレバンウスイロヒョウモンモドキ	*Melitaea vernetensis*	（現）*Melitaea diamina vernetensis*
アトグロヒョウモンモドキ	*Melitaea cinxia*	（現）変更なし
タイリクヒョウモンモドキ	*Melitaea phoebe*	（現）変更なし
アウリニアヒョウモンモドキ	*Melitaea aurinia*	（現）*Euphydrias aurinia*
プロヴァンスアウリニアヒョウモンモドキ	*Melitaea aurinia* var. *provincialis*	（現）*Euphydrias aurinia provincialis*
フタスジチョウ*	*Limenitis rivularis*	（現）*Neptis rivularis*
ジャノメチョウ科　13種		
キマダラジャノメ	*Pararge aegeria*	（現）変更なし
メゲラキマダラジャノメ	*Pararge megera*	（現）*Lasiommata megera*
クチバマエラキマダラジャノメ	*Pararge maera* var. *adrasta*	（現）*Lasiommata maera adrasta*
マエラキマダラジャノメ	*Pararge maera*	（現）*Lasiommata maera*
チャイロヒメヒカゲ	*Coenonympha pamphilus*	（現）変更なし
ヒロオビヒメヒカゲ	*Coenonympha arcania*	（現）変更なし

プリュンネルベニヒカゲ	*Erebia evias*	（現）*Erebia triaria*
ピエモンテベニヒカゲ	*Erebia stygne*	（現）*Erebia meolans*
エピフロンベニヒカゲ	*Erebia epiphron*	（現）変更なし
マキバジャノメ	*Epinephele jurtina*	（現）*Maniola jurtina*
ヨーロッパシロジャノメ	*Melanargia galathea*	（現）変更なし
キルケーイチモンジヒカゲ	*Satyrus circe*	（現）*Brintesia circe*
ヒュペラントゥスジャノメ	*Aphantopus hyperanthus*	（正）*Aphantopus hyperantus*

蛾25種

シャクガ科　11種

カリギネアリアフユシャクガ	*Chaemerina caligineraria*	（正）*Chemerina caliginearia*
ナミシャク属＊	*Eupithecia*	（現）変更なし
リグリアタナミシャク	*Eupithecia liguriata*	（現）変更なし
テンペスティウァタフタスジナミシャク	*Eupithecia pumilata* var. *temperstivata*	（正）*Eupithecia pumilata* var. *tempestivata* （現）*Gymnoscelis rufifasciata*
パルウラリアフタスジナミシャク	*Eupithecia parvularia*	（現）*Gymnoscelis rufifasciata*
セミティンクタリアナミシャク	*Eupithecia semitinctaria*	（現）*Eupithecia cocciferata*
アオイナミシャク属	*Larentia*	（現）変更なし
ピレネートゥルバタアオイナミシャク	*Larentia turbata* var. *pyrenaearia*	（現）*Colostygia turbata pyrenaearia*
アスペラリアエダシャク	*Gnophos asperaria*	（現）*Rhoptria asperaria*
ファムラシタカバエダシャク	*Fidonia famula*	（現）*Bichroma famula*
ムクゲエダシャク＊	*Lycia hirtaria*	（現）変更なし
イサベラホソバナミシャク	*Chesias isabella*	（現）変更なし
ルファタホソバナミシャク	*Chesias rufata*	（現）変更なし

ミノガ科　2種		
ムスケラハエミノガ	*Oreopsyche muscella*	（現）変更なし
プラハエミノガ	*Oreopsyche pulla*	（現）変更なし
ハマキガ科　1種		
セキチクハマキ	*Tortrix pronubana*	（現）*Cacoecimorpha pronubana*
ヤガ科　7種		
フタオビアツバ属＊	*Hypena*	（現）変更なし
ヨトウガ属＊	*Mamestra*	（現）変更なし
シロオビヨトウ属＊	*Dianthoecia*	（現）*Hadena*
ソキアビリスヨトウ	*Trichoclea sociabilis*	（現）*Cardepia sociabilis*
ルティキラキリガ	*Orthosia ruticilla*	（現）*Spudaea ruticilla*
カイリノシロシタクチバ	*Leucanitis cailino*	（現）*Drasteria cailino*
グリフィカツメクサシタバ	*Euclidia glyphica*	（現）変更なし
シャチホコガ科　1種		
ニレトゲオシャチホコ	*Exaereta ulmi*	（現）*Dicranura ulmi*
ヤママユガ科　1種		
エゾヨツメ＊	*Aglia tau*	（現）変更なし
スズメガ科　1種		
ホウジャク＊	*Macroglossa stellatarum*	（正）*Macroglossum stellatarum*

Lycaeides sublivens Nab.[※1]（スブリウェンスヒメシジミ）の雌[*1]

昨夏（一九五一年）、コロラド州、サン・ミゲル郡テルライドを訪れることにした。ハーヴァード大学の比較動物学博物館にある、テルライド近郊で半世紀前に採集された、九頭の雄の標本をたよりに、*Lycaeides argyrognomon sublivens* として、私が一九四九年に記載した種の、未知の雌を探すためである（『比較動物学博物館紀要』一〇一号、五一三頁）。*L. sublivens* は、全北区の *argyrognomon* Bergstr. という種[*2]（多くの著者によって *idas* と誤って呼ばれてきたもの）のグループに属する南の隔離された代表種であり、ワイオミング州北西部より南、アイダホ州より南東側、カリフォルニア州以東に分布する唯一のものである。新北亜区の *argyrognomon*（*idas*）には、*anna* Edw.、*scudderi* Edw.、*aster* Edw. に加え、ほかに六亜種が属している。私は家族の休暇をふいにしたが、欲しかったものを手に入れた。

雨と氾濫のせいで（カンザスでとくにひどかった）、ニューヨーク州からコロラドまでのドライヴの大半は、昆虫学的にはつまらないものだった。やっとのことで辿りついてみると、テルライドはじめじめしてめったに人も訪れないが、毎夕、巨大な虹が股をかけるはなはだ壮観な袋小路だということがわかった——プラサヴィルとドローレスからの（どちらもひどい悪路の）二本の道が合流するどんづまりなのだ。モーテルは一軒だけ、これぞ妻とともに七月三日から二十九日まで宿泊した、おめでたくもすばらしいヴァリー・ヴュー・コートであり、高度九千フィートに位置する。この期間、*sublivens* をさがして、毎日少なくとも高度一万二千フィートまで、程度の差はあれ、急峻な山道を登ることになった。テルライドのホーマー・レイド氏が、一、二度ジープに乗せていってくれた。毎朝、出発する六時くらいには、空は非の打ちどころのない晴天だった。七時半には最初の罪なき小雲が流れる。九時ごろ、崖と木陰からでてよい採集場にたどりついたとき、暗い腹を曝《さら》した大きな雲たちが太陽にからみだす。半刻もたつと、あたり一面寒く、陰気になってくる。十時ごろになると、日毎の雷雨がくる——何度かは、ロングズ・ピークをふくめ、ロッキー山脈でもあったことがないような、ひやひやするほどの近さに雷が落ちた。もう聞きあきただろうが、このあと一日じゅう、曇天と雨天がつづくのだ。

到着から十日後（さらにはその後の不断の探索にもかかわらず）、見つかった *sublivens* のコロニーは、まばらなものひとつだけだった。十五日に、その場所で、妻が羽化したばかりの一頭の雄を見つけた。三日後、近縁のものとはかなり外観が違う雌を発見する歓びに恵まれた。十五日から二十八日までのあいだのすべてのうち、天候の状態が、強風だが、なんとか採集が可能だったのは十時間ほどしかなく（霧と雨のせいで無為に過ぎたおびただしい時間は含めない）、たった五十四頭の標本に終わり、そのうち十六頭が雌だった。もっと若く、体重が軽かったら、もう五十頭は採っていたと思うが、どのみちそれ以上は難しかったろう。七月の終わりに、一万二千フィートから一万四千フィートにおよぶ、さらに高い尾根（*magdalena-snowi-centaureae* 地帯[*3]）も調べてみたが、徒労に終わった——十中八九、ここで *sublivens* がでてくるのは夏の終わりなのだろう。

私が見つけたコロニーは、約一万五百から一万一千フィートの尾根に達する急峻な斜面にかぎられ、「ソーシャルトンネル」と「金塊鉱山」のあいだのトムボーイロードにそびえていた。この斜面は、花を咲かせたルピナス（*Lupinus parviflorus* Nuttall、山道のほかの場所には生えていない）と、緑のリンドウ（フトオハチドリとアカオビスズメガがせっせと通ってくる高い塔）がよく成育し、密生していた。このルピナス――ユタ州の山地では、*L. melissa*（メリッサヒメシジミ）の高地亜種（*annetta* Edw.）の食草である――は、*L. sublivens* の宿主《ホスト》植物でもあることがわかった。その根際で幼虫が蛹化し、どんよりした天気の際には、雌雄両方の成虫が数頭、低いところにある葉や茎にとまっていた。蝶の翅裏の鈍い色調は、植物の色合いとうまくあっている。

sublivens の雌は、興味深いことに北方種のような外見をしている。それは、同所的に分布し、ゲンゲ属とウマゴヤシを食べる、斑紋のくっきりした *L. melissa*（メリッサヒメシジミ）や、ワイオミングとアイダホに分布する *argyrognomon*（*idas*）の亜種に見られる *melissa* のような外見をした雌とはまったく異なる。むしろ、カナダ北西部とアラスカから知られる *argyrognomon*（*idas*）の亜種とどことなく似ている（上記にあげた文献の五〇一頁、図八、図一一二を見よ）。これはまた、*L. melissa annetta* に生じたような、特徴的な形質のある特定の組みあわせを思わせる。

以下に、*L. sublivens* の雌の簡潔な記載をのせておく。翅表はかなり独特な、光沢のある薄茶色をしており、生時にはオリーヴ色がさしている。程度の差こそあれ、灰青色の鱗粉が翅表の全面にまばらに散っている。内側白粘土紋[*4]は、灰色がかった青の三角形をしており、ふつう後翅にはあらわれるが、前翅の径室[*5]では、しばしば青か灰色の退色を伴う。あけぼの紋[*4]は減退している（これは、後翅では短縮して鈍い色調になり、前翅ではぼやけるか、または、あらわれないこともある。前翅、後翅ともで消える傾向にあり、三頭の標本ではほぼ完全になかった）。外側白粘土紋は、薄灰色がかった青の三日月形で、前翅、後翅ともで明瞭にみとめられる。裏翅は雄に似ている。

二十頭の雄と十頭の雌がコーネル大学コレクションに、十八頭の雄と六頭の雌が、ハーヴァード大学比較動物学博物館に保管されている。

※1　これは現在では、*Plebejus* (*Lycaeides*) *idas sublivens* Nab. あるいは *Lycaeides sublivens* Nab. とされている。F・マーティン・ブラウンによって「ナボコフのブルー（ヒメシジミ）」という通俗名が与えられ（一九五五）、そのように呼ばれてきた。

＊1　本論文の初出時のタイトルは"The Female of *Lycaeides argyrognomon sublivens*"だった。ナボコフの原注は再掲時に加えられたもので、改題の背景説明になっている。

＊2　この学名（種小名）は、現在では、日本にも分布するミヤマシジミに用いられている。しかし、ナボコフが鱗翅類の研究をおこなっていた一九四〇年代後半からこの報文が発表された一九五〇年代前半にかけての間、ナボコフが *argyrognomon* という種に含まれると考えていたのは、北アメリカとヨーロッパの現在は *idas* と呼ばれている種、日本のアサマシジミ、および大陸のアサマシジミとその近縁種であった。いっぽう、日本のミヤマシジミは、ナボコフが *ismenias* と呼んでいた種の中に含まれていた。

＊3　*Erebia magdalena*（マグダレナベニヒカゲ）、*Lycaena cupreus snowi*（クプレウスベニシジミのスノウィ亜種）、*Pyrgus centaureae*（ケンタウレアチャマダラセセリ）が棲息する標高帯をいう。

＊4　「内側白粘土紋 inner cretule」、「あけぼの紋 aurora」、「外側白粘土紋 outer cretule」は、いずれも翅の斑紋の構成要素の名称で、一九四四年にナボコフがヒメシジミ類の翅斑紋の解析に当たって考案したもの（訳語は荒木崇氏の提案による）。cretule は翅裏面の亜外縁に並ぶ目玉状の斑紋の白ないし白っぽい部分を指す。内側を「内側白粘土紋」、「外側白粘土紋」と呼んで区別している。目玉状の斑紋のあいだを分断するようにあらわれる橙色の領域を「あけぼの紋」と呼んでいる。

＊5　径脈と呼ばれる翅脈によって区切られる翅の部分。スブリウェンスヒメシジミの前翅の場合、R1室、R2室、R3室、R4室の四つがあり、前翅の前縁の外側半分に当たる部分を占める。

X 私のもっともすぐれた英語の本——『ロリータ』騒動

ロシア語版『ロリータ』へのあとがき

二〇年代および三〇年代に国外で出版されていたV・シーリンの本を覚えておらず、あるいは理解せず、あるいはそもそも読んだことすらないロシアの読者の誤解を招くにもかかわらず、学究的な誠実さにうながされて、ロシア語のテクストに前掲したアメリカ版のあとがきの最終パラグラフを残しておいた。そこでアメリカの読者に自分のロシア語の文体が英語の文体よりもすぐれていると、あまりに熱心に繰り返したので、私の『ロリータ』翻訳は原作よりも百倍はよいものだと、どこそのスラヴ研究者《スラヴィスト》は心の底から信じこんでしまいかねない。いまや、私は自分の錆びついたロシア語の弦がギーギーときしむのに苦しめられるばかりである。この翻訳の歴史は、失望の歴史である。ああ、私をどこかでずっと待っていてくれるはずだったあの「魔法のロシア語」――門の向こう側で、必ず訪れる春のように咲く「魔法のロシア語」なんてものはじつは存在せず、厳重に錠をおろしておいた門の向こうには焦げついた切り株と、すでに秋風吹く失望の荒野が広がるばかりで、長いあいだ大切にとっておいたはずの鍵も手のなかでいつのまにか粗末な合鍵と化していたのだった。

手元にある翻訳のぎこちなさが、訳者が母語から遠ざかっただけばかりでなく、翻訳がなされた言葉の魂のせいでもあることが、まず私をなぐさめる。ロシア語版『ロリータ』に費やした半年間の作業のあいだに、私は数多くの個人的な小道具と、とりかえしのつかぬ言語の熟練と宝物が紛失している事態に納得しただけではなく、このすばらしい二言語の間の翻訳可能性について、いくばくかの月並みな結論に達するにいたった。

みぶり、しかめっ面、風景、木々の苦悩、匂い、雨、自然が溶けて注ぎ移された色合い、すべてのやさしく人間的なもの（なんと奇妙なことか！）、やはりすべての農民的なもの、粗野なもの、あからさまに卑猥なものは、ロシア語では英語よりもよくなることはなくても、ひどくはならない。だが、英語に特有な繊細で言葉にならないものや、思考の詩情や、きわめて抽象的な概念同士におこる瞬間的な響きあいや、一音節の形容詞が群れ舞うさまといったものすべては、やはりテクノロジーや流行、スポーツ、自然科学や不自然な情熱にかんするすべてのように、ごつごつして複音節の、文体とリズムの点で不快なロシア語にしばしばなってしまう。こうした食い違いはまだ青二才であるロシア語文学の言葉と、イチジクがはじけるがごとく熟れきった英語とのあいだの歴史的な面における根本的な差を反映している。才能を秘めているが、いまだ教育が足りず、ときにさえない若者と、多彩な知識のたくわえに魂の自由を兼ね備えた老練な天才。魂の自由！　人間の息づかいのすべては、この言葉と言葉の結びつきの中にあるのだ。

アメリカ版（パットナム、一九五八）のあとがきに引用された書誌的な情報を今ここで補っておこう。おびただしい誤植があった初版は二巻本としてパリ（オリンピア・プレス、一九五五）で出版され、あるロンドンの新聞でこの本を賞賛したグレアム・グリーンの目にとまるまでは、英国からの旅行者たちにもむしろあまり売れゆきはよくなかった。別のロンドンの新聞で、グリーンと『ロリータ』を不意打ちしたのが反動的な劇評子の某ジョン・ゴードンで、この男が義憤にかられて抗議したせいで『ロリータ』は大衆の耳目を集めることになった。合衆国における『ロリータ』の運命についても触れておかねばならないが、かの地でこの本はいまだかつて禁じられたことがない（ほかのいくつかの国ではいまだに禁じられてはいるが）。個人が取りよせたパリ版『ロリータ』の最初の何冊かは、アメリカの税関にひきとめられて読まれたが、そこで勤めていた見知らぬ友人読者が私の『ロリータ』を合法的な文学として認め、住所どおりに発送したのだった。このことが用心深いアメリカの出版社たちの疑いをといてくれたおかげで、ぴったりした出版社を選べるようになった。パットナム版（一九五八）の成功はいわば、あらゆる期待の上をいくものだった。しかし逆説的なことに、すでにパリで一九五五年に出ていた最初の英語版は突然禁止されてしまった。しばしば自らに問いかけるのは、オリンピア・プレスとの交渉に着手した当時、この出版社が、多少自由奔放だとしても才能にみちた作品の出版と並行して、暗い街角で取引される修道女とセントバーナードだか、水兵と水兵だかの写真と完全に同質な、金でどうにでもなるようなとるに足らない人間が注文する低俗でちゃちな本を、主たる収入源にしていたとわかっていたら、どのようにふるまっていただろうかということだ。いずれにせよ、英国の税関使たちが長年、休暇帰りの厳かかつ酔いがぬけたもやの中で没収してきたのは、わが『ロリータ』と同じような草色のカバーをしたポルノグラフィー的なくずだったわけだ。いまや英国内務大臣は、無学かつそれと同じくらい世話好きなフランスの同僚に頼んで、オリンピア・プレスのカタログの全書籍を販売禁止にした。そして続いてまもなく、パリ版『ロリータ』も下品なオリンピア・プレスと運命を共にすることになったというわけだ。

しばらくして、『ロリータ』の出版を希望するロンドンの出版社が見つかった。時を同じくして検閲にかんする新法の審議（一九五八―一九五九）がはじまり、そのうえ『ロリータ』はリベラルにも保守派にも論拠として用いられた。議会はアメリカからいくつかのサンプルを注文し、議員が調査した。新法は採択され、『ロリータ』はロンドンでワイデンフェルド・アンド・ニコルソン社から一九五九年に出版された。同時にパリのガリマール社がフランス語版の出版を準備した。そしてオリンピア・プレスの不運な最初の英語版はといえば、颯爽かつ憤然と体裁を整えられ、ふたたびキオスクに顔をだした。

以来『ロリータ』は多くの言語に翻訳されてきた。アラブの各国で別々の版として出版されただけでなく、アルゼンチン、イスラエル、イタリア、インド、ウルグアイ、オランダ、ギリシア、スウェーデン、中国、デンマーク、ドイツ、トルコ、日本、ノルウェー、フィンランド、ブラジル、フランス、メキシコで出版された。オーストラリアでの販売も許可されたところだ。まだスペインと南アフリカ共和国では禁止されたままである。鉄のカーテンの向こう側にあるピューリタン的潔癖さを持つ国々では彼女は出版されてはいない。これらの翻訳で、正確さと完全さの点において私が責任を負えるのは、自分で印刷までチェックしたフランス語版だけである。エジプト人や中国人がこの不憫な子にしただろうことは想像できるが、もし私が許せば、最近英語を身につけたばかりの「追い出された女性」や、大学でロシア語を「とった」アメリカ人がこの子になにをするかということはもっと鮮明に想像できる。じつを言えば、『ロリータ』が誰のために翻訳されたのかという問題は、形而上学とユーモアの領域にある。リベラルにしろ、全体主義にしろ、四角ばったわが祖国で検閲が『ロリータ』を通すとは私には想像しがたいのだ。ところで、現今ロシアで敬意を集めている作家がだれか私は知らない――どうせ、メイン・リードの現代版ヘミングウェイか、フォークナーとかサルトルみたいな西側でブルジョワジーにちやほやされているつまらん奴らだろう。
一方、国外のロシア人はといえば、ソヴィエト小説をむさぼり読んでは、ボール紙製の静かなドン・コサック[*1]たちがやはりボール紙製の尾だか台だかにまたがっているのや、安っぽい不可思議な欲望を抱えた感傷的なドクトル[*2]や、ソヴィエト政府にきわめて良質な外貨をもたらした、チャールスカヤのプチブル的な言いまわしと女魔法使いに熱中している。

　ロシア語で『ロリータ』を出版するにあたって、私が追求したのはきわめてシンプルな目的である。それは私のもっともすぐれた英語の本が、あるいはもう少し控えめに言っても、私のもっともすぐれた英語の本のうちの一冊が祖国の言葉に正しく翻訳されることである。これは愛書家の気まぐれであり、それ以上のものではない。作家としての私は、自分の意識の東側で、ほとんど半世紀にもわたって盲点が黒々としていることにすっかり慣れきってしまった。ソ連版『ロリータ』がなんだというんだ！　翻訳家としての私は、見栄っぱりでもなければ、通ぶった人間たちがおこなう改作をほうっておくほど無頓着でもなく、削除や補足をそそのかす悪魔を鉄の腕《かいな》で押さえつけたことをただ誇りに思うばかりだ。読者としての私は、際限なく増殖することができるし、反応のよい観客が集う巨大なホールを、たやすく自分の分身たち、代理人たち、エキストラたちで、そしてまやかしがないことを観客に納得させるために魔法使いが命ずれば、並んだ座席のあちこちの列から、一瞬たりともためらうことなく舞台に出ていけるサクラたちで埋めることができる。だが、ほかの普通の読者たちについてなにか言うことはないのか？　私の魔法の水晶には、虹たちが遊び、私の眼鏡が斜めに映り、細密画のイルミネーションがかすかにあらわれる——だが、私に見えるのはほんの数名の人影だけだ。何人かの古い友人たち、たいていレスコフを好んでいた亡命者たちの一団、ソ連から来た旅の詩人、旅芸人一座のメーキャップ係、鏡ばりのカフェにいる三人のポーランドかセルビアの代表たち、そしてその奥底では――おぼろげな運動の始まり、熱狂の兆し、手を振って近づいてくる若者たちの姿……だが、彼らはただ私にわきにどくよう頼むと、どこかの大統領が今モスクワに到着したのを写真にとろうとするのである。

＊1　ミハイル・ショーロホフ（一九〇五―一九八四）の『静かなドン』への言及。
＊2　ボリス・パステルナーク（一八九〇―一九六〇）の『ドクトル・ジバゴ』は、『ロリータ』と同時期にベストセラーだった。

『ロリータ』とジロディアス氏

一九六〇年以降ちらちら視界にはいってきていたのは、ジロディアス氏[*1]やその取り巻き連中の署名のもと発表された記事で、オリンピア・プレスによる『ロリータ』の出版や、われわれの「緊張関係」が迎えた諸々の難局を回顧する内容だった。この手の軽薄な回想には事実誤認がつきものなので、労を厭わず短信のかたちでいちいち指摘してやっていた。こういった事情もあったので、われらが融通無碍なる回想記作者が、波が引くように退却を敢行しているのに気づいてしめしめと思っているところだった。今回発表されたのは、ひときわ深刻な虚偽をふくむ、ひときわ野心的な寄稿であって、バーニー・ロセットの『エヴァーグリーン・レヴュー』(三七号、一九六五年九月)に『ロリータ』、ナボコフ、そして私」の題で、そしジロディアス氏自身のアンソロジー(『オリンピア・リーダー』ニューヨーク、グローブ・プレス、一九六五年)に「『ロリータ』の不面目な真実」という興趣を削ぐ題で、二回刊行された。私はジロディアス氏との書簡をすべて厳重に保管しているので、その言い分の撤回を求める資格が誓ってあるものだ。

手元にある「同意書」(「千九百四十五年七月六日、ニューヨーク州イサカ、コーネル大学のウラジーミル・ナボコフ氏とパリ、ネスル通り八番のオリンピア・プレスとのあいだに作成された」)に存在する二つの条項は、この機に題詞の任を十分に果たしてくれることだろう。読者の便を考えて、詩の形にしておいた。

八

ここに定めるように、
出版社が破産したり、
取引不履行、
あるいは支払いに失敗した場合、
現在の同意は自動的に効力を失って
無効となり、
ここに認定された権利は
作者に帰するものとする。

九

出版社は
各年六月三十日と十二月三十一日までに
販売した部数の報告を
これらの日付から一か月以内に
それぞれ
送付するものとする。

そしてその報告が送付された時点で、
作者に支払いをおこなうものとする。

この第八連（最初の数行は、一九六四年一二月一四日にジロディアス氏におこったことを簡潔すぎるほどのかたちで予言し、かたや最後の行は、流暢かつ響きもよく、ほとんどサッフォー風に整えられている――「作者に帰するものとする」）は、ジロディアス氏が言うところの「われわれの謎めいた対立」を理解するために重要である。さらに明記すべきは、私の態度がひきおこしたひどい「落胆」に字数をあれほど割きながら、作家側が出版者との関係で憤懣を覚えることになったあまりに明白な理由については、記事中でまったく言及されていないことだ――つまり、ある種変質狂的なしつこさで、条項九の不履行を重ねたという事実だ。

『ロリータ』は、一九五四年のはじめ、ニューヨーク州イサカで完成した。まず米国で『ロリータ』を出版しようと試みたが、いらいらがつのり、気落ちするだけに終わった。同年八月六日にニューメキシコ州タオスからパリのクレルーアン文学出版局のエルガ夫人[*2]に手紙を書き、この厄介事について説明した。エルガ夫人は私のロシア語・英語著作のフランス語翻訳の出版の手続きをしてくれたことがある人物だ。今回頼んだのは、ヨーロッパで『ロリータ』を英語のまま出版してくれそうな人をだれか見つけてほしいということだった。たぶんできると思うと、彼女は返事をよこした。しかし一か月後、イサカ（当地のコーネル大学でロシア文学の授業をもっていたのだ）に戻るとすぐ、私は気が変わった旨エルガ夫人に書きおくった。新たに、アメリカで出版する目がでてきたのだ。それがおじゃんになったあと、翌春ふたたびエルガ夫人に連絡をとって、シルヴィア・ビーチ[*3]が「まだ出版をつづけていれば、おそらく興味をもつのではないでしょうか」と書きおくった（二月十六日付の書簡）。これはうまくいかなかった。四月十七日には、エルガ夫人は私のタイプ原稿を受領していた。一九五五年四月二十六日、運命の日、彼女は出版してくれそうな出版業者を見つけたと伝えてきた。五月十三日、その人物の名前が告げられた。このような事情で、モーリス・ジロディアスは私のファイルに入ってきたのだ。

　ジロディアス氏が寄稿で、話を盛りすぎているのは、一九五五年までに私があえいでいた無名時代であって、そこからの脱却を助けた自分の役割である。他方、誓って正しいのは、エルガ夫人が名を告げるまで、私の方はまったくジロディアス氏の存在や事業を知らなかったということだ。ジロディアス氏が推薦されたのは、「最近ほかの出版物とともに『O嬢の物語』を刊行した」（目利きの評者の賛辞を耳にはさんだことがある小説だ）オリンピア・プレスの創業者として、「芸術的価値が高い書籍を刊行してきた」「シェンヌ社」の元責任者としてだった。ジロディアス氏が『ロリータ』を欲しがったのは、『ロリータ』がよく書けているせいだけでなく、（エルガ夫人が一九五五年五月十三日に告げたところによれば）「本の出版が、ここに描かれている愛のかたちにたいする社会の風潮に一石を投じるのではないか」と考えたがゆえのことだった。荒唐無稽にはちがいないが、見上げた考えだ――しかし、志の高さをきどるきまり文句というやつは、往々にして熱心なビジネスマンによって口にされ、だれもわざわざメッキを剝がそうとしないだけなのだが。

　私は一九四〇年以来、ヨーロッパの地を踏んでおらず、ポルノ本に関心もなかった。そのせいで、ジロディアス氏がほかのところで語っているような、三文文士たちを雇い、自身も加わってでっちあげていた猥褻な中編小説についてこれっぽっちも知らなかった。なにがその出版物のしなやかな背骨を形づくっているのか、一九五六年五月に気がついていたら、ジロディアス氏に『ロリータ』の出版をかくもこころよく任せることができたかどうかというのは悩ましい問いだ。まったく、たぶんそうしただろうが、こころよくというわけにはいかなかったろう。

さて、ジロディアス氏の寄稿にある、無数のつかみどころのない記述と、二三の陰険とでも言うべき不正確さの指摘に筆をすすめよう。たぶん私の頭のめぐりが悪いせいでわからない理屈で、氏いわく、私のエージェントが一九五五年四月に『ロリータ』のタイプ原稿といっしょに送りつけた私の古い履歴書《カリキュラム・ヴィータイ》を引用することで記事を書きおこしている。こんなやり口は、まったくばかげているとしか言いようがない。当方の記録によれば、ずっと後になってから（すなわち一九五七年二月八日に）、ジロディアス氏の方が自分のパンフレット『『ロリータ』事件』《ラフェール・ロリータ》（フランスでの発禁処置に抗議するために出版したもの）に必要なので、ありったけの「伝記的、書誌的資料」を送れと言ってきたのだ。二月十二日、私は氏に写真と作品リスト、短い履歴書を送った。罪なき通行人に嘲笑を浴びせかけるチンピラさながら、パンフレットでジロディアス氏は私の父が「高名な政治家」だったことや、私が亡命者の仲間うちで博していた「かなりの名声」をあげつらっている。このすべて（ほかのところからも脚色や尾ひれがかきあつめられている）が掲載されたパンフレットを、ジロディアス氏は一九五七年に自分で出版したのだ！

他方で、いまとなっては、ジロディアス氏が『ロリータ』を「編集した」という自慢話はすっかりなりをひそめている。一九六〇年四月二十二日、私は『ニューヨーク・タイムズ・ブックレヴュー』（そこでジロディアス氏が誰か知らない人におだてられて滑稽にもいい気になっていたのだ）の編集者にこう書きおくらなければならなかった。「『ロリータ』を最初に出版したムッシュー・ジロディアスについての先日の記事で、ポプキン氏は私が『ジロディアスの求めに応じていくらか書きなおした』と述べています。このばかげた誤解を訂正するように求めます。ジロディアスが勧めた変更点は全然別種のものです。英文中にある「よし《ボン》」とか「私だ《セ・モワ》」とか「だがいかに《メ・コマン》」などのようなささいなフランス語のフレーズをいくつか、英訳したほうがいいという氏の意向に、私は同意したのです」。

オリンピア・プレスとかかわったことをはじめていまいましく思ったのは、〔ジロディアス氏の表現を借りれば〕アメリカでの「手が届きそうな富の夢」に、われわれの作成した同意書が「重くのしかかってきた」一九五七年のことではなく、一九五五年の時点だった。つまり、ジロディアス氏とのつきあいがはじまったちょうどその年である。まさにそもそものつきあいはじめから出鼻をくじかれたのは、私との仕事上のやりとりにまとわりつく特有のオーラだった――それは怠慢のオーラであり、韜晦のオーラであり、遅延のオーラであり、欺瞞のオーラだった。手紙のほとんどで、ジロディアス氏のこの手の特色について、エージェントに不満をぶつけることになった。エージェントは私の不満を忠実に伝えたが、十年にわたるつきあい〔一九五五―一九六五〕のなかで申し開きは一度たりともおこなわれなかった。

「私はゲラ刷りをほとんど戻さなかった」〔ジロディアス氏がそれを受領したのは一九五五年七月だった〕とジロディアス氏は書いている。「ナボコフが電報をうってきて〔八月二十九日、つまりジロディアス的沈黙のあとで〕、こう言ってきた。『『ロリータ』がついに世に出る。心配だ。手紙に返事をいただけないでしょうか』――この嘆願は、いままで無数の作家が無数の〔つまり、賢い、冷静な、善意の〕出版社に送った無数の電報で幾度となく繰り返されてきたものだ」。この見解に見受けられるウィットらしきものと、稚気にあふれた軽薄さで、揚げ足をとった気になるのは大間違いだ。ここで、ジロディアス氏が匂わせているのは、今まで出版なんてしたことがない若い作家に典型的な感情を自分がなだめたというものだ。実際のところ私は、齢五十六にして、一九二五年以来、少なくとも二十の出版社とつきあってきたが、ジロディアス氏が犠牲者にからむ手口の、値切り交渉と晦渋な逃げ口上の積みかさねに出くわしたことは一度もない（おそらく故意というよりは、ジロディアス氏の奇妙な本性の一部のようだが）。実際問題、私を悩ませていたふたつの問題にたいする回答をえることができなかった。ふたつのうち主たるものは、著作権の問題だった。書籍はワシントンで著者の名前で登録しなくてはならず、提出する申請書に記入するため、出版の正確な日付を知る必要があったのだ。一九五五年十月八日、ついに出版された書籍の見本を一部受けとった。しかし、さらなる「懇願」をくりかえした結果、十一月二十八日になってやっと、『ロリータ』が一九五五年九月十五日に出版されたことを教えてもらった。二番目の問題は金銭的なものだ――これぞジロディアス氏が「『ロリータ』の哀しい、不面目な歴史」と呼んだものの、ライトモチーフだ。私の寛大なる支持者は、前払い金として四十万「旧《アンシャン》」フラン（約千ドル）を支払うことに同意した。半額はこの同意の署名をしたときに（一九五五年六月六日）、もう半額は出版のときにという約束だった。ジロディアス氏は半額をたった一月遅れで支払った。電信を送ったところで、ジロディアス氏が残り半分をいつ払うべきか、すっきりさせることはできなかった。私は残り半分についての問い合わせをつづけた。十月五日には、「執筆するのは自己満足のためだが、出版するのは金のためだ」と言ってやった。私のエージェントからの強い圧力を受けて、ジロディアス氏がやっと支払いをしたのは、十二月七日になってのことだった――三か月以上も期限をすぎていた。

著作権について、不安の種は尽きなかった。「うかつにもうっかりしてまして」（ジロディアス氏のお気に入りの文句）、氏は「著作権、一九五五年、V・ナボコフ」に「およびオリンピア・プレス」という文句をつけ加えた。一九五六年一月二十八日に、私はワシントンの著作権局から、この気安い文言（私の許諾をえていない）は、米国での五年以内の再出版の障害になる可能性があると教えられた。「権利放棄証書か譲渡証書」を取得するように言われ、ただちにジロディアス氏に送るように頼んだ。なんの返事もなく（「無数の作家」が「無数の出版社」から返事をもらえていないように）、くりかえし手紙を書いたが、四月二十日になってやっと（すなわち三か月遅れで）、頼んだものを手に入れることができた。もし当地での出版権をあらかじめ保護しておこうという先見の明が私になかったら、「私たちの」本がアメリカで出たとき、ジロディアス氏がどうなっていたのか考えてみるのも一興だろう。

一九五七年の頭まで、一九五五年九月の出版以来、私はオリンピア・プレスからまだなんの清算書もうけとっていなかった。この不履行により、同意書（条項九を参照）を破棄する権利を法的にえることになったわけだが、もう少し待ってみることを選んだ。五月二十八日まで待たねばならなかったうえ、やっと届いたとき、清算書はしかるべき期間をカバーしていなかった。

厄介な清算書の不在は、これで終わりではなかった。七月三十一日までと定められたその年の第一期にあたるものは、一九五七年八月の終わりまでなにもうけとっていなかった。九月二日にジロディアス氏は二か月の延期を申しいれ、九月三十日まで待つことに私は同意した。しかしなしのつぶてで、あらゆる権利が作者に帰したことをジロディアス氏に口添えしてやるほどナンセンスはきわまっていた（十月五日）。ジロディアス氏はただちに耳をそろえて支払いをしたので（四万四千二百二十旧《アンシャン》フラン）、私は折れた。

まったくもってばかげた、いやらしい書きぶりで、われわれの回顧録作者が対比しているのが、私がフランスで地方裁判所判事や「俗物読者」（一九五七年三月十日にそう書きおくったのだ）の攻撃から自分の本を弁護することを拒否したという事実と、（それより一か月早く）私について公の場で「大学教授」と書きたてる場合、「コーネル」の名前はださないでくれとジロディアス氏に要求しているという事実である。ジロディアス氏がなにを本当に言いたいのか、はっきりしない。私の要求を臆病風に吹かれたとか、そんなうがった見方をするのは、恐ろしくひねくれた精神の持ち主だけだろう。『ロリータ』にサインすることで、私はいかなる責任も作者がとらねばならないことに完全なる同意を示している。それでも、スキャンダルの不健全な騒擾が私の罪なき『ロリータ』をとりまいているあいだは、以前のようにふるまうことが確かに正当化されていた。私の責任の影が大学に落ちないかぎりは――そこでは授業を信じがたいほど自由にやらせてくれていたのだ（授業が名目上リストされている学部につつきまわされるようなことは決してなかった）。また、真の学問的自由を味わいたまえと、私をそこに招いてくれた近しい友人を当惑させたくなかった。

それにもかかわらず、ジロディアス氏はフランスの検閲に反対するキャンペーンに加わるようたきつけてくることをやめなかった。「私たちの利害は一致している」――そう、ジロディアス氏は書いてきた。だが、一致していないのだ。ジロディアス氏は私に『ロリータ』を擁護させたがったのだが、私にはジロディアス氏のリストにある二十数冊の下品な本と、自著を同列に扱わずに済ますにはどうしたらいいいか、わからなかった。氏が自分の記事でくりかえすお気に入りの主張は、自分ぬきでは『ロリータ』は出版できなかったというものだ。一九五七年八月三日付けの手紙で書いたように、本を出版してくれたことには深く感謝している。しかしふたたび指摘しなくてはならないのは、氏は本件をひきうけるのにふさわしい人間ではなかったということだ。ジロディアス氏には『ロリータ』を適切なかたちで世に出すための手段がなかった——本は語彙、構造、目的（あるいは目的のなさとでも言ったほうがいいか）の点で、『デビーのビデ』や『柔らかな太もも』のような、氏が手がけてきた、ずっと単純なほかの商業的な企画と趣きを異にしていた。[4] ジロディアス氏は自分の力をあまりに誇張している。グレアム・グリーンとジョン・ゴードンが時機よくやりあわなかったら、『ロリータ』——とりわけいわゆる「アマチュア」をはねつける第二巻は、トラベラーズ・フェイバリッツや、オリンピア・プレスの緑色の小型本に付けられたなんやかんやの共同墓地で終わっていただろう。[5]

『ロリータ』事件は一九五七年からアメリカ期に突入したが、これは私にとってオリンピア期よりもあらゆる点で重要なものだった。ジェイスン・エプスタイン[6]は果敢にも、メルヴィン・J・ラスキー（ニューヨークのダブルデイ社）が編集する『アンカー・レヴュー』の一九五七年夏号に『ロリータ』の大部分を掲載し、F・W・ドゥピー教授はアメリカ版は刊行可能であるという意見の浸透を助けるすばらしい序文を書いてくれた。少なからぬ出版社が興味をもったが、米国の出版社との交渉の過程でジロディアス氏がうみだした厄介ごとは、私の側ではまた深刻な頭痛の種となった。一九五七年九月一四日、さるアメリカの有力出版社のトップが、ジロディアス氏と話をつけにパリに飛んだ。ジロディアス氏の寄稿によれば、その面談の後者の説明は以下のようなものだったという——「ある出版社は、本の獲得に二〇パーセントのロイヤルティーを自発的に申しでた。しかし、のちにニューヨークでナボコフに会ったとき、その態度に驚いて逃げてしまったようだ」。この文章の一部は不正確で、残りの部分は端的にまちがっている。この某出版者を思いとどまらせたのは、私ではなく、私のパートナーのほうだ。この説明が不正確なのは、ジロディアス氏はだれが二〇パーセントの大半をとるのか言っていないせいだ。「私は申し出を飲むつもりだ」——ジロディアス氏は書きおくってきた（すでに明確なオファーを受領済みであるという印象を与える書きぶりだったが、事実とは異なっていた）——「こちらの取り分が一二・五パーセント保証されるという条件だが。前払い金は折半する。七・五パーセントの取り分で納得してくれるか？　この言い分は公正で根拠のあるものと思う」。私のエージェントは、「この要求に憤慨している《ウートレ・ド・セ・プレタンシオン》」と書いてきた（契約書はジロディアス氏に、一万部まで一〇パーセントのロイヤルティーを私に支払い、その後は一二パーセントを支払うことを定めていた）。

暫定的著作権は、千五百部をこえる米国への輸入を禁じていた。ジロディアス氏が腹を立てていたのは、私が氏の軽率な大西洋横断に目を光らせていることだった。例をあげれば、オリンピア・プレス版がニューヨークで十二ドル以上で取引されているのを私は察知していた。ジロディアス氏が断言したところによれば、差額を懐に収めているのは小売業者だということだった。一九五七年十一月三十日、ジロディアス氏は「やりとりの過程で何度か手違いがあったことを認めます……」としおらしく書いてきた。加えて、氏はもはやアメリカ版について「さらなる利益分配を求めない」こと、氏自身の「米国用再版」を出版するという「代案」をとりさげること（ばかげたおどしだ——そんなものだせば、自分の身の破滅を招いていただろう）を言ってきた。しかし、一九五七年十二月十六日には早くも、氏はふたたびちょっかいをだしてきた。その日、エージェントから聞いて開いた口がふさがらなかったのは、ジロディアス氏が三か月間（四月から六月）のうちに、アメリカで販売したのはわずか八部だとのたまったことだ。しかし、提示された書類上の価格（七ドル五十セント）より氏が高い価格で取引していたのだとこちらが思っているとみるや、差額の五十セントの小切手を送ってよこした。おまけに、これでわれわれの不一致はすっかり解消されたと思いますと言ってきたのだ！

　以後数年間、ジロディアス氏の行動の基調となった、不完全だったり、期日通り届かなかったりする清算書や、許可なく（そんなものをこちらが許可するわけがないと承知だったのだ）、読むに耐えないおぞましい英語で書きおろした序文をつけた『ロリータ』の自社版をパリで再出版するといった不調法の例をこれ以上書きつらねても、退屈なだけだろう。ジロディアス氏とかかわったことを後悔した理由はつねに、「手が届きそうな富の夢」ではなく、「ナボコフの取り分を奪った」氏を「憎んでいる」のでもなく、その男の韜晦、はぐらかし、遅延癖、逃げ口上、二枚舌、完全なる無責任を耐えなくてはならなかったせいだ。これぞ、十九年間留守にしていた欧州に出発するにあたり、『ロリータ』の仏語版を出版するためパリに着いたとき、ジロディアス氏と顔をあわせたくないと、一九五九年五月二十八日にエルガ夫人に書きおくった理由でもある。氏による『エヴァーグリーン・レヴュー』の寄稿で今回はっきりしたのは、氏の内なる人間性が、文通をつうじてそうではないかと思っていたよりもさらに一段と魅力を欠くものだということだ。疑っているのだが、氏による記事中の無礼の数々は、氏が頼りきりになっているジャーナリスティックな文体に、ガリア的軽佻浮薄の気味が濃厚な反面、哀しいかな英語の厳密さが欠けているせいではないか。とにかく、この場で妻について述べられた横柄かつ下品な氏の見解にとりあうつもりはない（一例をあげれば、『ライフ・インターナショナル』一九五九年七月六日号における編集上のコメントに対する氏の愚かしいあてこすりである。あれは「編者」と署名されていたが、妻が書いたのだ）。

くりかえすが、ジロディアス氏に会ったことは一度もない。氏は「魅力的」かつ「礼儀正しく」、「フランス的魅力を発散させていた」と描写されていたから、この情報が氏を肉体を持った存在として描こうとしたとき、こちら側のもつ材料の全部になるのだ（その道徳的側面はいやというほど知っているとしても）。しかし、穴だらけのわれわれの文通がはじまってから六年がたったころ、『プレイボーイ』に寄稿した文章（「オリュンポスのポルノロジスト」一九六一年四月号）でジロディアス氏が突如宣言したのは、氏に会いたくないというエージェントへの勧告にもかかわらず、一九五九年十月二十三日のガリマール社主催のカクテルパーティでわれわれは実際にあいさつを交わしたというものだった。氏による細部の描写はあまりに荒唐無稽であり、自ら氏のはったりを告発する必要を感じ、実際に『プレイボーイ』一九六一年七月号で実行した。水を打った静けさが永遠につづけばいいと願っていたが、ジロディアス氏は四年間も私のちょっとしたコメントと自分の空想上の過去についてくよくよ思い悩んだあげく、邂逅の新ヴァージョンをでっちあげて『エヴァーグリーン・レヴュー』に寄稿した。二種の異本のあいだには矛盾があるが、これは学者が「廃れつつある」外典と呼ぶものに見られる典型的な特徴だ。『プレイボーイ』では、ジロディアス氏が「からだの海〔壮麗なイメージ――海とは〕をかきわけて著者にむかっていく」あいだ、「ガリマール一族の構成員たち」が「怯えていた」という正統的な記述になっている。『エヴァーグリーン・レヴュー』では、ガリマールはおらず、かわりに「片隅には笑いをこらえきれずに体を折りまげている」モニク・グラールと、もうひとりの女性――ドゥシア・エルガが「片隅に隠れて」（すなわち別の隅に）およそ信じられないが「マカロンを喉に詰まらせている」のを見つけた。『プレイボーイ』写本では、エルガ夫人はナボコフ氏の「文学エージェント兼忍耐強い援護者」として描かれていた。『エヴァーグリーン・レヴュー』巻物では、エルガ夫人はジロディアス氏の「親愛なる、気苦労のたえない、びくびくした友人」になっている。『プレイボーイ』では、氏と私は「非友好的でもない」文章をいくつか交換したことになっている。『エヴァーグリーン・レヴュー』では、偉大なる会合は終始無言だった。その文章によれば、私は「うつろな笑み」浮かべるにとどめ、すぐにそっぽを向くと、「チェコの記者」と「熱心に」話しこんでいた（予想外の、不吉とも言うべき人物の登場で、われわれの年代記作者からもっとくわしい話を聞きだしたくなる）。最後に、これにはかなりがっかりしたのだが、『プレイボーイ』で、「イルカのきまま さで下がったり脇にいったりした」私の味のある行動についての文章は、いまや「サーカスのオットセイを思わせる典雅な様子」に書きかえられてしまった。それゆえ、ジロディアス氏は「バーに行って酒を飲んだ」（あっさりした『プレイボーイ』）り、「シャンパンを何杯か飲んだ」（凝った『エヴァーグリーン・レヴュー』）りしたわけだ。

すでに返信で指摘したことだが、万が一、ジロディアス氏の挨拶をうけたというのが正しかったにせよ（疑わしいが）、私は氏の名前を聞きとれなかった。しかし、その説明の全体的な真実味をとりわけ損なってしまっているのは、氏がうかつにも口を滑らせたささいな文句である――いわく、氏が「からだ」をかきわけ、こちらにむかってゆっくり泳いでくるときに、私が「氏に気がついたのは火を見るより明らかだ」というものだ。火を見るよりも明らかなのは、初対面の人物に気づきようがないという事実だ。同様に、私が氏の写真をなんとか入手して（あの有名な履歴書の日に）、この年月のあいだずっと愛でていたなどということを氏が考えているなどと主張して、氏の正気を侮辱することもできない。

ジロディアス氏による、われわれの神話的邂逅の第三ヴァージョンが待ちどおしい。たぶん、氏はついに、自分が隣のまちがった集団につっこんで、宴会に興じていたスロヴァキアの詩人に話しかけていたことに気づくだろう。

(本稿は一九六六年二月十五日に書かれ、『エヴァーグリーン・レヴュー』誌四五号(一九六七年)に発表された。ジロディアス氏とは一九六五年以来連絡をとっていない。)

＊1　モーリス・ジロディアス(一九一九—一九九〇)。フランスの編集者。オリンピア・プレスの社主として辣腕を振るった。オリンピア・プレス側からみた『ロリータ』事件の顚末は、ジョン・ディ・セイント・ジョア『オリンピア・プレス物語——ある出版社のエロティックな旅』(青木日出夫訳、河出書房新社、二〇〇一年)にくわしい。

＊2　ドゥシア・エルガ(一九〇四—一九六七)。フランスの翻訳者、エージェント。『ロリータ』以降、ナボコフの版権を管理することになった。

＊3　シルヴィア・ビーチ(一八八七—一九六二)。パリのオデオン通りにシェイクスピア・アンド・カンパニー書店をひらいたことで知られる。

＊4　「トラベラーズ・コンパニオン」シリーズにありそうなタイトルを、ナボコフがでっちあげたもの。

＊5　ジャーナリスト、コラムニストのジョン・ゴードン(一八九〇—一九七四)と、作家グレアム・グリーン(一九〇四—一九九一)の確執・悪ふざけについてはグレアム・グリーン『投書狂グレアム・グリーン』クリストファー・ホートリー編、新井潤美訳、二〇〇一年、晶文社、一〇五—一一七頁を参照のこと。

＊6　ジェイスン・エプスタイン(一九二八—)。アメリカの編集者。「高級ペーパーバック」であるアンカーブックスを一九五三年にたちあげ、出版界の寵児となった。

XI

摩天楼の如く伸びた脚注を——翻訳という闘い

翻訳をめぐる問題《プロブレム》──『オネーギン』を英語に

一

詩の翻訳の書評に、以下のような類の文章を定期的に見つけるが、そのたび救いがたい憤怒の発作に投げこまれる。「なんとかかんとか氏（あるいは嬢）の翻訳は、すらすら読める」。要するに、原文についていかなる知識も特にないし、特に学ばぬかぎり今後もけっして持ちえないであろうこの「翻訳」の評者は、どこぞの単純労働者だか、へっぽこ詩人だかが、原文の息をのむ精妙さを安っぽい決まり文句に置きかえたというそれだけの理由で、模造品を「読みやすい」と称賛しているのだ。「読みやすい」だって、まったく！ 中学生がしでかした欠陥翻訳のほうが、古典作品を商売目的で書きなおしたり、むりやり押韻させたりするよりも、まだ侮辱は少ない。ホメロスや『ハムレット』が韻を踏まされるとき、「韻（ライム）」は「罪（クライム）」と韻を踏む。「意訳」という用語はごまかしと横暴の匂いがぷんぷんする。原文の意味ではなく、「精神」を訳そうとするときこそ、訳者が作者を裏切りはじめる第一歩なのだ。最低にぎこちないリテラルな翻訳のほうが、最高に見栄えのよいパラフレーズより千倍も有益だ。

この五年かそこら、私は断続的にプーシキンの『オネーギン』の翻訳と注釈に携わってきた。この仕事の過程で、いくばくかの事実を学び、結論に達した。まずは事実のほうだ。

この小説は三人の若者——はすにかまえた痩身の伊達男オネーギン、感情的な小粒の詩人レンスキイ、二人の友人プーシキン——と、三人の淑女——タチアーナ、オリガ、プーシキンの詩神《ミューズ》——の苦悩と愛情と運命を描いたものだ。物語は、一八一九年の末から一八二五年の春にかけてのできごとをたどる。場面は、首都から田舎（オポチカとモスクワの中間）へ移り、そこからモスクワに移った後、ペテルブルグに戻ってくる。若き放蕩人の町での一日や、田舎の風景や田舎屋敷の蔵書、夢と決闘、田舎や街のさまざまな祭礼の描写、そして物事にすばらしい奥行きと色合いを与えるロマンチックで風刺的で、書誌的な逸脱の数々。

もちろんオネーギン自身は、文学的な現象であり、特定の地域や特定の歴史的文脈における現象ではない。バイロンの「伝奇物語」（一八一二）の主人公チャイルド・ハロルドという、「若き日々をひどくばかげたむら気の中で浪費」し、「ふさぎこみの虫 moping fits」を持ち、「出会うものすべてからわきおこる倦怠」によって現在の境遇を嫌うように仕向けられた人物は、オネーギンの親類のひとりに過ぎず、直接的な原型ではない。オネーギンは、「ハロルドの外套を着たモスクワ人」というよりむしろ、「深い憂愁の心情」ごしにしか存在を実感できないシャトーブリアンの『ルネ』をはじめとする、無数の風変わりなフランス人たちの末裔である。プーシキンはオネーギンの「陰気さ spleen」や「憂鬱症 chondria」について（英語の「憂鬱症 hypo」と、ロシア語の「憂鬱 chondria」や「厭世感 handra」は、二か国の間で言語的分業がきれいにおこなわれた例だ）、[*1]「いい加減そろそろ原因が見いだされるべき患い」と書いている。この追究にロシアの批評家たちは、あっぱれというべき熱心さで身を粉にし、この百三十年間というもの、文明発生以来残されたなかでも最高に眠気を催す注釈の山を積み重ねてきた。オネーギンの「病気」を指す特別な用語すら生みだされ（オネーギン気質《オネーギンストヴォ》）、何千というページが、オネーギンをあれこれの「タイプ」に分類せんと費やされてきた。現代ソ連の批評家たちは、百年前にベリンスキイやゲルツェン、そのほか大勢が用意した石鹸箱の塔の上に立ち、オネーギンが患う病気に「ツァーリによる独裁」の結果だという診断をくだした。それゆえ、生活と読書が切り離せないものだった偉大な詩人が本から借りてきたのちあざやかに再構成し、あざやかに再構築した作品世界におきなおしたこの登場人物、つまりは一連の構成上のパターン（叙情詩調のまねや、天才ならではの悪ふざけ、文学的パロディー、詩にあうように整えられた書簡など）にそって詩人の手のひらの上で転がされたこの登場人物は、ロシアの注釈者たちの手で、アレクサンドル一世の治世特有の、社会学的、歴史学的な現象として片づけられてしまっている。嘆かわしいことに、天才個人の資質がもたらした独創的な想像を、一般化し、陳腐にするこの傾向は、この国でもその唱道者たちを得ている。

　実際のところ、ヒポコンドリア、人間嫌い、アンニュイ、憂鬱、世界苦《ヴェルトシュメルツ》などなどに、特別ある地域に根ざしたところや、ある時代に特有なところがあったことなど一度もない。一八二〇年までにはすでに、アンニュイは、プーシキンが意のままにたわむれることができる、すでに年季の入った性格設定上の文学的なクリーシェだった。十八世紀フランス小説は、この憂鬱症《スプリーン》を患う若者であふれかえっている。これは主人公を作中で動かしておくための便利なしかけだった。バイロンはそこに新たなスリルを加えた。ルネやアドルフやその仲間の罹患者たちは悪魔の血を輸血されたのだ。

『エヴゲーニイ・オネーギン』はロシア語の韻文小説である。一八二三年五月から一八三一年十月まで、プーシキンはその執筆にあてた。最初の完全な版は、一八三三年春にサンクトペテルブルグで出版された。ハーヴァード大学のホートン図書館にこの版の現物が一冊、状態良好で保存されている。『オネーギン』は八つの章、五千五百五十一行からなり、無押韻である（強弱三歩格からなる）十八行の歌をのぞいて、すべて弱強四歩格であり、押韻している。作品の主要部分は、定型からは外れて自由脚韻になっている書簡二通をのぞいて、おのおの十四行からなる三百六十六連あり、定められた脚韻の形式をもっている。すなわち、ababeeciddiff（母音は女性韻、子音は男性韻を指す）。これがソネットに類似していることは明白である。その八行部は哀歌調の四行詩と二つの二行連句からなり、六行部のほうは抱擁脚韻の四行詩と、ひとつの二行連句からなる。極寒の地に生まれた変種は、ペトラルカ的詩形からはるかに遠い所にいるが、明らかにマレルブ*2やサリー伯爵*3の異体とは関連している。

この四歩格、あるいは「アナクレオン風」のソネットはフランスでセヴォル・ド・サント＝マルト*4によって一五七九年に編みだされた。一度はシェイクスピアにも試みられたことがある（ソネット一四五番「愛の神ご自身の手で作られたある唇が」では脚韻はこうなっている——make-hate-sake: state-come-sweet-doom-greet: end-day-fiend-away. Threw-you）。オネーギン・スタンザの第二連が、二つの二行連句からなる代わりに抱擁韻や交差韻ならば、理論的には英語におけるアナクレオン風ソネットになる。プーシキンの奇種ソネットのどこが斬新だったかと言えば、最初の十二行が脚韻の組みあわせにおいて、四行詩三つという枠組みで望みうるかぎり、最大のヴァリエーションを含んでいたからだ。つまり、交差韻、一組の二行連句、抱擁韻。しかしプーシキンがこの新しい種類のスタンザのアイデアを得たのは、じつのところ英語ではなくフランス語からである。彼はマレルブには通暁していた。マレルブは八行詩の中に四つの脚韻が配置され、それが非対象の四行詩（最初が交差韻、次が抱擁韻）となる四歩格ソネットをいくつか作っていた（例として「画家ラベルへ、花の本について」〔一六三〇〕を見よ）。しかし、もちろんマレルブの六行詩の部分は古典的なもので、英詩風に二行連句がくっついていなかった。プーシキンの三つ目の四行詩とエピグラフ的な二行連句の先例は別のところに求めねばならない――すなわち十七世紀と十八世紀のフランスのライトヴァースの中に。グレッセ[*5]の『書簡体詩』のひとつ（「イエズス会士、ブージャン神父へ」）の中に、『オネーギン』の六行詩がまさに出てきている。

Mais pourquoi donner au mystère,
Pourquoi reprocher au hasard
De ce prompt et triste départ
La cause trop involontaire?
Oui, vous seriez encore à nous
Si vous étiez vous-même à vous.
しかし隠そうとしたところで何になろう、
でたらめに非難したところで何になろう、
そのすみやかで悲しい出発の
あまりに不本意な理由を？

そう、あなたはなおも私たちのものだったろう、
もしあなた自身があなたのものであったなら。

理論的には、これら鬘をかぶった退屈な連中のはてしない「書簡体詩」のどこかに、オネーギン・スタンザがまるごとひとつ埋もれているのを発見するのは不可能ではない。実際、その脚韻の連なりはラ・フォンテーヌの『コント』(たとえば「ニケーズ」四十八―六十一行)や、プーシキン自身が若いころに書いた自由脚韻の『ルスランとリュドミラ』(三歌の最後の部分、「遠く離れた山々の彼方にZa otdalyonnimi godami」から「私にチェルノモールは厳かに告げたskazal mne vazhno Chernomor」までを見よ)にある。このプーシキン的な擬ソネットにおいては、みごとな交差韻をもった冒頭の四行詩と、エピグラム的な響きのある掉尾の二行連句は、真ん中の部分よりもはっきりと目につきやすい。言ってみれば、静止している球の片面の模様がまず見えて、やがて球が回転しはじめると色合いがだんだんぼやけていき、ほどなく止まると、今度は反対側にあるもっと小さな模様がまたはっきりとあらわれるのに近い。

すでに言ったように、『オネーギン』には同種の連が三百以上ある。さらに、後から加えられた章の断片が二つと、プーシキンが没にした連が無数にある。なかには削除される以前には、同じ章のほかのどの連よりも、独創的かつ美しかった連も存在する。これらすべて、加えてプーシキンの自注、ヴァリアント、エピグラフ、献辞なども付録・注においてすべからく訳出されるべきだ。

二

ロシア語詩には、言語と韻律における以下の六つの特徴が作用している。

一、男性韻・女性韻（すなわち押韻する音節がひとつかふたつか）とも、脚韻の数は英語とは比べものにならないほど多く、この稀にして豊かなるものにひれふしたくなる。フランス語のように、「支え子音 consonne d'appui」は男性韻では必須であり、女性韻でも美しいとされている。（ギリシア神話の）エーコーの貧しい親類たる英語の脚韻とは大違いである。後者はしょせん、いくら光り輝こうとしたところで戯歌のけばけばしさに陥るのがオチの上品ぶった貧民でしかない。ロシア語詩とフランス語詩の女性韻が見目麗しい愛人だとすれば、彼女の英語の片割れは、老いぼれ女中か、リメリック出身の酒くさい淫乱娘である。

二、ロシア語では、単語は長さにかかわらず、強勢はひとつしかない。英語、とりわけアメリカ英語のように、第二アクセントがあったりアクセントが二つあったりすることはない。

三、英語よりも多音節の単語がかなり多い。

四、すべての音節がちゃんと発音される。英詩のように、エリジオンや、二音節を一音節につなげて発音することはない。

五、倒置、あるいはより正確には、強弱格が、弱弱格になる現象——英語の弱強格詩では、とりわけ -er や -ing で終わる二音節の語の場合にはごく普通に見られる現象——はロシア語詩にはまれである。ごく一部の二音節の前置詞と、合成語における強弱格の部分が強勢を移すだけである。

六、弱強四歩格で作詩されたロシア語詩は、規則的な詩行よりも変調した詩行を多く含み、英詩の場合は逆である。

ここで「規則的な詩行」という言い方で、私が言わんとしているのは、韻律上の強音が言葉の自然な強勢と一致する弱強格の詩行のことである。バイロンの「雲なき国と星がまたたく空 Of cloudless climes and starry skies」はその例だ。「変調した詩行」では、少なくともひとつの韻律上のアクセントが、多音節語の非強勢の音節（たとえば reasonable の第三音節）や、発話では強勢がなくなる単音節語（of や the や and など）にかかる弱強格の詩行を指している。ロシア詩の韻律では、このような変調は「半アクセント」と呼びならわされ、ロシア詩、英詩の双方で、弱強四歩格の行はそのようなひとつの半アクセントを第一、第二、第三、あるいは二つの半アクセントを第一と第三、あるいは隣り合う詩脚にもつことができる。ここに数例をあげておく（ローマ数字は半アクセントが起こる詩脚を指す）。

I　Make the delighted spirit glow（シェリー）
　　My apprehensions come in crowds（ワーズワース）
II　Of forests and enchantments drear（ミルトン）
　　Beyond participation lie（ワーズワース）

Ⅲ　Do paint the meadows with delight（シェイクスピア）
　　I know a reasonable woman（ポープ）
Ⅰ＋Ⅱ　And on that unforgotten shore（ボトムリー）
Ⅱ＋Ⅲ　When icicles hang by the wall（シェイクスピア）
Ⅰ＋Ⅲ　Or in the chambers of the sea（ブレイク）
　　An incommunicable sleep（ワーズワース）

注意すべきなのは、おそらく特徴三との関連で、第三脚の半アクセントがロシア語の弱強四歩格のほうが英詩よりも三、四倍多く、規則的な詩行の頻度は半分以下であることだ。たとえば、バイロンの『マゼッパ』、スコットの『湖上の女』、キーツの『聖マルコ祭前夜』、テニソンの『追憶の詩』を調べれば、規則的な詩行の割合は六五パーセント程度で、『オネーギン』は二十五パーセントほどしかないだろう。しかし、たとえ量・多様さの面でプーシキンには及ばないとしても、変調がこうした豊かさへのとば口にはなっていると言えそうな英詩人がひとりいる。アンドルー・マーヴェルである。以下のバイロンのチョキチョキといった単調さと、

One shade the more one ray the less
Had half impaired the nameless grace
Which waves in every raven tress
Or softly lightens o'er her face

陰ひとつ多く、光ひとつ少なければ
名状しがたい優美さは半減したことだろう
それは黒髪一本一本にゆらめいたかと思えば、
かんばせをほんのりと照らす

以下のマーヴェルが「はにかむ恋人へ」語りかける詩行のいくつかと比べることは有意義だ。

And you should if you please refuse,
Till the conversion of the Jews
My vegetable love should grow
Vaster than empires and more slow,
貴女の方でお気のすむように、
ユダヤ人たちが改宗するときまでどうか拒んでください
わが植物のような愛はあまたの帝国よりも
巨大に、そしてゆっくりと育つことでしょう

四行に、バイロンのひとつに対し、六つの半アクセントが存在している。このような調べの中に、プーシキンの弱強格を訳す上でのモデルを探すべきである。

三

ここで私はロシアの愛国主義者たちの怒りをかうような宣言をしようと思う。アレクサンドル・セルゲイヴィチ・プーシキン（一七九九—一八三七）、このロシアの国民詩人は、ロシア文化と同程度にフランス文学によってもたらされたのだ。そしてこの混合にたまたま加えられるのは、個人の天稟であり、それこそはロシア的なものでもフランス的なものでもなく、普遍的かつ神聖なものである。ロシア方面の影響に関しては、ジュコーフスキイとバーチュシコフ[*6]がプーシキンの直接の先達であった。調和と正確さ、この二つは彼が両者から学びとったものだとはいえ、プーシキンの若々しい詩はその青年教師たちよりもはつらつとして活力にあふれている。プーシキンのフランス語は当時の高い教養を身につけた貴族の誰にもひけをとらぬ流暢さだった。ロシア語へのとけこみ具合もばらばらな多様なガリシズムが、ロッキー山脈の獣道を侵食するウマゴヤシやタンポポのごとき陽気な厚かましさでプーシキンの詩に繁茂している。「生気を失った心 coeur flétri」、「欲望の群れ essaim de désirs」、「激情 transports」、「激しい不安 alarmes」、「魅惑 attraits」、「憐憫 attendrissement」、「常軌を逸した愛 fol amour」、「苦い後悔 amer regret」——これはごく一部であり、私のリストには、プーシキンのみならず先人や同時代人が、フランス語から音楽的なロシア語に移した約九十に及ぶ表現が列挙してある。格別に重要なのは「奇妙な bizarre」、「奇妙さ bizarrerie」を、プーシキンがオネーギンの性質の奇妙さに触れるさい「奇妙な strannïy」、「奇妙さ strannost'」と訳していることだ。フランス語哀歌の「甘い夢想 douceschimères」にたいし、プーシキンの「甘い夢想 sladkie mechtï」と「甘美な夢想 sladostnïe mechtaniya」と十八世紀の英詩人たちの「甘美な夢想 delicious reverie」や「甘い妄想 sweet delusions」は同じ近さである。「薄暗い木陰 sombres bocages」は、プーシキンでは「薄暗い森 sumrachnïe dubrovï」であり、ポープでは「薄暗い林 darksome groves」である。英訳者はまたプーシキンの語彙の中で頻繁に繰り返されるこうした重要な名詞とその派生語（「ふさぎの虫 toska」、「倦怠 tomnost’」、「安逸 nega」など）をいかに訳すか決断しなくてはならない。私は「ふさぎの虫 toska」を、キーツの「眠れぬ苦悶 wakeful anguish」の意味で「心痛 heart-ache」あるいは「苦悶 anguish」と訳している。「倦怠 tomnost’」とその形容詞「ものうい tomnïy」は、プーシキンが多用していた言葉のひとつである。賢い翻訳家は、エリザベス朝の詩人が「ものうい languish」を名詞として使っていること（たとえば、サミュエル・ダニエルの「わが苦悶を和らげよ relieve my languish」）、そしてこの意味では「ものうい languish」と「苦悶 anguish」との関係は、「蒼白な pale」と「暗い dark」との関係に等しいことに思いいたるだろう。ブレイクの「彼女のものうげな頭 her languished head」はその形容詞形であり、そしてキーツの「ものうい月 languid moon」はプーシキンの「けだるい月 tomnaya luna」によって巧みに再現されている。どことなく「倦怠 tomnost’」はいつしか「安逸 nega」に移行し、五感の柔らかなぜいたくさ、ねむたげなやさしさを獲得する。プーシキンは英詩人たちに、そのフランス文学におけるお手本かフランス語の訳を通してのみ親しんでいた。『オネーギン』の英訳者は、ポープやバイロンが用いたフランス的言いまわしや、キーツが用いたロマン主義的な語彙の中に成句を探す一方で、フランス詩人たちを絶えず気にかけなくてはならない。

　まだごく若い頃、プーシキンの文学的な趣味は、ラマルティーヌとスタンダールを形作ったのと同じ作家たちや、同じ「文学講義」によって作られた。この教本は、ジャン＝フランソワ・ド・ラ・アルプ[*7]の手による『文学講義、別名リセ』であり、全十六巻で一七九九年から一八〇五年にかけて出版された。晩年には、プーシキンのお気に入りの作家はヴォルテール、コルネイユ、パスカル、フェヌロン[*8]、ボシュエ[*9]、ボワロー、モリエール、ラシーヌ、ラ・フォンテーヌだった。同時代人との関係で言えば、プーシキンにとってラマルティーヌは音楽的だが単調だったし、ユーゴーは才能のきらめきは認めこそすれ全体として二流だった。彼は若きミュッセの放蕩な詩を歓迎し、ベランジェ[*10]を理性的に退けた。『オネーギン』の中には、ヴォルテールの『社交家』（第一章のあちこちの部分）、ミルヴォア[*11]の『悲歌集』（とりわけレンスキイがらみの箇所）だけでなく、パルニーの『愛の詩集』、グレッセの『ヴェール＝ヴェール』、シェニエの物うげな調べに加えて、コラルドー[*12]、ショーリュー[*13]、ジルベール[*14]、デボルド＝ヴァルモール[*15]、デポルト[*16]、デュシス[*17]、ドゥラヴィーニュ[*18]、ドラ[*19]、ドリール[*20]、バイフ[*21]、ピロン[*22]、ベルタン[*23]、ジャンティ＝ベルナール[*24]、ベルニス[*25]、マルフィラートル[*26]、ラテニャン[*27]、ルグヴェ[*28]、ジャン＝バチスト・ルソー、ルブラン[*29]、ル・ブラン[*30]、ルミエール[*31]、レオナール[*32]などなどのフランス小詩人たちの残響が聞きとれる。

ドイツ語と英語については、プーシキンはほとんどできなかった。一八二一年、個人的に楽しむため、バイロンを貴族が用いていたようなフランス語に訳しているが、「そのアテネ人の墓の下に打ち寄せる波 the wave that rolls below the Athenian’s grave」（『異教徒』の出だし）を「そのアテネ人の墓の上にうち被さる波 ce flot qui roule sur la grève d’Athène」と訳している。シェイクスピアはギゾーとアメデ・ピショーによるルトゥルヌール版の翻案（パリ、一八二一）で、バイロンはピショーとウゼーブ・ド・サルによる翻案（パリ、一八一九―一八二一）で読んでいた。バイロンのクリーシェの使用法からは、自分たちを育んだ小、大フランス詩人のこだまが聴こえるがゆえロシア詩人たちは格別の愛着を抱いた。

もし『オネーギン』を織りなす言葉が、退色した絹の上に広がるこうした模様でしかなかったら、無味乾燥でつまらぬ代物になっていただろう。しかし、奇跡は起こったのである。一五〇年以上前、ロシアの言語芸術はフランス文学の空前絶後の影響を被った。ロシア詩人たちは霊感を受けてそこから自分にあったものを選びだし、古いものと新しいものを、それぞれがはっとするほど個性的により合わせた。フランス語のありふれた形容辞がロシア語に変容する過程で、新たに息づき、花開いた。そうした表現の繊細な扱いに長けたプーシキンは、意味と意味のハーモニーのなかで、狙いにもとづいて使用する。ところで、この事実は私たちの課題を軽減しない。

四

すぐれた文学作品を別の言語におきかえようとするものが、成しとげるべきただひとつの義務とは、全原文を完全な精確さで再現し、原文以外にはなにひとつ訳さないことだ。「逐語的《リテラル》な翻訳」という言いまわしは同語反復だ。なぜならそれ以外のものは本当の翻訳ではなく、偽造品か、翻案、あるいはパロディーにすぎないからだ。

そこで問題になるのは、脚韻《ライム》と意味《リーズン》の間の選択にある。全原文を完全な忠実さで訳し、それ以外をなにひとつ訳さない翻訳は、原作の形式を、韻律と脚韻を保てるだろうか？ 自身が属する一言語の範囲内で仕事をしてきて、中身と様式は一体であると確信している芸術家にとってショックなのは、自称翻訳家の目には芸術作品が形式と内容に分かれた形で見えうる、そして片方だけを訳しもう片方は訳さないなどという問題がそもそも生じうると発見したときである。実際、事態はいまだに一元論者の天国なのだ。元来の言語的存在を剝ぎとられては、原文は高く舞いあがることも、歌うこともできないが、それは非常に手際よく解剖されて標本にされ、有機的な細部をあますところなく科学的に研究されうる。こちらにソネットがあり、あちらにはソネット詩人の熱狂的信者がいる。そして信者は創意工夫が奇跡をまき起こして、原文のあらゆる影ときらめきを訳し、かつ別の言語における特殊なパターンをなんとかそのまま保持できればといまだに夢みている始末なのだ。

韻律のみに限れば、大きな問題はないとただちに断言できる。英語散文はごく自然に弱強格になるという奇妙な理由で、弱強格の詩行はリテラルな正確さとまったく自然に結合するのだ。

スティーヴンソンに、自分の散文を磨いたり、刈りこんだりすることで、弱強格の無韻詩にしてしまう危うさを学生に戒める痛快な論文[*33]がある。ここでみごとなのは、調子のいい文章の罠と陥穽を説くスティーヴンソンの議論自体が、正確でむだのない言葉づかいで混じりけなしの弱強格の中に収められているところであり、そのあまりのみごとさゆえ読者は、少なくとも単純素朴な読者は、この教訓的トリックに気づかないのだ。

新聞は弱強格の無韻詩を、ジュールダン氏[*34]が散文を使うのと同じくらい日常的に用いる。その辺に放りだされていた新聞紙に手を伸ばし、適当に目を通しただけで、以下のような文が見つかる。

Debate on European Army interrupted: the Assembly's
Foreign Affairs Committee by a vote

Of twenty-four to twenty has decided
To recommend when the Assembly
Convenes this afternoon
That it adopt the resolution
To put off the debate indefinitely.
This is, in effect, would kill the treaty.
欧州軍をめぐる議論は中断された。
外交委員会は
この夕刻に招集される会合において、
議論の結論を無期限に先送りする案の
採用を推薦することを
二十四票対二十票で
決議した。
これは事実上、条約を失効させるだろう。

The New York Yankees aren't conceding
The American League flag to Cleveland
But the first seed of doubt
Is growing in the minds of the defending champions.

ニューヨーク・ヤンキーズはクリーヴランドに
アメリカン・リーグの優勝チームの座を
そうやすやすと譲り渡す気はないが
王者たちの胸に疑念が芽ばえ始めている。

Nebraska city proud of jail:
Stromsburg, Nebraska (Associated Press).
They're mighty proud here of the city jail,
A building that provides both for incarceration
And entertainment. The brick structure houses
The police station and the jail. The second story
Has open sides and is used as a band stand.
刑務所はネブラスカ・シティーの誇り
ストロムズバーグ、ネブラスカ（AP通信社）。
拘禁と娯楽の両方を供する建物がこの町の自慢
煉瓦造りの建物には
警察署と刑務所が入っていて、二階の
一部は壁がとり払われて、野外ステージとして使われている。

五

『オネーギン』はあまたの言語に誤訳されてきた。私が目を通したのは、フランス語版と英語版すべてに加えて、脚韻を踏んだドイツ語版の一部だけである。私が見た、その三つのドイツ語によるでっちあげ完訳が、中でも最悪だった。タチアーナがヨハンナになってしまうリペルト訳(一八四〇)と、マックスとモーリッツ風味のゾイベルト訳(一八七三)は軽蔑にも値しない。だがボーデンシュテットの軽薄な版(一八五四)は、ドイツの批評家たちにあまりに持ちあげられたので、表現はともかく理解においてはまだしもあっぱれな試みであるにせよ、これもやはり信じがたい間違いやばかげた書き加えがひしめきあっていることを読者に警告しておかねばならない。ここでついでながら、ロシア人自身、プーシキンの傑作にたいするふたつの最悪と言うべき侮辱に責任があることは明記すべきだ。それはチャイコフスキイによる恥ずべきオペラと、この小説の多くの版を彩っている、レーピンによる同じくらい恥ずべき絵である。

フランス語の方がだいぶましである。すなわち、ツルゲーネフと、ヴィアルドによるなかなか正確な散文訳(『国民雑誌』、パリ、一八六三)。あれでもしヴィアルドが、プーシキンがフランス詩のありふれた形容辞をロシア語に直訳したものにいかに依拠していたかを認識し、それに応じられていたら、本当にすばらしい翻訳になっていただろう。現実には、デュポンの散文訳(一八四七)の方が、解釈の次元では間違いだらけではあれ、よりフランス語らしい。

英語では四つの完訳が、不幸にして大学生の手の届くところにある。スポールディング中佐訳

（ロンドン、マクミラン社、一八八一）、エイブラハム・ヤーモリンスキイ選・編、『プーシキン作品集』（ニューヨーク、ランダムハウス社、一九三六）に収められたバベット・ドイチュ訳、オリヴァー・エルトン訳（『スラヴ研究』、一九三六年一月から一九三八年一月、およびロンドン、プーシキン出版社、一九三七）、ドロシーア・プラル・ラディン、ジョージ・Z・パトリック訳（バークリー、カリフォルニア大学出版、一九三七）である。

これらはみな韻律と脚韻を備えている。みな誠実な努力と、信じがたい量の知的労働の結実である。みなどこかしらにたゆまぬ工夫の輝きがある。そして、みなその原型のグロテスクなまがい物であり、目もあてられない韻文に移しかえられ誤訳にみちあふれている。もっとも咎少なき者は、ぶっきらぼうで即物的な中佐で、最悪なのが無責任な名文句の類に装飾過剰きわまりない俗悪さと噴飯ものの間違いを組みあわせるエルトン教授だ。

えせ翻訳家たちの大きな問題のひとつは、その無知である。前世紀二〇年代におけるロシアの生活にまったく不案内だとでも考えなければ、たとえば、derevnyaを「田舎の邸宅 countryseat」ではなく「村 village」と、skakatʼを「馬を駆る to drive」ではなく「疾駆させる to gallop」と訳者連がしつこく訳しているわけが説明できない。『オネーギン』翻訳を試みるものは誰でも、クルイロフ[*35]の寓話や、バイロンの作品、十八世紀フランス詩人、ルソーの『新エロイーズ』、プーシキンの伝記、玉突き遊び、占いにまつわるロシアの歌、当時のロシア軍の階級制度と欧米のそれとの対応関係、ツルコケモモとコケモモの違い、英国式ピストル決闘のロシア版ルール、そしてロシア語といった数々の関連事項について、正確な知識をもっているべきなのだ。

六

プーシキンを翻訳する人間なら気を配らなくてはならない特有の微妙さの例として、第四章三十九連冒頭の四行詩を分析してお目にかけよう。そこでは、モスクワから三百マイル西の田舎の地所における一八二〇年夏のオネーギンの生活が描写される。

Progúlki, chtén'e, son glubókoy,
Lesnáya ten', zhurchán'e struy,
Poróy belyánki cherno-ókoy
Mladóy i svézhiy potzelúy…

最初の行、

progulki, chten'e, son glubokoy,

ここ（ツルゲーネフ＝ヴィアルドは正しく「散歩、読書、深くて健やかな一回の睡眠 la promenade, la lecture, un somneil profond et salutaire」と訳している）にある progulki は、一見明白に思える「散歩 walk」とは訳せない。なぜなら、このロシア語は運動や気ばらしのために馬に乗るという含みがあるからだ。私は「練り歩きpromenades」が気に入らず、「逍遥rambles」に甘んずる。というのは、徒歩と同様、馬上でも「逍遥」できるからだ。その次の語は「読書reading」の意味で、その後が難問だ。glubokoy sonは「深い眠りdeep sleep」だけでなく、「安眠sound sleep」（それゆえフランス語訳では二重形容になっている）をも意味し、そしてもちろん「夜寝ることsleep by night」という含みもある。原文の子音反復を別な音調で巧みに反復するであろう「まどろむslumber」という言葉を使いたくなるが（progulki-glubokoy rambles-slumber）、こうした優雅さにこそ、訳者は用心せねばならない。この行のもっとも直接的な訳は以下のようになるだろう。

rambles, and reading, and sound sleep…※1
逍遥、読書、そして安眠……

次の行、

lesnaya ten', zhurchan'e struy…

lesnaya ten'は「林の陰the forest's shade」か、あるいはもっと音の調和を重視すれば「社の陰the sylvan shade」だ（［バイロンの］「木の陰the umbrage of the wood」をたわむれに持ちだしてみたことを告白しておく）。そしてさらなる難所がくる。私が最終的には「水の流れるせせらぎ

the bubbling of the streams」と訳した zhurchan'e struy にある落とし穴とは、strui（複数主格）が二つの意味を持つということだ。通常の意味の方は英語の streams の古い意味であり、一定量の動かない水の集まり、いわばその体ではなく、むしろのびやかな四肢、流れる川のいく筋かを示している（たとえば、キッド[36]の「コーネリア」の「細いゆるやかな小川が音もなく流れていく美しいテベレ川よ……O beautious Tyber with thine easie streams that glide…」あるいはアン・ブラッドストリート[37]の「瞑想」の「音もなく流れていく川 a [River] where gliding streams」など）、他方でもうひとつの意味は、フランス語の「波 ondes」を表そうというプーシキンの意図である。したがってこの、

the sylvan shade, the bubbling of the streams…
社の陰、水の流れるせせらぎ……

（あるいは昔のへっぽこ英語詩人なら「緑の森の木陰、さらさら流れる小川 the green-wood shade, the purling rillets」とでもしただろうが）という一行が、アルカディア派の詩人たちが偏愛する牧歌的理想をはっきりと反映していることが、プーシキンの訳者には明確でなければならない。木と水、「小川と森 les ruisseaux et les bois」は、十八世紀にフランスと英国の詩人が好んだとされる「緑の隠棲地 green retreats」を賞賛した無数の「田園賛歌 éloges de la campagne」の中に見いだされる。アントワーヌ・ベルタンの「森の静けさ、波のつぶやき le silence des bois, le murmure de l'onde」（『悲歌集二十二番』）や、エヴァリスト・パルニーの「森の深みのなか、小川

のおだやかな音に dans l'épaisseur du bois, au doux bruit des ruisseaux」(『アルセの断章』)は、この種の典型的決まり文句である。
こうしたフランス小詩人たちの助けを借りて、やっとこの連の最初の二行を訳すことができるわけだ。最初の四行詩全体はこうなる。

Rambles, and reading, and sound sleep,
the sylvan shade, the bubbling of the streams;
sometimes a white-skinned dark-eyed girl's
young and fresh kiss.
逍遥、読書、そして安眠、
杜の陰、水の流れるせせらぎ、
ときおり、白い肌と黒い目をした娘の
若くういういしい口づけ。

Poroy belyanki cherno-okoy
Mladoy i svezhiy potzeluy

ここで訳者の前に立ちはだかるのは、きわめて特殊なものだ。アンドレ・シェニエの直訳の仮面の下に、プーシキンは自伝的な事実へのほのめかしを隠しているのだ(書き添えられた注ではシェニエの名をあげてはいないが)。文学作品を論じるにあたって、読者の興味をそそるような暴露的側面を強調することに私は反対である。そのような強調は、戯画化された(それゆえ架空の)プーシキン自身が主な登場人物のひとりとして出てくるプーシキンの小説の場合にはとくに不適切なものになるだろう。

しかし、一八二五年の時点では文学史上前例のない方法で、作者がこの連で実体験を隠していることはほとんど疑問の余地がない。実体験とはすなわちプスコフ県にある自分の地所での夏に、彼がはらませ、別の県にある第二の地所に追いやることになったかよわき農奴娘オリガ・カラシニコワとの束の間の情事のことだ。ここでアンドレ・シェニエを見てみれば、一七八九年の日付のある断片「書簡体詩七番、ドパンジュ兄へ」としてラトゥーシュによって出版された以下の詩(五百十八行目)が見つかる。

…Il a dans sa paisible et sainte solitude,
Du loisir, du sommeil, et les bois, et l'étude,
Le banquet des amis, et quelquefois, les soirs,
Le baiser jeune et frais d'une blanche aux yeux noirs.

安らかで聖なる孤独のなか、彼は所有する。
いくらかの暇と、いくらかの眠りと、森と、勉強と、
友人たちの宴と、ときには、日暮れと、
黒い目をした白い女の若くひんやりした口づけを。

ロシアのプーシキン学徒がそれぞれ個別に発見した事実に、プーシキンの英、独、仏訳者はだれも気づいていない（発見が最初に発表されたのは、『世界文学におけるプーシキン』〔レニングラード、一九二六〕に収録された、サヴチェンコによる「レンスキイの哀歌とフランスの哀歌」の三六二頁の注においてだと思う）。つまり、第三十九連の最初の二行はシェニエの言いかえであり、次の二行はその逐語訳なのだ。女性の肌の白さへのシェニエの異常な執心（『悲歌集二十二番』の例を見よ）と、プーシキンが思い描くうら若きかよわき情婦の姿がひとつにとけあい、見事な仮面を、個人的な情動を隠す覆面を形作る。概して出典の同定には気をつかっている作者が、ここでの直接の借用元にかぎってどこにも明かしていないことに注目してほしい。まるで、ここの詩行の文学的起源に言及してしまったら、自分のロマンスの神秘を汚してしまうとでも思っていたような有様なのだ。

私がこの連との関連で論じた含みや機微すべてにまったく気づいていない英訳者たちは、ここで苦労惨憺している。スポールディングはできごとの衛生面を強調して、

the uncontaminated kiss
of a young dark-eyed country maid;
若い黒い目をした田舎の乙女の
汚れなき口づけ

ラディン嬢はおぞましい訳文を作りあげている。

a kiss at times from some fair maiden
dark-eyed, with bright and youthful looks;
明るく若々しい、黒い目をした
誰か麗しい処女からの時おりの口づけ

プーシキンがオネーギンと農奴の娘との肉体関係をほのめかしていることにどうやら気づいていないらしいドイチュ嬢は、信じがたいほどとりすました訳文を出してくる。

and if a black-eyed girl permitted
sometimes a kiss as fresh as she;
そしてもし黒い目の少女が時おり、
彼女と同じくらいみずみずしい口づけを許せば

こういう場合、決まってグロテスクな陳腐さと悪しき文法に陥るのが常であるエルトン教授は、動作の主体を逆にして、妾の髪を漂白してしまっている。

at times a fresh young kiss bestowing

upon some blond and dark-eyed maid.
時おり、はつらつとした若い口づけがいくぶん
金髪で黒い目の乙女に授けられる。

ついでながらプーシキンの行は、私の言う「リテラリズム literalism」や、「リテラル性 literality」、「リテラルな解釈 literal interpretation」の好例である。私の言う「リテラリズム」とは「完全な正確さ」の意味である。もしそのような正確さが時に、「字面通りの意味が精神を殺した」というフレーズで示される奇妙な寓意的結果を招くとすれば、理由はひとつしかありえない。原文の字面、もしくは原文の精神に問題があったに違いなく、これは訳者が気にかけるべきことではまったくない。プーシキンはリテラルに（すなわち完全な正確さで）シェニエの「白い女 une blanche」を「白い娘 belyanka」と訳し、英訳者はここでプーシキンとシェニエの両方をよみがえらせなくてはならない。belyanka あるいは une blanche を「白い人 a white one」と訳すのは偽りのリテラリズムだろう。もっと悪いのは、「白い女性 a white female」だ。そして「色白の顔をした fair-faced」と言ったのではあいまいだろう。正確な意味は「色白の女性 a white-skinned female」となり、もちろん「若く young」もあるから、したがって「色白の娘 white-skinned girl」であり、黒い目をしていて、おそらくは黒髪であり、それが色素のない肌のつややかな白さを対照によってひきたたせているのだ。

とりわけ「翻訳不可能」な連をもうひとつあげよう。第一章三十三連である。

I recollect the sea before a storm:
O how I envied
the waves that ran in turbulent succession
to lie down at her feet with love!
私は嵐の前のあの海を思い出す。
ああ、なんとうらやましかったことか、
荒れ狂った波が続けざまにうち寄せては、
彼女の脚に愛しげに身を伏せるのが！

Ya pómnyu móre pred grozóyu:
kak ya zavídoval volnám
begúshchim búrnoy cheredóyu
s lyubóv'yu lech k eyó nogám!

ロシアの読者はこの原文に、擬音を響かせる美しい頭韻が二組あるのを認める。「荒れ狂いうち寄せる begushchim burnoy」はうち寄せる波の荒々しさを奏で、「愛しげに横たわる s lyubov'yu lech」は淑女の足もとで、崇拝のうちに流れる波がさらさらと消えいる音を奏でる。ここで想起される足の持ち主が誰であれ（タガンログの岸辺でぱしゃぱしゃ水遊びをしていた十三歳のマリヤ・ラエフスカヤか、彼女の父が名付け親になった、タタール血筋の若き「付き添いの女性 dame de compagnie」か、もっとありそうなのは、「マリヤ自身による回想録とは矛盾するが」オデッサでのプーシキンの愛人エリザヴェータ・ヴォロンツォワ伯爵夫人か、あるいは一番ありそうなのが、たがいに反映しあう女性たちが回想の中で組みあわされた存在である）、ここで意味ある事実はただひとつ、この波がラ・フォンテーヌからボグダノヴィチ*38をへてうち寄せたということである。すなわち「［ヴィーナスに］に触れようと大波がざぶんざぶんと打ち寄せ、そしてそれぞれの波が順繰りに同じ情熱で、クピドの母の足に口づけしにやってくるL'onde pour toucher... [Vénus] à longs flots s'entrepousse et d'une égale ardeur chaque flot à son tour s'en vient baiser les pieds de la mère d'Amour」（ジャン・ド・ラ・フォンテーヌ「プシュケとクピドの恋」）（一六六九）と、イッポリート・ボグダノヴィチによる「ドーシェンカ」（一七八三―一七九九）にあるこれに近いパラフレーズだ。後者を英語になおせば「彼女を追いまわしている波が、嫉妬深く押し寄せては、彼女の脚に慇懃に触れるthe waves that pursue her jostle jealously to fall humbly at her feet」となる。

　あれこれ手を加えないことには、たとえ男性韻だけしか使わないにしても、プーシキンのこの四行を、交互に脚韻を踏んだ四脚の英語の四行詩にするのはまったく不可能である。鍵言葉は、「思い出すrecollect」、「海sea」、「嵐storm」、「うらやんだenvied」、「波waves」、「うち寄せたran」、「荒れたturbulent」、「連なりsuccession」、「横たわるlie」、「脚feet」、「愛love」であり、これら十一語にただの一語を足しても原文を裏切ることになってしまう。たとえば、最初の行をbeforeで終わらせてみよう――I recollect the sea before（粗雑な句またがりがこれに続くことになる）――そしてbeforeと韻を踏むshoreを三行目の終わりに移植する必要が出てくる（すると「岸に襲いかかる『なになにかの』波the something waves that storm the shore」が要る）。こうして、ひとつ譲歩してしまえば、原文の意味とそれが呼ぶ連想すべてを完全に破壊してしまう変更をいくつもひき起こすことになってしまうだろう。別の言い方をすれば、訳者はたえずテクストの基本的パターンだけでなく、そのパターンに織りこまれている借用表現にも心をとめなくてはならない。脚韻や韻律のために、なにものも加えられることがあってはならない。特殊な制限つきルール（特定の駒しか使ってはならないといったような）が適用された作図コンテストにおける課題つきチェスプロブレムを考えるとよい。奇跡的にむだのないオネーギン・スタンザにおいても、用いうる駒は数も種類も厳しく制限されるだろう。それらの駒を翻訳者があちこち移しかえることは許されるかもしれないが、追加の駒が、詰め物や穴埋めに足されて独創的な解を損なうようなことは許されない。

七

一連のオネーギン・スタンザを訳すのは、十四行を弱強の二拍子で飾りたて、pleasure-love-leisure-doveではじまる安手の脚韻を七つとりつけることではない。かりに脚韻が見つかるとした場合、オネーギンのハーモニーのレベルにまで高めねばならないが、男性韻がなんとかなってくれるとしても、女性韻はどうしたらいいのか？　プーシキンが「乙女たち devï」と「あなたはいずこ？ gde vï」を押韻させるとき、豊かな連想やイメージを喚起し、耳にも快いという効果を生む。しかしバイロンが「乙女たち maidens」と「陽気な巣穴たち gay dens」を押韻させるとき、その結果は滑稽だ。チャイルド・ハロルドの造格と氷の造格のように（Garol'-dom—so-l'dom）、『オネーギン』においてはそんな脚韻のために分割された言葉でさえ、詩神たちがおわすアーオニアの荘厳さを保持し、バイロンの「新たな皮 new skin」と「プースキン Pouskin」などといった出来損ない（ムーシン＝プーシキン伯爵の歪曲された二重姓が枝わかれしたうちの一本）とはなんの共通点もない。

こうしたわけで、ここにおいて私が達した結論は三つ。（一）『オネーギン』を脚韻つきで訳すのは不可能である。（二）テクストの変調と脚韻を、さらにはもろもろの連想すべてとそのほかの特徴すべてを、一連の脚注で記すことは可能である。（三）『オネーギン』の各連十四行の脚韻を踏んだ四歩格、十四行の、脚韻を踏まない、長さのばらばらな、二歩格から五歩格の弱強格に置きかえ、まずまず正確に翻訳することは可能である。

これらの結論は一般化しうる。私はおびただしい脚注を添えた翻訳を、摩天楼の如く頁の最上部にまで達せんと伸びた、注釈と永遠の狭間に原詩のただ一行のみを輝かせている脚注を求めているのだ。私はそうした脚注と、去勢も水増しもなしの完全にリテラルな意味が欲しいのだ――私はそうした意味とそうした注を、「詩的」な訳文の中でいまだ息もたえだえになり、脚韻によって汚され辱められたすべての外国語の詩のために欲しいのだ。そして私の『オネーギン』が仕上がったとき、私の訳はその理想にぴったり合っているか、まったく出版されないかのどちらかだろう。

※1　ポープの「孤独」における「夜の熟睡、学びと安らぎ sound sleep by night, study and ease」や、ジェイムズ・トムスン「季節――春」における「隠棲、田舎の静けさ、交友、本 retirement, rural quiet, friendship, books」と比べよ。

＊1 「憂鬱症 hypochondria」が英語 hypo とロシア語 chondria、handra であたかも「分業」されたように見えることを指している。
＊2 フランソワ・ド・マレルブ（一五五五―一六二八）。フランスの詩人。詩法の改革者として知られる。
＊3 ヘンリー・ハワード・サリー（一五一七―一五四七）。イギリスの詩人。トマス・ワイアットとともにはじめて英詩にソネットの形式を持ちこんだとされる。
＊4 セヴォル・ド・サント＝マルト（一五三六―一六二三）。フランスの作家、詩人。
＊5 ジャン・バチスト・グレッセ（一七〇九―一七七七）。フランスの詩人、劇作家。
＊6 コンスタンチン・バーチュシコフ（一七八三―一八五二）。ロシアの詩人。
＊7 ジャン＝フランソワ・ド・ラ・アルプ（一七三九―一八〇三）。フランスの劇作家、批評家、詩人。
＊8 フランソワ・ド・フェヌロン（一六五一―一七一五）。フランスの宗教家、神学者。
＊9 ジャック＝ベニーニュ・ボシュエ（一六二七―一七〇四）。フランスの聖職者、説教家、神学者。
＊10 ピエール＝ジャン・ド・ベランジェ（一七八〇―一八五七）。フランスのシャンソン作者。
＊11 シャルル＝ユベール・ミルヴォア（一七八二―一八一六）。フランスの詩人。
＊12 シャルル＝ピエール・コラルドー（一七三二―一七七六）。フランスの劇作家、詩人。
＊13 ギヨーム・アンフリー・ド・ショーリュー（一六三九―一七二〇）。フランスの詩人。
＊14 ニコラ＝ジョゼフ＝ローラン・ジルベール（一七五〇―一七八〇）。フランスの詩人。
＊15 マルスリーヌ・デボルド＝ヴァルモール（一七八六―一八五九）。フランスの女性詩人、女優、歌手。
＊16 フィリップ・デポルト（一五四六―一六〇六）。フランスの詩人。
＊17 ジャン・フランソワ・デュシス（一七三三―一八一六）。フランスの戯曲家、詩人。
＊18 ジャン＝フランソワ＝カジミール・ドゥラヴィーニュ（一七九三―一八四三）。フランスの詩人、劇作家。
＊19 ジャン・ドラ（一五〇八―一五八八）。フランスの文学者、教育者、詩人。
＊20 ジャック・ドリール（一七三八―一八一三）。フランスの詩人、神父。
＊21 ジャン＝アントワーヌ・ド・バイフ（一五三二―一五八九）。プレイヤード派のフランスの詩人。
＊22 アレクシス・ピロン（一六八九―一七七三）。フランスの詩人、劇作家。
＊23 ルイ＝フランソワ・ベルタン（一七六六―一八四一）。フランスの新聞発行者。
＊24 ピエール・ジャンティ＝ベルナール（一七〇八―一七七五）。フランスの詩人、劇作家。
＊25 フランソワ＝ジョアシャン・ド・ピエール・ベルニス（一七一五―一七九四）。フランスの詩人。

＊26 ジャック・シャルル・ルイ・ド・クランシャン・ド・マルフィラートル（一七三二―一七六七）。フランスの詩人。

＊27 ガブリエル＝シャルル・ド・ラテニャン（一六九七―一七七九）。フランスの詩人。

＊28 エルネスト・ルグヴェ（一八〇七―一九〇三）。フランスの劇作家、散文作家。

＊29 ピエール＝アントワーヌ・ルブラン（一七八五―一八七三）。フランスの劇作家、詩人。

＊30 ピエール・ル・ブラン（一六六一―一七二九）。フランスの哲学者、神学者。

＊31 アントワーヌ＝マラン・ルミエール（一七二三―一七九三）。フランスの詩人。のちに劇作に進出。

＊32 ニコラ＝ジェルマン・レオナール（一七四四―一七九三）。フランスの詩人、散文作家。

＊33 ロバート・ルイ・スティーヴンソン（一八五〇―一八九四）に「文学における文体の技術的な要素について」（一八八五）という論文がある。

＊34 モリエールの『町人貴族』の主人公。紳士気どりの金持商人。

＊35 イヴァン・クルイロフ（一七六九―一八四四）。ロシアの国民的寓話作家。

＊36 トマス・キッド（一五五八―一五九四）。英国の劇作家。

＊37 アン・ブラッドストリート（一六一二―一六七二）。アメリカのピューリタン詩人。

＊38 イッポリート・ボグダノヴィチ（一七四四―一八〇三）。ロシアの詩人。

奴隷の道

プーシキンの韻文小説『エヴゲーニイ・オネーギン』は、一八二三年五月九日（ユリウス暦）にキシニョフで着手され、一八三一年十月三日にツァールスコエ・セローで完成した。詩人の生前に刊行された版として、以下の三つがある。一八二五—三二年版、一八三三年版、一八三七年版である。

ここ五年間、私は『オネーギン』を訳して注をつける作業にうちこんできた。仕事はついに終わる。この訳で、私は十全な正確さと完全な意味を実現するために、弱強格以外のあらゆるものを犠牲にしたが、弱強格を保持することは忠実さを損なうどころか助けるのである。

最近の記事[※1]で、『エヴゲーニイ・オネーギン』の英訳にかかわるいくばくかの困難——ガリシズムやフランス詩人からの借用の断続的な割りこみに対処する必要性のようなもの——について触れた。私の主な争点は、訳者はテクストに公明正大であるために、作者による回想、模倣、別の言語からの直接の翻訳のあれこれに意識的であらねばならないということである。さらにこの意識があれば、噴飯ものの間違いを犯すことをまぬがれるだけでなく、いくつかの選択肢のなかから最適の言葉づかいも選べるのである。『エヴゲーニイ・オネーギン』の英訳者は、ロシア人がもつロシア語の知識だけでなく、プーシキンがもつフランス語の知識が必要ではないか。

一　フランスの仲介者

ロシアの注釈者たちがいまだに見落としているのが、プーシキン時代のロシア作家が、ギリシア・ローマの古典同様、英国、ドイツ、イタリアの文学を読んだのは、原典ではなく、大変な労力が注ぎこまれていたフランス語の意訳をつうじてだったという重大事実である。流行のヨーロッパ小説の品のないロシア語翻案は、もっぱら下層階級に読まれていた。他方、英詩やドイツ語詩のジュコーフスキイによる変奏が奏でる見事なメロディが、ロシア文学に勝ちとった戦果は、シラーやグレイ[*1]が翻案によって被った損失をおぎなってあまりあるものだった。原則として、サンクトペテルブルグの洒落者、生活に倦んだ軽騎兵、ハイカラな名士、菩提樹が影を落とすペンキ塗りの木造邸宅《シャトー》に住む田舎令嬢はみな、ドイツの小説家（ゲーテ、アウグスト・ラフォンテーヌ[*2]）と同様、シェイクスピアやスターン、リチャードソンやスコット、ムーアやバイロンを仏語版で、仏語版でのみ読んでいたのだ。

結果として、シェイクスピアは実際にはルトゥルヌールであり、バイロンとムーアはピショーであり、スコットはデュフォーコンプレ[*3]であり、スターンはフルネ[*4]であり……などなど。『エヴゲーニイ・オネーギン』には外国の書籍への言及があまたある。しかし、つねに心にとめなくてはならないのは、プーシキンとタチヤーナ・ラーリンが読んだのは、本物のリチャードソンではなく、怪物的に筆が早かったアベ・プレヴォー（アントワーヌ・フランソワ）による仏語版だったということだ。たとえば、『英国文学、あるいはクラリス・アーロヴ嬢の物語〔ママ〕』（ロンドン、一七五一年、全六巻)、『『パメラ』『クラリス』の著者による、『新英国文学、あるいは騎士グランディッソンの物語〔ママ〕』』(アムステルダム、一七七五年、全四巻)などがそうである。そして、プーシキンとオネーギンが入れこんでいたのは、『放浪者メルモス』(エジンバラ、一八二〇年、全四巻、チャールズ・ロバート・マチューリン〔アイルランドの牧師〕改訂)ではなく、『メルモット、あるいは放浪者』(マチュラン〔ママ〕著、ジャン・コアンによる英語からの自由訳、全六巻、パリ、一八二一年)だった。

古いしきたりのせいで、十八世紀初期の流行に敏感なロシア家庭では、男女とわず子女に幼児期のうちにフランス語を教えていたのだが、息女のみ英語の家庭教師をつけた。しかし、英語作品の仏語版のほうが、英語原典よりもはるかにたやすく手に入ったので、ロシアのトリリンガルの淑女は、気晴らしに仏の三文文士を手にとる機会のほうがずっと多かった。プーシキンのヒロインであるタチヤーナは、ロマンスの幕がそっとあがる直前までフランスの家庭教師をあてがわれていたのはまずまちがいないとしても、田舎貴族の家庭にずっといたため英語はできない。プーシキンの姉オリガは、(ミスかミセスだか判然としないが)ベイリーから一度はレッスンを受けていた。しかし、絶対確実なのは、一八二〇年五月からサンクトペテルブルグを七年間留守にしているあいだ、プーシキンはフランス語(ここに当時誰もがやっていた学校ラテン語の類と、ドイツ語の不毛なくずも加わる)を媒介にしてのみ英語を解読できたということだ。大多数のロシア人同様、プーシキンは語学学習者としてはひどいものだった。プーシキンが幼児期に習った自然で流暢なフランス語でさえ、(その手紙や原稿から判断するかぎり)十八世紀式の決まり文句とわずかに旧式の言いまわしを卓抜に使いこなす能力の外に一歩もでるものではなく、独自の持ち味がないのである。プーシキンが英語を独習しようとしたときも——一八二〇年と人生が終わりに近づいたときに、折にふれ、思い出したかのようにそうしたのだが――初心者の域をぬけだせなかった。ワーズワース（一八三三）やバイロン（一八三六）から（英仏辞典の後見に励まされるというよりは、邪魔されながら）数頁訳そうとしたこともあったが、支離滅裂の文章にしかならず、うかがえるのは、至極簡単な英語の言いまわしすらプーシキンにはわからなかったということだ。『エヴゲーニイ・オネーギン』の執筆にとりかかったころ、プーシキンは英語の母音を発音することもできず、バイロンの著作の題名の「チャイルドChilde」もフランス語でよくやるように誤記していただけでなく（Child）、iもchilled（チルド）のように発音していた――フランス式発音のshilled（シルド）と、わずか一歩しか隔たっていない。

『チャイルド・ハロルド』全四編の断片をフランス語に訳したものは、『シロンの虜囚』、『海賊』、『異端外道』といった詩の抜粋と同じように、『ジュネーヴ百科叢書』の文学編に、一八一七年から一八一九年にかけてすでに発表されていた。この版こそ、ロシアでは詩人のヴャーゼムスキイが、フランスでは詩人ラマルティーヌとアルフレッド・ド・ヴィニーが依拠せざるをえなかったものである。一八二〇年のあたまには、すでにロシアの熱心な読者のあいだに、アメデ・ピショーとエウゼベ・ド・サレーが匿名で翻訳した、バイロン作品集のフランス語初版の四巻までが出まわっていた。第二版で訳者たちは「A・E・ド・シャストパリ」という、不完全なアナグラムの共同偽名を使った。第三版を出版する際にエウゼベ・ド・サレーとアメデ・ピショーは仲たがいし、一八二一年に出版された八巻から、ピショーが訳文にひとりで責任をもつことになる。

『バイロン卿作品集』の記念碑的だが月並みな散文訳の初版から四版までは、一八一九年から一八二五年にかけて出版された（すべてラドヴォカ社によって配本された）。

プーシキンは一八二〇年の夏に、おそらくは北カフカスのピャチゴルスクで『遍歴《ル・ペルリナージュ》』を二編まで読んだ。後半の二編と、『ドン・ジュアン』の二編までをその冬に（キエフ県）カメンカか、一八二一年から一八二二年のあいだにキシニョフで読んだ。『ドン・ジュアン』の既読の二編までと、未読の五編までが収録されているのをプーシキンが見つけたのが、ピショーによる第四版作品集の第六巻であり、この本をプーシキンが読んだのが、オデッサか（プスコフ県）ミハイロフスコエで、一八二四年の十月より前のことだった。郷里の隣人アネット・オシポフとそのいとこのアンナ・ケルンの尽力により、一八二五年十二月、プーシキンは残りの十一編が収録された、同じ版の第七巻をリガから入手した。

二　ピショー風味

プーシキンの英訳者は、プーシキンがバイロンから借りているものとピショーから借りているものの違いを、厳格に峻別しなければならない。すなわち、一八二二年のピショー版の第二巻では、バイロンの伝奇物語のタイトルは『チャイルド・ハロルド、ロマン主義詩』だった。そしてこのことは、一八二四年春にオデッサから書きおくった有名な書簡で、どうしてプーシキンが当時執筆中の『エヴゲーニイ・オネーギン』を、「ロマン主義の詩の色とりどりの連 пестрые строфы романтической поэмы」と呼んでいるのか説明してくれる。

ピショーの影響がバイロンの影響を出し抜いている別の見事な例が、『エヴゲーニイ・オネーギン』の一章四十七連にある。そこでは、「回想と悔恨の白日夢」（ジェイン・オースティンならこう言ったであろう）のなかで、オネーギンとプーシキンがクェイ宮をそぞろ歩く様子が描写される。この連は、テーマの上では『チャイルド・ハロルドの遍歴』の二編二十四連がこだましている。しかし、プーシキンの四行目の、（バイロンの「波に映った月の女神《ダイアナ》の球体」にとってかわった）「月の女神《ダイアナ》の顔を反射」しない「水の朗らかなガラス」云々は、ピショーの悪訳が生んだ決まり文句である（「……大海という鏡〔!〕の中に映った月の女神《ダイアナ》の円盤…le disque de Diane qui se réfléchit dans le miroir [!] de l'océan」）。すなわち意訳者が、ひとりの詩人をたばかったばかりか、もうひとりの道もあやまらせたのだ。

その一方で、ハムレットがルトゥルヌールを介してプーシキンとその登場人物にやってきたとしても、[*2] 少し機転をきかせれば、プーシキンのテクストに完全に忠実のままでも、二章三十五連、ラーリン准将の墓を前にしたレンスキーの短い独白に、シェイクスピアらしい色合いを添えることができる。

"Poor Yorick!"mournfully he uttered," he
hath borne me in his arms.
How oft I played in childhood
with his Ochákov medal!

"Poor Yorick!" молвил он уныло,

Он на руках меня держал.
Как часто в детстве я играл
Его Очаковской медалью!
「哀れなヨリック！」陰鬱気に彼はもらした、
あの人は私を両の腕に抱いてくれた。
子供時代にそのオチャコフ記念章で
なんどとなく遊ばせてもらったものだ！

もちろんこの引用は、ロシアの注釈者が当然そう見なしているように、原文に直接由来するものではない。この部分にプーシキンは、「哀れなヨリック——ハムレットが道化のしゃれこうべにむかって発した叫び（シェイクスピアとスターン参照）」という注を添えている。その信じがたいほど無粋な、誤解を招く『エヴゲーニイ・オネーギン』の注釈（レニングラード、第三版、一九五〇年）で、ブロツキイはこう言っている——「スターンに言及することで……プーシキンは、英国の道化の名をラーリン准将にあてがうレンスキイに対する皮肉を漏らしている」。ああ、哀れなブロツキイ！　プーシキンの注は、『ハムレット』の仏語版（一八二一）の注（三八六－三八七頁）からじかにとったものなのだ。「ああ、哀れなヨリック！　この句をスターンがある場面で引用していることや、それに関連して『センチメンタル・ジャーニー』において自らにヨリックという名前をつけたことについては、誰もが記憶するところである」。

三　フランス風決まり文句

英訳者が認識しなくてはならないのは、バーチュシコフやほか小詩人の語彙からプーシキンが借りてきた語彙の多くは、パルニーやほかのフランスの悲歌詩人に見うけられる抒情的な決まり文句をロシア語に訳したものなのだ。わずかながら、適当に引用しておく。

умиление（感動）attendrissemnet（感動）
нега（安逸）mollesse（逸楽）
любезный（愛すべき）aimable（心地よき）
жар（熱）ardeur（灼熱）
бред（譫言）délire（錯乱）
пламень（炎）flamme（情炎）
ветреный（浮気な）frivole（移り気な）volage（浮気な）
залог（証拠）gage（あかし）
досуг（余暇）loisir（余暇）
бурный（荒れ狂う）turbulent（滾《たぎ》った）
лоно（胸）sein（胸中）
сладострастие（快楽）volupté（快楽）

英訳者は、こういったロシア製の衣装に包まれた、お仕着せのフランス語の言いまわしにぴったりの言葉を見つけなくてはならない（ふたたびわずかな例をあげておく）。

неопытная душа（経験なき心）âme novice（うぶな心）
прекрасная душа（美しい心）belle âme（高邁な心）
лестная надежда（うれしい予感）espérance flatteuse（楽しき期待）
счастливый талант（恵まれた才能）heureux talent（恵まれた才能）
мелкое чувство（ささやかな感情）sentiment mesquin（狭量な見解）
живо тронут（いたく感動する）vivement touché（いたく感動した）
ложный стыд（誤った羞恥心）fausse honte（要らぬ気詰まり）
большие права（大きな権利）grands droits（貴き権利）
модная жена（おしゃれな女性）femme à la mode（当世風の女性）
внуки Аполлон（アポロンの子孫）neveux d'Apollon（アポロンの末裔）
лоно тишины（静かな胸のうち）sein de la tranquillité（静かな胸のうち）
силою вещей（やむをえない事情で）par la force des choses（やむをえない力で）
всевышней волею（最後の意志で）par le suprême vouloir（最後の意志で）
без искусства（芸なしに）sans art（不作法に）

ほかにも多くの同種の表現を、『エヴゲーニイ・オネーギン』は当時のフランス語作品とわけあっている。

英訳者はдаль――「遠方le lointain」、「隔たりl'éloignement」――という、距離そのものより詩的な距離感をさす頻出語に悩まされるだろう。英訳者は繰り返されるкипит――「沸きたつbouillonne」――にいらいらさせられるだろう。たとえば、кровь кипит――「血が沸きたつle sang bouillonne」――のような句は、怒りの激情ではなく、愛の激情をさす。牧歌詩の語彙から、поля――「野les champs」、「平野la campagne」――の、平原、森もふくむ開けた土地（一七九〇年代に、カラムジン*5はla campagneを「開けた野чистое поле」とロシア語に訳してみたことがある）という意味の特別な用法がでてくる。そして、そこから牧歌的な（隠者に転向した騎士を想起させる）「荒野désert」、古い用法としての「荒野desart」、beau désert（прекрасная пустыня）――「美しい荒野」の意味もでてくるのである。フランス語の修辞法における不毛な暗喩である「収穫moisson」――жартва――は、二章三十八連にでてくる。それに対して、二章二連のзамокは、（荘園の家の意味の）chateauを訳そうとした試みとしてはごく普通だ。речиは、「話」ではなくフランス語の「アクサンaccents」をさすこともある。マドリガル的「高慢な《ナドメンヌィエ》（美女たち）」надменные（красавицы）」は、ただ「傲慢な（美女たち）」というだけでなく、フランス語「非人間的な《イニュメンヌ》inhumaines」の擬声語でもある。一章三十五連にでてくるドイツのパン屋がかぶっているбумажный колпакは、「紙の帽子」ではなく、もちろん「木綿の縁なし帽bonnet de coton」だ。

フランス語を口触りのよい、美しいロシア語に訳せるような場合であっても、そのさえない元のかたちにプーシキンがかくも無頓着だったのは不思議なほどだ。一章三十二連でрой желаний――

欲望の群れ、あるいは情熱の群れ――という句をプーシキンは用いているのだが、グレッセの「陽気な愛の群れ l'essaim des folâtres amours」、パルニーの「快楽の群れ l'essaim des voluptés」、ベルタンの「欲望のやさしい群れ tendre essaim des désirs」、デュシスの「悦楽の危険な群れ des plaisirs le dangereux essaim」、ほか大勢の例のずっとあとでは、プーシキンの句はとっくに陳腐なものになっていたのである。[※3] 実際、ラ・アルプは『文学講義』（ルーシェ[*6]の『十二の月』の批評）で、『群れ』や／その他の／こうした／余計な言葉が何度もあらわれること／さえない用語があまりに繰り返されること」を嘆いている。

四　翻訳の翻訳

ほかの作家に触れるさいに、その作家の言葉づかいのパロディをプーシキンが用いるとき、愉快な状況が生じる。だが、なお愉快なのは、英作家の仏訳の露語版に猿真似のそのような文句があるのを見つけるときである。結果、プーシキンのパスティーシュ（それをわれわれは英語に訳さねばならないが）は、その原点より三度も遠ざけられたことになる！　次のような場合、翻訳者はどうするべきか？

現行のテクストの八章二連は、デルジャービン[*7]の賞賛をめぐるプーシキンの回想になっている。主だった版では、この連の最初の四行しか残されていない。プーシキンの元に残された清書では、削除された残りの部分があるが、そこでは三人の作家に言及している――ドミトリエフ[*8]、カラムジン、ジュコーフスキイである。ドミトリエフについての行はこうなっている。

そして、ドミトレフ〔ママ〕はわれらの中傷者ではなかった

さて、ポープのアレクサンドル格の対句で構成された「アーバスノット博士への書簡詩」のドミトリエフのさえない訳（一七九八）に目を転じると、その一七六行目の第二不完全行に、プーシキンの句の元になったものを発見する。

コングレーヴ *Kongrév* は私を褒めたたえた。スヴィフト *Swift* は私の中傷者ではなかった

英語ができなかったドミトリエフは、ポープの仏訳（おそらくラ・ポルトのもの）[*9] を使った。こう考えると、コングレーヴがガリア的よそおいになっている理由がわかる（それをドミトリエフは心のなかでストライキ《クレーヴ》と韻を踏ませている）。ポープのテクストを調べれば、ドミトリエフの詩行がポープの一三八行目の言いかえであることがわかる。

私の詩を、コングレーヴは愛し、スウィフトは我慢した

しかし、『エヴゲーニイ・オネーギン』の八章二連五行目でプーシキンが考えたのは、ポープやラ・ポルトのことではなく、ドミトリエフのことである。そこで、正確な英訳として、われわれは「中傷者」を保たなくてはならず、プーシキンの詩を以下のように訳したいという手ごわい誘惑に

抗さねばならないと具申する次第である。

そしてドミトリエフも、私の詩を我慢した

五　植物相の問題

あるとき、五十人ばかりの大学生に木の名前を聞いてみたことがある（今日のアメリカの若者につきものの、自然への信じられないほどの無知を実際に試してみようとしたのだが）。その木は教室の窓から見えたアメリカ楡だった。ところが、誰一人それがなんだかわからない。何人かの学生がためらいがちに「ナラ」ではないかと言ったが、ほかの者は黙っていた。ひとり、女子学生は要するに日よけの木だという。翻訳者は作中の植物名ととりくむ場合には、もっと正確であろうとしなければならない。

『エヴゲーニイ・オネーギン』六章七連で、プーシキンは改心した道楽者のザレツキイが田舎にもどってある種の植物のしたに（隠れる укрывшись）隠遁所、隠れ場所を見いだした場面を描いている。分析する詩行は以下のようなものである。

9 Под сень черемух и акаций

今、ここで議論している詩句の中で暗示されている「木陰」は二種類の灌木または喬木からなっている。その木の名前だけでもロシアの読者になんらかの印象が与えられるものだろうか？　私たちはみな、よく知られた植物の名前は言語が異なれば異なった想像力を刺激するものだということを知っている。その色に重きを置く国もあれば、形に重きを置く国もあるだろう。古典作品への隠れた美しい言及を持っていることもあるだろうし、また信じられないようなフロリダの香りに満ちていることもあるだろう。また何世代にもわたる悲歌詩人によって与えられ蓄積されたロマンチックな感覚の名残として、一滴の蜜が含まれているかもしれない。それは（ダリア dahlia のように）昔の植物学者の名前を、または（椿 camellia のように）ルソンから戻った流浪のイエズス会士の名前を花にたくして記念した名であるかもしれない。**черемух**、**акаций**（共に女性、複数、生格）という語はロシア人の心に、花のかたまりが二つある情景と、二つの香りの様式化された混りあいとでも呼ぶべきものを伝える。その一部はあとで述べるように、人工的なものである。さまざまな連想を翻訳のなかに再現することに翻訳者はさほど手間をかけなくてもよいと私は考えるが、その場合注釈において説明せねばならない。フランス語の植物の名前、ここではたとえば「ラリドール *l'alidore*」なる花の名を捏造してみよう。フランス語では媚薬と曙の靄を想像させる耳に心地よい名であるのに、それが英語では豚のこぶ（その花の風変わりな形状から）または綿の芽（その若葉の手ざわりのため）または牧師のボタン（由来不明）になることがありえるのは、たしかにがっかりだろう。しかし、その種類の名前がいくつもの異なった植物を指して読者をまごつかせたり、間違わせたりすることのない限り（その場合ラテン語の種名をあげなければならない）、翻訳者はそれが正確であればどんな用語でも使用する権利を持っているのである。

辞書は普通 **черемуха** を bird cherry と訳しているが、これはあまりに漠然としていて無意味も同然だ。具体的に言って、черемуха は racemose old-world bird cherry であり、フランス語名は *putier racémeux* で学名は *Padus racemosa* Schneider[*10] である。この綿毛のような、夢みるようなシラブルをもつロシア語（チェリョームハ）は、長い総状花序が際立ち、開花時には樹木全体がたおやかに垂れさがったような趣を生むこの美しい樹にまさにぴったりなのである。ロシアでは一般的かつポピュラーな高木で、河畔のハンノキに混じってでも、あるいは松林の痩せ地にでも無理なく溶けこみ、そのクリーム色の香り高い五月の花はロシア人の心の中で青春の詩的な感情と結びついている。この racemose bird cherry には適当な英名がない（総称語はいくつかあるが、みな野暮な名前か、あいまいか、その両方かだ）。適当なというのは、害あって益ないこせこせした連中がばか丁寧にひとつの露英辞典から別の露英辞典へ引き写しているナンセンスな名前のように、衒学的だったり、無責任だったりしないということである。私は、いつもは信用できるダーリの辞書に従ってこの木を mahaleb と呼んでいたこともあったが、しかしながらこれはまったく別の木だということがわかった。後になって私は черемуха《チュリョームハ》 の響きと花の香りをよく伝える musk cherry という言葉を作ったが、この言葉は残念ながらその小さくて粒状の黒い実とは違った味を想起させてしまう。私は今ここで、単純で響きもよく mimosa とも韻を踏む「ラセモサ racemosa」を名詞として使うことを公式に宣言したい。

ここでもうひとつの акация のほうに目を転じれば、問題は以下のようなものだ。翻訳者はある植物の名前をその額面どおり（*akatsiya* を acacia と記している辞書の記述に固執して）に受けとるべきか、それともその言葉が文脈の中でほんとうに意味しているものを、作品で描かれている想像上の場所に準じ、作品で使われている文学的工夫に照らして見いだすべきか？　私は第二の道をとるべきだと主張する。

「ラセモサ racemosa」は小説の物語が展開する場所（北西および中央ロシア）であればどこでも自生するが、本当のアカシアはそうではない。後者は美しくて有用な熱帯のミモザ種の一種であるが、このようなミモザ樹の中では、オーストラリアの *A. dealbata* F. v. M（苗木屋の銀アカシア）がコーカサスの沿岸地方で順化されている。これはプーシキン以後の時代に、「ミモザ мимоза」としてサンクトペテルブルグの花屋で売られていたものだ。たしかにロシア南部の人々にとって「白アカシア белая акация」はウクライナで栽培され、何百人ものオデッサ詩人に歌われたアメリカの *Robinia pseudoacacia* Linn 以外の意味ではありえないが、このテクストの акация は誰か翻訳者が訳していたような locust でもない。さらにこれはミモザでもニセアカシアでもない。ではこのテクストの акация は一体なんなのだろうか？　これは間違いなく、黄色い花をつけるムレスズメ属の、アジアから輸入され北部ロシアの領主たちのあずま屋や庭園の並木道沿いに栽培されている *C. arborescens* Lam である。フランス人の家庭教師はこれを「シベリアのアカシア l'acacia de Sibérie」と呼んだ。少年たちはあるやり方で黒い小さな豆を切り裂き、おわんのようにした手でそれをはさんで空気を吹き入れ変な音をたてたものだ。しかし、この植物の種類を本当に特定するのは以下の考察である。このプーシキンの句は、小詩人であり文学的な先駆者であり、プーシキンがカラムジンやジュコーフスキイと同じくらいその詩句に影響を受けているバーチュシコフの「ミューズたちの四阿」（一八一七）にある二つの節のパロディなのである。この詩は自由詩または寓話詩で、弱強格で書かれている——つまりさまざまな長さの弱強格である。最初は、

乳色の черемуха　の陰に
そして金色に輝く акация の陰に

で、最後は

のんきな美の女神のこどものようにのんきな彼も
いつか черемуха と акация の濃い陰の下でため息をつくだろう

第二行目にある形容句はムレスズメの明るい花にぴったりだが、「ニセアカシア false acacia」の白い花にはぜんぜん合わない。したがって『エヴゲーニイ・オネーギン』第六章七連九行目の正しい翻訳は以下のようになる。

beneath the racemosas and the pea trees

ほかの樹のことは高貴なる意訳者たちにまかせよう——四世紀前に意訳者をほめたたえたのが、ジョン・デナム卿[*11]であって、もうひとりの意訳者リチャード・ファンショー卿[*14]によせた詩句の中でのことだった（ドライデンの「オウィデウスの書簡によせる序文」を見よ[*13]）。

かの奴隷の道を、汝は気高くも退ける

言葉から言葉へと、行から行へと辿っていく道を。

六　借用と模倣

レンスキイの介添人であるザレツキイを紹介するさい、プーシキンはその不面目な過去を物語り、それからこの連（六章四連）をまとめるにあたって、男を堂々たる名士にならしめている。

И даже честный человек:
Так исправляется наш век.
誠実とさえ言える人物だ。
かくもわれらが時代はよくなっていく。

この詩行のうちはじめの行は（二十年前にラーナー[*14]が指摘したように）、ヴォルテールの『カンディードまたは最善説』（一七五九）の結末部の一文が木霊しており、[※4]そこでジロフレー修道士について触れ、「彼は森の中では非常にいい働き手であることがわかったばかりでなく、『礼儀をわきまえた立派な人物になってしまった』」としている。しかし、プーシキンの次の行（Так исправляется наш век）も、ヴォルテールの『ジュネーヴの市民戦争』（プーシキンが傾倒していたらしい）からきていることは見逃されている。とりわけ、四編冒頭につけられた、一七六八年の著者自注である――「読者の内部においていかに時代が改良されていくか、注視せよ Observez, chez lecteur,

combien le siècle se perfectionne」——これによって、今度はこの「時代」と「生涯」の両方をさす век という語が、プーシキンの行では前者の意味であるべきだとわかる。
エヴァリスト・パルニー（プーシキンは「やさしきパルニー」と、三章二十九連で呼びかける）による詩集『タブロー』の第二部（「手」）はこうなっている。

5 On ne dit point: "la résistance
Enflamme et fixe les désirs:
Reculons l'instant des plaisirs."
……………

9 Ainsi parle un amant trompeur
Et la coquette ainsi raisonne.
La tendre amante s'abandonne
A l'objet qui toucha son coeur.

五　人〔＝誰かを好きになった人〕は言わない。「抵抗が
欲望を燃え上がらせ、固定させる。
だから悦楽の瞬間を後回しにしよう」などとは。
……………

九　かくして偽の情夫は雄弁に語り、

かくして色女は冷静に推論する。
でもやさしい愛人はその身を
その心に触れたものにゆだねる。

率直なタチヤーナ・ラーリンについて語るさい、プーシキンは次のようにパルニーをまねている（三章二十五連百十六行目）。

1 Кокетка судит хладнокровно,
Татьяна любит не шутя
И предается безусловно
4 Любви, как милое дитя.
Не говорит она: отложим–
Любви мы цену тем умножим

一 コケットは冷徹に推しはかるが、
タチヤーナは冗談ぬきに愛し、
無条件に身をさしだし、
四 無邪気なこどものように、愛するのみ。
彼女はこうは言わない——引きのばせばその分だけ——
恋の値段を釣りあげられるとは

われわれはこの模倣を訳文に反映させ、パルニーとプーシキンというそれぞれの語彙を同期させてやることができる立場にいる。「コケットは推しはかる кокетка судит」、「身をさしだし предается」、「引きのばせば отложим」といった言葉の、英語での対応語のなかから、パルニーとプーシキン両者にとって最適な言葉をプーシキンの詩の訳文に選んでやればいいのである。

1 The coquette reasons coolly,
Tatiana in dead earnest loves
and unconditionally yields
4 to love, like a sweet child.
She does not say: Let us defer;
thereby we shall love's value

もちろん、ある作家の作品をつうじて、そこで言及されているものを追っていくのは、気晴らしにしては危険なものだ。多くの場合、プーシキンが自分の花を剽窃の淵に落っこちる崖っぷちぎりぎりで摘んできていることはまちがいないが、定着したジャンルという範囲が比較的かぎられたなかでどうしても生じてしまう組み合わせ、あるいはあたかも舞台裏のように、共通のソースが存在することに起因する類似をしばしば勘定にいれねばならない。また、ただの偶然の一致ということもある。化粧室《キャビネ・ド・トワレット》 cabinet de toilette のなかでのオネーギンの変身を描写した、一章二十三連四行目は奇妙なケースである。

Одет, раздет и вновь одет

着て、脱いで、もう一度着る

われわれは、擬英雄詩的な作法にのっとって、ある要素は一連の流れのなかで別の要素を導かねばならないと論じてもいいし、この四重の一致（文体的決まり文句、韻律、リズムの型、語のひびき）が、一八二三年の時点ではプーシキンは英語ができなかったにもかかわらず、サミュエル・バトラー[*15]の『ヒューディブラス』（第一部一歌、一六六二）の六十九行目に実際に影響されたと論じてみてもいい。

論駁し、寝返って、また論駁する

これは、ジョン・タウンリー[*16]による仏語韻文訳（change la thèse et puis refute）（パリ、一七五七）では対訳のかたちで印刷されていたが、プーシキンはそれをジョンベール版（ロンドン、パリ、一八一九）で見たのかもしれない。

七章七連、ロシアの理想郷《アルカディア》の路傍にある、うちすてられたレンスキーの墓を描写する場面で、プーシキンは、二つの注目すべき句またがりによって雑草と忘却の仕事を表現している。

9 Но ныне... памятник унылый
Забыт. К нему привычный след
Заглох. Венка на ветви нет;

九
だが今は……哀れをさそう墓碑は
忘れられている。墓にいたる通いなれた足跡も
埋もれてしまった。枝に花冠もない。

訳者はこの型と頭韻をたもとうと心底熱望したのだが（長く引き伸ばされたны、зで始まる二音節語のリズムの繰り返し）、以下のようなもので満足せねばならなかった。

9 But now...the mournful monument
forgotten is. The wonted trail to it,
weed-choked. No wreath is on the bough

十一行目の冒頭の単語は、ごく正確に訳そうとすればweed-chokedになるのだが、厳密に言えば、weedのロシア語にあたる単語はзаглохにはない。このような異常な場合、weedという言葉をつけ加えることが改良をほどこすものでなかったとしたら、さしたる意味をもたないだろう。これが書かれた時点では（一八二七年秋から一八二八年二月十九日までのあいだ）、プーシキンが二千行ならんとする英語に目をとおすだけでなく、英詩の脚韻の機微に触れるだけの英語力を獲得してい

たというのは、私にはきわめて疑わしい。しかし、『エヴゲーニイ・オネーギン』七章七連の九千百十一行目が、雰囲気と転調の双方の点でワーズワースの『リルストンの白鹿』（一八〇七―一八〇八）の七歌にある一節に際だって似ているという事実は残る。

1570 Pool, terraces, and walks are sown
with weeds; the bowers are overthrown
……………………………………
1575 The lordly mansion of its pride
is striped; the ravage hath spread wide

一五七〇　プール、テラス、散歩道も雑草が
茂っている。あずまやは打ち壊されている
……………………………………
一五七五　堂々たる邸宅はその誇りを
剝ぎとられている。荒廃が広がっている

私はこの偶然の一致を飾りたてないよう、最終版では заглох を is choked にして調子をおさえるつもりだ。

七　結論

『エヴゲーニイ・オネーギン』を満たしている澄んだハーモニー、連をとおして反響する多重のメロディ、その精確で明朗なイメージ、ロシアの言葉づかいのユニークな純粋さを鑑賞することは、この実用的な覚え書きの範疇を超える。これは巨人を矮小化する狙いではなく、実直な訳者にテクストのよりよい理解を提供するものだ。プーシキンの仕事場をぶしつけに覗きこむことは避けがたいし、偉大な男が小人たちから盗んでいることに驚きを禁じえない。しかし、時代と場所の知識があれば、模倣と対抗のあいだに厳密すぎる線をひこうとする人々も、明白な回答がえられるだろう。プーシキンの茶目っ気も考慮に入れるべきだ。お気に入りのアンドレ・シェニエによる有名な書簡（九十七―百二行、百三十七―百四十行の十行にわたるアレクサンドル格を、十一行の大半は脚韻を踏まない五歩格に訳しておいた）にのっとって、比較論者にも、モラリストにもプーシキンは同じように反駁するだろう。

A bumptious judge, scanning my works, denounces
All of sudden, with loud cries, a score
Of passages, from so and so translated:
He names their author, and on finding them,
Admires himself, pleased with his learning.

Why

Does he not come to me? To him I'll show
A thousand thefts of mine he may not know.

……………………

Deeming himself most clever, the rash critic
Will give a slap to Vergil on my cheek,
And this (I stick to my own rule, you see)
Montaigne has said—remember?—before me.

生意気な審査員は、私の作品を精査して、やかましい叫びをあげて、
突如弾劾する、ある二十もの節は、
どこどこから訳したものだと。
彼はその著者を名指しし、そしてそれを見つけたことで、
恍惚となって、自分の学識にほれぼれしている。

なにゆえ

わたしのところに来ないのか？　彼が知らぬだろう
私の盗んだ一千ものものを見せてやるのに。

……………………

このせっかちな批評家は、己が一番賢いとうぬぼれて、
ウェルギリウスのために私の頬をひっぱたくだろう、

そしてこのことは（私は自分の流儀を遵守しますよ）、
モンテーニュも――覚えておられるかな？――私より先に言っている。
すなわち、『エセー』（一五八〇）の二巻十章「書物について」に以下の言葉がある（ボルドー手稿、アルマンゴー版〔一九二五〕にならう）――「奴らなど、わたしの鼻先に食らわせるつもりでプルタルコスの鼻に一発お見舞いすることになったらいいし、わたしを罵るつもりでうっかりセネカを罵倒してしまえばいい、わたしはそう思っている」。

※1　「翻訳をめぐる問題《プロブレム》――『オネーギン』を英語に」『パーティザン・レヴュー』二二巻、一九五五年、四九六―五一二頁。
※2　ルトゥルヌールによる最初の仏訳『ハムレット、デンマーク王子』は、シェイクスピアの『全作品』の五巻にあたる（パリ、一七七九年）。一八二三年、二章を書いているとき、プーシキンは一八二一年版を参照した（『全作品』の第一巻は、ギゾーとピショーが改版した）。
※3　Gresset, *Vert-vert*, 1734; Parny, *Souvenir*, in *Poésies érotiques*, 1778; Bertin, *Elégie II à Catilie*, 1785; Ducis, *Epître à l'amitié*, 1786.
※4　この文章は、『カンディード』のジョン・バットによるひどい英訳（ペンギンシリーズ、一九四七年）で台無しにされた。この訳は不幸にして一般教養コースで使われている。
＊1　トーマス・グレイ（一七一六―一七七一）。英国の詩人。
＊2　アウグスト・ラフォンテーヌ（一七五八―一八三一）。ドイツの小説家。フランスの亡命者の家庭に生まれる。
＊3　オーギュスト・ジャン＝バチスト・デュフォーコンプレ（一七六七―没年不明）。フランスの翻訳家。
＊4　ジョゼフ＝ピエール・フルネ（十八世紀半ば―一八二五年以降）。フランスの翻訳家。
＊5　ニコライ・カラムジン（一七六六―一八二六）。ロシアの作家、歴史家。文章語改革に力を尽くし、翻訳の業績もある。

＊6　ジャン＝アントワーヌ・ルーシェ（一七四五―一七九四）。フランスの詩人。

＊7　ガブリーラ・デルジャービン（一七四三―一八一六）。詩人。女帝エカテリーナの庇護をうけ、プーシキン以前最大の詩人と呼ばれる。

＊8　アレクサンドル・ドミトリエフ（一七五九―一七九八）。ロシアの詩人、翻訳家。

＊9　ジョセフ・ラ・ポルト（一七一四―一七七九）。フランスの批評家、劇作家、詩人。

＊10　これは、日本では北海道や本州の北部の一部に自生する「エゾノウワミズザクラ」に相当する植物である。

＊11　ジョン・デナム（一六一五―一六六九）。英国の詩人。ヒロイック・カプレット流行の端緒をひらいた。

＊12　リチャード・ファンショー（一六〇八―一六六六）。英国の古典学者、外交官。

＊13　英国詩人ドライデンによる古典的翻訳論（一六八〇）への言及。そこでは逐語訳を排する根拠として、デナムの訳書の一節がひかれていた。ナボコフはそれをさらに引用しながら、逆に「奴隷の道」をいくべき、としている。

＊14　ニコライ・ラーナー（一八七七―一九三四）。ロシア出身のプーシキン研究者。

＊15　サミュエル・バトラー（一六一二―一六八〇）。英国の風刺詩人。

＊16　ジョン・タウンリー（一六九七―一七八二）。英国の法律家、翻訳家。

翻案について

ここにあげるのはマンデリシュターム（名前の正しい表記に気をつけてもらいたい）による一編のすぐれた詩の逐語訳であり、原文のロシア語は、オリガ・カーライル編のアンソロジー『街角の詩人たち』（ニューヨーク、ランダムハウス、一九六八）の一四二および一四四頁に掲載されたものだ。この詩は十六行の四歩格（奇数行）および三歩格（偶数行）の弱弱強格からなり、男性韻を踏んでいる（bcbc）。

1 For the sake of the resonant valor of ages to come,
for the sake of a high race of men,
I forfeited a bowl at my fathers' feast,
4 and merriment, and my honor.

On my shoulders there pounces the wolfhound age,
but no wolf by blood am I;
better, like a fur cap, thrust me into the sleeve

of the warmly fur-coated Siberian steppes,

—so that I may not see the coward, the bit of soft muck,
the bloody bones on the wheel,
so that all night the blue-fox furs may blaze
for me in their pristine beauty.

Lead me into the night where the Enisey flows,
and the pine reaches up to the star,
because no wolf by blood am I,
and injustice has twisted my mouth.

一来たるべき世紀の鳴りひびく豪勇のため、
　人間の高き種族のため、
　失くしたのは父の宴の盃、
四悦び、己の名誉。

　肩にとびかかるのは狼狩りの大犬の世紀、
　でも、狼はぼくの血筋じゃない。
　ぼくを突っこんでくれ、毛皮の帽子のように、

八 暖かな毛皮外套でくるまれたシベリア原野の袖のなかに、
——臆病者も、こびりつく軟泥も、
車輪についた血まみれの骨も見ないですむから、
一晩中、青い狐の毛皮が
十二 ぼくのため、原初なる美で燃えてくれているから。

連れていってくれ、エニセイ川が流れ、
松があの星に届くあの夜へと、
なぜなら、狼はぼくの血筋じゃないし、
十六 不正義がぼくの口を歪めてしまったので。[*1]

細部にいくつかあいまいなところはあるが（たとえば、「臆病者coward」と訳した語trusの古いロシア語の同音異義語は「震える」〔すなわち「地震」〕ことを意味するし、「不正義injustice」と訳した語は「虚偽」という意味もある）、ここでは同書一四三および一四五頁のロバート・ローウェル氏[*2]によって誤訳された、あるいは台無しにされたまったくあいまいなところのない箇所について論じるにとどめたい。

一行目、「鳴りひびく豪勇resonant valor」は、原文ではgremuchaya doblest'〔名詞〕。マンデリシュタームはここで「響きわたる栄光gremyashchaya slava」という定型句をうまく利用している。

ローウェル氏はこれを「先触れとなる高潔さforeboding nobility」と訳しているが、これは翻訳としても翻案としても無意味である。説明がつくとすれば、gremuchiy（「ガラガラヘビgremuchaya zmeya」という言葉もある）に「ゴロゴロ鳴るrumbling」というまちがった訳*3が、あてにならない情報提供者のルイス・シーガル（MA、経済学博士、文学博士、露英辞典の編者）によって出され、そこから不吉な意味をでっちあげたとしか考えられない。

五行目、「狼狩りの大犬wolfhound」は、原文ではvolkodav。逐語的に訳すと「狼殺し」「狼を絞め殺すもの」の意味である。この犬はローウェル氏にかかると「凶暴な狼cutthroat wolf」に変わってしまう。これぞ誤解、誤変貌、誤訳のうんだ奇跡である。

六行目、「狼の皮を着てwear the hide of a wolf」（ローウェル訳）は狼のふりをするという意味だが、ここでの意味とはまったく違う。

八行目、実際は「シベリアの大草原の暖かい毛皮のコートのof the Siberian prairie's hot furcoat」で、原語ではzharkoy shuby sibirskih stepey。重くて、豪華な毛皮外套《ペリース》は、詩人によってロシアの未開の東方（その動物相の豊かさのまさに紋章になっている）と結びつけられているのだが、翻案者によって「羊の皮sheepskin」に格下げされ、「大草原に船で送られshipped to the steppes」、その袖のなかに詩人がはいっている。これ自体ばかげているのみならず、この奇妙な輸入は、構成のイメジャリーを破壊してしまっている。詩人のイメジャリーは神聖にして犯すべからずだ。

十一―十二行目。八行目に屹立したメタファーは、ここで頭上に広がる極地の星空のヴィジョンとなって頂点に達し、灰青色の毛皮という華やかなイメージによって紋章になる。そこには星座の紋章学も少し加味されている（こぎつね座）。かわりに翻案者は「夜、ダンサーのように動く、まばゆい青い狐とともに走りたい I want to run with shiny blue foxes moving like dancers in the night」としているが、これではえせロシア的おとぎ話の傑作どころか、ディズニーランドのフォックストロットだ。

十三行目。なぜ、翻案には「かのシベリアの川はガラス there the Siberian river is glass」となっているのか？　おそらくこうしたわけだろう——原文の techyot（流れる）は、女性主語の過去形では tekla となるのだが、そこから派生する stekla（流れ落ちる）がたまたま steklo（ガラス）の生格と一致するのだ。この推測が正しいなら、まったく噴飯もののまちがいだし、そうでなかったら、不可解なクリーシェとなる。

十四行目。「松 pine」は、原語では sosna。翻案者は「モミの木 fir tree」にしているが、まったくちがう樹だ。これはベーリング海峡の両岸でよく見るまちがいだ（このまちがいが、シーガル博士によって黙認されたことを注記しておく）。

十六行目。「あるいは、狼狩りの罠の、鉄の顎につかまってよだれをながす or salver in the wolf trap's steel jaw」（ローウェル訳）——この唐突な終わり方は、マンデリシュタームの詩の背骨がぽっきり折れてしまったかのようだ。

よくわかっているのは、ロシア詩の傑作を逐語的に複製しようという私の苦心の作は、厳格な忠実さを自己に求めるあまり、「よき英詩」のパレードに連なることができないということだ。しかし、同時によくわかっているのは、かたくるしく、脚韻がないにもかかわらず、これぞ真の翻訳だということだ。翻案者の手になる「よき詩」は、まちがいと即興のごった煮でしかなく、アンソロジーにあるほかのまだましな詩に泥をぬる結果にすらなっている。今日のアメリカの大学生はあまりに従順で、あまりに信じやすく、あまりに熱心なので、エキセントリックな教員によって明るい地獄に導かれてしまい、翻案をまちがってマンデリシュタームの思想のサンプルとしてうけとりかねない（「詩人は、身につけるのをこばんだ狼の皮と、国外から送られた羊の皮を天秤にかけている」）。翻案者の善意にもかかわらず、誤った方向に労力が加えられれば、詐欺や虐待に酷似したなにかが結果として生まれることは避けがたいという感を抱かざるをえない。

カーライル嬢の選集にあるいくつかの英訳は、原文にそうよう最善をつくしているが、どういう風の吹きまわしか（おそらく主犯をかばいだてするためという見上げた理由で）、どれも「翻案《アダプテーション》」の烙印が押されてしまっている。では、改作なことが明白なのに、とりたてて翻案とか言う意味はなんなのか？　これぞ言ってもらいたい、これぞ理解したいことなのだ。なにに合わせ《アダプト》たのか？　低能な読者の嗜好か？　よき趣味とやらの要求か？　自分の才能の水準か？　しかし、読者こそこの世でもっとも多様かつ、もっとも才能にあふれた人種だと思ったほうがよい。真正の芸術の仲介者は、こちらがなにを口にすることができ、なにを口にすることができないか、決めつけたりしない。そして、才能という点にかんしても、この手のパラフレーズのどこを探したところで、想像力の高みもなければ、それと対になるべき学識の深みもない――これは、山嶺が湖面に映った自分の像（少なくとも、いくらかのなぐさめにはなるはずのもの）に抱かれているようなものなのである。われわれが実際に手にしているのは、できの悪いまがい物であり、それも無知ゆえのあやまちに足を引っぱられて、無責任なでっちあげがじたばたもがいているような代物なのだ。もし、この種の翻案が国際的な流行になれば、次のような事態は容易に想像できる――ロバート・ローウエル自身が、自身最良の詩（その魅力は簡明にして繊細な筆致にある――「〔……〕アルミニウム塗りの壁から、木片がおがくずのなかに落ちる〔……〕ニガヨモギ〔……〕眼鏡が三つ〔……〕しなやかな愛情 ...splinters fall in sawdust from the aluminum-paint wall ... wormwood ... three pairs of glasses ... leathery love」）が、[*4] どこかの国で、さる著明な、おめでたい単一言語話者の詩人の手にかかって翻案されているのを発見する。その訳を手伝っているアメリカの国外居住者は、現地語ではそれほど広範な語彙をもっていない。怒り狂ったペダントが出てきて、詩人の耳に届くことを願って、弁護のため翻案を英語に訳しもどそうとするだろう（「〔……〕ほこりっぽい塗料が割れ、ウォールストリートのアルミニウム株のように下落するのを見た〔……〕アブサンのグラスが六杯〔……〕情熱のフットボール ... I saw dusty paint split and fall like aluminum stocks on Wall Street ... six glasses of absinthe ... the football of passion」）。この場合、どっちが犠牲者になるのだろうか。

（一九六九年九月二十日に書かれ、『ニューヨーク・レヴュー・オブ・ブックス』十二月四日号に掲載された。私はこの小文がソヴィエト・ロシアに住む、詩人の未亡人に届くことを強く望むものである。）

＊1　ここでは便宜的に、ナボコフの英訳をできるだけ直訳した。参考までにロシア語からの既訳を引用しておく。

未来の世紀のとどろく栄光のため
気高い人間の種族のため

ぼくは失くした　父祖の宴のさかずきを、
ぼくの明るさも　ぼくの名誉も。

ぼくの肩にとびかかる　世紀の猟犬。
だが狼じゃないぼくの血縁。
ぼくを突っこんでくれ、毛皮帽《シャプカ》のように、
シベリア荒野の厚い毛皮外套《シューバ》の袖に。

臆病者や　虚弱な泥や
車の上の血塗れの骨を見るのはいや。
青い北極狐が夜っぴてぼくのため
原始の美しさに照り映えるのを見るため。

夜　ぼくを連れ去れ　エニセイが流れ、
松が星林にとどくあたりへ。
ぼくの血は狼じゃないから
ぼくを殺すのはぼくの同類だけだから。

「オシップ・マンデリシュターム詩抄」（川崎隆司訳）ナジェージダ・マンデリシュターム『流刑の詩人・マンデリシュターム』木村浩、川崎隆司訳、新潮社、一九八〇年、四二二頁。

＊2　ロバート・ローウェル（一九一七―一九七七）。アメリカの詩人。『ニューヨーク・レヴュー・オブ・ブックス』の常連寄稿者でもあった。

＊3　rumblingには「うわさ、前兆」という意味もある。

＊4　引用されているのはローウェルの詩「エリザベス」。

XII

私が芸術に全面降伏の念を覚えたのは——ナボコフとの夕べ

一九四九年五月七日「著者による『詩と解説』の夕べ」のための覚え書き

一

　てはじめに、あまり長すぎない短編を読みましょう——七ページほどです。「動かぬ煙[*1]」というタイトルです。作中の場所は、ベルリン——あのロシア人亡命者のベルリンです。そう、私たちの多くが記憶に留めている、やや乾燥してしまったものの、まだ完全に香気を失ったわけではない、墓に供えられた花輪です。今宵読むものを選ぶにあたって、この短編を選んだのは、個人的な好みもありますが、プログラムの詩の部と、この作品のムードがどこか近しく感じられたからです。そこで描かれている人生は私のものではありませんし、そこで作詩する哀し気な若い詩人は、私ではありませんが、ベルリンに住むロシアの若者の生活は、私に近く、なじみ深いものです。

　時代は三〇年代中頃。

　短編「動かぬ煙」。

二

ここ二十年間に私がものした詩的排出物のなかから、いくつかサンプルをみなさんとわかちあいたいと思います。しかし、詩をひたすら読んでいくほど、退屈なこともないでしょう。こちらの大学で働くうちに、私はなんというか、いわば無意識的に教授的模範を示そうとする手法にすっかり慣れてしまいました。それゆえ、それぞれの詩になんらかの説明をつけるというアイデアが魅力的に思えました。

私が詩を書きはじめたのは、十代も前半のことです。かつてペテルブルグで、文学基金の会合に出席した父が、ジナイーダ・ギッピウス[*2]に息子のはじめての試作品を見せたことがあります。ざっと目を通して、女予言者はこたえました――「息子さんに伝えてください。作家になるのは金輪際無理ですよ、って」。うたがいようもなく、一九一六年に私が出版した小冊子――『ヴァレンチン・ナボコフ詩集』（当時まだ場違いな筆名にあこがれていたのです）――は、ひどいものでした。一〇年たってやっと、国外（英国、ドイツ、フランス）で、私のなかのなにかがましになり、水たまりが少しひからびて、以前よりも澄んだ声が葉の落ちた木立のなかから聞こえてきました。

若い亡命者にとって、故国喪失が愛の喪失と結びつくのはごく自然なことです。当時ヨーロッパでつくったこの手の抒情詩の数々から、今日の目的にいまだにかなうものを選びました。

詩「日没、同じベンチで……」[*3]

三

つづいては、部分同士を軽く組みあわせてつくった詩です。最初の部分は、当時私が空虚な生をおくっていた厭わしいドイツに住みながら、存在しないあのロシア――故国に身を焦がしている詩人の分身についてです。結末の部分は、ストレートに故国についてです。

詩「かくも緑の……」*4

四

このグループに、次の詩もいれたいと思います。この詩は故ヨシフ・ウラジーミロヴィチ・ゲッセンの好みでした。私は彼の芸術的嗅覚と自由な判断を高く評価していました。

詩「ぼくときみは存在の結びつきをかくも信じていた……」*5

五

さて、大戦の開戦期にパリでつくった詩を三つ、読みたいと思います。最初のふたつは『現代雑記』に「ヴァシーリイ・シシコフ」という架空の署名で掲載されたものです。このささやかな変身の理由を説明したいという誘惑に抗しきれません。当時、私が勘づいていたのは、影響力をもったさる亡命批評家の炯眼が、私の詩を論じる段になると、奇妙にも濁ってしまうその理由でした。[*6] この人物は才知に富んでいましたが、個人的な感情（友情から、反目ゆえに）が、ああ、そのペンを動かしていることで有名だったのです。作品が私のものだと知らなければ、批評家が本当にその詩につれなくするのか気ばらしに試してみようとしました。友人づきあいしてくれた、まったく忘れえぬフォンダミンスキイとルードネフ[*7]という『現代雑記』の二人の編集者の協力をえて、私はこのちょっとしたいたずらを行動にうつし、自分の詩を存在しないシシコフのものとしました。結果は目覚ましいものでした。批評家は歓喜して『最新ニュース《パスレードニエ・ノヴァスチ》』でシシコフに触れ、真相が明るみにでると激怒しました。

詩「詩人たち[*8]」

六

パリ「サイクル」（若い詩人はこういう呼び名が好きなのです）の二番目の詩は、祖国に呼びかける数ある詩のなかでも最後のものです。全体主義が生んだ二匹の怪物のあいだに結ばれた、あの有名な、忌むべき条約[*9]に反応したもので、このあとで、私がまだロシアに呼びかけることがあれば、それは間接的なものになるか、なにか媒介をつうじてになるでしょう。

詩「ロシアに[*10]」

七

三番目の詩は、ほかの詩よりも幾分長いものです――この詩がニューヨークの『ノーヴィイ・ジュルナール』に掲載されたとき、曖昧だとして口頭で注意されました。以下のことを念頭においていただければ、詩はずっとはっきりしたものになるでしょう。出だしの数行が伝えようとしているのは、混沌、茫漠とした興奮をのりこえようとする、作中の詩人の試みです――このとき意識には、はっきりした意味ではなく、未来の創作の律動だけが灯っているのです。

詩「パリの詩[*11]」

八

九年前、運よくアメリカに到着したときのこと。なによりも記憶に残っているのは、夏の夕暮れどきにセントラル・パークの周囲に並ぶ建物が、紫色に染まって、信じられないほど穏やかで驚いたことです――どこかこの世のものではないような、新世界《ノーヴィ・スヴェート》の、新しい光につつまれていました。つづいてのささやかな詩は、「もう黄昏時《ヴェチェレエート》だ」という括弧つきの言葉で始まります――つまり、昔風の画家が、パステルの風景画に題をつけるような調子を使ったのです。

詩「もう黄昏時《ヴェチェレエート》だ……[*12]」

九

近年は詩を書くことも少なくなりました。一九四五年に書いた二編の詩は、はっきりと市民的様式で書きました。最初の詩は故ウラジーミル・マヤコフスキイの作品のパロディが見受けられます。結末の部分の脚韻は、スターリンとチェルチリ（チャーチルのロシア式の発音ですが）の名を模したものです。この詩で、はっきりと表現しているのは、雷神たちへのへつらいが呼びさました憤慨です。

詩「為政者について[*13]」

十

次に読む詩は、大の親友、著名な自動車レーサー、セルゲイ・ミハイロヴィチ・カチューリン公に捧げたものです。三十四年前にお忍びでロシアを訪れるチャンスがあり、親愛なるセルゲイ・ミハイロヴィチからこの機を逃さぬよう熱心に説得されました。かの地の旅をありありと思いえがいて、この詩を書きました。

詩「カチューリン、きみの助言をうけてぼくは……[*14]」

十一

周知のことですが、種々さまざまな見解を奇妙な方法で組みあわせることで、大ブルジョワのグループのいくつかでは、戦争でロシアが勝ちえた名声を、その体制との和解のきっかけにしました。こういった愛国的な高揚を専門的にあつかう文芸誌は、私に協力の申し出をしてきましたが、私から次のような、そこへの寄稿としてはまったく意表をついたものを受けとることになりました。

詩「どんな戦争画のキャンバスにも……」[*15]

十二

本日読む最後の詩については、あまり多くを語りたくありません。蠟人形に似た某悪魔が、自由な詩人をありとあらゆる物質的褒章で誘惑するとだけ言うにとどめます。ある連で、私が多くの作品を発表してきた「シーリン」という筆名が、小鳥の扮装をした人間のイメージで暗示されます。プーシキンの詩「記念碑」[*16]を覚えている人がいらっしゃれば、ちょっとしたパラフレーズを一か所でおこなっていることに気づかれるでしょう。

詩「名声」[*17]

＊1 「動かぬ煙」（毛利公美訳）は『ナボコフ全短篇』に所収。
＊2 ジナイーダ・ギッピウス（一八六九―一九四六）は、ロシアの詩人。象徴主義の作家ドミトリイ・メレジコフスキイを夫にもつ。一九一九年、パリに亡命。
＊3 一九三五年の詩「ベンチで」。
＊4 一九三四年の詩「どんなにきみを愛しているのか」。
＊5 一九三九年の詩「ぼくときみはかくも信じていた」。
＊6 亡命批評家ゲオルギイ・アダモーヴィチとのあいだに生まれた確執を指す。『ナボコフ全短篇』八五九頁も参照。
＊7 ヴァジム・ルードネフ（一八七四―一九四〇）。『現代雑記』の編集者のひとり。
＊8 一九三九年の詩「詩人たち」。
＊9 一九三九年に締結された独ソ不可侵条約を指す。
＊10 一九三九年の詩「ロシアに」。
＊11 一九四三年の詩「パリの詩」。
＊12 一九五三年の詩「（まったく巨匠の高みへと……）」のヴァリアント。
＊13 実際は一九四四年に執筆した詩、「為政者について」。
＊14 一九四七年の詩「S・M・カチューリン公に」。カチューリンはナボコフによる架空の人物。
＊15 一九四三年の詩「どんなキャンバスにも」。
＊16 プーシキンの一八三六年の詩「Exegi monumentum（私は自分に人業ならぬ記念碑を建てた……）」を指す。
＊17 一九四二年の詩「名声」。

ナボコフ氏受賞スピーチ

全米図書賞を直接いただきにまいれませんことをお詫びいたします。しかし、大西洋を渡ろうにも、手ごろな船がありませんでしたし、飛ぶのは鳥の役目です。

愛すべき代理人氏を通じて、このすばらしい賞をいただきますことへの感謝をあらわすため、もっとも偉大な芸術——小説の芸術の悦びを申しあげることによって、作家生活の良き点について、しばし述べさせていただくことをお許しください。いま、そしていままでも常に、この「芸術」という言葉を、今日となっては、廃れたイントネーションで強調することを、愉しんでまいりました。芸術は職業ではなく、同好の士で連れだっていく夏のコミューンでもなく、政治の小糠雨に打たれながら時事的な問題を訴えかけるデモでもありません。Aが大文字になった芸術（Art）は、特大の凱旋門と肩を並べ、気を張りつつも気ままで、私心なく独善的で、頭に血をのぼらせつつも脳を冷やすものです。

もちろん、私の芸術への貢献が、今日はこのようなどっしりとした手触りの賞を授与され、明日には物故した著者を集めた人名録に付された脚注に甘んじねばならないだろう、この達成ではないということはわかっております——これは、真剣に信じるものが誰もいないときにはじめて許される仮定の一種ですけれども。

私が芸術に全面降伏の念を覚えたのは、六十年前、父の私設図書館の司書が、私の最初の詩をタイプして、最良の評論誌に投稿してくれたときのことです。詩の中身は三月の青い水たまりのように陳腐だったにもかかわらず、即座に採用になりました。印刷された詩のページよりもずっと心をかきたてたのは、そこに辿りつくまでのプロセス、タイピストによって手書きの詩行がシートの規則的な列に縫いつけられていく光景であり、私はその思い出とともに、他人が一房の髪や、おもちゃのガラガラの鈴のついた尻尾をとっておくように、紫のカーボンコピーを長年とっておいたものです。

後年味わうことになる小説を執筆する悦びについては、はしょらなければなりません——いまだに脳内で反芻できる、かくも愉快な骨折りは。だれもが記憶に留めるのは、自分が書いた本が出版されて手元に届く、あの瞬間です——その貴重な、純粋無垢な巻をそっと開けて、探すのは、往年のイボのように、ハードカバーやソフトカバーおかまいなし、版から版へと追いかけてくる、本の運命につきもののあの、ありがちな致命的誤植なのです。ずっとあとになってから魅了されたのは、この箱入りの本で、花布には栞のリボン勲章がくっついています——この贅沢な手触りは、文学賞のもたらす興奮へと私をひきもどしてくれます。

そしてもし、弁舌が冴えわたるこの瞬間、あっけにとられた聴衆を尻目に、血走った目をした使者《メッセンジャー》が本物の馬に乗ってステージを駆けてきて、全部忌まわしい間違いだったと叫んだとしても、舞台の袖で、短いスピーチ原稿を手にもったまま待たされている本当の受賞者の苦笑いで、苦労も報われたと心底思えるでしょう。

おまけ

ナボコフ風たまご料理

シチュー鍋で湯を沸かす（泡がでてきたら沸いた合図）。（一人につき）二個の卵を冷蔵庫から出す。お湯の蛇口の下に持っていって、卵に心の準備をさせる。スプーンに載せて、ひとつずつ、そっと湯の中に滑りこませる。腕時計をチェックする。かたわらにスプーンを持ってたち（転がろうとするので）、鍋のいまいましい側面に触れるのを防ぐ。しかしもし、卵が湯の中でひび割れ昔風の降霊会のような白い物質の雲を吹きだしはじめたら、破棄する。もうひとつ入れて、より注意深くする。二百秒後、あるいは、間をとりながら二百四十数えてから、卵を救いだす。とがったほうを下にして、ゆで卵を縦に二脚の卵立てに載せる。小ぶりのスプーンでコツコツ円を描くように叩いて、それから殻のふたをこじ開ける。塩少々とバターを塗った（白）パンをそえて。

解題

I　錫でできた星――ロシアへの郷愁

このセクションでは亡命の初期、まだ小説家として本格的にスタートする以前の、ケンブリッジ・ベルリン時代に書かれたものを集めた。

「ロシアの川」

ロシアを回想する散文詩的なエッセイで、初期の短編にも共通する抒情性が感じられる。「ケンブリッジ」もそうだが、後年のナボコフを考えると、ナイーヴと言っていいような調子でロシアを、そしてロシア語を讃美しているのが目をひく。

『われらの世界《ナーシ・ミール》』一九二四年九月十四日号に掲載された。

"Русская река", *Наш мир*. No. 26. 14 сентябрь 1924. C. 264-266.

「ケンブリッジ」

亡命の最初期、一九一九年から二二年まで、ナボコフは両親とはなれてケンブリッジ大学のトリニティカレッジに在学し、フランス文学やロシア文学を学んでいた。ここでの体験はのちに長編『偉業』（英題『栄光』、邦題『青春』）の材料になるが、このエッセイを読むかぎり、かならずしも愉快なだけではなかったようだ。発表された散文としては最初期のもののひとつ。

『舵《ルーリ》』一九二一年十月二十八日号に掲載された。

"Кэмбридж", *Руль*. No. 288. 28 октябрь 1921. C. 2.

「笑いと夢」

ベルリンのロシア・キャバレー「カルーセル」発行の小冊子に掲載されたナボコフによる英語エッセイ。当時の雰囲気を伝えるものというだけでなく、現存する最初期の英語散文のサンプルとしても貴重である。

ここで描かれている聖枝祭《せいしさい》は、復活祭の一週間前に祝われる正教のお祭りで、人々がキリストをエルサレムにむかえたさい、ナツメヤシの枝を手にとっていたことに由来する。正教圏ではナツメヤシのかわりに、ネコヤナギの枝が使われる地域も多い。

"Laughter and Dreams", *Karussel*. No. 2. Berlin: Karussel, 1923. pp. 4-6.

Ⅱ　森羅万象は戯れている——遊ぶナボコフ

一般の読書人がいだくナボコフ像として、『文学講義』や自著のまえがきのイメージからか、狷介で気難しい人物というイメージが流布しているが、他方でナボコフは「遊び」の達人でもあった。名家の子弟として、テニスやスキー、サッカーなどひととおりのスポーツをたしなむスポーツマンだったし、後述するように蝶の採集も玄人はだしだった。また、当時新しい芸術だった映画にも強い関心をもち、時間と資金がゆるすかぎり映画館に足を運んだ。共通しているのは、ナボコフが遊ぶとき、常に真剣だったということである。

ここでは一九二〇年代に書かれた散文のなかから、「遊び」にかかわるものを集めてみた。亡命者というと悲惨な、暗い生活をイメージしがちだが、ここで描かれているのはどちらかと言えば、ワイマール文化華やかなりしベルリンを闊歩し、最先端の流行を吸収するひとりの若者の姿である。

「塗られた木」

前節の「笑いと夢」と同様、冊子『カルーセル』に寄稿した英語エッセイ。ただし、「笑いと夢」「ウラジーミル・V・ナボコフ」作だったのに対し、「塗られた木」は「V・カンタボフ Cantaboff」が著者としてクレジットされている（後者は当然、ナボコフ Navokoff のアナグラム）。この号（二号）には、ほかにナボコフによる英詩（ウラジーミル・シーリン名義）も掲載されていたから、一人三役をこなしていたことになる。

一九二〇年代前半のベルリンでは、キャバレー文化が最盛期をむかえていた。その中で「ロシア・キャバレー」も流行の一翼を担っていた。これは観客にロシアの唄や踊り、芝居を供するものだったという。ロシア・キャバレーとしてもっとも有名だった「青い鳥」での上演用にも、ナボコフはいくつか寸劇を書いている（諫早勇一『ロシア人たちのベルリン——革命と大量亡命の時代』東洋書店、二〇一四、一九二—一九六頁）。

"Painted Wood", *Karussel.* No. 2. Berlin: Karussel, 1923. pp. 9-10.

「ブライテンシュトレーター vs. パオリーノ」

「世紀の一戦」として、ボクシング史上名高いハンス・ブライテンシュトレーターとパオリーノ・ウスクドンの試合レポート。この一戦は、一九二五年十二月一日に、かつてベルリンにあった、巨大な多目的催事場スポーツ宮殿でおこなわれた。一万五千席のチケットは試合八日前に完売、試合はドイツ初のスポーツ映画の題材にもなった。

ボクシングはナボコフの愛好したスポーツのひとつであって、大学時代にはアマチュア選手権に出場したり、一時期は家庭教師として教えていたこともあるほどだ。ここでは、文学者としてだけでなく、アマチュア競技者としての実体験にもとづいた生き生きとしたボクシング描写が読みどころになっている。

ナボコフはこのころから、批評家ユーリイ・アイヘンヴァリドを中心とした亡命ロシア知識人のサークルに参加し、定期的に講演をするようになったが、これはそのうち最初のものだという。本書に収録した「オペラについて」「ソヴィエト作家たちの貧困について少々、およびその原因を特定する試み」「美徳の栄え」「一般化について」といった文章はこういった一連の、亡命ロシア人の仲間うちを対象にした講演の原稿である。

『言葉《スローヴォ》』一九二五年十二月二十八日、二十九日号に掲載された。

"Брайтенштретер-Паолино", *Слово*. 28 и 29 декабрь 1925.

「E・A・ズノスコ＝ボロフスキイ『カパブランカとアリョーヒン』、パリ」


チェス（そしてチェスプロブレム）もまた、ナボコフの愛好した「スポーツ」だ。ただし、チェス棋士が主人公の『ディフェンス』をのぞいてチェスについて本格的に論じた文章はなく、一枚の棋譜も残されていないため実際の棋力のほどはわからない（プロブレミストとしての腕前は、若島正氏によると残念なものだったようだが）。そのなかでも本書評は、チェスと小説を結びつける記述があるという点では貴重な文献と言える。『ディフェンス』やこういった文章を読むと、ナボコフがチェスの観戦記を残してくれていたら、という念がわいてくる。

アリョーヒンとカパブランカはともに一世を風靡した名人《マスター》だ。なお、ナボコフは一九二六年にアリョーヒンと指している。

『舵』一九二七年十一月十六日号に掲載された。

"E. A. Зноско-Боровский. *Капабланка и Алехин*. Париж", *Руль*. No. 2119. 16 ноября 1927. C. 4.

「オペラについて」

ナボコフは音楽についての文章をほとんど残していない。「音楽」という題の短編はあるものの、とあるインタヴューでは「音楽を聞く耳を持っていない」と発言しているほどだ。ナボコフのいとこに、先にアメリカに移住して、音楽家として成功していたニコライ・ナボコフがいただけでなく、一人息子ドミトリイはオペラ歌手になったことを考えると、血筋的に才能がまったくなかったわけではなさそうだが、それゆえ逆に音楽について語ることを遠慮したのかもしれない。いずれにせよ、この講演はナボコフがオペラについて語っている珍しいものになっている。

一九二八年に書かれた講演用の原稿より、研究者のガブリエル・シャピロが自著のなかで出版した。

"Об опере", Gavriel Shapiro, *The Tender Friendship and the Charm of Perfect Accord: Nabokov and his Father*. Ann Arbor: University of Michigan Press, pp. 265-268.

Ⅲ　流謫の奇跡と帰還の奇跡を信じて――亡命ロシア文壇の寵児、V・シーリン

一九二六年はナボコフの長編第一作である『マーシェンカ』が世にでた年だが、すでにこの時点で「V・シーリン」の才能は文壇の作家や編集者の注目を集めるようになっていた。皆が感じた予感が確信に変わったのが、一九二九年から三〇年にかけて『現代雑記《サブレメンヌイエ・ザピースキイ》』に発表され、まとめられた『ディフェンス』であり、以後その文名は不動のものとなる。

一般的に、ナボコフは『ロリータ』で売れるまで無名だったと思われがちだが、事実とは異なる。亡命ロシアという狭い社会ではあったものの、早くから将来を嘱望された新人が、周囲の期待を超えた作品を発表するようになっていったというのが本当のところである。このあたりの事情は最近まとめられた『現

代雑記』の編集者との書簡集『現代雑記（パリ、一九二〇―一九四〇）――編集者のアーカイヴから』第四巻（二〇一四、未訳）を見るとよくわかる。

このセクションでは、ナボコフがロシア語作家として地歩を固める過程で発表された文章や講演をあつめてみた。

「一般化について」

陳腐さを嫌うナボコフの美学を端的に示したもの。ほかのエッセイでもくりかえされているが、いたずらに過去を美化して現在を貶めることをナボコフは嫌う。いかに絶望的であっても、むしろこの現状を肯定することからはじめることを、ナボコフは創作のなかでも常に訴えている。そのような考え方が亡命者ながらナボコフを「追憶のロシア」に閉じこめず、この現在を未来から一種「過去化」して味わう「未来回想」のような発想を生んだのだろう。

一九二六年におこなった発表の草稿より、研究者のアレクサンドル・ドリーニンの校訂をへて、『ズヴェズダー』一九九九年四号に掲載された（On Generalities と、タイトルは英語だが、中身はロシア語である）。

“On Generalities”, *Звезда*. No. 4. 1999. C.12-14.

「ソヴィエト作家たちの貧困について少々、およびその原因を特定する試み」

ナボコフがどれぐらい同時代のソヴィエトの作家を意識していたのか、たとえば、『ロシア文学講義』ではマクシム・ゴーリキイに一章が割かれているのみでそれ以外の言及がないため、一般にはあまり知られていない。しかし、この講演原稿からはっきり読みとれるのは、亡命者である自分こそがロシア文学の正当な嫡子であるというソ連作家への強烈なライバル心である。ある意味で、この自負が、ナボコフの前半生であるロシア語作家V・シーリンの創作を支えた原動力となり、ロシア語最大の傑作『賜物』のモチーフになったと言える。

この講演でナボコフがとりあげているソヴィエト作家は（自分でも述べているように）網羅的なものではなく、グラトコフやセイフーリナといった今日では読まれない作家にかなりの紙幅を割いて論じられる一方、たとえばザミャーチンやブルガーコフのような作家はのぞかれており、人によってはアンフェアであるとの印象を与えるかもしれない。他方で、こういったソヴィエト初期の作家が、日本でもかなり翻訳されていたことを考えると、その影響力は今日ではうかがい知ることができないほど甚大だったとも言える。今こそ社会主義リアリズム作家の、世界的な流通システムを研究すべきときではないか。なお、ほかにピリニャーク、フェージン、イワーノフなどが槍玉にあげられているが、ゾーシチェンコについては後年評価するようになった。

一九二六年におこなった講演の原稿より、研究者のアレクサンドル・ドリーニンの校訂をへて出版、論集『ディアスポラ』二号（二〇〇一年）に掲載された。

"Несколько слов об убожестве советской беллетристики и попытка установить причины оного", *Диаспора: новые материалы*. Выпуск 2. Редактор Олег Коростелев. СПб.: Феникс, 2001. С. 9-21.

「美徳の栄え」

「ソヴィエト作家たちの貧困について少々……」と同じく、主題はソヴィエト文学をめぐるものだ。ナボコフがソヴィエト文学の問題点と見なすのは、やはりその勧善懲悪のスタイルである。

口頭で発表されたのち、『舵』一九三〇年三月五日号に掲載された。

"Торжество добродетели", *Руль*. No. 2819. 5 марта 1930. С. 2-3.

「万人が知るべきものとは?」

ナボコフのフロイト嫌いはつとに有名であって、作品につけた序文でも「ウィーンからの視察団お断り」などの文言をいれているほどだ。本エッセイは広告文の文体を模して、蔓延するフロイト主義を皮肉ったものであり、研究者ブライアン・ボイドは「これ以降、パロディーは、ナボコフの武器庫に備えられた」としている(ブライアン・ボイド『ナボコフ伝――ロシア語時代(下)』諫早勇一訳、みすず書房、二〇〇三年、四四九頁)。

『ノーヴァヤ・ガゼータ』一九三一年五号に掲載された。

"Что всякий должен знать?" *Новая газета*. No5. 1931. С. 3.

Ⅳ ロシア文字のヨーロッパ時代の終わり――亡命文学の送り人

一九三〇年代前半には亡命ロシア文壇で確固たる地位を占めるようになったナボコフだが、「ナボコフ朝」も長くは続かなかった。もとより基盤が脆弱だった「亡命ロシア文学」の存在自体が、危機に瀕することになったからだ。インフレによる経済状況の悪化によりベルリンに住む亡命者は激減、さらにナチスの台頭もあって一九三七年にドイツを去ったナボコフ一家は、一九四〇年には占領直前のパリを間一髪で逃れてアメリカに移住した。この地理的移動と前後して、執筆言語もロシア語から英語に切りかえていくことになる。

ナボコフはロシア語で、知人・友人の死に際してたびたび追悼文を書いている。ロシア革命が原因で国外に流出したいわゆる「第一の波」に属する亡命者の中でも年少だったナボコフは、世話になった人々を送る役割を果たさねばならなかった。どことなく無機質で、冷淡な人物としてとらえられがちなナボコフだが、故人との交流を回顧する文章では、その人間性の別の一面をかいま見せてくれる。

また追悼文は、文学的形式として創作にも流用された。短編「シガーエフを追悼して」(一九三四年)などがその直接の成果である。

「Ju・I・アイヘンヴァリドを追悼して」

ナボコフが参加していた文学サークルを主催していた批評家アイヘンヴァリドの死にさいして寄稿したもの。ここで書かれているように、一九二八年十二月十五日、アイヘンヴァリドはナボコフのアパートでひらかれたパーティに出席したあと、未明に帰宅する途中で路面電車にはねられて亡くなった(以後、このサークルにはアイヘンヴァリドの名が冠せられるようになる)。亡命文学界を牽引していた批評家の突然の死は、文壇のみならず亡命ロシア人社会全体に衝撃をあたえた。

『舵』一九二八年十二月二十三日号に掲載された。

"Памяти Ю. И. Айхенвальда", *Руль*. No. 2457. 23 декабря 1928. С. 5.

「A・O・フォンダミンスキイ夫人を追悼して」

出版者としてシーリンをささえたフォンダミンスキイの妻、アマリヤ・オシポヴナ・フォンダミンスカヤの死によせて寄稿した追悼文。親切だった人物の訃報を前にして、ナボコフをとらえるのは、自分がその人の苦しみに気づいてあげられなかったのではないか、無神経だったのではないかという、悔いに似た想いである。こういった感情は、ナボコフの創作でもしばしば(隠れた)モチーフとなっている。

一九三七年に私家版の冊子『アマリヤ・オシポヴナ・フォンダミンスカヤを追悼して』に収録された。

"Памяти А. О. Фондаминской", *Памяти Амалии Осиповны Фондаминской*. Париж, 1937. С. 69-72.

「ホダセーヴィチについて」

『賜物』の英語版への序文で、ナボコフが「二〇世紀がこれまで生みだした最大のロシア詩人」とした、ウラジスラフ・ホダセーヴィチの追悼文。ホダセーヴィチは『賜物』の登場人物である詩人コンチェーエフのモデルとされており、実際に若いナボコフは『賜物』の主人公フョードルのように敬意をもってこの先輩亡命詩人に接していた。

ホダセーヴィチの追悼特集を組んだ『現代雑記』六十九号（一九三九年）に掲載された。なお、この文章はのちにナボコフ自身の手によって英訳され、『トリクォータリー』二十七号（一九七三年）に掲載された。訳出に際しては英語版も参照した（ちなみに、エッセイの類で自己翻訳があるのはこの一本のみである）。

“O Ходасевиче”, *Современные записки*. No. 69. 1939. pp. 262-264.
“On Hodasevich”, *TriQuarterly*. No. 27. Spring 1973. pp. 83-87.

「定義」

一九四〇年にアメリカに到着したあと、おそらくはアメリカのロシア語日刊紙『新しい《ノーヴォエ・》ロシアのことば《ルースコエ・スローヴォ》』のために書かれたもので（執筆一九四〇年六月、ニューヨーク）、草稿より研究者アンドレイ・バビコフの校訂をへて出版され、『ズヴェズダー』二〇一三年九号に掲載された。

この文章を本セクションに収めたのは、その第一人者による、亡命ロシア文学への事実上の追悼文になっているからだ。

“Определения”, *Звезда*. No. 9. 2013. C. 118-119.

「I・V・ゲッセンを追悼して」

ナボコフの父の友人だったヨシフ・ゲッセンは、ナボコフの最初の理解者のひとりであり、その作家活動をとりわけ初期にささえた人物だった。

『新しいロシアのことば』一九四三年三月三十一日号に掲載された。

"Памяти И. В. Гессена", *Новое русское слово*. 31 марта 1943. С. 2.

「『向こう岸』へのまえがき」

ナボコフの自伝には『決定的証拠』(英語、一九五一)、『向こう岸』(ロシア語、一九五四)、『記憶よ、語れ――自伝再訪』(英語、一九六六)という三つのヴァージョンがあり、ロシア語版『向こう岸』は英語版『決定的証拠』の作者自身の手による翻訳である。これは、『向こう岸』への序文として書かれたもの。

ロシア語作家としての自分に決別する内容であることから、このセクションにふくめた。なお、本書におさめた「ロシア語版『ロリータ』へのあとがき」も同じテーマを扱っている。

"Предисловие к русскому изданию", *Другие берега*. New York: Chekhov Publishing. 1954. С. 7-8.

V　ロシア語の母音はオレンジ、英語の母音はレモン――駆け出し教師時代

一九四〇年、ナチスの手に落ちる寸前のパリから親子三人で脱出し、新大陸にわたってきたナボコフは、マサチューセッツ州ボストン近郊にある名門ウェルズリー女子大学に任期付き講師の職をえることになった。いかにもニューイングランドらしい、落ち着いたたたずまいの大学をナボコフも気に入っていたようだが、ここでパーマネントな職をえることはかなわず、一九四八年にはニューヨーク州イサカのコーネル大学に転出することになる。その後の仕事ぶりは二冊の『文学講義』が伝えるとおりである。

ウェルズリーで担当した科目は主に初級から中級のロシア語だが、どのような授業だったのか、当時の学生の回想をのぞいて資料はあまり残っていない。ここではロシア語講師としての仕事ぶりがうかがえるエッセイ二編を訳出した。

「ロシア語学習について」

ウェルズリーの学生にむけて書かれた、アメリカ人がつまずきがちな、ロシア語学習の技術的な問題点を説明したもの。ロシア語の発音の教授法などを読むかぎり、それなりに楽しく教えているようで、学生にも人気があったのではないかと思わせる。

『ウェルズリー・マガジン』一九四五年四月号に掲載された。

"On Learning Russian", *Wellesley Magazine*. Vol. 29. No. 4. April 1945. pp. 191-192.

「カリキュラムにおけるロシア学の位置づけ」

「ロシア語学習について」とは異なり、ここではロシア語(外国語)を学ぶ意義そのものが説かれている。ウェルズリーにはロシア文学を専門的に学ぶコースはなかったため、コーネルに去るにあたって、プログラムの拡充を訴えている。

『ウェルズリー・マガジン』一九四八年二月号に掲載された。

"The Place of Russian Studies in the Curriculum", *Wellesley Magazine*. Vol. 32. No. 3. February 1948. pp. 179-180.

VI 張りつめているように見えて、だるだるに弛みきっている——口うるさい書評家

ナボコフが生涯にわたってさまざま書きのこした雑文のジャンルのひとつに、書評がある。対象にした本の種類も、詩集や小説から、歴史書や伝記、趣味のチェス、蝶の専門書まで幅広く、すべてまとめれば、薄めの書評集を一冊編むことができるだろう。

おおきくわけて書評には二つのタイプがある。ひとつは、執筆活動の初期にロシア語で書かれた、亡命ロシア文壇内の読者を対象にしたもの、もうひとつはアメリカ移住後の四〇年代に、編集部からの依頼を受けて英語で書かれたものである。自然、前者は濃密な人間関係を背景にした、時評的な性格の強いものになった。後者では執筆動機は英語での作家活動のための足がかりと、当座の生活資金の必要性が主なものになり、とりあげる本も必然的にロシア文化に関連したものがふくまれるようになった。こういった事情もあり、生活費の心配がなくなった五〇年代以降は、書評の依頼があっても断ることが多くなった（短編小説などとも共通する事情である）。

このセクションでは歯に衣着せぬナボコフ流書評術のサンプルとして、ロシア語から二本、英語から二本、それぞれ訳出した。

「イヴァン・ブーニン『選詩集』現代雑記社、パリ」

ナボコフが作家としてデビューしたとき、すでにブーニンは亡命ロシア文学界の大御所であり、周囲から仰ぎ見られる存在であった。第一長編である『マーシェンカ』を献本するさい、若いナボコフは謙遜して「あまり厳しく評価しすぎないでくださるようお願いします」と手紙に書きそえているほどで、この先輩作家への敬意と遠慮は本書評からも読みとることができる。

親子ほども年の離れたブーニンとナボコフの関係は、一九三〇年代にはいってナボコフが作家として成長すると、緊張感をはらむようになった。ブーニンとナボコフはそれぞれ古い世代と新しい世代の亡命者の代表のように見なされ、子弟よりはライバルとでも言うべき間柄になっていった。

『舵』一九二九年五月十六日号に掲載された。

"Ив. Бунин. *Избранные стихи.* Издательство Современные записки. Париж", *Руль.* No. 2577. 16 мая 1929. C. 2-3.

「『現代雑記』三十七号、一九二九年」

『現代雑記《サヴレメンヌイエ・ザピースキイ》』は、当時パリで刊行されていた亡命ロシア人向けの有力な文芸誌で、パリ派（新進作家V・シーリンの作風に好意的でないものも多くいた）の牙城だった。

この雑誌評では三十になるかならないかの若造が、同誌の常連の先輩作家（なかにはレーミゾフやツヴェターエワなどの大御所もいる）をばっさばっさと切っていく痛快さを堪能していただきたい。そして、まさにこの直後から『現代雑記』にて長編『ディフェンス』の連載がはじまると、亡命ロシア文壇にV・シーリンの名を知らしめることになる。

『舵』一九二九年一月三十日号に掲載された。

"*Современные записки.* XXXVII 1929", *Руль.* No. 2486. 30 января 1929. C. 2.

「ディアギレフと弟子」

著名なダンサーによるディアギレフ伝の書評。『ニュー・リパブリック』一九四〇年十一月十八日号に掲載された。

英語で書いた書評の特徴として、対象が翻訳書の場合、かならず訳文について言及するというものがある。すでにその傾向はあるが、この時点では原文があまりにもひどい場合、訳者は改善してよいとしているのが目をひく。

"Diaghilev and a Disciple", *New Republic.* 18 November 1940. pp. 699-700.

「サルトルの初挑戦」

サルトル『嘔吐』英語版への書評。『ニューヨーク・タイムズ・ブック・レヴュー』一九四九年四月二十四日号に収録された。

見てのとおり、サルトルへの評価はかなり厳しいものになっているが、この書評は一種の意趣返しだったかもしれない。一九三九年にサルトルはナボコフの『絶望』の仏訳を書評したことがあり（清水徹訳「ヴラジーミル・ナボコフ『誤解』」『サルトル全集11　シチュアシオン1——評論集』所有）、ナボコフがこの書評を読んだ可能性があるからだ。ドストエフスキイとの安易な比較や亡命者全体に対するネガティブな評価にいらだっていたナボコフは、復讐の絶好機をえたわけだ。

脱線するが、サルトルの書評も、ナボコフをユーリイ・オレーシャと比較しているなど（後者を評価するのは、サルトルの政治的な立場を考えれば無理なからぬことだが）、現在の目から見るとなかなか興味深いものだった。

この書評を後年エッセイ・インタヴュー集『強硬な意見』に収録する際に、ナボコフは注を書き添えているが、そこで触れられているとおり、サルトルとナボコフの本が同じ版元（ニューディレクションズ社）から出ていたということは、一九四〇年代当時のアメリカでのナボコフの立ち位置の微妙さを物語っている。

"Sartre's First Try", *New York Times Book Review*. 24 April 1949. pp. 3, 19.

Ⅶ　文学講義補講——第一部　ロシア文学編

日本で比較的多数の読者を獲得している『文学講義』と『ロシア文学講義』（ともに河出文庫）は、一九四八年以降にコーネル大学でおこなった講義がもとになっている（ちなみに、市販されているもう一冊の文学講義である『ナボコフのドン・キホーテ講義』〔晶文社〕は、ハーヴァードで臨時に講師をつとめたさいの講義用原稿をもとにしている）。

他方、『文学講義』以外にもナボコフは文学についてかなりの数のエッセイを書き、講演をおこなっている。その中には生前のうちは活字化されなかったものも多く、二〇一六年一月現在、英語としても、ロシア語としてもまとまった書籍としては刊行されていない（ただし、いくつか計画はあると聞く）。ここではそのようなエッセイ、講演の中から文学に関するものを選んで、『文学講義』を補完するものという意味で「補講」というかたちでまとめてみた。

「第一部　ロシア文学編」では、『ロシア文学講義』には収録されなかったプーシキンとレールモントフについての文章をおさめた。

「プーシキン、あるいは真実と真実らしいもの」

ロシア語と英語のバイリンガル作家として知られるナボコフだが、数こそ少ないものの、フランス語での著作も残されている。フランス語家庭教師との思い出をつづった作品「マドモワゼル・O」や、わずかなエッセイやアンケート、インタヴューの類である。その多くがロシア語時代と英語時代のリンボ——一九三〇年代後半にフランスで書かれており、ナボコフがフランス語作家になる可能性を探っていたことを示している。もしナチスがフランスに侵攻することなく、作家がヨーロッパに残っていたらどうなったのか興味がつきない。

ここでは、『新フランス評論』一九三七年三月一日号に掲載されたフランス語論文を訳出した。一九三七年二月十一日、パリでナボコフがこの原稿を口頭で発表したさい、かのジェイムズ・ジョイスがその場にいたのは研究者には有名な話である。

エッセイの内容だが、詩人の真実はその芸術の中にしかないという、ナボコフが繰り返し訴えかけることになるテーゼが、すでにはっきりと論じられている（執筆時期が近い『セバスチャン・ナイトの真実の生涯』も同様のモチーフが書かれている）。また、後半では「現在のなにげない光景を、はるか未来から思いかえすという想定のもとで眺める」というナボコフが創作において用いた「未来回想」のテーマが展開されている。（清水さやか訳）

"Pouchkine ou le vrai et le vraisemblable", *La Nouvelle Revue Française*. Vol. 25. No. 282. 1 March 1937. pp. 49-56.

「決闘の技法」

プーシキンの長詩『エヴゲーニイ・オネーギン』で、オネーギンとレンスキイのあいだでおこなわれるロシア式決闘について解説したもの。後述するナボコフによる『エヴゲーニイ・オネーギン』翻訳と註釈の出版と前後して、注釈の一部を転載するかたちで各紙に発表された一連のエッセイのうちの一編。エドマンド・ウィルソンにあてた書簡でも（一九四九年一月四日）、ナボコフはロシア式決闘について触れているが、それをさらに詳細に論述したものになっており、独立したエッセイとして愉しめる。『エスクワィア』一九六四年七月号に掲載されたのち、選集『ナボコフの塊』（一九六八年、未訳）により長いヴァージョンが採録された。後者を翻訳の原本とした。

なお、『エヴゲーニイ・オネーギン』の翻訳も各種あるが、現在市販されているものとしては、小澤政雄訳『完訳　エヴゲーニイ・オネーギン』（群像社）が、訳自体の完成度だけでなく、プーシキン自注やオネーギン旅の断章も収録しておりすぐれている。

"The Art of the Duel: Translation from *Eugene Onegin*, and Part of an Essay", *Esquire* (July 1964), pp. 54-55.

“The Art of the Duel: Translation from *Eugene Onegin*, and Part of an Essay”, *Nabokov’s Congeries*. New York: Viking Press. 1968. pp. 286-294.

「レールモントフ『現代の英雄』訳者まえがき」

一九五八年に出版された父ウラジーミルと子ドミトリイの共訳によるレールモントフ『現代の英雄』の英語版に付された訳者まえがき。内容としては一九四一年に『ロシアン・レヴュー』に発表した詩論「レールモントフの幻影」に手を入れたものであり（“The Lermontov Mirage”, *Russian Review*. Vol. 1. No. 1 November 1941. pp. 31-39)、レールモントフの長編の複雑な構成を見事に解説したものになっている。とりわけ冒頭の「三重の夢」の分析では、夢同士が入れ子構造になっている様子を鮮やかな手つきで明らかにしているが、こういった「夢の論理」は、ナボコフ自身の作品にも通じるものだろう。

『現代の英雄』は言わずと知れたレールモントフの代表作であり、ロシア文学の古典《カノン》のひとつである。ちなみに現在もっとも手に入りやすいと思われる岩波文庫の中村融訳は古び、意味がすっきりはいってこない箇所も多い。『集英社ギャラリー　世界の文学13　ロシア1』に収録された江川卓訳が明晰だと思う。

“Translator’s Foreword”, Mikhail Lermontov, *A Hero of Our Time*. Translated by Vladimir Nabokov in collaboration with Dmitri Nabokov. New York: Doubleday Anchor, 1958. pp. 1-13.

Ⅷ　文学講義補講——第二部　劇作・創作講座編

「第二部　劇作・創作講座編」と題した本セクションでは、ロシア文学以外の講演やエッセイをまとめた。

「劇作」

渡米したナボコフはとりわけ一九四〇年代において、生活のためアメリカ各地をまわって講演旅行をおこなった。「劇作」と「悲劇の悲劇」は、その最初期のもので、一九四一年夏にスタンフォード大学に招かれておこなったもの。

評価はさほどされていないが、ナボコフは初期のロシア語時代にそれなりの数の戯曲を残している。なかには「事件」（一九三八）のように、好評を博し、繰り返し上演された佳作もある。またナボコフ自身、ちょっとしたアルバイトとしていくつかの劇に俳優として参加していた。

冒頭で述べられる舞台芸術の特性——「片方〔観客〕は、見え、聞こえるが、向こうに干渉することはできず、もう片方〔俳優〕はこちらの心理に干渉するが、見たり、聞いたりすることができない」——は、演劇をはなれてナボコフの作品の特性——俳優と観客を登場人物と読者におきかえれば——として考えることも可能だろう。

「劇作」と「悲劇の悲劇」はナボコフの死後、ドミトリイ・ナボコフが原稿より出版し、戯曲集『ソ連から来た男、そのほかの戯曲』（未訳）に収録した。

"Playwriting", *The Man from the USSR and Other Plays: With Two Essays on the Drama*. Translated by Dmitri Nabokov. New York: Harcourt Brace Jovanovich / Bruccoli Clark, 1984. pp. 315-322.

「悲劇の悲劇」

近代においてなぜ「悲劇」が失敗するのか、作り手の視点から論じたもの。芸術作品にあっても常に合理性を求めるナボコフの性格がよくでた内容になっている。ここでナボコフは悲劇が現代において成立しないことを論証（?）するのだが、実際、渡米以降ナボコフは劇作からは遠ざかってしまった。

"The Tragedy of Tragedy", *The Man from the USSR and Other Plays: With Two Essays on the Drama*. Translated by Dmitri Nabokov. New York: Harcourt Brace Jovanovich / Bruccoli Clark, 1984. pp. 323-341.

「霊感」

エッセイの前半は霊感について、そして小説の書き方について、自作『アーダ』を例にして創作法をあかしたもの。細部の部分的な描写から、作品全体を育てていくという手法がよくわかる。

エッセイの後半は同時代アメリカの短編小説から気に入ったもの（Aプラス）、とりわけ霊感を感じることができた一節について。断片的だが、ナボコフによる同時代のアメリカ小説評が聞ける。ただし、ここで評価されている作家には、ナボコフと面識があったもの（シュウォーツ、ゴールド）、ナボコフを評価していたもの（アップダイク）も多いことは気をつけなくてはならない。

『サタデイ・レヴュー・オブ・ジ・アーツ』一九七二年一月号に掲載された。なおこの号はナボコフの特集号となっており、エドマンド・ホワイト、ジョゼフ・マッケルロイ、ウィリアム・ギャス、ジョイス・キャロル・オーツという豪華な顔ぶれがナボコフ論をよせている。

"Inspiration", *Saturday Review of the Arts.* Vol. 1. No. 1. January 1972. pp. 30, 32.

Ⅸ　家族の休暇をふいにして──蝶を追う人《バタフライハンター》

ナボコフは趣味的な「蝶のコレクター」ではなかった。渡米後しばらくはハーヴァード大学比較動物学博物館で研究員をしていたこともある、なかば以上プロの研究者であり、そのとりくみは真剣なものだった。そのため、ナボコフの創作を読むさいには、蝶や蛾についての知識があるかどうかで解釈がまったく変わってきてしまうこともあるほどだ（残念ながら、訳者には知識がないため、詳細を語ることができないが）。

蝶関係の論文だけで文集が一冊編めてしまうほどだが（実際、『ナボコフの蝶』〔未訳〕という分厚い文集も刊行されている)。ここでは比較的とっつきやすいと思われる採集旅行記を二本、訳出した。なお、ロシア語で執筆していた初期から、ナボコフがこのような論文を執筆する言語は一貫して英語だった。

この二本の論文の訳出にあたっては、荒木崇氏の全面的な監修をうけた。さらに、論文にふされた訳注および蝶蛾名対応表は荒木氏によるものであることをおことわりしておく。

「ピレネー東部とアリエージュ県の鱗翅目についての覚え書き」

自著『キング、クイーン、ジャック』が翻訳されたことによる臨時収入を利用して、一九二九年の二月から六月まで、ナボコフ夫妻は南仏に蝶の採集旅行にでかけた。ここに学名をあげられている蝶だけでも百種以上におよび、ナボコフの知識と情熱のほどをうかがうことができる。南仏で蝶の採集に没頭するかたわら、最初の傑作『ディフェンス』が執筆された。

『エントモロジスト』六四号(一九三一年)に掲載された。

"Notes on the Lepidoptera of the Pyrénées Orientales and Ariège", *Entomologist*. Vol. 64. No. 822. 1931. pp. 255-257, 268-271.

「Lycaeides sublivens Nab.(スブリウェンスヒメシジミ)の雌」

ナボコフは渡米後も、執筆活動と大学での授業の合間を縫って、毎年のように採集旅行に全米をめぐった。こういった採集旅行、講演旅行の経験は、『ロリータ』の第二部でハンバート・ハンバートとロリータが車であてどなくアメリカ各地をさまよう場面を書くさいに大いに役だった。

訳出したのは一九五一年、コロラド州、サン・ミゲル郡テルライドに、自らが新種を認定した蝶の雌を探しにいったときのものになる。なお、この蝶は現在はNab(ナボコフ)ではなく、Plebejus (Lycaeides) idas sublivensと呼ばれている。ナボコフが研究をはなれたあとで、学名にかんする整理がおこなわれたためである。本論考につけられた原注（一九七三年の『強硬な意見』収録時に付されたもの）からは、研究をはなれたあともナボコフが学名について関心をもちつづけていたことがわかる。

ナボコフの鱗翅類目研究についても近年再評価がおこなわれている。ハーヴァード大学比較動物学博物館のナオミ・ピアーチェらは、ナボコフの分類学上の仮説を最新のDNA検査によって確証する論文を発表し、そのことは『ニューヨーク・タイムズ』でも大々的に報じられた。

それだけではない。本論文「Lycaeides sublivens Nab.（スブリウェンスヒメシジミ）の雌」で、ナボコフは蝶の斑紋について独自の用語をもちいて精緻な分析をしている。これは別の論文（「ミヤマシジミ属（鱗翅目：シジミチョウ科）の形態に関するノート」『プシュケー』五十一号（一九四四年）の用語を踏襲したもので、そこでナボコフは翅の斑紋を個々の鱗粉に還元して解析、理解するという、当時としては極めてユニークな試みをしている。鱗翅類学者としてのナボコフは、もっぱら分類学上の業績から評価されているが、翅の斑紋解析におけるナボコフのアプローチの斬新さは、もっと高く評価されてよい。

（この項、荒木崇氏の手による）

『レピドプテリスツ・ニュース』一九五二年六巻一—三号に掲載された。

"The Female of *Lycaeides Argyrognomon Sublivens*", *Lepidopterists' News*. Vol. 6. No. 1-3. 1952. pp. 35-36.

X　私のもっともすぐれた英語の本——『ロリータ』騒動

紆余曲折の末、一九五五年にパリのオリンピア・プレスから刊行された『ロリータ』は、グレアム・グリーンの目にとまると激賞され、一躍注目の的になった。その後、一九五八年にアメリカで刊行されると大ベストセラーとなり、以降の生活を一変させた。ここではその周辺を語ったものを二編収録した。

「ロシア語版『ロリータ』へのあとがき」

ナボコフは『ロリータ』を自らロシア語に翻訳し、一九六七年に出版した。これはそのロシア語版にそえた訳者あとがきになる。

一九五八年版『ロリータ』へのあとがき（「『ロリータ』と題された書物について」）で、ナボコフは「自分の個人的な悲劇」とはロシア語を捨てて英語で書かねばならなかったことだと告白した。

自分の個人的な悲劇とは、誰の関心事であるはずもなく、またそうであってはならないが、私が自然な日常表現や、なんの制約もない、豊かで、限りなく従順なロシア語を捨てて、二流の英語に乗りかえねばならなかったことであり、そこにはあの小道具たち――幻惑させる鏡、黒いビロードの背景幕、言外にほのめかされた連想や伝統――が一切ないことだ。それさえあれば、その土地で生まれ育った奇術師が、燕尾服の裾をひるがえし、魔法のように用いて、自分なりのやり方で遺産を超越することもできるはずなのだ。

しかし、こちらのロシア語版へのあとがきを読むと、今やかつての「魔法のロシア語」はないと言う。もちろん、作家の言葉を額面通りにうけとることはできないが、「バイリンガル作家」ナボコフについて考えるうえで欠かすことのできない文章である。

“Постскриптум к русскому изданию”, *Лолита*. New York: Phaedra, 1967. С. 296-299.

「『ロリータ』とジロディアス氏」

『ロリータ』はその内容もあって出版社さがしに難航し、紆余曲折の末一九五五年にパリのオリンピア・プレスより刊行された。このオリンピア・プレスは知る人ぞ知るカルト出版社であって、ポルノ小説を出版する一方で、ヘンリー・ミラーやサミュエル・ベケットのような、先進的で、ほかのところではなかなか出版できないものを多く出版していた。モーリス・ジロディアスはそのオリンピア・プレスの社主として辣腕をふるった編集者であり、エッセイはこの毀誉褒貶かまびすしい人物との関係および、『ロリータ』の出版経緯について語ったものになっている。ナボコフが代理人をつうじてオリンピア・プレスに『ロリータ』の原稿を持ちこんだとき、本当にその出版社がどういう出版社か知らなかったのか、もちろん作家のことばを鵜のみにすることはできない。海千山千の作家と、ぬえ的編集者との間の、キツネとタヌキの化かしあいをお楽しみいただきたい。

『エヴァーグリーン・レヴュー』一九六七年二月号に掲載されたのち、『強硬な意見』に収録された。なお、エッセイの中でひとつの焦点になっているのが、仏訳版『ロリータ』出版パーティでナボコフとジロディアスが実際に顔を合わせ、言葉をかわしたのかどうかという点である。ナボコフのこの原稿が掲載された次号の『エヴァーグリーン・レヴュー』に、パーティの席でジロディアスとナボコフが一枚の画面に収まっている写真が、ジロディアスより提供されて掲載された。ナボコフは応答しなかった。

"*Lolita* and Mr. Girodias", *Evergreen Review*. Vol. 11. No. 45. February 1967. pp. 37-41.

XI　摩天楼の如く伸びた脚注を――翻訳という闘い

ナボコフはあるインタヴューで「私は『ロリータ』と、『エヴゲーニイ・オネーギン』の業績において人々に記憶されることになるだろう」と答えているが、実際、その翻訳についての態度は、『ロリータ』なみの物議をかもすことになった。

翻訳の問題は、英語で書かれた文章全体に一種の基調低音として流れているが、ここに収録した三本のエッセイではそれが主題的に展開されている。

「翻訳をめぐる問題《プロブレム》――『オネーギン』を英語に」

『オネーギン』の脚韻を英語にうつすのは不可能だと論じたもの。このような論文をわざわざ発表した背景には、当時（そして幾分は現在でも）、ヨーロッパ言語のあいだの翻訳では、詩は詩として脚韻をたもったまま訳すという不文律があったからである。また、ナボコフ自身、一九四五年には、『オネーギン』の一部を、脚韻をたもったまま英訳していたという事情もあった。

　意味上の厳密さのために、脚韻を犠牲にするナボコフのこのような態度は、非常に挑戦的なものとしてうけとめられ、エドマンド・ウィルソンとのあいだをはじめとして、論争を巻きおこした。ちなみに本論は、ローレンス・ヴェヌティ編『トランスレーション・スタディ・リーダー』に収録されるなど、翻訳《トランスレーション》研究《スタディーズ》の古典として現在もよく読まれ、議論されている。末尾の段落の「私はおびただしい脚注を添えた翻訳を、摩天楼の如く頁の最上部にまで達せんと伸びた、注釈と永遠の狭間に原詩のただ一行のみを輝かせている脚注を求めているのだ」ということばは有名である。

『パーティザン・レヴュー』四号（一九五五年）に掲載された。

"Problems of Translation: *Onegin* in English", *Partisan Review*. Vol. 22. No. 4. Autumn 1955. pp. 496-512.

「奴隷の道」

この論文では、脚韻とはまた別の視点から、『オネーギン』を英訳する際の問題点が列挙されている。ここに書かれている分析は、英仏露のそれぞれの古典作品につうじ、それぞれの言語のニュアンスを正確に汲みとることのできるトリリンガルにしかできないものであって、さらに植相の分析にまで及ぶとなると、まさに世界でナボコフただひとりしか書けない翻訳論と言える。

ただし、ナボコフがプーシキンの英語能力を過少に見積もり、逆にフランス語訳からの影響を過大視していること、ナボコフがフランス語の直訳と見なしているロシア語のなかには、たとえおこりがそうだったとしても、（プーシキンの時代ですら）年月を経てロシア語に同化していたものも多いということは、ほかの研究者によって批判されている点である。

ちなみに、本論で例としてあげられているチェリョームハことラセモサは、ナボコフの作品にもしばしば顔をだす植物でもある。これについて興味のあるむきは拙著『ナボコフ　訳すのは「私」——自己翻訳がひらくテクスト』（東京大学出版会）の六章をご一読いただきたい。

一九五九年に論集『翻訳について』に掲載されたのち、『エヴゲーニイ・オネーギン』の注釈として、ほぼそのまま使われることになった。なお、この論文が収録された論集には邦訳（『翻訳のすべて』日本科学技術翻訳協会、一九七〇年）があり、そこに本論文の原二郎による邦訳も収録されている。

"The Servile Path", Reuben A. Brower ed., *On Translation*. Cambridge: Harvard University Press, 1959. pp. 97-110.

「翻案について」

論じられている内容については、『オネーギン』翻訳についてのものの延長線上にあるが、興味をひくのはナボコフがスターリンの大粛清の犠牲になったソヴィエトの詩人、オシップ・マンデリシュタームを高く評価していたことだ。若き日のブロツキイにジーンズを送ったり、ソルジェニーツィンと会おうとしたり、ナボコフもさまざまな形でソヴィエトの反体制文学者を援助しようとした。

『ニューヨーク・レヴュー・オブ・ブックス』一九六九年十二月四日号に掲載された。

"On Adaptation", *New York Review of Books*. Vol. 13. No. 10. 4 December 1969. pp. 50-51.

XII　私が芸術に全面降伏の念を覚えたのは——ナボコフとの夕べ

講演や授業にしろ、本書や『文学講義』で、いま私たちがその「謦咳」に間接的ではあれ触れることができているのは、ナボコフが原稿や講義ノートを周到に用意する人間だったからである。それはナボコフが几帳面なタイプの人間だったからというだけでなく（もちろんそれもあっただろうが）、その場限りで消えてしまう音声を信じず、紙に書きつけられた物質としての言葉に一種偏執的なまでにこだわっていたからだ。授業では、合間のちょっとした冗談でさえ、すべて書きこんだ講義ノートをひたすら読みあげるスタイルだったというし、インタヴューでも事前に書面で質問を提出させ、あらかじめ回答を書きあげてから実際の会見にのぞんだというから、そのパロール嫌い／エクリチュールびいきは徹底している。

そういった意味ではナボコフのことばはすべて書き言葉なのだが、ここでは比較的聴衆を意識した文章である朗読会とスピーチの原稿を、それぞれ一本ずつ収録した。

一九四九年五月七日「著者による『詩と解説』の夕べ」のための覚え書き

生活のため、という側面が大きかったのだろうが、ナボコフはロシア語時代、英語時代をつうじて数多くの朗読会をおこなっている（そのうち、英語でおこなったもののいくつかはテープが残されている）。意外なのは、一九四〇年にアメリカに移住したあとも、ロシア語での朗読会を幾度かおこなっていることだ。しかも、会は盛況で、熱心な「V・シーリン」ファンがつめかけて（なかには若い世代のファンもいたらしい）、この伝説的な亡命作家の朗読に耳を傾けたという。

原稿より研究者のガリーナ・グルシャーノクの校訂をへて、『われらの遺産』五十五号（二〇〇〇）に掲載された。

"Заметки 〈для авторского вечера《Стихи и комментарии》7 мая 1949 г〉", *Наше наследие*. No. 55. 2000. С. 75-89.

「ナボコフ氏受賞スピーチ」

一九七五年、『道化師をごらん!』で全米図書賞フィクション部門のファイナリストに選ばれたさい、準備された受賞演説の草稿(執筆四月中旬)。すでにアメリカを去って久しいナボコフが事前に「代理人」に送っておいたもの。ご存じのとおり、受賞することはなく、この愉快な原稿もお蔵入りになった。

意外なことに、生涯をつうじてナボコフは大きな文学賞とは無縁だった。全米図書賞もファイナリストに七回なるが、受賞を逃している。また二〇一六年三月の時点で、一九六四年と六五年にノーベル文学賞の一次リストにはいったことがわかっており、ソルジェニーツィンがスウェーデン・アカデミーに送った推薦状なども残っているが、ストックホルムのアカデミーはまさか『ロリータ』の著者にこの賞をさずける勇気はなかっただろう。

死後、原稿から『ナボコヴィアン』一九八四年秋号に掲載された。

"Mr. Nabokov's Acceptance Speech", *Nabokovian*. Vol. 13. Fall 1984. pp. 16-17.

おまけ

「ナボコフ風たまご料理」

がいして、ナボコフは食にはあまり関心がなかった節があり、直接食べ物をあつかった文章がないばかりか、創作のなかでも登場人物がおいしそうになにかを食べている場面もすぐには思いつかない。

本書の掉尾をかざるエッセイとして選んだのは、一九七二年に書かれたたまご料理のレシピ。モデルで、フードライターのはしりだったマキシム・ド・ラ・ファレーズの料理本のために書かれたようだが、結局不採用になったもの。依頼した側は元ロシア貴族、現セレブによる豪奢なレシピを期待したのかもしれないが、でてきたのがこの内容ではお蔵入りになったのもやむなしといったところか。

『ハーパーズ』一九九九年九月号に掲載された。

"Eggs à la Nabocoque", *Harper's*. Vol. 299. No. 1792. September 1999. p. 38.

編訳者あとがき

一

ウラジーミル・ナボコフは、一八九九年に帝政ロシアの首都サンクトペテルブルグの貴族の家庭に生まれた。有力な政治家を父にもち、何不自由ない少年時代だったという。しかし一九一九年、ボリシェビキの手に落ちた祖国を逃れ、一家は亡命者となった。ナボコフはケンブリッジのトリニティカレッジで学んだあと、一九二二年からベルリンに居を移して本格的な執筆活動を開始する（同年、ベルリンでおこなわれた講演会で父が衆人の目前で暗殺事件に巻きこまれて撃たれ死亡するという痛ましい事件がおきている）。このいわゆる「ロシア語時代」に、ナボコフは「V・シーリン」というペンネームのもと活動し、亡命文壇で注目を集める存在になっていった。このころの代表作として『ディフェンス』、『断頭台への招待』、『賜物』などがある。だがナチスの台頭によって治安が悪化すると、ユダヤ人の妻ヴェラとひとり息子ドミトリイを連れて一九三七年にはフランスへ移住、さらに一九四〇年にはアメリカにわたった。この二度目の「亡命」と前後して、創作言語をロシア語より英語に切りかえていく。渡米後、『セバスチャン・ナイトの真実の生涯』、『ベンドシニスター』などの英語作品を発表するかたわら、ボストン近郊に在住し、大学でロシア語を教えたり、ハーヴァード大学の博物館で蝶の研究をしたりして生活の資をえていたが、一九四八年にニューヨーク州イサカのコーネル大学に招聘され、文学を講じるようになる。一九五五年にパリのオリンピア・プレスより刊行された『ロリータ』が、グレアム・グリーンの目にとまったことがきっかけでベストセラーになると、教職を辞し一九五九年よりふたたびヨーロッパに居所をうつした。晩年はスイス、モントルーの瀟洒なホテルのスイートを借りきり、タイピスト兼秘書の妻と二人、執筆活動に専念した。一九七七年に没したあとも、二十世紀を代表する小説家のひとりとして評価され、日本でも『賜物』、『ロリータ』といった文学作品だけでなく、コーネル大学での講義をまとめた『文学講義』のシリーズによって、読書人に親しまれている。

本書『ナボコフの塊』は、そんな作家ナボコフの手による散文をあつめた作品集になる。ナボコフの作品の邦訳は、長短編にかぎって言えばほぼすべて出版されているが、「散文集」の刊行ははじめてのこころみとなる。

二

ナボコフの「エッセイ」(便宜的にこの名称を用いるが)が何本あるのか、数え方にもよるが、鱗翅類学の論文までいれれば百はくだらない。そのうち、回想記——日本語の通常の意味での「エッセイ」に近い——という点では、ナボコフは自分の過去をつづった文章を自伝として一冊にまとめている(その一九六六年の改訂版の邦訳が、先刻出版された『記憶よ、語れ——自伝再訪』〔若島正訳〕である）。また、大学での講義ノートを編集した『文学講義』シリーズ、書きおろし評論『ニコライ・ゴーゴリ』なども翻訳出版されている。

ただし、これらはナボコフが残した散文の一部でしかない。たとえば、上記にあげたものはすべて英語で執筆されたものであり、ロシア語（およびフランス語）の文章は含まれていない。現行で研究の底本として使われているシンポジウム社の五巻本『ロシア語時代作品集』（一九九九—二〇〇〇）には、「エッセイ・批評」に分類された文章だけで六十編近くが収録されている。これらはすべて未訳である。また、英語圏ではやはり広く読まれているヴィンテージ版のシリーズの一冊として、インタヴューとエッセイをまとめた『強硬な意見』（一九七三）が生前に刊行されており、ナボコフの作家イメージのもとになってきた。こちらも、日本では未刊行である。加えて、単行本未収録や生前未発表のエッセイもかなりの本数にのぼる。

こうした、すべて訳せば、三巻本以上になってしまいそうな、膨大な未訳エッセイの山を前にして、編者がとった編集方針としては、これ一冊でナボコフの作家活動のすべてが見わたせるようなセレクションをこころがけるというものだった。そのための指針として以下の三点を意識した。

ひとつ、多言語作家ナボコフの活動をフォローするため、ロシア語・英語・フランス語の三言語で書かれたエッセイを収録すること。ナボコフは一九二〇年代から三〇年代にかけて、主にベルリンでロシア語作家として活躍していたが、一九四〇年の渡米と前後して主たる執筆言語を英語に切りかえたという経緯がある。そのため、その執筆活動を追うには、露英二言語で作品をあつめる必要がある。バイリンガル作品集の翻訳というこころみとしては、同じく作品社より出版された『ナボコフ短篇全集』（のちに増補して『ナボコフ全短篇』）という先例がある。これは、七名の英米文学者、ロシア文学者が、それぞれ英語作品、ロシア語作品を原典より直接訳したものだった（ただし、うちいくつかは作者の手をへない英訳より重訳されており、さらなる改訂が待たれる）。本書ではロシア語、英語エッセイからそれぞれ十九編を採録することにした。

さらに、今回はバイリンガルより一歩進めて、ロシア語、英語に加えて、ナボコフ第三の言語であるフランス語での評論も加えたトリリンガルの構成にした。そもそもの幼少期より、貴族の家庭で英露仏の三言語で教育をうけたナボコフは、フランス語もかなり自由に使いこなすことができた。フランス語の著作は限られているが、過渡期のこころみとして貴重なものである。本書ではサンプルとして、一九三七年にフランス語で書かれたプーシキン論を収録した。そして三言語計三十九編のエッセイを、ロシア語および英語は秋草が、フランス語は清水が、すべて原典より訳出した。

ふたつ、言語的だけでなく時期的にも全局面の文章――つまりケンブリッジ在学中のものから、ベルリン・パリ時代、アメリカ時代、晩年のスイス、モントルー時代まで――を含めること。たとえば『ナボコフ全短篇』は、ほぼすべての短編をおさめているが、五〇年代以降短編の執筆は停止されてしまったため、六〇年代以降の作家活動についてのサンプルはない。また、自伝『記憶よ、語れ』にしても、扱われているのは主にアメリカ移住までの出来事である（渡米後をフォローすべく、自伝第二部『アメリカよ、語れ』の構想もあったが、実現しなかった）。その点、本書は最初期の一九二一年から、じつに最晩年の一九七五年までの文章を収録することができた。これにより「エッセイ」という窓から、半世紀以上にわたる創作活動の大部分を一望できるようになった。

三つ、創作以外でナボコフが書いたあらゆるタイプの文章を収めること。ナボコフはその長きにわたる執筆期間において、多様な媒体に、長短さまざまな文章を書いた。その活動をフォローすべく、本書で拾い集めてきた文章のでどころは、新聞、雑誌は言うにおよばず、鱗翅類学の学術雑誌、私家版の文集、大学学内向け広報誌、自分が翻訳した書籍のあとがき、キャバレーのパンフレットにまでおよんだ。結果、文章のジャンルで見るならば、書評や評論だけでなく、追悼文、スポーツのレポート、学術論文や料理のレシピまで、テーマで見るならば、文学や翻訳談義を中心として、オペラ、ボクシング、言語学習にまでおよぶヴァラエティに富んだものになった。

ただし、インタヴューについては、スペースの都合上今回は収録を見送らざるをえなかった。実は、ナボコフはしゃべる言葉も滅法おもしろい。ナボコフがインタヴューをうけるとき、質問を事前に提出させ、それに対する回答を書きだしてからのぞんだというが、この事実はナボコフにとってインタヴューは即興《インプロヴィゼーション》ではなく、そのほかのすべての文章同様「作品」だったことを示している。近い将来、『ナボコフの塊Ⅱ　インタヴュー集』としてインタヴュー単独（もちろん英語、ロシア語、フランス語のトリリンガルオリジナル編集）で出版したいと思っているが、実現するかは本書の売れ行き次第だろう。

三

こうした方針の結果あつまったのは、ホームシックにかかって青白い顔をしている痩せた大学生から、セレブとしてホテル住まいを満喫している恰幅のよい老大家までが、三つの言語で執筆した、媒体もジャンルもテーマもさまざまな「雑文」の山――もはや通常の「エッセイ集」が指す範囲をはるかに超えた、まさにごった煮としか呼べないものだった。編者は三十九編からなる塊を、テーマや時代ごとに十三に切り分け、時間的な流れを意識して構成してみた。

こうした「エッセイ」のなかには、海外でも現在まで書籍としてはまとめられていないものも多くふくまれている。ロシア語エッセイとして収録した十九本のうち、五本がシンポジウム版作品集未収録、英語エッセイとして収録した十四本が『強硬な意見』未収録のものになっている。これは、第四の編集方針として、ナボコフのうち、十四本が『強硬な意見』未収録のものから、雑誌発表後単行本未収録の珍しいもの、生前は発表されず、死後出版されたもの（そのなかにはここ数年発表された「新発見」もふくまれている）まで広く採ることにしたためである。

ここには、ナボコフ特有の事情も潜んでいる。ナボコフは原稿の管理に対して非常に厳格な態度をとっていた。ナボコフ研究の泰斗、ブライアン・ボイドはこう書いている――「ナボコフは、不純物が残留した未加工品ではなく、完成品だけが放つ時間を超越した黄金の輝きに常にこだわった」（「ナボコフの遺産」『群像』二〇〇九年十一月号）。完璧主義者の作家にとって、厳密な校訂をへたのち出版された完成稿以外は人目に触れるべきものではなかったのだ。生前より、（『ロリータ』の商業的成功によって降りかかった税金対策もあって）ナボコフの原稿やノート、書簡の類はワシントンDCの議会図書館やニューヨーク公共図書館などに寄贈されていたが、その閲覧、公開は制限されていた。ナボコフの死後、そうした制限の中であってもアーカイヴからいくつかの重要な出版がおこなわれてきたが（たとえば『文学講義』シリーズもそういった出版物のひとつであって、これはナボコフがオーソライズしたテクストではないことは注意する必要がある。いま、これを私たちが読んでいるかたちにまとめたのは編者の功績が大きい）、例外的なものだったと言ってもいいだろう。それが二〇〇〇年代以降、アーカイヴ調査の進展、ナボコフ研究の隆盛（特にロシア系研究者の参入）、ひとり息子ドミトリイ・ナボコフの態度の変化およびその死去（二〇一二）などさまざまな事情があって、アーカイヴからの出版が活性化している。

　どのような出版物が死後刊行されているのかについては、先ほども引用したブライアン・ボイドの論考「ナボコフの遺産」およびその訳者解説に触れられているが、その後七年をへて刊行された出版物もあるため、ここで触れておくことに意義がなくもないだろう。二一世紀に入ってから出版された文献で目ぼしいものだけでも、ロシア語詩集『詩集』（研究者マリヤ・マリコヴァ編による、詩人叢書《ビブリオチェーカ・ポエート》におさめられた現時点でのもっとも広範なナボコフの詩集、二〇〇二）、「『賜物』第二付録」（二〇〇二）、ロシア語戯曲集『モルン氏の悲劇——戯曲集および演劇講義』（二〇〇八）、英訳詩集『韻文と訳文』（ナボコフが翻訳した詩の集成、二〇〇八）、未完の初期短編「ナターシャ」（英訳二〇〇八、ロシア語原文二〇一一）、未完の英語長編『ローラのオリジナル』（二〇〇九）、『ヴェラとの書簡集』（妻との往復書簡集、英訳版二〇一四）、短編「立ちどまった男」（生前未刊行のロシア語短編、英訳二〇一五）、「『賜物』第二部」（二〇一五）など枚挙にいとまがない。そればかりか、いくつかの重要な出版物がいまもアナウンスされている。

　ひるがえって日本の状況はどうだろうか。ナボコフが日本に本格的に紹介されたのは、一九五九年に刊行された『ロリータ』上巻の大久保康雄訳をもってその嚆矢とする。当時の日本の出版業界は「チャタレイ裁判」など「文学か猥褻か」に揺れていた時代でもあり、当然ながら『ロリータ』もそのような議論の対象になった。その後、一九六〇年代後半から丸谷才一や篠田一士によるモダニズム作家——ジョイスの後継者としての再評価がすすんだ。エロチックな作家への一種の反動として審美的な作家としての評価に針が振れたとも言える。さらに、一九七〇年代以降、日本にもジョン・バースやドナルド・バーセルミのような「ポストモダニズム」の作家が紹介されるようになると、そのグルとしてのナボコフ理解がアカデミズムの分野でおこなわれるようになった。

こういった批評、アカデミズムの流れとは離れたところでもナボコフは読まれてきた。「ロリータ・コンプレックス」という言葉が生みだされた悪名高い小説の作者として、主人公ハンバート・ハンバートと重ねるような読み方もされている（ナボコフが「ロリコン」だったという伝記的事実はないにもかかわらず、この俗説は今も根強い）。さらに「蝶のコレクター」だったという伝記的事実と結びつけた耽美的なイメージの投影もおこなわれることがある。読者それぞれが、どの入り口からはいったかによって、さまざまなナボコフ像をもっていると思う。

現在、出版不況のなか、ナボコフ作品が毎年数冊の頻度で刊行され、愛好家としてはよろこばしい事態がつづいているが、そのほとんどが新訳や再版である。もちろん装いをあらたにして、新しい読者に古典を届けるのは非常に重要なことである（とくに近年の新訳はかつてと異なり、新しい解釈や、詳細な注など、種々の工夫がほどこされ別物になっていることも多い。またナボコフの場合、作者自身の英訳から邦訳ずみの作品であっても、オリジナルのロシア語版から「新訳」することの意義は、通常の新訳とは比べられるものではない）。しかし、それだけになっては「過去の遺産」の縮小再生産になるばかりだろう。実際、先に述べた「新発見」のうち、日本のナボコフ愛読者が手にしたものは、「ナターシャ」、『ローラのオリジナル』しかない。一九九九年のナボコフ生誕百周年を機に日本ナボコフ協会が組織され、活発な活動がおこなわれてきた反面、作家像や作品像について、研究者と一般読者とのあいだの情報格差は広がってきたと言える。

そういったギャップを痛感するのは、書店の店頭にならぶ、『〇〇文学入門』（〇〇にはアメリカかロシアがはいる）と題されたガイドブックを手にとってみたときだ。ナボコフの項をながめると、ナボコフの専門家が書いた少数の例外はのぞいて、細かなまちがいがあったり、情報が古かったりといったことがある。ただ、これはそのようなガイドブックや文庫の解説のようなものだけでなく、専門的な雑誌に寄せられた「論考」であってもそうかもしれない。いわく、ナボコフは「チェスの名手」だった、いわく、ナボコフは蝶の「コレクター」だった、いわく、ナボコフがソ連の作家を読んでいたのかどうかはわかっていない、などなど……。これは、新しく正確な情報を一般に提供できていない専門的研究者の問題でもある。たとえば、伝記的事実にしても、ブライアン・ボイドによる浩瀚な『ナボコフ伝』（邦訳はみすず書房より、諫早勇一訳）は、本来の後編である「英語時代」が邦訳されないまま原書刊行より四半世紀がすぎ、アンドレア・ピッツァー『ウラジーミル・ナボコフの秘めたる過去』（二〇一三）、ロバート・ローパー『アメリカのナボコフ――ロリータへの道』（二〇一五）のようないくつかの重要な著作が最近もたてつづけに刊行されている。新しい知見をフィードバックできていないのは、いちナボコヴィアンとしては歯がゆいかぎりだ（たとえば、細かい点だがナボコフがニューヨーク港に到着した日付も一九四〇年五月二十八日から二十七日に変更されている）。

本書のひとつの目的は、今まで未訳だったものやアーカイヴから掘りだされたものをあらたに訳出することで、最近のナボコフ研究と日本での翻訳紹介とのギャップをわずかながら埋めることでもある。もちろん「新発見」だけでなく、国外ではナボコフのエッセイの「定番」として扱われているものもおさえている。結果、ナボコフの作品はすべて目を通しているという愛読者のみならず、ナボコフ研究の専門家と呼ばれる人の中にも、あまり目にする機会のない文章もおさめることができたのではと自負している。本書の刊行によって、多少なりとも「知られざるナボコフ」を伝えることができれば、編訳者としてこれほどうれしいことはない。

ここで、本書のタイトルについても触れておこう。「ナボコフの塊」という一風変わったタイトルは、オリジナルなものではなく、ヴァイキング・プレスが一九六八年に出版した『ナボコフの塊』*Nabokov's Congeries* からとったものだ。これは、ナボコフの短編小説や詩、長編の抜粋、エッセイなどをあつめた選集だった。今回、このようなエッセイとも言いかねる文章の山につけるタイトルとして、なにかふさわしいものはないかと考えたときに、白羽の矢がたつことになった。ただし、借りたのはタイトルだけで、中身はごっそり入れかえている。こちらは「創作以外の文章」ばかり三十九編並べた、完全オリジナル編集になっている。

四

先ほど私は「知られざるナボコフ」と述べた。それは本書が、既存のナボコフのイメージを覆そうと狙っているということでもある。もちろん、本書には読者になじみ深いような「ナボコフ」も多く収録されている。それは、独特な修辞《レトリック》を駆使する一種の名文家《スタイリスト》であり、ポトラッチ書評がはばをきかせる現代日本では目が覚めるほどの罵詈雑言を投げつける書評家であり、独創的な解釈や細部への着目をうながす文学講師でもある。しかし、それ以外のナボコフも数多い。

ナボコフは長い間、政治には無関心な、審美的な作家と見なされてきた。しかし、表立って政治的な主張をかかげなかったにせよ、長きにわたる創作活動のはしばしで自分の信念を（直接的・間接的に）語ることもあった。たとえば「ソヴィエト作家たちの貧困について少々、およびその原因を特定する試み」や「美徳の栄え」のような文章はどうだろうか。ナボコフはただソ連作家の小説技巧が拙劣だと言っているだけでなく、その原因に人間の創造性の芽を摘みとってしまう政治のありかたを見ているのだ。渡米後、アメリカ市民となっただけでなく、熱心な「愛国者」になってベトナム戦争を支持しさえしたナボコフが「政治的人間《ホモ・ポリティクス》」でなかったとは言いきれない。

ちなみに、ロシアでは伝統的に作家や詩人は、たんなる職業——売文業者——以上のものであり、文学者は「人心の掌握者《ヴラスチーテリ・ドゥム》」として、発言はつねに倫理的、宗教的、政治的、社会的に重いものとされてきた。ナボコフがなにか（フロイト主義、不正確な翻訳、本書には収録しなかったが「俗悪さ《ポーシュロスチ》」など）を弾劾するとき、そこにこのようなロシア文学者の系譜を見る研究者もいる。つまり、単に気にくわないと言っているのではなく、モラル（それがどのようなものであるにせよ）にもとると憤慨しているのだ。それは「エッセイ」として本書に収録した文章を見た場合、求められるような軽妙さ、洒脱さ、都会的なセンスのようなものに乏しいということでもある。その意味で、ナボコフは——たとえばアップダイクのような——「名エッセイスト」ではなかったことになる。

ナボコフがジョイスに連なる「モダニスト」だという評価についてはどうだろうか。たしかにナボコフは渡米後、モダニズムの普及に力を注いでいた新興出版社ニューディレクションズに見いだされ、作品を出版したという経緯がある。しかし、ナボコフがジョイスを真剣に読みこんだのは、コーネルでヨーロッパ文学の講義をうけもつようになってからのことだと言われている（反面、最近の調査では、三〇年代にナボコフが出版社に『ユリシーズ』の翻訳を提案したことが明らかになっている）。もちろんナボコフが広義の「モダン」な作家だったことにちがいはないが、本書に収録した二〇年代、三〇年代に書かれた書評や、講演を読めば、いわゆる「ヨーロピアン・モダニズム」と、ナボコフが恩恵に浴した「モダニズム」との差異の一端がわかるだろう。

では、ナボコフが当時にあっては先進的な「メタフィクション」を書いた「ポストモダニスト」だという見方はどうだろうか。この決まり文句もまた、一部業界で三十年間飽くことなくくりかえされてきた。しかし、その評価を決定づけた『青白い炎』（一九六二）にしても、「詩と（長大な）注釈」という形式は、自身の『エヴゲーニイ・オネーギン』翻訳と註釈を発想の源にしていること は明らかだ。本書でも膨大な注釈のうちいくつかを「サンプル」として訳出したが、その方向性は解釈の多様性を許容するポストモダニズム的なしかけというよりは、厳密になにかを定義して、誤読の可能性を排除しようとする傾向が強い（もちろん、学術的な著作と創作は峻別せねばならないが）。ナボコフが世界的な評価をえるにあたって、西洋発の大きな批評の流れにのることができたのが幸運だったことはまちがいないが、すでに十分な時間が経過しているのだから、そのような解釈、もっと言えば流通が発生した経緯自体を、距離をとって再考しなくてはならないだろう。

ナボコフの人間像についてはどうだろうか。流布している作家像に、気難しい、狷介な作家というものもある。『文学講義』に織りこまれた自分が気に入らない作家への辛らつな評価や、エドマンド・ウィルソンとの論争がその原因だろう。本書に収録した講演や書評でも、毒舌はもちろん健在だ。他方で、ロシア語時代に残した追悼文では、故人に対する率直な感情を吐露していることも少なくない。こういった文章を読めば、その人間像もまた修正せざるをえないだろう。

「狷介な作家」というイメージを後押ししているのが、現在見ることができるナボコフの写真だ

――これは、『ロリータ』で商業的な成功をおさめて以降、六〇年代、七〇年代にうけた取材やインタヴューをつうじて広まったイメージだ。ホテルの部屋に閉じこもって、意地悪そうな顔をしてこちらを見ている老人は、当然ながらナボコフの人生の一断面でしかない。ベルリン時代のエッセイから伝わってくるのは、キャバレーの宣伝文を書き、流行の出し物にかよう活動的な若者像だ。「世紀の一戦」の貴重なレポートである「ブライテンシュトレーター vs. パオリーノ」では、ボクシングについて蘊蓄をかたむけるナボコフのボクオタぶりばかりか、自身のアマチュア競技者としての経験まで披露してくれている。ホモ＝ルーデンスとしてのナボコフは、あまり紹介されてこなかった。特筆すべきは、ナボコフはどんな「遊び」でも、常に真剣に遊んだということだ。

ナボコフの「趣味」のひとつである蝶にしてもそうである。年甲斐もなく半ズボンで捕虫網を手にした奇矯な姿は、写真家ホルスト・タッペが撮影した写真で有名になり、金持ち老人の道楽のように思われてきた。しかし、本書に訳出した二本の論文――鱗翅類学の学術誌に掲載された――を読めば、その情熱が、趣味や余技の域を超えた持続的かつ、真剣なものだったことがわかる。これを読めば、「不謹慎な作品」『ロリータ』の著者が、少女の代わりに蝶をあつめたなどという解釈は、一種短絡的なものとして説得力を失うだろう。

五

上記のように、本書の提供してくれる新たなナボコフ像を整理してみて、気づかされるのは、執筆言語のはたした役割の大きさである。創作はさておき、このような種類の散文にかんするかぎり、言語による色のちがいはかなりはっきりしている。

ロシア語散文に共通してただよっているのは、ある種の「近さ」である。所属グループのごくうちうちに向けた講演の原稿などから親密さが感じられるのはある意味で当然だが、たとえば文芸誌に寄せられた手厳しい批判であっても、ロシア語で書かれたものは背後に濃密な人間関係をうかがわせるものが多い。これはナボコフが、ごくかぎられた媒体をつうじて、ごくかぎられた読者を相手に作品を発表していたということ、言いかえれば亡命ロシア「文壇」(としか言いようがないせまい、同質的な背景をもった人々のよりあつまり) に属していたという事実を指しているだろう。これは、現在ナボコフの (ロシア語) 小説を読んでいるとうっかり忘れてしまうことでもある。というのも、「V・シーリン」の小説には、亡命者らしいロシアへの懐郷の念が語られるどころか、主要人物がロシア人でないものさえけっこうあるからだ (こうした作風は当時「亡命ロシア人が書くものらしくない」と批判されもしたが、現在の目からはだからこそ、その作品はいまも読まれているのだとはっきりわかる)。

創作では後景にひいているナボコフが属していたコミュニティの存在を、本書に収録した散文からははっきりとうかがうことができる (その最たるものはやはり追悼文だろう)。こういった傾向は、渡米以降に書かれたロシア語散文でも残っている (たとえば「ロシア語版『ロリータ』へのあとがき」で、自分のロシア語が摩耗してしまったことを告白しているのもそうだ)。亡命者の中にも文学的、政治的な立ち位置のちがいは少なからずあっただろうが、畢竟ソヴィエトという圧倒的な「力」を前にしたマイノリティ、不安定な立場におかれた運命共同体であり、それがこの種の近さを生みだしていたと言える。

逆に言えば、このようなコミュニティの存在こそが、ナボコフの英語散文から決定的に欠けてしまっているものだ。その点で、英語作家としてのウラジーミル・ナボコフはロシア語作家V・シーリンが属していたようには「文壇」に属していなかったことになる（かろうじてウィルソンとのつきあいがそれに近い）。英語で書く、ということは、純粋な言語の問題だけでなく、あらゆる意味で完全に「他者」になったということだった。外国語である英語で、ロシアのことなどなにも知らない人々相手に、ロシア語や文学について語らなくてはならなかった。

「他者」が書いた英語散文の特質がよくあらわれているのが、やはり翻訳についての文章である（「翻訳」の問題は、たとえ主題的にそれをあつかった文章でなくとも、ナボコフの英語エッセイすべてに通底する問題意識である）。ナボコフが問題視したのは、局所的な誤訳指摘のレベルだけではなく、詩の翻訳において脚韻のために原文の意味を大幅に変えてしまうような文化の規範《コード》そのものだった。こうした態度は当然ながら、周囲と軋轢を生むことになった（ウィルソンとの仲たがいの直接の原因になったのも『エヴゲーニイ・オネーギン』翻訳だ）。こういった軋轢もまた、「ナボコフがナボコフである」ことを曲げなかった結果必然的に生みだされたものとも言える。しかし、このような文化的摩擦の存在と、それをのりこえようという奮闘がなければ、本書にもその一端を収録した『エヴゲーニイ・オネーギン』翻訳と注釈の仕事ばかりか、ヨーロッパからわたってきた中年男性がアメリカの少女に魅惑されるという『ロリータ』もなかったのではないか。

執筆言語による落差は、サピア＝ウォーフをもちだすまでもなく、「形式が内容を規定する」という意味で当然のことでもある。ナボコフの二言語使用《バイリンガリズム》については、自己翻訳という観点から『ナボコフ　訳すのは「私」——自己翻訳がひらくテクスト』（東京大学出版会）にまとめたが、主にテキスト分析にもとづいた作者／訳者の内的条件からの分析にとどまっており、外的な――読者や流通の違いなどの社会的な――条件の差についてはほとんど論じていなかった。その意味で批判されるべきだし、作家をとりまく言語状況を包括的に分析する新しい研究が待たれている。

六

数あるナボコフのエッセイ・雑文のなかから、一冊に収まるだけの本数を選びだして、訳出するのは難しくも楽しい作業だった。ここ一年はほかのことをしていても、どこかで本書の編集や翻訳について考えているという状態だった。もとより編訳者は、ナボコフが書いたものならなんでも訳してみたい人間であって、放っておけばアンソロジーはとめどなく広がっていくしかない。紙幅などさまざまな事情により、収録を見送ったエッセイも多い。インタヴュー集ふくめ、将来的に本書がとりのがしたもの、さらなる「知られざるナボコフ」が紹介されることを願っている。

本書に収録するエッセイを選定するうえで、相談にのってもらったナボコヴィアン、ウィスコンシン大学マディソン校時代の友人、セルゲイ・カルプーヒンに感謝する。また、本書は死後出版された資料の翻訳を多く含んでいるが、資料をアーカイヴにおさめられた原稿より校訂、編集作業ののち刊行している海外の学者の仕事に必然的に多くを負っていることになる。彼らが資料にそえた注や解説から多くを学び、訳文や訳注として反映させていただいた。やはりウィスコンシン大学マディソン校のアレクサンドル・ドリーニン教授をはじめとする研究者の精力的な活動に感謝する。

本書に収録した文章の題材は多岐にわたるため、内容について専門家の意見を仰いだ部分がある。

二本の蝶の採集記に登場する、ナボコフがつかまえた膨大な蝶の和名、蝶の細部の名称、そのほか鱗翅類研究については京都大学大学院生命科学研究科の教授であり、熱心なナボコフ読者でもある荒木崇氏に全面的監修をお願いした。訳注のいくつかも氏の手になるものだ。学術用語という、ロシア語、英語、フランス語につづいてナボコフが使いこなした「第四の言語」の翻訳は、荒木氏の協力がなければそもそも訳すことはできなかっただろう（その意味で荒木氏は本書の第三の訳者とも言える）。深くお礼を申し上げたい。

書評に引用されるブーニンの詩については宮川絹代氏に、同じくホダセーヴィチの詩については三好俊介氏に、それぞれの専門的研究者による訳文のチェック、あるいは訳文の提案をうけることができたのは僥倖だった。チェスの用語に関しては若島正氏に高閲をお願いした。それぞれお礼を申し上げる。

また、ニューヨークの大学図書館で、本来なら編者がおこなうべき資料の照合をお願いした山辺弦氏にも感謝したい。

なお、フランス語で書かれた評論「プーシキン、あるいは真実と真実らしいもの」に関しては清水さやかさんに翻訳をお願いした。本書におさめられた文章にはフランス語がしばしば出てくるが、それも清水さんに全面的に監修していただいた。訳者としてだけでなく、煩瑣な編集作業におつきあいいただいたことに編者としてお礼申しあげる。

最後になったが、本書の編集を担当してくださった作品社の増子信一氏に感謝する。『ナボコフ短篇全集』以来、数々のナボコフ本だけでなく、沼野充義『徹夜の塊』シリーズをも手がけた名編集者の万全のバックアップをへて、本書が世に出ることを大変うれしく思う。そもそもこのご時世に、ある程度名の知られている作家とはいえ、小説以外の企画は「売れないから」の一言で却下されてしまうのが普通である。訳者の一方的な提案（私の場合はだいたいそうなのだが）につきあって、辛抱強く企画の実現に向けて動いていただいた。言語も出版先もばらばらなエッセイをオリジナル編集でまとめるという神経を要する作業は、増子氏の辣腕なくしては不可能だっただろう。

増子氏との出会いは今からちょうど十年前、修士論文を書きあげたあとの二〇〇六年の夏にさかのぼる。私たちはお茶の水駅お茶の水橋口改札で待ちあわせて、駅裏に隠れ家のようにある喫茶店に入った。当時、編集者との打ち合わせ自体が初めての経験で緊張していた私は、薄暗い店内で増子氏から「純喫茶」がなんなのかレクチャーを受けたことを記憶している（あの喫茶店はまだあるのだろうか）。そのときの企画自体は流れてしまったが、「ナボコフの本を出す」という十年越しの約束が実現してほっとしている。

二〇一六年春　三鷹市大沢、緑萌ゆる野川のほとりにて

編訳者しるす

人名・作品名索引

本文および注で言及されている人名・作品名をあげた（書誌情報自体は拾わなかった）。

［ア行］

［カ行］

[サ行]

[タ行]

[ナ行]

[ハ行]

[マ行]

[ヤ行]

[ラ行]

[ワ行]

雑誌・共著書・辞書など

ウラジーミル・ナボコフ（Vladimir Nabokov）

1899-1977。「言葉の魔術師」と呼ばれ、ロシア語と英語を自在に操った、20世紀を代表する多言語作家。ロシア革命の勃発によりロンドン、ベルリンへ亡命。1940年アメリカに渡って大学で教鞭を執る傍ら、創作活動に取り組む。55年、パリで刊行された『ロリータ』が世界的なベストセラーとなる。主な作品に『賜物』『青白い炎』『アーダ』などがある。

秋草俊一郎（あきくさ・しゅんいちろう）

1979年生まれ。東京大学大学院人文社会系研究科修了。博士（文学）。日本学術振興会特別研究員、ハーヴァード大学客員研究員、東京大学教養学部専任講師をへて、現在日本大学大学院総合社会情報研究科准教授。専門はナボコフ研究、翻訳研究、比較文学など。著書に『ナボコフ訳すのは「私」——自己翻訳がひらくテクスト』（東京大学出版会）。訳書にドミトリイ・バーキン『出身国』（群像社）、シギズムンド・クルジジャノフスキイ『未来の回想』（松籟社）、フランコ・モレッティ『遠読—〈世界文学システム〉への挑戦』（共訳、みすず書房）などがある。

清水さやか（しみず・さやか）

東京大学人文社会系研究科、博士課程在籍中。フランス文学専攻。研究対象はサミュエル・ベケット。

COLLECTED ESSAYS

ナボコフの塊《かたまり》

——エッセイ集 1921-1975

2016 年 7 月 10 日　初版第 1 刷印刷
2016 年 7 月 15 日　初版第 1 刷発行

著　者　ウラジーミル・ナボコフ
編訳者　秋草俊一郎
発行者　和田 肇
発行所　株式会社 作品社
〒102-0072
東京都千代田区飯田橋 2-7-4
Tel : 03-3262-9753　Fax : 03-3262-9757
http://www.sakuhinsha.com
振替口座 00160-3-27183

装　幀　水戸部 功
印刷・製本　中央精版印刷株式会社

ISBN978-4-86182-584-2　C0098